马一鸣从警记 3

常书欣 著

四川文艺出版社

果麦文化 出品

在每个人的心里，都住着一只有着利爪和獠牙的野兽，
区别在于有的苏醒，有的沉睡，有的为伤害别人，
有的只为保护自己。

目 录

001　第一章　巨额洗钱线索

　　两人思忖间，徐丑虎回来了，把电话的内容一说，是马一鸣的汇报，这倒引起两人的兴趣了，仔细地听完，齐齐愕然。
　　洗钱？！
　　潘渊明陷进困扰中了，又看向欧阳惠敏，欧阳惠敏摆摆手道："别看我，我的能力只限于算清四位数的工资，这玩意儿也就经侦能捋清。"

045　第二章　冻品走私大案

　　"一切皆有可能，这取决于幕后之人的能量有多大。毕竟是走私，这种事可大可小，但肯定谁也不敢掉以轻心，真要有我们同行铁了心追查，挖出的东西一定可观，肯定有人情世故等着……如果不响，那倒好办了。孤立的嫌疑人、孤立的走私案，用不了几天一个派出所就能查个底朝天。"潘渊明道。

088　第三章　虚拟货币骗局

　　"有争议，虚拟货币知道不？我们国家已经正式发文不承认其法律地位，但依旧有大量交易虚拟货币的情况，这种交易不受法律保护，而且受到严格限制。"肖景辰阳道。
　　"等等，什么货币？这什么玩意儿？我听着有点耳熟。"徐丑虎愣了。

143　**第四章　马一鸣被设局**

"过程我真记不清了,我怀疑我被这些人下药了,为什么一点印象都没有呢,会不会是那个无色无味的听话水什么的?"马一鸣努力回忆着,脑子里一团迷糊。

182　**第五章　"黑警察"的诞生**

"栽赃?没必要啊,他身上的黑料多了。"粟丰盛道。

"如果再多一条杀人嫌疑,那就有意思了吧?"葛老头笑道。粟丰盛一愣,感觉想到了什么,却一下明悟不了。葛老头笑着提醒,"如果车后备厢里,躺着一个人呢?"

228　**第六章　误上贼船漂流公海**

眼前一黑,跟着"砰"的一声,一只钵大的拳头砸到了他脸上,鲜血迸溅,求锤得锤的马一鸣头一歪,失去知觉了。

摇晃的甲板、昏黄的灯光、呼啸的海风、狰狞的面孔、不知道是血还是海的腥味,意识模糊的马一鸣似乎听到了一个带着狞笑的声音说:"欢迎登上恶人船!"

284　**第七章　对决在逃杀人犯**

马一鸣一侧身,抡着酒瓶朝着"老缅"脑袋"咣当"一下,当头开花。被打蒙的"老缅"一个跟跄半趴在地上,但不愧是散打出身的,这时候还能保持最后的清醒,一转身人坐在甲板上,手却挥着匕首甩向了马一鸣,"扑哧"一声,马一鸣只觉腹部一疼,"老缅"力道奇大,那匕首整个没入小腹了。

333　**第八章　巧设局抓捕毒贩**

"聪明,不过不是我要你的脑袋。"郭丽丽虎着脸道。

"那看来有的谈了,我这脑袋不值钱,换这块货绰绰有余吧?您是要货呢,还是要脑袋?"马一鸣问。

第一章

巨额洗钱线索

身歪影不正

当夜幕缓缓降下,新兰这个临海小镇便开始展示它摇曳迷人的风采。水上乐园和主题酒店的灯光交相辉映,沿岸两公里的餐饮长廊和夜市人影幢幢,处处充满生活气息。偶尔飘过一声悠扬的鸣笛,视野里像点点星光的船舶在海面上穿梭,远眺山海皆墨,天地一色,俯仰间,入世红尘与寥廓海天浑然一体,于是新兰成了滨海一个最有名的休闲去处。重金投入带来了经济的飞速发展,也打造出较好的生态环境,如今的新兰和数十年前那个小渔村相比已经是天壤之别了。

一辆标着"巡逻"字样的警车缓缓驶过。每逢周末都有来自市区甚至跨市而来的游客把新兰镇挤得满满当当,这里的警务主要是处理游客的各类纠纷：一多半是宰客引起的纷争，一小半是各类口角琐事。新兰镇的治安和群众满意度在全市名列前茅，数月来最大的一起刑事案件是游客打架导致的轻微伤害。

所以在这里巡逻，尽管忙碌，却没有压力和危险，相对于市区各所反而是个闲适的去处。比如那辆警车，开得像观光车一样溜达着绕镇两圈，偶尔还会在某处停下来，车上两名警员下车伸伸懒腰，就近买瓶汽水，这小日子过得还算惬意啊。

又过了一小时，警车缓缓停在镇东南角的一处娱乐场所前——博海云天，据说这里的洗浴小有名气。停在这里的时候，警车熄了火，却奇怪地闪起了警灯，那红蓝警灯闪烁着，和霓虹灯交相辉映，一点也不美，反而让这里的气氛显得有点诡异。

"坏了，坏了……"

洗浴大厅的经理看到警车拔腿就跑，边跑边在耳麦里呼叫。他急急奔上三楼，推开了经理室的房间，里面打麻将的四人被惊了下，那经理紧张汇报着："葛总，葛总，那警车又来了。"

"老葛，你不会被盯上了吧？所长可是新换的啊。"一个光头小哥谑笑着问。

那位被叫"葛总"的看来是这里的老板，年龄不大，眼睛也不大，叼着烟，本来就小的眼睛眯成了一条线，他缓缓地抬头，可能反射弧稍长，都忘了手里的麻将。另一个人提醒道："老葛，你这里头娘儿们还多不？会不会……"

"洗浴的精髓还不都是娘儿们？没娘儿们早就关门了。市里人凭啥开车来玩？还不就冲咱们管得松。不过已经很注意了，不是熟客不招待，按道理不该盯上咱们啊。"葛总纳闷道。

另一个长发、脖子上文了半条龙的提醒道："应该没啥事，要封你，你哪防得住，悄摸着一把就给你端了。"

"杨哥，这还不如有事呢！"进来汇报的大厅经理诉苦道，"您想啊，有台警车亮着警灯就搁门口，谁还敢来呀？还以为我们出啥事了。就这辆破警车一周来了三回，只要他们一来，我们营业额基本就等于零了。"

"哦，也是啊。"

"这招毒啊！"

"我虽听说过，但还没见真这么干的。老葛你惹谁了？"

葛总终于开口了，烦躁地说："我惹谁也不敢惹这群警大爷啊，我认都不认识，咋就瞄上我了？"

"那原来……"光头哥好奇地问，但凡做这生意的，不可能不找个站台的。

"别提了，所长、指导员，还有认识的，差不多换完了，要不然我能闲下来陪你们打麻将？"葛总道。业内人都懂，娘儿们换一茬生意得爆，警察要换一茬生意得黄，现在新兰镇的警察毫无征兆地就换了，他们都还迷蒙着，不知道接下来该咋办呢。

光头赶紧提醒道："那赶紧走通这路子啊，这是没事找事，你要不走通关系，人天天来一准把生意折腾黄了。"

"可是……"大厅经理挠着脑袋道，"这周都来三回了，洗浴票我送了他们好多了啊，还塞了烟，就几个片警，给多少是个够啊！"

意思是，还轮不到走这种人的关系。葛总想了想，唉声叹气道："阎王好斗，小鬼难缠啊，我来吧。"

他起身，从柜子里抽了两条好烟，又在桌上数了几张钞票，往腋下一夹，径直下楼去了。

那几位在楼上，悄悄掀着帘子看，看到葛总敲敲车门，居然就上警车了，敢情经营洗浴的好歹也有两把刷子。咦，似乎办成了，眨眼间葛总就下来了，那警车竟然开走了，葛总还殷勤地挥手再见呢。

片刻后，葛总上楼回到了房间，咧着嘴气咻咻地骂道："他妈的，真是一点都不客气啊，一边讲要守法经营，一边把烟揣兜里了，这些新人胆子大得很啊！"

他瞪着眼，把一张警民联系卡扔在了桌上，那几位也是面面相觑，毕竟这么明目张胆开着警车吃拿卡要的有些年没见着了。

但终究还是见着了，不但见着了，还给他们留下了警民联系卡片，上面留着电话，还有这位胆大包天的警察的名字：马一鸣。

两条中华烟，软包的；一沓钱，没看清多少。

把钱揣进兜里了，烟扔在座位中间，收了礼就走，副驾座上的警员郝昂扬心里那叫一个怦怦地跳，警车驶出老远才吼道："马缺德，你又坑我是吧？我刚调过来的第一天你就带我收黑钱。"

"谁让你来的？我又没叫你来。"马一鸣不屑道。

"我怎么知道？我本来要去二分局，谁知道又通知我来新兰，肯定是你和徐老虎黑我。"郝昂扬道。对此他有点愤愤不平，在市局毕竟离家近，虽然新兰没么大压力，但徐丑虎已经调任这里的派出所所长，他可是一千个一万个不愿意来。

"黑你？这是有好处想着你，喏，给你一半。"马一鸣顺手把烟给郝昂扬撂腿上。

郝昂扬忙不迭地放回原处，哀求道："哥你别害我，架不住因为一条烟受处分，现在管得严呢！咱俩好不容易祖坟冒了好几股青烟才当上警察，你别瞎胡闹成不？"

"啧啧，那我路过，碰见个朋友，久不见面心生热切，塞条烟怎么了？我又没做违法的事。"马一鸣笑道。

"你少来，就这些烂招都是前辈玩剩下的，这太不要脸了，警车堵人家洗浴中心门口收礼，你可好意思说。"郝昂扬道。

"可不叫你说了？都不好意思说，还怕别人知道啊？没事，听我的。"马一鸣驾着车，无所谓地说。

郝昂扬再要说话，马一鸣提醒道："徐所长可是交代了啊，我来得比你早两周，一切听我指挥，不听我收拾你啊。"

"好，算你狠，我回头就告诉徐老虎去。"郝昂扬发狠了。

"你可想好啊，下午请你吃饭，给你买饮料、买烟，包括即将吃夜宵的钱，都是我收的黑钱，你就是抹干净嘴，也擦不干净屁股了。"马一鸣得意道。

"哎呀，交友不慎啊！"郝昂扬重重拍着前额，痛不欲生了。

这股子痛还没过去，当他看清前方时，眼睛又瞪圆了——酒吧，零点酒吧。车速一缓，他估摸着马一鸣又要整活，还没搞清楚要怎么整，酒吧里就已经有人奔出来了，应该是负责大厅的经理，很熟练地伸手捂向马一鸣胸前的执法记录仪，嘴里不迭地说着："马警官，现在正忙的时候，你进去不合适。"

"巡逻加例行检查，有什么不合适？不要妨碍我执行公务啊，别以为我不知道啊，你们里面的商务包间舞跳得很嗨啊，不穿衣服那种。"马一鸣严肃地说道。

小经理苦着脸道:"人家喝多了,自己脱衣服违什么法?"

"有伤风化也是问题啊,不违法你咋不光着屁股出来?"马一鸣噎道。

"哥你别价,我跟你说个事……"那经理直接双手揽着马一鸣往一边走,几步之外,隐隐间似乎有肢体接触,不过转眼间,两人关系奇怪地缓和了。马一鸣揽着经理过来了,说笑几句,那经理伸手挥着示意无事,把客人请回了酒吧,自己却殷勤地开了警车门。马一鸣严肃地向他敬了个礼,驾着警车离开了。

哎哟,那经理使劲地擦了一把额头的汗。

郝昂扬也在车里使劲擦汗,开车的马一鸣连方向盘也不把了,两手捻着一沓钱美滋滋地在数……

此时,在新兰镇老居民区,一幢自建的四层小楼顶层,一间装修豪华的房间里,复古的中式茶室中央,一个在惬意地吐着烟圈的男子,轻轻地放下了手上的雪茄。他对面坐着两个身形威猛的男子,胡子拉碴配上一身带着腥味的户外装,是这里海员的标配,两人直视着雪茄男,似乎在等着示下。

葛飞,雪茄男就是葛飞,他端坐着,露出两只臂膀上的肌肉,身架和海员有的一拼。他似乎在思索着什么,半响才道:"这段时间风声很紧啊,因为上回运货的事,这一带海船被雷子翻了好几遍,这生意太操蛋,我爸不知道哪根神经错乱了去干这活。"

"那是个临时活,不能因为那事而停了咱们的营生啊,现在的渔船十网九空,多半都赔钱,不干可架不住这么多人吃喝拉撒啊。"

其中一个道。

另一个看葛飞没表态，附和道："小飞，凑一船就是几十万，咱们不干有的是人干。再说了，咱们的人根本不靠岸，你情我愿的，谁管得着啊？"

"这样吧，咱们再合计合计，时间放缓点，反正都这样了，也不急在一时，仇叔您歇几天，我把人撒出去，看情况定。"葛飞说了权宜之言。

三人商量着，这时候手机响了，葛飞拿起来一看，眉头皱了。另外两个人好奇，葛飞一笑道："没事，洗浴店的人说，有雷子上门，一周讹了店里三回。"

"啊？不会吧？"一个愕然道。

那个仇姓中年男也不解地问道："咱们这儿派出所的人换了不少，这什么意思啊，给暗示？"

"绝对不可能，徐老虎多出名呢，他是什么人你还不清楚？就他妈茅坑里的烂礁石——又臭又硬，应该是他下面的人瞎胡搞。"葛飞判断。

"徐老虎就算再厉害，也是只快没牙的老虎，手伸不到我们海上。"仇姓男子道。

"不不……"葛飞连连摇头，思忖了一下，说道，"小心驶得万年船啊，我爸常说的一句话是'富贵险中求，也在险中丢'。能稳一分就不要险一分，新兰镇这儿出事虽然没牵扯到我们，但会不会引起雷子警觉？我们这家大业大的，可经不起查啊……这个时候调换警力，这怎么说来着？"

他一下子想不起来，可看那两位，也是一脸茫然，对于习惯

"富贵险中求"的人而言,从来没有"也在险中丢"的未雨绸缪,两人估计巴不得现在就开船走呢。

"好吧,不谈这个了,喝茶。"

葛飞笑笑,掩饰过去了,不过心里像被针扎了一下,隐隐有点不祥的预感。他又看了一眼手机,洗浴中心的经理葛郎郎发来一张警民联系卡,上面那个名字给他留下了极深的印象,那个名字是:马一鸣。

晚上二十一时三十分,警车回到了派出所院内,所谓的"机动巡逻"结束了。

马一鸣提着个黑塑料袋子,郝昂扬紧张兮兮地跟着。两人都是新晋警员,在这里几乎没有熟人,可偏偏有人"做贼心虚",总觉得有只眼睛看着一样,忍不住四下瞟。

"今天的事和我没关系啊。"郝昂扬趁着没人,追在马一鸣背后强调了句。

"你像个男人行不行,总让老子背锅,你好意思啊?"马一鸣故意道。

"太黑了,老子不敢背。我说马缺德,以前我觉得你不要脸的本事已经登峰造极了,和现在一比,我发现我错了。"郝昂扬道。

"现在呢?"马一鸣问。

"现在你不要命啊,收这么多赃款赃物,还敢大摇大摆拿回所里来?"郝昂扬道。马一鸣提的那兜子里,又是"华子",又是"和天下",一兜价值好几千,估计市局领导都不敢抽这么昂贵的。

"要不咱们分分?"马一鸣调侃道,递上了兜子,郝昂扬赶紧躲开了，如避蛇蝎。

还真是胆大，居然提着这兜子就明目张胆进所长办了，难道是要和所长一起分赃？郝昂扬刚冒出这想法来，立马倒吸一口凉气，不过这气还没出完，一只蒲扇大手就伸出来，直接提溜住了他。一怔神工夫，那张熟悉而丑陋的大脸便近在他的面前，郝昂扬吓得赶紧道："叔，没我的事，我啥也没看见。"

"看见了也不能说啊，要让我知道你说漏嘴，小心我收拾你。"徐丑虎恶狠狠道。

"是，叔，我谁也不说……不，我啥也没看见。"郝昂扬赶紧敬礼，在忠诚与偏袒之间做了选择。

"好，现在回宿舍，把警察条例抄十遍。"徐丑虎命令道。

"啊？你们关上门坐地分赃，却让我好好学习，天天向上？"郝昂扬瞬间气歪了，嘟囔不清地道。

"滚。"徐丑虎直截了当，吓退了郝昂扬。那货虽不敢反抗，可也没好话，直嘟囔着"真黑"跑了。

关上门，坐到办公椅上，马一鸣把兜子往桌上一搁，徐丑虎找着钥匙，打开了偌大的档案保险柜，里面放着这两周来的收获：五颜六色成条的烟，还有一摞钞票。他看了看今天的收获，哑然失笑了，边清点边道："可以呀，这又是谁的？"

"博海云天、零点酒吧……博海云天经理葛郎郎，零点酒吧老板葛海，这俩都是葛飞的堂兄弟，理论上讲，来钱最快的黄赌毒生意，葛飞不可能不插一脚，我估计八成是合伙生意。"马一鸣道。

"啧啧，你这尽着一只羊薅似的捉弄人家，这……我咋觉得有点太那个。"徐丑虎哭笑不得道。马一鸣到任两周,这两家已经被薅过数次了。

"不多薅怎么能加深印象啊?没事,他们不在乎这点小钱。说不定开始谋划要跟您大所长拉点关系呢。"马一鸣道。

"哎哟,这得拉到什么时候啊?"徐丑虎摇摇头,把物品登记了,放进了柜子,这时候又有感触了,叹了句,"怪不得有职务犯罪啊,你这还是个小片警,出门都能搜刮这么多,要是有个一官半职那还了得?"

"我正想跟您说这事,还真得有个一官半职。"马一鸣道。

这把徐丑虎听瞪眼了,啐了口道:"别蹬鼻子上脸啊。"

"不上上,不好操作啊,反正这所里只有您和指导员有级别,其余的队长、组长都是所里任命的,我觉得您应该在公开场合使劲捧捧我,然后打压一下与原所长走得近的警员,临检、巡逻、办理许可证之类的差事,放我这儿……查户口、处理纠纷、民事调解等等一类事务,盯着别人干。最好给我安个队长之类的职位,反正又不进编,就所长直接任命的事……您上任伊始,这里的'地头蛇'肯定在通过种种方式和您搭线,您要扮黑脸,这些关系网连不到您这儿,可也不能让人家没地方去啊。如果这时候,大家都知道,我是您的亲信,您在力捧……啧啧,这事估计就有戏了。"马一鸣眉飞色舞,半明半暗地提示着徐丑虎。

徐丑虎咂摸了良久,指着马一鸣恨恨道:"水平见长啊,当黑警察你是无师自通啊!"

马一鸣笑得没皮没脸,听不出徐丑虎话里是贬是褒,不过他知道,升职这事,妥了。

刮目不忍看

郝昂扬是凌晨五点钟就被强行拉出被窝塞上车的,还是那辆派出所的警车,不过驾车的是徐丑虎。神经大条的郝昂扬根本没想过有什么事,而是抓紧时间打瞌睡,车行驶了差不多一小时,停车的时候郝昂扬迷迷糊糊地醒了,可睁开眼后更迷糊了,眼前是一个陌生的地方,像个体育馆,还是在市郊。来这里干什么?那个大大的问号终于写到脸上了。

"不用奇怪,教你俩本事。耗子,给我当徒弟不委屈你吧?"徐丑虎且行且道。

迷迷糊糊走着的郝昂扬絮叨道:"叔,现在都网络时代了,流氓的工具已经由铁锹进化到了鼠标,靠拳头执法的时代早过去了。"

"那可不一定,真到狭路相逢的时候,鼠标可顶不上用。"徐丑虎道,他拿着钥匙开门,上楼开了灯,果真是一个健身房,很大,这个时间点自然无人光顾,而带着两人来此的目的不言自明。郝昂扬看着马一鸣脱了外套,不以为然道:"就他这没几两肉的,再练也不行。"

集训队较量过,要说厉害,沈筱燕的水平都比大部分男生高,至于马一鸣,除了缺德点,没有其他优点,正经八百打,郝昂扬根本不把马一鸣放在眼里。

马一鸣笑而未语,徐丑虎说:"我教了他两个星期,正常情况下,你应该不是对手,他应该能在几秒钟内放翻你,让你失去反抗能力。"

"啐!"郝昂扬鄙夷了。

第一章 巨额洗钱线索 011

"来，穿上护具试试，打几场。"徐丑虎拎着一身奇怪的护具，加厚衣服、加厚裤子，甚至还有脖围和腿围。郝昂扬接住后狐疑地问："不是让我挨揍吧？他拿什么家伙？"

"空手，但怕伤着你。"徐丑虎道。

"哼，不用。"郝昂扬直觉受到了侮辱，扔下护具。

"好，那试试，出手轻点啊，一鸣。"徐丑虎道。

马一鸣应了声，挑衅似的朝郝昂扬勾勾手指，不用说，以郝昂扬的脾气早被撩毛躁了。他一个跨步，冲拳直捣马一鸣，这是想抢先机，可不料马一鸣早有准备，挡腕、托肘，然后膝撞飞起，猝不及防的郝昂扬一下子被顶住小腹，噔噔噔连退几步，一屁股坐在地上，疼得好半天喘不过这口气来。

"你缺心眼儿啊，打上不防下？不知道他叫马缺德？"徐丑虎拱火道。

"我还不信了。"郝昂扬一骨碌冲起来，扑向几米外的马一鸣，章法乱了，直接用流氓打法，估计是准备抱住互掐。

"啪！"清脆一声，一只手正拍中郝昂扬的额头，跟着"哎哟"一声，郝昂扬又是一骨碌地躺回地上，他还没反应过来，马一鸣又退出了几步之外。

这过程徐丑虎看得一清二楚，右手拍郝昂扬的额头，左腿飞踢郝昂扬的小腿处，动作幅度极小，而伤害极大，郝昂扬捂着腿揉着，还没搞清发生了什么。

"唉，真是'麻袋换塑料袋——一代不如一代'，太差了，比你爸当年还差。"徐丑虎摇头，很不厚道地刺激郝昂扬。郝昂扬气得又一次站起来了，这次真小心了，调整着状态，和马一鸣保持着安全的距离，两人绕着圈，一如在集训队对练的时候，只要找到对方的空当，马上就是雷霆一击。

有了……就在马一鸣稍一松懈的工夫，郝昂扬一个侧踢扫过来了，马一鸣一闪，却不料这是虚招，真正的杀招在后头。郝昂扬转身摆拳，这一拳如果打实了，应该恰在马一鸣的头部。正常人应该下意识躲闪，可郝昂扬已经欺身而上，这一拳大概无论如何也躲不过去了。

谁知马一鸣不躲反上，一个贴身靠，不知道用的什么姿势，郝昂扬拳还在出击中途，猛地胸口一疼，人一下子飞出去，紧跟着又是一屁股坐在地板上，嘴张着大口喘不上气了。

再看马一鸣，炫耀似的保持着攻击的姿势。是肘，马一鸣用肘贴身朝他的软肋可着劲来了一家伙。

徐丑虎憋着笑，这缺德招数让马一鸣用得越发纯熟了。徐丑虎上前按住郝昂扬，给他揉揉伤处，教他呼吸几次，疼痛稍减，终于能说出话来了，是气不自胜的一句："叔，你也忒狠了，大早上把我从被窝里拉出来就为让我挨揍啊？"

"服不服吧，这招数怎么样？"徐丑虎笑道，把郝昂扬扶起来。

"忒缺德了。"郝昂扬揉着痛处，恨恨地看着马一鸣。

马一鸣解释道："让你戴护具了，你托大，不知道士别三日当刮目相看啊？"

"啊呸！"郝昂扬啐道。

"不要生气，输在叔弟子手下不丢人，全省警察大比武的教练和裁判有一半都叫我师父，这可有来头，不是缺德招数。"徐丑虎道。郝昂扬愣了下，徐丑虎指指角落里的假人，这时候郝昂扬才注意到，那假人全身标注着位置，太阳穴、鼻梁、下颌、软肋、胸前、小腹、下阴等，那估计是攻击部位。郝昂扬看着愕然问："这还不缺德？"

"除了'缺德'，它还有一个名字，叫马伽术，希伯来语中，马伽术是近身格斗的意思，起源于以色列，现在是世界很多军队、警察和安保部门正式采用的自我防卫术和格斗术。它的特点就是自然、实用、简单，而且基本动作相对容易，就算你不是高手，也能够让你快速有效地压制住对手。它诞生于一个暴力频发的环境中，所以它没有规则。从战术、假动作，到不同的攻击组合，以及战斗心理，已经形成了完整的体系。"

徐丑虎且说且动，拉着郝昂扬，别肘、反手锁喉、出拳封眼、捣拳砸鼻，再一拧身，膝撞小腹、短踢腿胫、跺脚踩人等，一大堆让人眼花缭乱的动作全使在郝昂扬身上。哪怕都是点到为止的假动作，也看得郝昂扬愕然不已，而且这力度拿捏得恰到好处，让他既感受到了威力，又毫发无伤。且说且练，等说完，这行云流水的缺德招数给郝昂扬都练了一遍。

"正经地讲叫攻击痛点，不正经地讲这叫……"马一鸣看着蒙掉的郝昂扬，坏笑着解释，"捅眼睛、捣鼻梁、打小弟弟、插喉咙，百分之百的高手速成法，我要放开打，你这样的我最起码能打三个。"

这时候郝昂扬不敢认为马一鸣是吹牛了，他期待地看着徐丑虎，徐丑虎眉毛挑着逗他："想学吗？"

"嗯。"郝昂扬点点头，上心了。

"穿上护具陪练。"徐丑虎大手一挥道。

郝昂扬吓了一跳，怒道："还是让我挨打？不干。"

这可难不倒徐丑虎，直接一摆手道："一鸣，揍他，揍到他愿意穿上护具为止。"

马一鸣狞笑着上来了，郝昂扬岂能让他如愿，咬牙切齿和马一鸣拼上了。不过果真是士别三日，曾经略胜半筹的郝昂扬毫无反抗之力，一会儿被拧了胳膊，一会儿被抓了脖子，一会儿又捂着裤裆痛苦倒地，再过一会儿，老老实实地穿上了护具。

这时候徐丑虎开始照顾郝昂扬了，给了他一根短棍，告诉他有仇报仇，气馁的郝昂扬又振奋起来，抄着棍追着马一鸣猛揍。两人你来我往，乒乒乓乓，间或夹杂着吃痛的惨叫，生生打破了这个清晨的安静。

偶尔指点的徐丑虎看着两人动作笨拙且生涩，几乎快演变成街头斗殴了，可笑之余，心里莫名地焦虑，太慢了，哪怕揠苗助长也觉得太慢了……

市区，禁毒局。

办公楼顶层窗帘慢慢拉开了，大功率的排风扇工作起来了，晨曦微光透进这个多功能会议室，里面的会议桌边围坐着一圈警服鲜亮的人员，连夜的会议让众人都显得有点疲惫，不过表情依旧肃穆。

这光景肯定是有事了，而且不是小事。

答案就在面前的屏幕上。来自几个省十多个警务单位的案情反馈，起因是滨海侦破的特大新型毒品案，经部里禁毒专家鉴定，缴获物的成分与在其他地区发现的毒品成分一致，而且出现时间不一，滨海码头广布，毒源很可能就在滨海。但滨海缴获的可能仅仅是其中的一部分，更多的已经通过其他渠道流向全国。

"同志们，大致情况就是这样，连夜召集大家开会有点仓促，省厅的态度很明确，严防死守和刨根溯源双管齐下，绝不能让滨海成为新型毒品的发源地，现在发现的量虽然不多，但覆盖面这么大就细思恐极了，究竟有多少流向市面了，谁也不敢猜测啊！"丁局长出声道。一宗大案，谁能想到仅仅是冰山一角呢？

"应该是跨境走私。新兰镇落网的嫌疑人交代了一个绰号'老缅'的人，这个团伙除了在新兰镇，在其他地方应该也有落岸，在公海分货，然后通过渔船沿海岸线上岸，到岸地如果没有准确的情报，我们根本无法拦截，海岸线太长，是我们警力薄弱的地区。"禁毒局陈局长发言道。

这是一个痛点，最起码是现代警务的痛点，八成以上的刑事案件要依靠监控破案。而涉案地区，全部是监控覆盖不到的地区，新兰镇一案落网人员交代出来的上线"老缅"，也只有这一个绰号，只能依靠描摹画像来比对线索，但画像到现在还没有完成。

会议室众人再度沉默了，丁局长有意识地看了默坐的潘渊明一眼，潘渊明是列席，几乎没怎么发言。眼神示意无用，丁局长干脆点将："老潘，你也说说，说起来捅破大案的第一人还算是你的人。"

"那是巧合加上运气，其实大多数情况下，警方能逮捕涉毒组织层的人，都带点运气。就像陈局所说，我们破了这么大的案子，找到的线索只有一个绰号，就凭一个绰号，在几百上千公里的海岸线上，我们能力再大也施展不开啊。"潘渊明边思忖边说道。

"我知道大家很为难，但回过头来想想，我们所做的一切，有不难的吗？我们是世界上毒品管制最严格的国家，没有之一，这份殊荣一方面关系着无数禁毒干警的付出，另一方面关系着被守护的万家灯火，荣誉不能在我们的手里丢失。别说一个绰号，别说几百公里海岸线，就是他藏在大海里，我们也要把他揪出来……老陈，你们禁毒局牵头，以新兰镇查获的涉毒人员为基础，深挖细查、扩大战果，不放过一丝线索，全警都动起来，扩大群众举报线索来源，把吸贩毒人员再捋几遍，哪怕掘地三尺也要找到线索。"丁局长严肃地挥着手铿锵道。

这里没有掌声，只有低沉的领命声，直到楼下车声喧嚣，沉闷的会议才暂停。没有休息，结束就是上班，陈局长匆匆发布了各禁毒支队、大队召开会议的通知，另一头忙着送其他市局的参会人员。

丁局长打发走自己的司机，刻意坐到了潘渊明的车上，和禁毒局下属作别出门。随着车窗摇上，憋了一晚上的丁局长这才蹦出话来："你的判断可能是正确的，我们内部已经出了问题。"

潘渊明没有接话，这是之前的一次汇报做出的判断，大宗的毒品，但凡在市场销售，总会留下大把线索，而这一次却例外，排查的时间够久，发现的时间却太晚。从各地情况来看，已经成了气候，滋长到这种程度，不得不让人怀疑有很熟悉警方禁毒执法的内部人员参与。

"只是个设想。"潘渊明半晌才说道，不敢妄下这个定论。

"那你们申请频频调换新兰镇的警务岗位，也有这个设想的因素在内吧？"丁局问。

"有，但问题是，如果把全盘重点都押在新兰镇，就成守株待兔、刻舟求剑了，谁也不至于蠢到在同一个坑里栽上两次。"潘渊明道。

对呀，普通人都不会，何况以狡猾著称的毒贩，这个灯下黑的错误被指出来，丁局长瞬间满脸失望，他犹豫地问："咱们培养的这棵苗子，在对方地盘上能长得成吗？"

苗子，那棵苗子可能更让潘渊明犯愁。一想想徐丑虎每天汇报回来的战果，潘渊明就头疼，烟酒茶钱快装满一柜子了，这跟局长都羞于启齿啊，犹豫了良久才回道："问题不在这上面。"

"那在哪儿？"丁局长问。

"在于我们敢不敢让他往开了长。人性是经不起考验的啊，现在还是烟酒茶和小钱，再发展下去，钱越来越多，说不定还会有其他诱惑，我担心他会黑化，黑到连我们都卖了。"潘渊明此时心悸道，其实最终的问题还在于马一鸣的性格让人捉摸不定，他不敢打这个包票。

"用人不疑，疑人不用，你怎么越活越回去了？"丁局长不悦道。

"有您撑腰，我倒是敢来个狠活，新兰镇最大的问题是走私，这块蛋糕如果被动一动，肯定有人跳出来。只要将咱们这颗棋子放在棋眼的位置，那他很自然地就会成为被拉拢的对象。"潘渊明道。

"这个不难办，海关经常和咱们联合执法，但把一个新人放到重要位置不太合理呀。"丁局长道。这种联合执法，总不可能让一个新晋警员坐到指挥位置上吧。

"联合执法是明修栈道，再有一个暗度陈仓就合理了。其实查到也意义不大，处置方式也就补税或者罚没，如果处置权一部分在派出所，那可操作的空间就大了。"潘渊明道。

"哎哟，你这是让我在犯错误的边缘徘徊啊！"丁局长捂着额头，对于要负领导责任的事，不得不再三斟酌。他斜斜瞪了潘渊明一眼，这是把皮球踢回上级来了，沉吟片刻后他又问，"找到803的机会有多大？"

"我只能说有。"潘渊明道掏出手机，刷开屏幕，递给了丁局长。专案组外围监视的人员发现，被监控的住宅赫然就是新兰镇葛飞家，两张陌生的面孔让丁局眉头皱得更深了。潘渊明解释说："仇林出现了，这应该就是红通嫌疑人所指的'船夫'，正在确认。最有价值的线索是一个绰号'老缅'的人，按照交代，运毒船只都是渔船，'老缅'和'船夫'，其活动轨迹都是在公海和近海一带，那么他们有没有可能是一伙？803杳无音信，最后出现的地方就是新兰镇，他的目标就是靠近葛飞，寻找这个'船夫'，这之间的关联我还没理清，但我想，应该就是了。"

"出个方案，办吧。803失联已经充分说明事态的严重性了，我们不用顾忌了，这些长年走私偷渡的人身上还没准背了多少事呢，办吧。"丁局长被刺激到一锤定音了。

何处是破绽

"人员的安排大致就这样了啊。由于市局实行的轮班轮岗，咱们中间可能有些人会被抽调到其他警务单位，也可能随时有其他单位的同事来这里值班，其他没什么说的，各司其职，做好分内工作，新兰镇派出所一直是市里挂牌的模范派出所，希望大家再接再厉，把荣誉保持下去……好了，散会。马一鸣，不，马队长，来我办公室一趟。"

早会上，徐丑虎几句话便结束了。会上讲了两件事，一件是所内发文任命了各组组长、巡逻警力带班长、办公室内勤负责人等，大部分人员保持原位，这么做的唯一目的，是提拔马一鸣为派出所犯罪侦办队队长，而且为马一鸣量身打造了一个新部门。会场上不少人因此开始窃窃私语，马一鸣左右看看，发现很多人都在看他，那目光，让他脸上有点发烧。

全所接近两百人，算是滨海的一个大派出所，也就正副所长和指导员有行政级别。虽然派出所内部提拔起来的人员理论上没什么级别，但县官终究不如现管，好歹也得混几年才能起来，这才几天马一鸣就被捧起来，让一大堆人不舒服了。

"有点过了啊。"

"过什么呀，没准镀个金就上副科了，市里二十几岁的科长多了去了。"

"那也不能才几天工夫就……那货连办公室都没进去过。"

"别瞎扯，人天天和所长一起上下班的。"

"恭喜马队长。"

在众人的窃窃私语中马一鸣低着头离开会议室，老徐干事真是太不讲究，一拍桌子就定了。现在他才发现，升个没级的职都有这么多非议。走到门口听见一位同事恭喜，他才惊醒，尴尬地笑了笑。不过出门时再回头才发现，恭喜他的人是前所长的一个亲戚，是个辅警，一笑就露着天包地的大牙，此时的笑容很真诚，毕竟牙快露全了。心血来潮的马一鸣客气地说了句："谢了啊，哥，还不知道怎么称呼您呢。"

"王一舰，军舰的舰。"那人赶紧起身握手。

"哦，刚调任的王所长是您——"马一鸣握着手，好奇地问。

"我姐夫。我是巡逻队的，辅警，多多照顾。"王一舰一笑，大牙又露出来了，很直接地拉上关系了。会场出入的警员明显是厌恶两人的，丝毫不掩饰地投出鄙视的眼光。

"天下警察都一家，分什么民警辅警，一家人。"马一鸣顺手揽着王一舰。

那位也自来熟，直接小声道："一家人就不说两家话了啊，晚上哥请客，带你尝尝咱这儿的海鲜烧烤。"

"没毛病，喝不醉谁也不许走。"马一鸣道。

"得嘞，不能违反纪律，下班我来拉你。"王一舰拊掌大乐。

几句作别，这货直把马一鸣送到了所长办门口，还殷勤地替他敲了门，然后又殷勤地给打开门，再觍着脸堆笑道："徐所长，小马队长来了。"

"哦……"徐丑虎一下子给整不会了，指着王一舰居然没说上话来。

"我叫王一舰，王朋是我姐夫。"王一舰又来一句加深印象的自我介绍。

"知道，你姐夫提过，好好干。"徐丑虎敷衍道。

"是，徐所长……那我忙去了。"王一舰兴奋地敬了个礼，谦卑地轻声关上门了。

徐丑虎和马一鸣相对，哭笑不得，基层这种奇葩真不算少，还别不信，轻易你都打发不了。徐丑虎招手让马一鸣坐下，自嘲道：

"正式民警不到四分之一,事业编民警三分之一,一多半辅警,这就是现状啊,有些人你明知道不能用,可还不得不用……这个货,所里人都叫他王大牙,不止一个人反映他手脚不干净啊。"

"太正经的人多无趣,还是这不正经的人好打交道。这不就贴上来了。"马一鸣笑道。

拿着电子设备输着密码的徐丑虎随口问着:"耗子呢?"

"估计回宿舍睡觉了,挨得不轻。"马一鸣道。

此时抬起头来的徐丑虎示意了下,马一鸣起身到了门口,开了下门,确定无人后,又关上门,反锁,转身坐到了办公桌前。徐丑虎递过那个加密的平板电脑,上面显示的是实时的案情:一则是新兰镇涉毒人员审讯的进展,另一则是两个肖像,熟悉的名字,却是陌生的面孔。

一个是仇林,疑似绰号"船夫"的目标人员。另一个叫何尚峰,也在追逃名单上,邻省一个被打掉的涉黑组织的漏网人员,罪名——组织卖淫罪。

"不要问我他们是怎么上岸的,毫无征兆,这是对葛飞实施监视居住几个月才抓拍到的画面,也是仇林消失数月以来的头回露面。他们昨晚在葛飞家里待了不到两个小时就离开了,乘坐的车辆是洗浴中心后厨的采购车辆,专往僻静地方开,跟踪都没法跟。"徐丑虎介绍道。

"这活干得太不讲究了,都几个月了,连人家干什么都不知道?"马一鸣愕然了,专案组在新兰镇肯定布控了人员,几个月时间,结果就拍到了两张脸?

"这才多久,我们追毒贩有追几年的,在嫌疑人家门口蹲点,也有蹲好几年的，你以为都是神探啊？办案下的大部分都是笨功夫。这不，信息多了，禁毒这边冒出来一个'老缅'，仇林、何尚峰又在这个时间段上岸，奇怪的是，葛飞连市区都不去了，天天钻在修理厂，对此，你有什么想法？"徐丑虎问，是征询的口吻，似乎马一鸣这儿才有答案似的。

马一鸣沉吟未语，徐丑虎又加着料道："'老缅'的肖像还在恢复，据送货的嫌疑人交代，好像是个缅甸人，所以才有这个绰号，而且他们运送的货品只是一部分，还有其他接货船。现在有多地警方查到了毒品，与新兰镇缴获的毒品成分一致，确定是同一批。"

马一鸣脑中瞬间一丝灵光掠过，疑惑地问："你在怀疑，803可能接触到了毒源，而后失联？"

"不然呢？没别的解释啊，他的任务只是寻找涉嫌偷越国境的'船夫'，相比他以前执行过的任务，危险系数要小得多，怎么也不可能杳无音信啊。假设啊，我说的是一个假设，没有比蛇头更熟悉海路的人，这些蛇头人口都能贩，你说毒品能错过吗？"徐丑虎问。

"现在全国的毒品有七成都来自边境城市，只要利润大，没有什么不敢的。"马一鸣道，他重新看着信息，眉眼低垂，不知所想。

"所以，这个突破口，应该从哪儿找啊？"徐丑虎又来一问，他喃喃道，"803最后离开的地方就在博海云天洗浴中心，总不能天天去骚扰收俩小钱吧，你自己是怎么打算的？"

这是一个关键节点，803的手机信号最后消失的地方就在博海云天洗浴中心。马一鸣思忖一番后说道："你可以这样想象，当时应该是干什么活了，就像我们出警一样，会没收通信工具，洗浴中心更好办,这头脱光了下水,那头给你穿一身全新的立马上车,你干什么都来不及……803 离开乘坐的也是洗浴中心的采购车,那车每天两三点就在码头等着渔船靠岸卖新鲜渔获,对它而言是顺个道,整个新兰镇任何一个地方都可以下水,直接驶到近海登船……去岸 212 海里就是公海,几乎全是法外之地。"

"僵就僵在这儿,别说固定证据,根本就无法取证,几百公里的海岸线,没有准确的信息,我们根本找不到是哪条船,会在什么地方登陆,所以只能在这儿守株待兔。粟丰盛这一行揪不住,葛飞这只狡兔再一跑,那我们全瞎了。"徐丑虎道。

所以,也就不敢采取任何行动,现在马一鸣理解专案组一直极度保密未建寸功的原因了,这根本不是棘手,而是无处下手。

"我还是觉得该动起来。"沉吟片刻,马一鸣如是道,迎着徐丑虎质疑的目光,他说道,"新兰出了毒品案,再加上我们排查加强,该打草惊的蛇鼠,基本都惊了,既然还没跑,那说明有两种可能:一种是毒品和葛飞一行没有关系,他们根本没参与,不用跑;另一种呢,是根本和他们扯不上关系,也不用跑。而且这是市面上出现还不到一年的新型毒品,即便和他们有关系,那这些新毒品出来之前他们在干什么营生?他们靠什么积累这么多的财富?您一点也不好奇吗?我觉得应该下手挖,大胆挖,来一个项庄舞剑,意在沛公……专案组之所以不敢稍动,是因为投鼠忌器,其实没有什么可忌的。"

"什么意思?"徐丑虎不解,这小子天马行空的想法总是让人捉摸不透。

"要直接说,还是拐弯说?"马一鸣道。

"有屁直接放。"徐丑虎骂道。

"我是从警察大院里出来的,有些事虽然我们都不说,但心里都清楚,失联意味着什么。"马一鸣道。此话一说,徐丑虎唉声长叹,803恐怕已经从世界上消失,可能若干年后才能确认。"其实我们都不愿意承认的结果,才是最好的结果。要真生还了那才是麻烦,贼窝里待那么久没联系,回来还说得清吗?真实的世界里,只有死了的烈士,很难有活着的英雄。"马一鸣正色道。

这正戳中了徐丑虎的痛点,他面色晦暗,手指着门毫不客气地给了一个字:"滚!"

两个小时后,一身警装的马一鸣和郝昂扬跳下警车,站在了偌大的建筑楼前,脑袋仰到顶才能看到这幢建筑的标识——"滨海市互联数据中心",简称IDC。除了各运营商驻站单位,滨海市网警一支数据分队也驻扎于此,本来鲜有人知,也是肖景辰阳分配到这里工作后,马一鸣和郝昂扬才知道有这么个牛烘烘的单位。

这不,郝昂扬感慨上了,羡慕道:"瞧人家这工作环境啊,啧啧啧,想想咱们,真是人比人气死人啊……再看看你,开个破警车杵人家娱乐场所讹那什么……我说马缺德,你惭愧不?"

"共犯好意思说主犯,闭嘴!"马一鸣拨着电话,捎带呵斥了郝昂扬一句。

还没整明白什么情况,郝昂扬有点蒙,说是收黑钱吧,不太像,要说马一鸣干这事他不意外,可是徐丑虎也参与,打死他也不信,更何况也没多少呀,可要说不是吧,更不对,他可是真真切切目击了这货收黑钱。这事搅得他心里乱慌慌的,只等马一鸣打完电话，便悄摸地靠上来压低声音说："哥，你跟我交个实底，别让我揪心啊。"

"什么实底？"马一鸣也压低了声音，脸上一副似笑非笑的表情。

这表情有鬼，郝昂扬道："就是收的那烟酒和钱。"

"收了啊，咋了？给你分点？"马一鸣逗他。

"不要不要，我是说，我看着你提进徐老虎办公室了。"郝昂扬严肃道。

"啊，我给所长分了点，这不正常吗？有好处得想着领导啊。"马一鸣道。

又岔了，郝昂扬苦着脸，想不通其中关窍，憋了半天才道："这到底是干什么呀？徐老虎是出了名的六亲不认，要不在监管支队早发财了，不可能稀罕你那点东西啊，蒙我？"

"你看，人是会变的，他都快退休了，攒点棺材本不行啊？"马一鸣道。

"你这是给人家棺材本？明明是给人家送棺材。"郝昂扬怒道。

这么大火气倒让马一鸣意外了，他好奇地问："怎么了？你的底线居然这么高？"

"这不是底线问题，这是原则问题啊，我一直把你当哥啊，咱们自打进了集训，不管怎么胡闹，可心都是干净的，不能好容易穿上这身警服，立马就变得这么龌龊吧？你给我说清楚啊，不说清楚，老子去举报你。"郝昂扬快急眼了。

"我说了你不信啊。"马一鸣道。

"那你得说呀。"郝昂扬逼道。

"好，我说了，信不信由你。"马一鸣站直，整理一下警容，目光肃穆，仪式感拉满才压低声音道，"组织上命令我认真学习贪污受贿腐化，努力在最短时间里变成黑警察，以适应一个特殊任务。"

端着如此严肃的表情，说的却是连篇鬼话，至少在郝昂扬看来是如此，他瞪着马一鸣。马一鸣以为已镇住对方，却不料得到了郝昂扬一个短促有力的回应——

"呸！"

远处有人"嗨"了声打招呼，终于打破了两人相对的尴尬。一身警服的肖景辰阳显得还是瘦，不过精气神可是出来了，兴冲冲地奔过来，看看两人，开口问道："怎么了？"

"还能怎么了？对你思念成疾，你看他都快哭了。"马一鸣扳着郝昂扬的丑脸。肖景辰阳一笑，却发现郝昂扬脸上有伤，惊得去摸："啊？怎么了？这是打架了？来搬我这个救兵了？谁欺负你们给弟弟说，我把他户口销了。"

"没事，没事。"郝昂扬烦躁地扒拉开肖景辰阳的手。

马一鸣却是顺势一揽肖景辰阳道："他没事，我有事，有这么个事我实在解决不了，来求助你。"

说着便把来意告知，肖景辰阳一听就皱眉了，再一听，不皱眉了，改瞪眼了，手指戳着马一鸣质问着："马哥，不是我说你，你该好好学习学习了，别说普通人，即便是涉案嫌疑人，你要追踪人家的银行流水、消费记录、出入监控，得县级以上的公安机关批准，你们什么单位？派出所够格吗？你去银行调记录看人家搭理你不？这里调取任何记录都得我们网安负责人批准，你自己上网查查，每年因为非法查阅公民隐私信息被处理的警员有多少。马哥，我们现在不是学员了，凡事得讲个程序，这么胡来迟早得出事。"

这苦口婆心的劝告马一鸣可没听进去，他瞪着眼道："别给我讲大道理，帮还是不帮？"

"不帮。"肖景辰阳一口回绝。

"白眼狼，白把你当兄弟，有多远滚多远，老子自己干，还不稀罕你帮呢。"马一鸣怒道，扭头上车，很嚣张地发动车子，又嚷了郝昂扬一句。郝昂扬上了车，不过他可乐了，透过车窗给肖景辰阳竖了个大拇指道："坚持原则，为你点赞，甭理他，他犯病了啊。"

马一鸣回头摁住郝昂扬就打，两人隔着车座你掐我脖子，我抠你眼睛，一如在集训队干架的样子，看得肖景辰阳哭笑不得，他知道这兄弟俩的德行，劝都没劝，撇着嘴离开了。

久别重逢就这么不欢而散。再次上路行驶不久，马一鸣把警车就近泊了个地方，若有所思地翻查着手机，像是在找什么人，可不时地又摇摇头，看着看着，觉得脖子边有热气时，一回头，把偷窥的郝昂扬吓了一跳。

一直以来，能和自己臭味相投的就只有这么一位兄弟了，想想刚才，马一鸣又有点愧疚了，他刚要说话，郝昂扬抢白道："道歉没用，求也没用，老子这次铁定举报你。"

"哈……捉贼拿赃，捉奸拿双，你啥都没有，怎么举报？"马一鸣全无歉意，直接反击回去了。

这把郝昂扬难住了，他挠着后脑勺，对呀，忘了分点赃，这空口无凭，至于娱乐场所那些人，估计没人敢指认。但要分赃了，那还说得清吗？

"好吧，我暂时不举报了。"郝昂扬放弃了。

得意扬扬的马一鸣奸笑了，好奇地看着郝昂扬的表情问："这就屈服了？我还没怎么你呢！"

"别扯淡，马缺德你别觉得自己聪明，跟那帮奸商比，你屁都不是，人家掏点小钱回头得十倍百倍地找回来，别看着都嬉皮笑脸一副孙子样，没准什么时候就给你下药了，到翻脸的时候，你哭都来不及。"郝昂扬道，毕竟也是警察家庭出身，见过世面，实在为马一鸣不值。

这话马一鸣不以为然，不过却被触动了，他表情一肃，灵光乍现，人怔住了，而且手摆着，打断了郝昂扬。就在郝昂扬以为马一鸣听进去时，却见马一鸣兴奋地翻查着手机，边查边兴奋道："对呀，奸商，从根上说这拨人都是奸商，得从这里找特点……耗子，找你来真是没错啊，你是我的幸运星啊，纠结这么久倒让你点通了。"

"我咋觉得你是我的扫把星呢？等等，又干什么？"郝昂扬没听明白。

马一鸣没有回答，可电话上郝昂扬听明白了，是找学员队里那位成功的商人——商利民。

所有的行政审批大厅都显得忙碌、单调、枯燥，建筑、服装，甚至每个人的表情都是程序化的。二楼一列窗口标着市公安局的标识，全市实行"一窗通办"后，交管、出入境、人口户籍、治安等警种业务一揽子都放在这里，一窗受理，网上流转，全程网办。

这就是商利民工作的地方。抱着最初的新鲜、好奇、激情，来这里感受寂寞、枯燥以及忙碌，穿上这身警服才发现警察有多么不容易，每天工作八小时，还得加上班前例会和班后总结，时不时地还有分局、总局的会议、批复，让他深切感受到，学员训练期才是从警路上最美好的时光。

咦？！出现目标，两个可疑目标。

正在整理一堆户籍资料的商利民看到两个熟悉的身影在排队的群众里钻。如果不是遍地监控，对方还穿着警服，八成得被当成毛贼了，不过看到这两个目标后他笑了，一下子曾经最美好时光的记忆涌入脑海，让他觉得亲切无比。

这就是战友情啊。终于发现商利民的马一鸣也是兴奋而亲切，隔着玻璃敲敲，商利民凑过脸来问："咦，你们怎么来了？"

"想你啊！"马一鸣道。郝昂扬补充说："为了这份想念，好歹你得管饭吧？"

"你们这一对贱损兄弟，还是原汁原味啊。咦，耗子，你不是在分局吗？怎么闲了？"商利民问。

"借调到新兰派出所了，现在是我下属。哎，老商，请个假，出去吃个饭。"马一鸣道。

这真没说的，商利民回头招呼了一声，也快到轮班时间了，交代一番回头换了身便装，从侧门和俩同学一起离开了。

就近找了家像样的饭店，商利民麻利地点了几道菜，两位同学吃相一如既往没品，一个夹得流星赶月，一个吃得狼吞虎咽，看样子是真饿了。商利民咧着嘴，愕然问道："新兰镇好歹是个经济发达地区，伙食难道……很差？"

"不是，早上没顾上吃就过来了。"郝昂扬含糊不清地说，顺便用油手竖拇指道,"还是有钱人格局大,搁我们只能在摊上吃,还得猜拳看谁买单。"

商利民笑笑摆手,以征询的目光看向马一鸣,马一鸣且吃且道:"我得给你出个难题。假如有某几个人,我们怀疑他涉案,但还没有正式立案,我要查他们,你帮不帮忙?"

"又来这一套。"商利民失望了,指指马一鸣,这人集训队擦边险过了,现在可是正式警员了,还这么不靠谱。他摇摇头道:"疑罪从无,以我的职业素养,不能帮你。"

"你才当几天警察,有什么素养?"马一鸣道。

"以你这种态度,更不能帮。"商利民不愠不怒。

"不帮拉倒,服务员,这肘子肉再来一份。"马一鸣似乎毫不在意,直接略过。这反而把商利民的好奇心勾起来了,两人吃着,他思索着,还是没憋住,问道:"到底什么事啊?我现在还在熟悉各种户籍处理流程,没有什么你们能看上的啊?除了能请你们吃饭,能借你们点钱……不对,以你们的信誉,借钱得从长计议。"

"有还才叫借,我们都是白蹭,什么时候借过?"郝昂扬大言不惭道。那无赖嘴脸倒把商利民看乐了,他笑了,坦然道:"一鸣你说说吧,只要不违法不犯罪,能帮还是要帮的。"

"我给你一份资料,残缺的,做过脱敏处理,我不解释是什么人的,告诉我,你能看出什么来。"马一鸣试探道,把这个难题神秘化了点。

商利民好奇更甚,他点点头,马一鸣掏出手机,点开手机相册,把几十张照片放到商利民眼前,趁着商利民浏览的工夫,继续解释着:"这些都是半公开资料,经营法人、企业纳税信息、物流信息,还可以告诉你就是新兰镇的某几个人的,这几人很低调,没有任何暴发户的作态,名声也相当不错,没有像其他涉黑涉恶人员涉及各种怨声载道的事。他们名下的资产有很多来得莫名其妙,但也不算太惊人。其实我是想挑点毛病出来,但挑来挑去,挑得我都快出毛病了,还是什么毛病都挑不到。"

"你这纯粹就是仇富,典型的恨人富嫌人穷的心态。"郝昂扬不以为然道。

"闭嘴,不吃滚。"马一鸣怒喝。

不知道为什么,士别三日被揍一顿后,马一鸣的气势见涨,郝昂扬反而有点虚了,他翻着白眼没理会。那头商利民越看越皱眉,马一鸣适时补充道:"这几个人有亲戚关系,海员出身,更准确地讲,从上一代就经营渔船……我仔细算过,按照正常渔船的收入,这么多年积累起现在的资产,勉强也说得通。"

商利民很专心,几乎是马一鸣都吃到快撑的时候,他才放下手机,推到马一鸣面前。马一鸣期待地看着商利民,商利民脸上是一副很淡然的表情,似乎这些事在他这里不是难题,窃喜的马一鸣不动声色地看着,等着下文。

不料商利民爆出来的却是一句:"你这个难题解决不了。"

"啊?什么意思?"马一鸣愣了。

"我问你……滨海明里暗里有多少KTV、酒吧、会所?没有具体统计,明里暗地几千家总是有的,对吧?"商利民问。

马一鸣点点头。商利民接着解释:"这些娱乐场所,有偿陪侍是违法的,你说有吗?明里暗里的性交易是违法的,你说有吗?售卖假烟假酒是违法的,你说有吗?"

当然有，而且很多，就连郝昂扬也被点通了，这些是根本抓不过来的事，他纠正道："那酒，不是有假的，而是根本就没真的。上次KTV喝得我回去就拉肚子了。"

"我没太明白啊，这事和那事，有关联吗？"马一鸣愣了。

"拉菲红酒年产二十四万瓶，每年销往我国五万瓶，但我国每年消耗拉菲红酒二百万瓶，这笔账你要能算清，就明白了。"商利民道。

"造假啊。"马一鸣还是没明白。

"还有走私啊，靠山吃山，靠海吃海啊，你给的信息就能看出来啊。"商利民道。

马一鸣心里暗惊，这还只是些外围的信息，要是这里面能看出线索，怕是专案组的人得羞愧死，他小心翼翼道："可是我看不出来啊，看起来很正常。"

"对了，这就是问题。"商利民道。

"老商你是不是脑袋有问题了，智商向我看齐？"郝昂扬也不明白了。

"这个不需要智商，需要经验。两家注册的物流公司，五年连续亏损，还养着五台货厢车，付着高额的场地费、养车费、人工费……注意，支出里电费很少，临海的物流仓储你不用电，海鲜不得臭了？如果不用电，那说明运的根本不是海产品。但要是不运海产品，那运什么？"

马一鸣眼睛亮了。

"那个娱乐公司，应该是开的洗浴中心吧，注册的有限责任公司，这是个高消耗的行业，水电、人工成本奇高，所以做账的时候，做亏损很容易，不信你查一下，这个行业大部分企业都是亏损状态。但你提供的这家洗浴中心却是盈利的，而且还不少，交的税也不少，下游的合作商都是个体户或者小微公司，每年向个体户支出的各类费用占到了总收入的七成以上。"

"这不合理吗？"马一鸣问。

"你开个洗浴中心，还需要支出八十万咨询费，教教人怎么洗澡？"商利民笑问。

马一鸣一怔，挑着毛病反问："但解释得通啊，品牌咨询、营销咨询都说得过去。"

"理论合理，实际有猫腻。不信你可以查一下，这些下游的公司实控人，相互之间肯定有关联，下游公司存在的唯一目的，就是虚开发票，消化这些收入，说不定就是亲戚朋友。悄悄告诉你，这两年国家支持小微企业和个体户，他们开票几乎是免税的。"商利民道。

"那也不对呀，洗浴赚个钱还进公户，通过员工收款码收自己兜里不就得了？"郝昂扬想当然道。马一鸣又要呵斥，商利民却是一指道："昂扬聪明，一下子就说到点上了。正常的经营现在都这么干，特别是有现金业务的，自己收了就得了。但有一种情况，就没法收了。"

"什么情况？"马一鸣急问。

"钱太多。你有几万十几万，甚至几十万，走个人户都不是问题，甚至上百万在滨海这样的城市也属于被忽略的金额，但要多到几百万、上千万，甚至更多，那就得小心了，特别是在有些钱还是见不得光的情况下，你会怎么处理？"商利民问。

"怎么处理？"马一鸣不明白，自小与钱大爷素昧平生，对于钱可真是没经验。

"你给的信息里就有很好的处理方式，每年都开除员工，付了高昂的离职赔偿，合理合法而且不交税；旗下办人员培训，每年搞几次，得支出上百万，这个无据可查，接收的公司可能都倒闭了；还有什么咨询、体检、员工福利等，都合理合法，而且他交的税高于行业的平均税赋。但倒查收入你不觉得不对吗？得洗浴招待多少客人，才会有每年上千万的收入？注意前提条件，是在一个镇上。这种做账方式都是按合规的前提补账的，里面有很多漏洞，比如我就看出一个，每年都有台风季，那时候断水断电，正常生活都成问题，但做账的注意不到这个时间差细节，会把收入平均分摊到那种不可能经营的时间里。"商利民一语道破。

马一鸣和郝昂扬迷瞪着，此时郝昂扬都觉得马一鸣敲诈对方似乎不是那么可恶了。

"我之所以说你解决不了，是因为这是前几个年度的账目，即便你怀疑也无法查实，谁也无法核定他们每天的营业额是否属实，理论上这种经营多数是少报收入偷漏税款，像人家这种可能多报的，愿意交税的，谁都欢迎呀。"商利民道。他侃侃而谈，马一鸣的脸色却是越来越凝重。

十有八九在洗钱，于是新的问题又来了，钱从何而来呢？这时候马一鸣理解专案组一直徘徊在外围侦查寸功未建的原因了，真相可能就是这样，但你毫无办法，因为无法拨开围绕着真相的层层迷雾……

无风浪欲起

一捧五条,八捧差一条整数,中华、玉溪、苏烟;酒有七八瓶,五粮液、古井、洋酒等;钱若干。

一桌子礼品,两位警员清点着,和清单比对。来此的欧阳惠敏无语地看着潘渊明,表情那叫一个五味杂陈,天天督察全警的,现在倒堂而皇之地为收受贿赂的保驾护航了。不过她也有点惊讶,看来马一鸣成绩斐然,这一桌子得几万块,而且只是半个月的收获。

"封存打包,做好登记,你们先回去。"

潘渊明安排着,两名警员有条理地包好,覆上黑色袋子,搬下楼了,门口徐丑虎开着门恭送。东西运送完,徐丑虎尴尬地笑道:"我可是头回这么公开违纪啊,快把所长办的保险柜塞满了。"

"我说你们不能光收礼不办事啊!"潘渊明道,有点焦虑。

"这是前奏,也叫铺垫,拉关系也得有个过程呀。"徐丑虎道。

"太慢了,太慢了……"潘渊明烦躁地说,看向欧阳惠敏时,他眼神滞了下,好奇道,"提提建议,意见也行。"

"路上讨论过了,以前的犯罪直截了当,我们也毫不客气;现在的犯罪嘛,网络化、隐蔽化、智能化……一切有利于犯罪的技术以及思维,都会被他们加以利用,违法永远比执法前卫,这……你太难为我这个政治处的了。"欧阳惠敏眯着眼,露出一副牙疼的表情,明显觉得这方式过于老套了。

想法很美好,现实很差劲,原本想着培养个"堕落"的警察很容易,现在看来,同样需要天时地利人和啊,相视愣怔间,徐丑虎的电话响了,他拿起来一看,赶紧嘘了声跑门外去接。潘渊明看看出门的那位，扯闲话道："你师父干这活不太行啊！"

"他是培养警察的，你让他培养黑警察，他可能行吗？"欧阳惠敏哭笑不得道。

"可不让你说对了，这不行啊。"潘渊明直接拿起桌上的烟，七块钱的塔山，明显太差了，连徐丑虎的气质也上不来，可也总不能去看守所提一个职务犯罪的前警员来上课吧？

"我说潘处，有些事真是急不得，我倒觉得马一鸣发展已经够快了，他警员月薪才多少？这半个月索贿赶上好几个月收入了啊。"欧阳惠敏坐下来，安慰道。

潘渊明却道："这只能算个茶水费，罗店派出所原所长，办公室搜出来的赃款和礼品当时就差不多二百万；去年查处的上贤分局长，涉案四千多万，他司机都捞够上百万了……你知道这种价值的礼品代表什么吗？"

"什么？"欧阳惠敏不懂。

"代表我这里没什么事，别找麻烦。而且，你的资格不够，只配拿这么多。"潘渊明道。

"那怎么着？总不能把他提拔到副所长位置吧？"欧阳惠敏道。

这肯定不符合组织原则，一个副科级的副所长，最快也得数年，有的警员一辈子也升不到这个位置。潘渊明即便想办也办不到。

又瞎了，两人思忖间，徐丑虎回来了，把电话的内容一说，是马一鸣的汇报，这倒引起两人的兴趣了，仔细地听完，齐齐愕然。

洗钱？！

潘渊明陷进困扰中了，又看向欧阳惠敏，欧阳惠敏摆摆手道：

第一章　巨额洗钱线索　037

"别看我，我的能力只限于算清四位数的工资，这玩意儿也就经侦能捋清。"

"不，经侦也捋不清。"潘渊明解释道，"这个问题我们想到过，也咨询过经侦专家，他的解释是这样：如果是几百万、几千万成批地洗钱，账户来回倒腾，这个容易认定，但像博海云天这种，大额资金化整为零，以日营收的形式存进银行，那就无法认定了。不可能回溯到一两年前某几天，去认定他们的营业额有问题，更何况他们采取的是蚂蚁搬家的形式，不是一天或者几天，而是经常化了，除非把他们全抓了……"

潘渊明没说的是，即便全抓了，这个拼凑的证据链检察院认不认可还得两说，毕竟那么零碎的金额，人家说什么都行。至于结果，找到的证据够不够得上刑责也都得两说。

言下之意很明白，这条路不通，潘渊明又问："他们怎么查到这个上面了？"

"您不指示说，让他自由发挥吗？所以我没干涉，今天早上把信息给他，他们就摸到这儿了。"徐丑虎道。

"说起来还是挺灵光的，最起码比我们找到这个破绽还快，但没什么用啊，洗浴是葛郎郎负责的，酒吧那块葛海是头，这俩打头的，离葛飞的核心业务肯定还有距离。我们也判断，这些合法经营场所存在的目的，大概率是洗赃所用，但问题是，我们的目标不是这些赃款啊。"潘渊明为难了。

难度一点没降，因为803的失踪，警方在所有行动上都投鼠忌器，更因为这里是沿海，行动更得谨慎，万一对方嗅到风声乘船出海，到不了天黑就能到公海，那就真的一切都完了。

"那个……昨天不是监控到仇林登岸了吗？这些老船员身上可多少都背着点事，可不可以从他们身上找找突破口？"徐丑虎看领导为难，提议道。

"呵呵，这些人上岸能干的事就是吃喝嫖赌，昨天晚上咱们的人追踪着呢，一晚上换了三个娱乐场所，喝酒唱歌撸串，半夜带着几个女人开房去了，估计现在还没起床呢。"潘渊明苦笑道。

是啊，敢情人家是回来休假放松了，没证据的还真拿人家没治。徐丑虎尴尬地笑笑，不提这茬了。不过以他的经验，他判断得出，像这种抓不到现行，也很难找线索的案子，要想办，大概率只能靠一种东西了：运气！

一辆警车呼啸而过，正打着哈欠伸懒腰的何尚峰赶紧缩头、捂脸。在他背后的仇林见势扇了他一巴掌，骂了一句："瞧你那出息。"

"哥，我毕竟还在网逃名单上啊。"何尚峰心虚地小声道，看看四周车水马龙，在酒店住了一晚上还心惊胆战的。

"那不有给你做的身份证吗？我告诉你，只要不作死，就死不了。别碰枪口上。"仇林大咧咧道，继续说，"现在犯点小案小事，警察根本懒得追你，就等着你撞上。只要不用身份证，不和警察打照面，没人把你怎么着。"

"我听说现在监控厉害着呢，搁大街上就能盯上你。"何尚峰上前畏畏缩缩地和仇林并排走着。

仇林嗤鼻，不屑地笑问："人家这么厉害的设备，就盯你一个组织卖淫挣卖肉钱的？"

这把偌大个子的何尚峰羞愧得直拍脑门，随即他被人高马大的仇林一拎，直接上了一辆停泊着的商务车。

街边一辆不起眼的轿车里，两个缩下身子的人从椅子上起来了，车上的记录仪拍下了刚才的一幕，一人回放着，另一人在手机上做着记录。

"这个何尚峰有案底，怎么组里只让盯？要拿下很容易啊。"

"这点事还叫事？"

"可咱们到底是为什么事啊？都熬半年了。"

"这也不叫事，追踪一两年等机会的都不稀罕。"

两人闲聊着，不过目光却是注意着嫌疑车辆的去向，很快车子发动，驶上路面，不紧不慢地追着嫌疑车辆。在这茫茫车海里，被追踪的不容易发现，追踪的也有可能随时丢了目标……

目标，目标，此时马一鸣还在街上漫无目标地驾车行驶着。

中午受了商利民的点拨，马一鸣觉得灵光一现，不过随即电话里徐丑虎就把灵光给掐了，排列出了多种不可能的理由，语气很不好，就说："那么明显的破绽专案组能分析不出来，就你能？"

这把马一鸣刺激到了，他还不信邪了，又托着郝昂扬他爸的关系了解到了缉私上，咨询一通后心情极度低落。那些戴"海关"臂章的警察是单独建制的，和市局不是一个序列，关于查获走私倒是给了不少信息，滨海历史上就是走私猖獗的地方，经过历年的打击，成规模的走私基本没了，但完全绝迹肯定是不可能的，历年查获的走私物品包括烟草、奢侈品、冻品、日用品、电子元件及成品，甚至包括疫苗和洋垃圾，那繁多的种类直接把没有此类经验的马一鸣看傻眼了。

至于洗钱,那就更别提了,咨询经侦时对方说的话更"好听":"滨海这个发达城市,低于千万案值的,经侦一般都不介入。你查查那些注册的小微企业,有不虚开发票的?有不偷漏税的?你们说的这种情况是普遍存在的,既没有造成严重后果,也没有报案人,我们都没法处理,你一派出所的准备怎么处理?"

又是一盆凉水,兴致方起的马一鸣此时内心已经被泼得拔凉拔凉的,他现在越来越明白专案组寸步不前的原因了,这些淹没在社会普遍现象里的真相,还真的毫无办法揭开。

又一次停下车来,靠窗叹气时,喜见他撞墙的损友郝昂扬说风凉话:"我爸说了啊,不接受几轮社会的毒打,是不会成长的。马缺德,你个货不是想找点茬敲诈人家吧?"

"咦,对呀。"马一鸣一下子来劲了,喃喃道,"不能成为证据,但能成为黑料啊。哎,耗子,你说说怎么办。"

"又让老子当帮凶,少来啊,我要跟你划清界限,大不了我找我爸走走后门,你们想借调个背锅的,想得美。"郝昂扬不干了。

穿上警服后,觉悟提高了,想拉下水看来没那么容易了。马一鸣斟酌道:"耗子,你别犯傻啊,咱民警队伍多少人呢,不拔尖不出类拔萃,一辈子都提不上去。你看你,学历、成绩、智商,甚至包括长相,都是垫底的,你不努力能行吗?"

这话说得似是而非,郝昂扬虽气可不知道怎么反驳,悻悻回骂着:"滚,又拿长相说事啊,说得你比我帅了多少似的。"

"咱们都垫底,所以得另辟蹊径,一起努力呀!你想啊,借调到了新兰镇,你趁机翻出个案子来一办,这提拔条件直接拉满了,搁市里真不行啊，一切都按部就班，治安好得连个毛贼都难碰上，等你出头都猴年马月了。"马一鸣道。

这倒是实话，在基层警务单位大多数时候干的都是事务性、服务性的活，能接触的案子也是些鸡毛蒜皮的小事，更大点的，分局和刑警队就直接拿走了。念及此处，郝昂扬有些松动了，他疑惑地问："但你的事没搞头啊，你不傻吧？哪个娱乐场所包括洗浴的能没个后台？抓不着现行屁事不顶。你就算抓着人家也能把事平了。"

"你可说对了，我就等着人来平事呢。"马一鸣乐了。

"什么？"郝昂扬没明白。

"你抓住，是你的功劳；有人平，是人家的本事。这两码事啊。"马一鸣道。

"这倒是，但是我怀疑你动机不纯啊。"郝昂扬道。

"动机不纯，并不影响各取所需。废话不说，我想干一把，帮不帮吧？帮人可就是帮自己啊，你能混到今天，我没功劳也有苦劳啊，到最后把我扔远郊了，你们都在市里，有没有点阶级同情心啊？"马一鸣道。

这倒也是实情，郝昂扬撇着嘴道："算算算，别扯，你想干啥呢？"

"很简单，开动你的歪脑筋，倾吐一下你肚子里的坏水啊，这方面我是人才，你是天才啊。"马一鸣道。这另类的夸奖郝昂扬坦然受之，他想想，开始出馊主意了。

第一种，猝不及防临检洗浴中心。只要逮着几个没来得及提裤子的男女，一拘一关门，这就成了。马一鸣咧着嘴否决了，要能干他早干了，时间点不太好把握啊。

第二种，摸清这些人的生活习性，这些人黄赌毒肯定没落下，只要揪着一根小辫，比如逮着打麻将、吸货什么的，那也成了。马一鸣继续否决，这事不痛不痒，顶多办个拘留，对于不要脸面又没有身份的犯罪分子来说无伤大雅，人家不在乎。

第三种，既然是团伙，肯定都屁股不干净，抓几个小喽啰回来突审一下，找点事，然后……马一鸣直接否决，要干早干了，专案组唯一的痛点就是不敢有任何动作惊动对方。

再问郝昂扬也急了，他撂挑子道："黑警察整人还不就这几招？哪样都不敢玩，当个屁黑警察啊！"

"早跟你说过了，要想站得稳，坑人就得狠，你这玩得不痛不痒的，是流氓打法。"马一鸣道。

"别激我，大玩法我会呀，就怕你干不了。"郝昂扬道。

"有什么我干不了？"马一鸣不服了。

"啧啧，对付奸商还不就两个办法，要么扣住人，等着人活动；要么扣着货，等着他着急。新兰镇就是个走私的地方，虽然不知道他们走私什么东西，但那不重要，不管是啥，只要扣住，这事就成了。我知道你纠结什么，不归咱们管是吧？那不是问题啊，谁也别问我出警理由，问就是群众举报，有违法乱纪的事，我们不可能坐视啊。"郝昂扬一脸鬼祟的表情，眼神玩味。

"对呀……有道理，所有人都忽略了这么个天才，你才是最佳人选，比我强多了。"马一鸣如醍醐灌顶，由衷地赞叹道，他一激灵，驾车起步了，油门踩得很猛，结结实实给了郝昂扬一个推背感，郝昂扬急急道："你瞎急个毛，多少你总得知道点人家的路数才行啊。"

"放心吧,今天晚上我保证能知道。"马一鸣道。

"吹牛吧,把你能的。"郝昂扬不信。

"不但能知道,还得请你吃顿大餐,跟着哥混必须让你吃香的喝辣的,回头还得立功受奖,眼馋死他们。"马一鸣江湖气十足地说。

"以后少给老子挖坑啊,别以为老子看不出来,你跟徐老虎穿一条裤子,没准想着折腾人家谁呢。"郝昂扬懒懒道,这么下劲地干事,应该不是私事。

"别问,问就是……呵呵。"马一鸣给了万能答案。

可能马一鸣在脑子里已经想好了路子,两人各怀心事,急急返回新兰镇,憋这么久了,这活估摸着得开干了……

第二章

冻品走私大案

杯酒露玄机

牛仔裤配上薄夹克，马一鸣和郝昂扬穿了一身街溜子的行头从派出所里出来，还没到下班时间，这就准备开溜了。还被马一鸣卖关子勾着的郝昂扬追着一把拽住他，这货肚子里藏不住事，还是期待地问："哥你说话说完呀，你说咱们所里王大牙怎么来着？你不也刚认识吗，咋就判断他知情啊？"

"比民警更牛的是片警，懂不？比片警更牛的是协警，懂不？"马一鸣提醒道。

"不懂。"郝昂扬摇头。马一鸣扬手，郝昂扬赶紧点头纠正："懂点，不就是说片警知道的情况详细点嘛，但协警，没你说的这么牛吧？"

"如果协警的姐夫是所长呢？"马一鸣提醒。

郝昂扬"哦"了一声，这似乎有戏了。

马一鸣再提醒："民警工资低得都不如民工，协警更低。那句话怎么说来着，强者从不抱怨环境，你觉得呢？"

"哦，你是说这协警不干净？这个倒有可能，但……他不至于知道走私那么隐秘的事吧？"郝昂扬仍然有点疑惑，说是今晚王大牙请客，不，王一舰。王大牙是马一鸣刚给起的外号，无比形象。

"有些犯罪就是公开的秘密，除了警察不知道，群众都知道。比如那酒吧靠啥赚钱，卖假酒呗；比如那洗浴会所靠啥赚钱，卖肉呗；比如这开发商靠啥赚钱，坑蒙拐骗呗。"马一鸣一言以蔽之。

郝昂扬深以为然，当一件事普遍存在的时候，即便明明是违法的，大多数人也会觉得一点也不意外。挠着脑袋想了想很对，但问题又上来，他好奇地反驳马一鸣："即便我同意你所有的猜想，但问题是，人家凭什么会告诉你，凭你长得丑啊？"

"长得丑的人都玩得花啊。哦对，你还没见识过哥的媚惑之眼。"马一鸣回头向郝昂扬抛着媚眼，郝昂扬一阵恶寒，就听马一鸣嘚瑟着说，"别忘了哥是心理咨询师啊，正经八百考过证的，能瞬间看破你的心理，让你说实话。"

"哎哟，海风这么大，咋没把你吹跑啊？"郝昂扬明显不信，夸张地作势恶心马一鸣。

马一鸣靠着派出所的大门廊不屑道："是时候展示一下了。看你新换手机了，要不我用心理问话方式猜一下你的锁屏密码？"

"哎哟，说你胖，你还喘上啦？"郝昂扬坚决不信。

"输了哥给你买华子……手机拿来。"马一鸣伸手。郝昂扬递过手机，警惕地捂脸："别扫老子脸啊，三次机会。"

马一鸣拿着手机，倒没作弊，对着光线晃了晃，很不讲究的郝昂扬手机屏幕脏不拉几的，这点郝昂扬预知到了，得意地说："别玩那一套，就五位密码，就算能看到指纹，这些数字也有无数组合。"

"第一，只要不是左撇子，正常人右手握机，习惯性地会从左上角三个数开始。"马一鸣道，郝昂扬眼神一滞，马一鸣看看手机密码区域稍脏的位置直接道，"第一个数字是1。"

猜对了。郝昂扬笑容一敛，没那么嚣张了。马一鸣紧接着道："第二个数字是偶数。"

郝昂扬一噱，马一鸣立时纠正："不对，奇数，应该是5……哦，不对，3！"

说"5"时郝昂扬眼皮微抬，一纠正，睫毛微动，这些微表情被马一鸣精确捕捉，这样看来，猜对两个了。此时郝昂扬嘴唇翕动，有点意思了。

"你既不偏执也不强迫，而且心大忘性大，不会用很难的密码，第三个数肯定是个偶数。"马一鸣判断。郝昂扬脸上肉一抽，看向马一鸣。马一鸣说："6！"

坏了，郝昂扬一紧张。马一鸣知道对了，语速极快地又是一句："第四位是8、9中的一个。"

"哪个？"郝昂扬梗脖子了。

不好诈了，马一鸣说："8……是13698。"

"要是错了呢？"郝昂扬严肃地问。

"真错了？"马一鸣失望地问。

"当然错了。"郝昂扬得意了。

"好吧,输你一包华子。"马一鸣转身就奔去小卖部,就在郝昂扬觉得哪里不对还没想明白时,马一鸣匆匆奔回来了,还真给了郝昂扬一包中华烟。郝昂扬反倒纳闷了,好奇地说:"你输了不抵赖两回,我都不习惯呀。"

"愿赌服输嘛,我觉得这方面你才有待提高,老是输了耍赖。"

"我才没有。"郝昂扬纠正着,接过了马一鸣递过来的手机,还是觉得哪儿不对劲,只见马一鸣从兜里拿出一包中华烟时,他愣住了,以马一鸣抠搜的性格,不可能买这么贵的烟,而且笑得贼兮兮的。

坏了,郝昂扬拿起手机一扬一扫脸,点进微信一看,勃然大怒道:"你拿老子手机刷的钱!"

"看看,输了又不认账了。"马一鸣笑道。

"你不没……"郝昂扬愕然道。

"第一位数猜,不难;第二位数诈,你泄露了;第三位数骗,你又暴露了。手机脏不拉几的,屏幕还能看到两位数,不是13689,就是13698,很难吗?"马一鸣笑着释疑。

这套路把郝昂扬玩得晕头转向,细一咂摸,似乎还真是自己泄露的,他愤愤地咂了口,这烟抽得也不香了,指着马一鸣鼻子骂着:"你会遭报应的,连我这点津贴也不放过。"

"不会的,遇上我,是你遭报应才对……哥就是报应,还遭什么报应?!"马一鸣叼着烟,远远地看到一辆轿车驶来了,一辆老款宝马5系,车窗开着,来者伸出脑袋露着大牙,正喜笑颜开地和马一鸣打招呼。

王一舰准时出现了，现在郝昂扬丝毫不怀疑，这货八成也要遭报应了。

欧阳惠敏是下班的时候到公安大学的，静谧的校园里可见三三两两穿着学员服装的男男女女，脸上洋溢着青春和活力，最热闹的操场上、篮球场上、足球场上、跑道上，那奔跑着的矫健身影，一切的一切都让欧阳惠敏羡慕不已。

这里是警察的摇篮，在这里会让人憧憬未来的美好。很难有人能体会到，其实在这里学习的时光才是最美好的时光。

欧阳惠敏胡乱地想着，通过了岗哨。作为最迟加入803计划的人，她这才是第二次到专案组。后来她了解到，之所以把专案组设置在公安大学校园里，不仅是因为这里是刑侦技术研究所的建制所在，还因为这里有仅次于IDC中心的传输机房，在这里不用转机就可以获取最直接的交通、治安监控信息，而且很多实验中的涉密类警用设备、技术都集于此。

刑侦技术日新月异，警方已经可以对绝大多数的街路面犯罪类型进行有效控制，即便是重特大刑事案件，现代的警务机制也可以做到迅速响应、快速处理。但没有一种技术是万能的，比如监控、警械、审讯等，当手段被特殊环境弱化之后，执法方式会回到原始的状态，那时候又该怎么办？这是个问题，也是警察存在的意义，因为人是任何技术和手段都无法替代的。

她上楼出电梯，敲响了专案组的门，推门而进的时候，几位警员正忙碌地盯着屏幕。潘渊明打了个招呼，欧阳惠敏上前，把一摞资料递给了他，他坐下来，大致翻看着。

第二章　冻品走私大案　049

是新兰镇派出所所有警务人员的档案，欧阳惠敏解释着："在编的都有了，辅协警信息我这儿不全，这一块人员的流动性比较大，有很多从保安公司来的，离职去向也大多是保安类职业，正常的街路面执勤需要的警力基数庞大。"

所以良莠不齐在所难免，欧阳惠敏没有说完，剩下的不用说都知道。

潘渊明翻看着，喃喃道："差不多得做准备了，全市警力大轮岗针对的是在编警力，这小子盯上个协警倒给我们提了个醒，难缠小鬼坏大事啊，万一辅协警里真有他们的人呢？"

潘渊明抬头，眼神深沉，似乎在斟酌这种情况可能导致的后果有多严重。欧阳惠敏道："我的经验是不要抱侥幸心理，这个世界上不存在绝对纯洁的组织。"

"那可就坏事了啊，街路面执勤、巡逻如果形同虚设，那么不管他们干什么都畅通无阻了，这些年经济发展飞快，个别地方政府GDP挂帅，对一些违法行为视而不见，造成的后果很严重啊。"潘渊明凝重道。

传说中的走私村、洋垃圾村就是这么来的，很多"三非"人口也是这么进来的，警察最懂岁月静好背后的负担有多重。

无语，无解，欧阳惠敏换话题问："这事要从长计议。潘处，这有用吗？"

所指的自然是马一鸣的上蹿下跳，潘渊明抬起眼皮道："现实情况是，他不一定有用；但我们，是一定没用。"

欧阳惠敏回头看看外围秘密监视的数个嫌疑人：仇林、何尚峰，正在和葛海推杯换盏，酒兴正酣，监视地是市区一处酒楼；葛郎郎仍然窝在博海云天没出现,监控只有附近连接的交通画面;至于核心人物葛飞,根本没出现在画面中,他的家里时常是一片漆黑,修理厂在镇郊,根本无法建立有效的监视。

"这不行啊,根本不足以及时掌握关键信息。"欧阳惠敏道。毕竟是刑侦出身,一眼就看出来了。

潘渊明为难地道:"最初推进很快,突然失联了,我们这后方全瞎了,外围得秘密调任,需要时间,而且前两个月我们还在等,也错过了很多时间。"

其实警察里没有神探一说,即便有,那也是运气太好。绝大多数疑难案情,只能是等,等着时间流逝,等着嫌疑人放松警惕,等待嫌疑人再次露头,就比如列在嫌疑人名单上的粟丰盛、罗奕婷、钟仙妹,现在根本监控不到任何情况。

"您这不是等机会,而是等奇迹啊。"欧阳惠敏思索片刻道。

"谁说不是呢,可又能怎样?说不定下一刻,电话铃声就响了,说不定下一刻,这些人就出现了,说不定下一刻,案情就有了转机……运气总不能只青睐恶人,永远给善良的人一个背影吧。"潘渊明悠悠道。

枯燥的静默中,一直在等待,今夜依然安静如斯,没有任何奇迹在这里出现……

而奉命当不正经警察的马一鸣就没这么憋屈了。王一舰不但自来熟,而且极其热情好客,把两人接到了市里一家很有名的益友茶餐厅,私厨加会所模式,服务员清一色的旗袍大开衩;餐饭都是位餐,价格却十分吓人;酒更壮观了,一面墙都是茅台瓶子垒的,把餐厅的档次直接拉高了。

先被吓到的是客人，两人没见过世面的样子让王一舰很得意，但喝开之后，慢慢地王一舰开始有点心虚了，原因是：这俩货太能吃、太能喝了。

热菜还没上，一瓶酒就见底了，虽然不是最贵的茅台，但那也是价值大几百的高度白酒啊，这量惊得王一舰直竖大拇指："海量啊，马兄弟。"

"没有没有，主要是因为没喝过，这酒劲挺大啊。"马一鸣揉着脑袋，似乎不胜酒力，王一舰可不放过，赶紧给满上。那头郝昂扬更厉害，拿茶杯当酒杯，很豪气地让满上，王一舰倒满，直竖大拇指道："厉害厉害，您家老爷子我见过，不过可没这荣幸能敬老人家一杯酒。"

"别提他了，管个什么用，要不然我能去新兰那小所？"郝昂扬大概是真喝多了，连自己老子也骂上了。

王一舰可不敢接茬，嘿嘿笑着。郝昂扬瞥了他一眼，这货打扮倒是朴素，不过做派可一点都不朴素，到这里都被叫"王哥"，肯定是常来，这一顿消费大几千上万的，要是常来，那肯定不简单了。郝昂扬直接提醒："王哥，那货嘴馋，这都快喝多了，一会儿咋整？"

"哎哟，还说带你俩去 KTV 玩玩呢，这事弄的。"王一舰似乎有点为难了。

马一鸣起身，端着酒杯，稍稍含糊地说："小看谁呢？这才多少？来，王哥，敬你一杯……我还真没看出来，这小庙里有真菩萨啊！"

"都是兄弟,这哪里的话?来来,一起干了。"王一舰乐呵道,偷瞟着,一饮而尽,那二位绝对豪爽,倒进嘴里一口闷了,喝酒实诚人。

酒精上头迅速拉近了距离,第一道热菜方吃上,马一鸣挑逗着问:"王哥,你请得这么高档,兄弟们可回请不起啊!"

"兄弟间说这话多见外。"王一舰佯装生气。郝昂扬打蛇随棍上了,吼了句:"就是,自家兄弟客气啥!叫服务员,再来两瓶。"

王一舰嘴唇一哆嗦,这俩人可真不客气,连他也宰。马一鸣怒骂着:"扯什么蛋?有白吃的饭吗?这点事都不懂……哎哟,王哥,对了,这饭吃得有说道,别让我们吃糊涂了啊。"

"多大个事,不就一顿饭吗?你们新来乍到,当哥的得尽尽地主之谊啊!"王一舰大气道。

"冲王哥这么霸气,回头我也得请王哥一顿……我本来挺郁闷的,你们都分配去市里了,就把我扔镇派出所,没想到是个好地方啊……哎,王哥,一家人不说两家话啊,我们兄弟俩也正有事找你呢,你人头地面熟,得指点指点。"马一鸣醉眼蒙眬道。

王一舰拍拍胸脯豪爽地应着:"没问题,说说是啥事吧。"

"这事啊……"马一鸣手做个搓钱的动作,小声道,"两家酒吧,一个洗浴中心,几个小场子,还有七八家影咖、小酒店……"

马一鸣神神秘秘地说着,郝昂扬助攻着:"这是什么?这是财路啊!"

"对,财路啊。我说王哥,咱们能联合一下,蹲上几天,然后直接冲进去抓他几个现行,那钱不就来了!"马一鸣道。

郝昂扬立马助攻:"虽说很多店在扫黑除恶以后表面上净化了,

但私底下仍然招待熟客,非法性交易。"

这俩人的发财大计吓得王一舰心里直哆嗦,很庆幸自己提前一步,他赶紧道:"哎哟,兄弟兄弟,别别……我给你交个实底啊,这顿就是人家老板请的,你俩这么一搞,这事就不好办了。咱所里评优、镇里创文,出个卖淫嫖娼窝点,那不是给领导脸上抹黑吗?"

"不是非要抓,做个样子嘛。"马一鸣道。

"不行,不抓着来不及提裤子的,他们不认账啊。"郝昂扬助攻。

别人说可能是玩笑话,但搁马一鸣和郝昂扬的背景,王一舰不敢不信,一个捅出大贩毒案,一个是分局长公子,这放在哪儿都不容小觑。瞧这两人红通通的脸、恶狠狠的表情,要是没这顿饭,他觉得他们今晚就敢去干。

于是王一舰换着语气,给两位倒酒劝着:"别急,刚才说了,就是人家老板请的。再说你这么干,徐所长能同意?"

"咱们私下处理,干吗捅所长那儿?"马一鸣道。

"没事,捅个娄子老子正好回市里。"郝昂扬不屑道。

这把王一舰给气得呀,哭笑不得地说:"郝公子,人家老板都认怂了,这不是托我请二位嘛,咱别折腾了。这样,反正每月执勤你去一两次,他们懂事,会安排好的。"

懂事?安排好?这是要按月给钱了。郝昂扬很没品地低眉侧视:"多少?"

"不低于工资……放心,葛老板是大方人。"王一舰道。

"都姓葛,哪个葛老板?"马一鸣问。

"葛郎郎呀，你不是给人家留过名片吗？对了，酒吧那葛海是他堂弟，本来今天也要来，但临时有事，而且怕对咱们影响不好，这才托我来。你二位别介意啊，我们就是单纯的朋友。"王一舰努力用浅白的语言描述其中的潜规则。

"哦，好像不错哦。"郝昂扬傻乐了，看来这赚钱确实很容易。

"不错个毛呀，按月给就少多了。"马一鸣又灌一杯。

酒量不小，胃口更大，王一舰一忖，这难办了，可没想到这小警比他老警还黑，他压低声音道："差不多就行了，咱这身份，能值多少啊？那葛海、葛郎郎，平时都是跟镇长一块玩的，那葛飞更了不得，他老子在海外都是个大老板，人家平时都是跟市里的富二代玩，那一辆车都大几百万呢。"

这是既让人羡慕，又让人忌惮，自古穷不斗富，哪怕你穿上制服也得遵循这条原则。可偏偏这俩货不是，郝昂扬嗤鼻以示不屑，马一鸣笑笑道："甭替他们贴金，这小池子能有多大王八？"

"我真没贴金，咱这镇上的千万富翁多的是，家里有船的几十家，有货车的几百家，有海外关系的更多，但这些加起来，顶多顶得上葛飞这兄弟几个。你还别不信，市里头那富人一多半是吹牛吹的，咱这儿的富人可是实打实的，镇里通向森林公园的旅游公路都是葛家兄弟垫资修的，镇上还欠人家两千多万工程款呢。"王一舰爆料道。

快进入正题了，郝昂扬愣了，似乎被镇住了。马一鸣拿着酒杯停住了，表情有点呆傻。可能真相比想象还要夸张。

两人一愣，王一舰误以为气氛到了，接着说："所以啊，咱们得跟人家搞好关系，包点活挣点外快，捞个小钱啥的，都能办了，

第二章 冻品走私大案 055

你们二位别去人家生意上捣乱了啊，有啥咱私下里说，改天我把葛老板约到一块，咱们聚聚。我看出来了，咱徐所长挺器重你的，说不定有事还得求着你给搭把手呢。"

有意思了，这货十成十有问题，郝昂扬眨巴着眼，笑着点点头。

这时候，马一鸣似乎清醒了点，好奇地问："王哥，不对吧，有这么大生意吗？大型工程都有了，还挣那俩卖肉钱，多寒碜。"

这俩考公进来的警员，说话简直像俩流氓。王一舰回道："兄弟，讲究点，咱好歹是警察，没证据别乱说人家……洗浴是葛郎郎的生意，人家葛飞葛老板可看不上这点小钱。"

"他干什么，猜都猜得到，是不是那种，人民群众都知道，就警察叔叔不知道的？"马一鸣撇嘴道。王一舰没跟上思路，愣了下，马一鸣醉醺醺地凑到他耳朵边说了两个字："走私！"

老王吓得一哆嗦，大牙磕巴了一下。马一鸣笑着道："看，说对了吧。"

"那是海关的事，不归咱们管。"王一舰强调。

"我猜猜又不碍事，信不信我猜得着？别觉得我刚来半个月不知道啊。"马一鸣得意道。王一舰嗤笑，自然不信。可不料马一鸣凑上来敬酒，边喝边说："不就那几样嘛，洋垃圾、电子产品、奢侈品，表啦、包包啦、车啦，说不定还有油品，没准还包括烟酒什么啦……"

"都让你说完了，到底是哪种啊？"王一舰只当是玩笑。不料马一鸣笑着道："我说的以上都不是，其实是冻品吧？"

王一舰正轻松地喝着酒，脸皮一抽，讪讪放下酒杯，面带做作的表情回问:"什么冻品呀?"

郝昂扬立马懂这种微表情问话的技巧,一直云淡风轻地说,结合对方的表情判断真伪,这不,就这表情,他都看得出来猜对了。

此时的马一鸣心明如镜,很多碎片化的信息在这一刻聚合了,葛飞在和粟丰盛建立联系之前的发家门路,那些神出鬼没的渔船,那些用电极低的仓储,还有养着的貌似无用的货厢大车,包括这个貌似合法的财富大厦,应该都是为这个行走在灰色地带的特殊生意服务的。

而仇林、何尚峰莫名其妙地出现……马一鸣下意识地掏出了手机,醉态可掬地说:"上个厕所啊,王哥您这人太老实,我觉得咱们应该一起发点财。"

王一舰听得莫名其妙,愣愣地看着马一鸣进了卫生间,不一会儿出来,居然又要了两瓶。王一舰倒是乐见其醉,不过越喝越觉得不对劲,眼看着马一鸣下一刻就要倒了,可偏偏喝完一大杯,还是差那么一丢丢,再喝,又快倒了,还差一点点,就这么一点一点地支撑着,结果王一舰晕头转向,天旋地转,然后一头趴在桌上,嘴里流着涎水……竟把自己喝倒了。

郝昂扬也快了,有点头晕,三人喝了五瓶半,他看看马一鸣,马一鸣却是清醒无比的样子,这个马缺德装作不胜酒力坑人他早领教过了,看来水平已经更上一层楼了,喝这么多居然一点事也没。

"得有手段,谁像你这么傻喝?"马一鸣轻轻解开衣服,把T恤从裤子里抽出来,然后从怀里掏出了一大摞卫生纸,看来这就是秘术了,酒看似喝了,实则八成都倒进怀里,被纸吸收了不溢不流,他扔了纸惋惜道:"可惜了,好酒。快走。"

"还有什么事？"郝昂扬醉醺醺地问。

"跟我走，抓走私去，绝对是趟大活。"马一鸣道。

两人叮嘱服务员照顾不省人事的王一舰，出门稍等，一辆警车接上两人风风火火地驶离……

歪打有正着

"什么？他们怎么可能判断到准确的时间？"

听闻消息的第一时间，潘渊明发出如此一问，再一听徐丑虎在电话里的解释，眉头皱得更紧了，马一鸣给出的判断是：突兀出现的仇林、何尚峰，应该是为了非法运输走私品而落岸，葛氏兄弟旗下的货厢车应该就是这种用途。

这就让人头大了，专案组外围侦查追踪这事时间不短了，专业的都没敢给出这判断，倒让加入不到一月的马一鸣给捅出来了，潘渊明知道这家伙有时候虽然错得离谱，但有时候却准得吓人，他愣着回问："有多大把握？"

电话里，徐丑虎在问马一鸣，马一鸣说了，把握很大，口齿似乎不像平时那样清晰，惊得潘渊明又问："老徐，他是不是喝多了？这是海关的案子，我也正有意和局里商议搞个联合办案什么的，还没落到实处呢。"

"呵呵，人家能等到你联合执法时再走私？"电话里是马一鸣的声音，戏谑意味十足，接着是徐丑虎的呵斥，似乎还有谁在说醉话，听得潘渊明头疼不已，直接挂了电话让他们等着。

这时候，专案组的通信和监控设备就用上了，潘渊明让人尝试追踪葛氏旗下那几辆货厢车,不知道是运气还是巧合,这几辆驶出修理厂的车,居然都离开了新兰镇,再一反查,居然都是两天前,这恰巧又和仇林、何尚峰出现的时间吻合了。

潘渊明心里一激灵,凭经验知道有戏了。但接踵而来的问题是,这是海关和食药卫侦的事,他看看时间已经晚上十点多了,在这个时间点,不可能组织起针对性的警力,而且也不可能由专案组的人出面。

他瞬间下了决心,电话直拨徐丑虎,一个字:"查。"

"喂喂,潘处,这怎么查啊?我们新兰派出所总不至于来市里执勤啊,再说了……"徐丑虎先难住了。电话那头有人在说:"所长呀,咱警察跨省的事都没少干,跨个区多大个事,我给所里打个举报电话不就行了……"

"老徐,你不要出面,让他们俩想办法,既把事给办了,还不能给我惹出事来。"潘渊明直接道。

"这可怎么办?"徐丑虎难为地说道。

"问他们。"潘渊明挂了电话。

挂了电话,他脸上浮起了略带玩味的笑意,办法他不知道,但他觉得不重要,被他们盯上的人有多头疼才重要。片刻后他回身,直接召集专案组成员下令了——

放出所有外勤盯紧这几辆车。

可能大家都忽视了,这些车平常运点鱼虾之类的海鲜作为幌子,实际上有可能是在走私冻品。潘渊明同时命令成员把所有可能走私的冻品资料都找出来。

专案组瞬间改向,屋子里满是敲击键盘的声音,很快各式各样的资料传到了潘渊明的电脑上，布置在市区和新兰的外围侦查人员，悄无声息地追上了货厢车，传回了现场影像……

远远地，两辆警车开过来了，是交警的车，那种能挤一堆人的大面包车，看到车，徐丑虎伸手拍拍郝昂扬的脸蛋叫着："醒醒，喝了多少啊？"

"没事没事，我就是头有点晕。"郝昂扬有点迷糊，强自摇着脑袋。马一鸣递过一瓶水道："喝两口解解酒，别犯迷糊啊。"

"算了，我带上他吧，我和他一组，一鸣你带一队……强调一句啊，来的是交警十一队的同志，队长是我学生，我给的解释是让他们以查酒驾的名义协助我们找几个嫌疑目标，态度好点啊，千万别整出事来。"徐丑虎道，说到此处还是有点叹气，想想自己从警几十年了，还得听这些小屁孩的主意，实在汗颜。

郝昂扬却是嘿嘿傻笑道："没事，所长，咱们不就是没事找事来了，不整事咋整？"

"闭嘴。"徐丑虎骂了句，先行下车了。

两方接洽上，派出来的几乎都是辅协警，这大半夜的估计顶多能凑到这水平了，两边一交代，徐丑虎和马一鸣各带三人，循着专案组指示的方向上路了……

正常人的生活都是千篇一律，那不正常的人呢？

答案也是千篇一律，但不是千篇一律的枯燥重复，而是不重样的花天酒地。

负责招待的葛海自然是此中老手。那些海上回来的船员，都是些食中老饕、色中饿鬼，特别是仇林带回来的这个何尚峰，总是眼巴巴地瞧着上菜的服务员，那馋相自不待言。反观仇林就好多了，这个算得上是他叔辈的人确实有独到之处，酒不多喝，话也不多，每次回来待不了几天，看什么都没多大兴趣的样子。

这一次仇林难得地提了个建议，饭后找个娱乐场所耍耍，看着葛海的愕然表情，他解释道："船上闷得太厉害，给兄弟们开开荤……一会儿干完活把大傻兄弟也叫上。"

大傻是另一个，大家都叫他"和尚"，葛海笑着应了。饭局结束到了车上，他联络着相熟的朋友，给仇林、何尚峰介绍了个好去处——贵宾坊KTV。

这个名字让仇林皱眉了，他似乎想起了旧事，喃喃道："上次出事就是在贵宾坊，还开着？"

"一直开着啊，没多大事，后来不就没下文了。对了，吴麻子后来不是投案自首了嘛，也没把人家咋的，蹲了一天就出来了。"葛海道。

"那货有九条命，邪性了。"仇林给吴麻子下了这么个定义，这个名字何尚峰似乎知道，他好奇地插嘴问："就补给船上那麻脸？"

"嗯，就他。"仇林似乎不愿多言，应了声。何尚峰却心虚地问："海兄弟，上次是出的啥事？我这身份……"

"碰上临检，那货袭警……我估计能出来，应该是祝爷给走了路子。"葛海道。

何尚峰一听，却是崇敬之意油然而生，愕然道："袭警都没事？"

"呵呵，吴麻子犯的事里，袭警算最小的一桩。"仇林笑着评价道，他见何尚峰纳闷，笑着解释，"那人算起来是我的前辈，也是个奇葩，在海上闭着眼睛都有方向感，开上艘小渔船一个人就能运货，这可是走私客都肯花重金请的高人。也就邪了，自打他老大死在监狱里，他就不操持这行了。"

"粟大公子当时就是想请他出山呀！"葛海道。

"请不动，这哥们儿是个驴脾气，宁愿挣送补给那俩小钱，也不沾黑事。"仇林摇摇头。

"我听说……"葛海摆出一副八卦表情，却被仇林直接伸手制止了，似乎知道他要说什么，仇林警告了一句："咱就挣点辛苦钱，别乱嚼舌根让你飞哥不乐意了啊。"

"是是，那是……对了，二位放心啊，我让光头杨从其他场子调过来几个极品，啥也甭管了，我都安排好了，一会儿大傻兄弟一起过来。"葛海殷勤道。

商务车载着众人出发，去寻欢处作乐……

二十三时，去育民路的车道被一辆警车临时封闭，几个警示锥桶一摆，醒目的彩条衣一穿，酒精测试的小棍子一拎，化身"交警"的郝昂扬正式上场了。

其实也不难，过来辆车，车窗摇下，直接一伸棍子，吹一下，放行。几位交警已经干得轻车熟路，而且这个点过往车辆并不多，他们倒不是期待逮着一两个酒驾的，只是得到了队长的叮嘱，要配合兄弟单位的工作，配合那个还没醒酒的。

兄弟单位可以理解，但这不知道哪个单位的这位兄弟实在不好理解，喝这么多还上岗？这不，别人在按部就班执勤，让闲着都闲不住，叼了根烟痞痞地点上抽着，丝毫不顾忌形象，还要去查酒驾。其中一位警员赶紧拽住他："哥，别价，我们来就成了，您这行不？"

"咋不行了？"郝昂扬不服气了。

"啧，现在执法必须讲究形象，您这……"那警员一指，郝昂扬把烟一扔，警员还是拉着他说，"还有您满嘴酒气的，这让群众发现，万一……"

"咋还上纲上线呀？"郝昂扬不服气了。

"倒不至于上纲上线，万一上热搜呢？"那警员道，直接把郝昂扬噎瞪眼了。

这人不说话了，直接站到了执勤的位置，像是故意表现一番似的，逢车敬礼、伸测试仪，还好黑灯瞎火的，估计没哪个车主注意到这是个喝了酒的假交警。

等待的时间并不长，郝昂扬看看时间，这是后台给的拦截位置，应该很快就能看到驶来的货厢车。就是这时，又一辆轿车戛然刹住，巨大的引擎排气声音吓了郝昂扬一跳，车窗玻璃一降下，郝昂扬方要敬礼，一下子怔住了，然后笑了。

熟车，奔驰大 G，车里坐着熟人——祝银琳。

她在使劲地抹嘴，眼神本来有点躲闪，不过发现郝昂扬后，瞬间眼睛圆睁，惊愕地说了句："耗子，是你？"

"可不是我吗？好久不见啊……你喝酒了？"

"你喝酒了？"

两人几乎异口同声指着对方，然后祝银琳瞬间反应过来，不敢吭声了。

郝昂扬反应也快，让她靠边停车，往远处走了十几米，然后打

第二章　冻品走私大案　063

发走了查酒驾的警员，之后靠在车门处，车上的祝银琳吓得大气不敢出，小声道："谢谢啊。"

"车停到附近，别开啦，自己打个车走吧。"郝昂扬道，"你喝就喝吧，喝了开啥车？"

"这都几点了，谁承想这么偏这么晚还有查车的。"祝银琳干脆下车，车门一锁，回头看郝昂扬，愕然问着，"你牛啊，穿着警服喝成这样，还好意思抓别人？"

"我特殊任务，保密，不能告诉你。"郝昂扬道。

"稀罕呀！"祝银琳没理他，不过却一把拽住了郝昂扬问着，"马一鸣呢？死哪儿去了，我怎么联系不上？"

"手机换了……别问，我有事。"郝昂扬道。

"不行，不告诉我可别走。"祝银琳拽着他。

这时候已经看到车来了，偏偏祝银琳拽得更紧了，咬牙切齿说着："想跑？再跑我喊了啊！警察不但执勤喝酒，还私放酒驾司机。"

"啊？这样也行？你咋比马缺德还不要脸！"郝昂扬一下子被刺激到了，一回头，见到的却是祝银琳促狭的小脸，又美又飒，这么近距离传来的香味让郝昂扬神志短暂丧失，他使劲摇摇头。眼看着车已停，那司机已经吹了测试仪，查酒驾的交警又不知道真实情况，急得他一把甩开祝银琳飞奔上来，边跑边喊着："拦住他！"

那头的交警还蒙着，货厢车的副驾上跳下来个大汉，气势汹汹地嚷着："干啥呢？拦谁呢？"

他直奔郝昂扬，郝昂扬岂是个吃素的，不客气地喊着："打开车厢，接受检查。"

说话间两人已经面对面了，郝昂扬直接撞到了那人身上，比人家矮半个头，被对方揪住胸前："这么大酒气，还查酒驾？"

　　"放开，放开，警告你啊，你这是袭警。"郝昂扬气势上来了。

　　"你这警察真的假的？喝成这样出来查我们没喝酒的，扯什么蛋？"那大汉拎着郝昂扬。郝昂扬出手了，不料根本够不着对方，那头的警员慌了，纷纷喊着，奔上来支援了，这大汉却像失心疯了一样，拽着郝昂扬跟跄走着，引得三位警员纷纷追来。

　　这时候，那辆货厢车却轰鸣着，驶离了检查点，郝昂扬急得挣扎着喊着："快拦下车！"

　　"拦你大爷的。"大汉腿一绊，郝昂扬飞扑出几米，"扑通"一声，一屁股坐地上。另一位跑近的辅警奔上来，那大汉"砰"的一拳，正对了个照面，打完人撒腿就跑，剩下两位追赶不及，回头看，货厢车冒着烟轰轰跑了，再回头，那大汉沿着街边跑得比车还快，很快没影了。

　　就查个车，至于吗？郝昂扬揉着腰站起来，另一位辅警鼻血长流，在远处观战的祝银琳已经咯咯笑弯腰了，这脸可丢大了，四人互搀着，听着步话里指挥，赶紧上车离开现场。

　　更远处，一直在车里等待的徐丑虎气得鼻子都歪了，郝昂扬关键时刻掉链子的德行算是改不了了，还好有两道防线，他拿起了步话机说着："车号滨EF9×××，袭警、冲卡，拦下它！"

有功难成事

　　车冲卡逃逸后，专案组成员的神经一下子被牵动了，各屏连接着实时交通监控传输，盯住了那辆逃逸的货厢车，因为现场根本没有布置多少警力，生怕又出意外。

说时迟，那时快，第二拨查酒驾的直接放行了待查车辆，然后警车拉响警报，迎面逆行不远，直直横在路上，与此时从远处驶来的冲卡货厢车恰恰打照面，这时候已经避无可避，后面的警车也追上来了。

束手就擒？

没有，监控上见得那车戛然刹停，车上跳下来个人，撒腿就跑，眼见着有位跑得更快的警察追上去了，速度奇快，照着那人后腰一脚就踹上去了，然后一个饿虎扑食，把司机死死压在身下，之后，一群警员围上去了。

这监控看得专案组数位警员面面相觑，潘渊明有点尴尬地斥道："对付不服执法的，要是文明执法就成笑话了。"

言下之意，这执法有点不文明了，警员们咬着嘴唇不敢笑，潘渊明叹了口气，有点头疼地扶着额头，这现场的监控画面……幸亏是半夜。

十几分钟后，回传了车上的画面，车厢里堆着冻肉，标签清晰，还是英文标，理论上进口这种冻肉应该有海关的通关手续，而实际上这车冻肉当然不可能有。更离谱的是，根据时间推算，车厢里的冻肉已经足足过期了九个月了。

东西是没错，但遗憾的是，数量并不多，现场的徐丑虎大致估算，三百多，不足四百公斤。

正为这个数字牙疼的时候，警员又汇报来信息，现场袭警、逃逸的人员信息比对出来了。

潘渊明闻声看向屏幕，监控捕捉的画面和犯罪信息库的相关资料吻合了，嫌疑人王十六，绰号"大傻"，系邻省某市扫黑除恶名单上的在逃人员，涉嫌参与黑社会组织以及非法拘禁，已在逃一年零两个月。

"在现在的天网覆盖下，能逃一年多也算有本事啊。"潘渊明自言自语道。警务大数据化之后，在城市里几乎完全没有在逃人员的生存空间，跑了这么久的漏网之鱼，倒是让他有点稀罕。

"除非逃往穷乡僻壤，或者……海上。"一位警员道。

"现在海员招工不规范的地方太多，而且出海少则几个月，多则一两年，很多境外作业的海员成分相当复杂。"另一位补充道。

潘渊明抚着下巴，思忖片刻后拨通了徐丑虎的电话，道了句："证据分量不足，车留到交警四大队扣押，人押解回新兰派出所，你现在马上回来一趟。"

车被交警开走了，两辆警车一前一后，那算是没治了。

远远躲在暗处看到此情景的王十六扼腕叹息，嘴里不干不净地骂着，到现在还没明白怎么回事，怎么查个酒驾就成扣车了，人还被逮了。说真查酒驾吧，又不像，司机又没喝酒；说不是吧，也不像，为啥拉满车的时候没查，都剩点尾货了，反而被查了？

他一头雾水，在暗处待了很久，直到有一辆商务车在附近刹停，看到手机亮起，他才鬼鬼祟祟地快步跑上去钻进车里。

车厢里的人是仇林和何尚峰，开车的是葛海。闻到两人身上的酒气，仇林的蒲扇大手一巴掌就上来了，挨了一巴掌的王十六不敢吭声，性急的仇林骂着："到底怎么回事？"

"我也不知道啊！遇上查酒驾的，我们也没喝酒啊……对了，查我们那雷子喝大了，要查车里，我哪敢让他们查？然后就……"

"就怎么？"

"就放翻他了……"

"啊？你袭警？"

"那雷子喝大了，找碴儿呢……啊，别打，哥，真的。"

"放屁，查酒驾的警察喝酒？鬼才信你。"

"哥，天地良心啊，那雷子酒味比你身上的还重，我就觉得肯定是谁漏风了，雷子才专门查这事呢吧。我偷摸瞧了瞧，把司机弄走了，一堆雷子抓人呢，幸亏我跑得快。"

"你不是在船上待傻了吧？这都处理完了还查个屁？就你这最后一点了，现在给我掉链子，早知道就不让你下船了。"

"真不是哥，就一帮二十啷当的小屁孩，还有个喝大酒的，要逮咱哥儿几个，不可能这么低的配置啊。他们就是冲着车去的，根本就没怎么追我。"

"这……"

一番连扇带催，把仇林也问得蒙了，他停下沉吟片刻。开车的葛海已经拨电话了，和电话里的人讲了大致情况，头也不回地安排道："飞哥让你们都上船，别露面了，后面的事他处理……这段时间都别回新兰了，开船的事等他消息。"

后面的几个连"嗯"了几声，假期提前结束，都有点丧气……

急速赶回公安大学驻地的徐丑虎下车便看到了等在门口的潘渊明，潘渊明示意他上车，于是车又掉头驶出了驻地，出了大门，潘渊明将真实意图说出来了："又摸到一个，王十六，在逃人员。他是葛海接走的，我没让外勤动。"

"我看信息了，小角色啊，顶多算个从犯。"徐丑虎道。

"外勤追着，等等看，我判断他们会迅速撤走，撤走的方向，肯定是海上。"潘渊明道。

"您是怀疑这伙人不但在海上活动，而且纠集了类似何尚峰、王十六这号在逃人员？但以何尚峰和王十六的履历，我又觉得他们不够格啊。"徐丑虎道。

一个组织卖淫，一个非法拘禁，即便在犯罪团伙里，大概率也属于底层，能知道多少情况，能干多大的事，都有限得很。

"不能被我们自己的经验限制，等等看……今晚的事捅的方向对了，可惜下手迟了，事情不够大，不足以形成威胁，查是可以往下查，但我觉得，能查到的东西可能不多。"潘渊明道。

这是共识，流入市场的冻品，标签一去，整齐一摞，谁能证明这是走私的过期冻品？或者这儿事发的消息一传出去，等警察上门时，估计早转移了。

徐丑虎想想，点头道："我刚才路上也想了，无处下手啊，即便突审，嫌疑人交代去处，大概率也找不到更多的证据，一夜时间足够他们转移赃物了。"

"所以我想……我们什么也不做，怎么样？"潘渊明道。徐丑虎"啊"了一声，就见潘渊明示意他把车停路边，悠悠道："'看山不是山'这句话听过吧，套用到咱们行业里应该是这样——初级阶段，看案是案，案子就是案子；中级阶段，看案不是案，案子就是人情世故；高级阶段，看案依然是案，案子的尽头是人性的挣扎。"

徐丑虎听迷糊了，竟然无言以对。

潘渊明笑笑提醒道："我顶多是中级阶段，处在我这个位置，会被动地学会一项技能，那就是，可以体悟到案子背后的人情世故……反之，也可以通过人情世故，反推这个案子的大小、深浅、难易等等。"

徐丑虎愣了，想想潘渊明的安排，脑海中暮地灵光一现，说道："您是指……可以以静制动，摸摸这些人的背景？"

"对。"潘渊明道。

"可是……这……能办到吗？"徐丑虎很缺乏类似的自信。

"尝试一下嘛，你除了在一线就是在监管上，对于领导岗位不熟悉，而且对于人情世故很陌生……我猜想，在嫌疑人被押解回新兰派出所之后，你的手机很快会响起。"潘渊明道。

"这都大半夜了，再说我可是刚上位，可能吗？"徐丑虎笑道，有点不大相信。

"一切皆有可能，这取决于幕后之人的能量有多大。毕竟是走私，这种事可大可小，但肯定谁也不敢掉以轻心，真要有我们同行铁了心追查，挖出的东西一定可观，肯定有人情世故等着……如果不响，那倒好办了。孤立的嫌疑人、孤立的走私案，用不了几天一个派出所就能查个底朝天。"潘渊明道。

话方到明处，事情偏偏朝不好办的方向走，徐丑虎的手机急促地响起来了，惊得他掏出手机一看，愕然道："是我们新兰镇书记的电话。"

"呵呵，等等再接，装作没睡醒的样子。"潘渊明笑着道。

片刻后才接听，话筒里传来了张书记浑厚的声音："徐所长吗?哦……哟哟,大晚上吵醒你实在不好意思,就咱们所里评文明单位的事下周开个会,这两年镇上经济、文明两项考核在全市名列前茅,少不了干警们的功劳啊!哈哈,扯远了,扯远了。有个小事啊,你们所里抓了个司机,王乔刚……啊?所里抓人,你这所长居然不知道……倒不是我什么亲戚,我司机的一个亲戚,就是个挣俩辛苦跑腿钱的,能有多大事啊……你别理解错误啊,说情干预司法的事咱可不能办……但话说回来了,我听说好像是贩冻肉被你们查了,这事该罚别手软,一定好好打击,可是要注意影响啊,现在食品安全要被炒作一下,会影响咱们全镇的声誉啊……低调处理……哦,那我等你信儿啊。"

扯来扯去,既不违背原则,又不干预司法,不过表达出来的意思很明显,依然是要照顾一下,既然是身边人的亲戚,又可能会造成其他影响,还可能影响到所里的评优评先进,搁谁也得掂量掂量。

电话听完,潘渊明笑了,徐丑虎可是惊愕了,这点事都惊动镇领导了,可想而知,被隐藏的真相会有多大。

"正常情况下,会由外而内,一点一点地加砝码,第一个就这么大来头,有点出乎意料,我以为会是前所长。"潘渊明喃喃道,猜对了方向,却没有猜对是谁。

电话又响了,徐丑虎一看惊道:"陌生号码,内部的,短号。"

"接。"潘渊明道。

免提一接,是滨北区食卫药支队政委,直接以上级的口吻询问此事,这下把徐丑虎问住了。跨区执法、未正式移交、情报来源等,问得徐丑虎一下子答不上了,只能推托是所里干警接到举报临时出警,他还不知道具体情况,听得对方愤愤地挂了电话。

这下徐丑虎可吃惊不小,食卫药支队虽然是新建制,级别也到副处级了,自己人要查自己人的事,那麻烦可够派出所喝一壶了。

"厉害。"徐丑虎惊讶道。

"不用拍马屁。"潘渊明笑道。

"没拍你,你猜到不算厉害,人家这办到才算厉害。嘻,还是自己人咬自己人狠啊,一下子就戳到我们违规的痛处了。"徐丑虎道。

"再高明的侦查,也高不过这些高人的一个电话啊。"潘渊明叹气道,人情远比案情要错综复杂,有时候警察对那张比天网还神秘的关系网都无能为力。

接踵而来了数个电话,新兰镇派出所原所长王朋、前监管支队政委周金剑、两个分局长,甚至还有直属上级的分局长询问此事。本来询问的案情很正常,偏偏这案情不是按正常程序来的,这把徐丑虎越问越头大,反观潘渊明却是越听越高兴,甚至外勤警员传来发现仇林等人已经上船的消息他都没什么动静,反而对这个关系网的兴趣越来越浓厚了……

此时的派出所里,刚刚和被抓回来的司机王乔刚一打照面,马一鸣就意识到还是小觑了这些人。这司机居然在镇政府开车,是通过关系进去的那种没编制的临时工,开货车只是兼职。刚一到所里,镇上的电话就来了,值班的警员接了,结果王乔刚根本和没事人一样,反倒是准备询问的警员扭扭捏捏了。

"拉的什么货?""不知道,朋友开着车去海边拉着,我帮个忙。"

"这朋友是谁?"一问就给你胡诌个名,估计是已经出海根本联系不上的那种。

"装货具体在什么地方?""哎呀,真不知道,我在吃饭,人家装的。"

几句就结束了,一问到冲卡,王乔刚反而振振有词了:"那警察喝多了打我的朋友呢,我不跑他们连我一起打咋办?对了,抓我那个警察……就是你吧?你喝多了吧?这儿有监控啊,你喝多了还审我?"

配合的警员皱着眉看了马一鸣一眼,隔这么远还能闻着酒气,这肯定错不了,到现在他还一头雾水不知道怎么回事,新兰派出所和镇政府隔了不到八百米,就这司机派出所不少人都认识,抓得真叫一个莫名其妙。

场面僵住的时候,询问室外敲门声响起,郝昂扬的脑袋伸在窥窗上,马一鸣撂了句"继续问",借故出去了,一出去骂骂咧咧自语着:"下手迟了,就点尾货了,几百公斤他根本不在乎。"

"打我那个呢?"郝昂扬这亏吃得窝了一肚子火。

这个就得从长计议了,马一鸣一揽郝昂扬劝着:"那个上面有安排,别问了,不是让你醒酒去了吗,咋又出来了?"

"醒个什么呀,祝银琳追到宿舍去了,那妞彪得很,我说你是不是真把人家那什么了……"郝昂扬道。

坏了,马一鸣最不愿面对的事出来了,这可咋办?他为难间就听到院子里有人大喊着:"马一鸣,马缺德……滚出来!"

是祝银琳在院子里扯着嗓子喊,几声之后,马一鸣急匆匆从办公楼里奔出来,一脸气急败坏地奔上来时,祝银琳却在一刹那又是嫣然一笑,那笑里怕不是恶作剧得逞的意思。她的嚷嚷早引得不少值班警员探出脑袋,八成大家都瞪着两只冒着熊熊八卦之火的眼睛盯着呢。

马一鸣不容分说,拽着祝银琳就走,祝银琳边挣扎边嚷嚷,挣不脱又是使劲踢马一鸣,直到被拽到门外放开了。这把祝银琳给气得抡着拳头要打他脸,不过一个停顿之后,捶在了马一鸣的肩膀上,祝银琳练过,捶得马一鸣生疼生疼的。

"闹够了,差不多就行了啊。"马一鸣烦躁地道。

"嘿,稀罕呀!披上虎皮了,能起来了啊!"祝银琳借着路灯光扫视着,不过眼光可不是欣赏,更像挑衅。

"我们今天真的有任务,这么晚了你在这儿不合适。"马一鸣道,直接下逐客令了。

"我就问一件事。"祝银琳严肃了。

马一鸣知道什么事,轻声道:"你这么聪明,问清楚还有什么意义?非要把一个男人的自卑、胆怯、懦弱剥出来看看?"

凝视着如墨深眸,祝银琳翻着白眼,吐气如兰,很彪悍地向他竖了中指,又竖了个向下的拇指,然后拍拍他脸蛋道:"你最大的特点不是缺德,而是缺乏自信。"

"拜托,即便是你追我,给我的也是压力,而不是自信。"马一鸣认真道。

"啊呸,想什么啊?没自信就罢了,还这么自以为是,想我追你,想屁吃啊。"祝银琳斥道。

马一鸣难得一脸讪讪,有点脸红,祝银琳不客气地道:"我问的不是这个。"

"哦，那是什么？"马一鸣心头顿感一松。

"我问你，我哥是不是贩毒了？"祝银琳一句，如雷霆般震得马一鸣脑瓜嗡嗡直响，还未等回答，怒气未消的祝银琳边推搡边说着，"好歹抓毒贩我也帮了忙了，怎么回头天天传唤我哥？我后来才知道你们捣乱的场子有我哥入的股份，你知道帮着外人坑我家人是什么感觉吗？我现在连家都不好意思回。"

"这……传唤是正常程序。"马一鸣解释道。

"我就问你是不是，我哥要是贩毒就早点抓了，早死早投胎，要不是就别瞎折腾我们家行不？人家住着上亿的房子，开着几百万的车，就新闻里播的你们那案子，还没人家卡里余额多，你觉得可能是吗？"祝银琳怒道。

"你问我有什么用？我这儿是乡下。"马一鸣软软地回了句。

"就没句实话，气死我了。"祝银琳重重踢了马一鸣一脚，气哼哼地转身走了。

马一鸣却是歉意满满，出声道："你等等，我找人送送你，这儿离市里还远呢。"

"稀罕呀。"祝银琳撂了句，头也没回。

这时候，听到了引擎的轰鸣声，随着灯光骤来，一辆被改得花里胡哨的轿跑疾驰而至，然后一个漂移，车轮擦着地面发出一阵尖锐刹车声，稳稳停在路中央，离祝银琳不过一米的距离。车门洞开，一名男子站出来，好奇地看着不远处的马一鸣，然后回头看着祝银琳问："大半夜怎么在这儿，这是……？"

"烦不烦呀，问什么问，走啊。"祝银琳甩门上车。

第二章　冻品走私大案

那男子看了看，上车，引擎一轰，跑赛道一样的速度疾驰而去，瞬间马一鸣的视野里只剩车尾灯了。

此时的马一鸣已经傻眼了，那男子国字脸、寸头，虽是初见，却如此熟悉，毕竟已经是他记忆里回放过无数次的形象。车走了他还不可思议地掏出手机，再次确认。没错，来接祝银琳的就是此次专案组一直在调查的目标，803案的主要嫌疑人——葛飞！

"这事大条了。"

马一鸣怔怔站着，胡思乱想着祝银琳可能与这位葛飞是什么关系，每一种可能都揪着他的神经，让他在这一刻心乱如麻……

把剑出偏锋

"这真叫不是冤家不聚首啊！"昏暗的车内，潘渊明幽幽道。眼前的手机上可以看到那辆轿跑，当然，重要的不是车，而是车主葛飞。已经实施监视的嫌疑人没有什么秘密可言，但专案组能获取的有关此人的信息相当有限，比如，葛飞和祝银琳有什么关系，根本就一无所知。

"葛飞父亲葛亚杰，也就是葛船王，系祝沛同同案，他们的下一代认识，似乎也说得过去。"徐丑虎插了一句。

"你说会不会是个三角关系？"潘渊明狐疑地问。

"什么三角？"徐丑虎不解。

"你看啊，偶遇就追到新兰了，这个女娃没准相上马一鸣了，但马一鸣肯定没那出息，这大半夜葛飞屁颠屁颠来接祝银琳，没准他相中这女娃了，这不就成三角关系了？"潘渊明臆测道，连他也觉得证据实在不太充分。

徐丑虎撇撇嘴，一副牙疼模样，不屑道："年轻人的感情，要比案情复杂得多，你可能搞懂吗？"

"也是，这个领域，咱们太弱了……不过这是好事，警匪本身就是天敌，没准又得加上一层仇恨——情敌。"潘渊明被自己的想法逗笑了。

"得了，别扯了，都几点了？接下来呢……我估计天一亮，派出所就安生不了了，不管是移送海关还是食卫药支队接手，我都只能交人了。"徐丑虎道，看看表针已经指向零时，潘处判断得没错，以他处于中级的案情认识水平，确实测出了对方的背景深不可测，明显是新兰派出所扛不住的那种。

电话响了，潘渊明还在思忖，这次却不是说情的电话，而是马一鸣的，一接听，马一鸣是同样的问题，请示怎么办，估计也卡住了。徐丑虎还没说话，电话就被潘渊明抢走了，刚刚还淡定的潘渊明瞬间换了一副气急败坏的口吻训斥着："你说怎么办？你信誓旦旦说是重大线索，结果搞了一地鸡毛，没办法了踢回领导这儿？"

马一鸣可也不惯着领导，可能心情也不好，直接回道："审不下来我有什么办法？又是同事，又是监控，你让我怎么办？你授权让我一个人审，我五分钟审下来你信不信？"

"就你那两下，我们二十年前玩剩下的，有点出息成不？犯浑谁不会？就你行啊！"潘渊明训道。

"那你行你来呀！这个王乔刚是镇政府的司机，人家虽然是临时工，可人家的姐据说和镇长有一腿，在镇里牛着呢，派出所一多半人都认识。"马一鸣道。

"哟，这你都打听到了还没办法，需要我教你？"潘渊明问。

"好啊，我还真想听听。"马一鸣道。

"那听好了，你没接触过审讯吧？肯定不可能像影视剧里那么安安生生坐着就给你说了，我们审讯肯定也不可能都具备证据确凿的条件，但是还是要讲证据，懂不？"潘渊明道。

"车轱辘话谁不会说啊，可能有证据吗？"马一鸣气愤道。

"注意听，讲证据，重点不是证据，而是讲！"潘渊明道，明显听到电话那头的人倒吸一口凉气，这是认真了，潘渊明教着，"背景信息、微表情、语言漏洞、现有的犯罪事实，碎片化的信息完全可以折射出一个完整的轨迹，你学过心理学，不至于不懂吧，两片嘴皮子，有时候可比一双铐子好使……明白了吗？"

"明白了。"马一鸣道。

"明白什么了？"潘渊明问。

"这是没写在条例和规范里的意会，需要说明白吗？"马一鸣以问对问。

潘渊明这次真笑了，直道："看来真明白了。现在距离天亮还有几个小时，以现有的东西扣不住目标，恐怕连这个小卒子也扣不住，要是搞不出点什么来，你师父和我就得装糊涂了，明天说不定分局会去人，说不定食卫药支队会提走人，反正都有可能，白忙活。"

"你在刺激我？"马一鸣严肃地问。

"会不会用词？叫激励。滚去干活，一个小走卒都搞不定，还能期待你什么？没点出息。"潘渊明主动挂了电话。

这话里话外可把徐丑虎听得心虚了，他弱弱地问："潘处，您这是……嫌他捅的娄子不够大啊？这马缺德可受不得刺激，一刺激准会胡来。"

"是不够大，得捅到捂不住，或者没人敢捂才好操作啊。仇林这群人落岸，难道就运点冻牛肉？他们也不是勤劳致富的人啊，顶多是捎带……肯定有事，而且是我们没有掌握的那种情况。"潘渊明艰难地思索着，但信息量不足以让他把这些线索拼凑起来。

两人有一搭没一搭地讨论着，抽着烟，熬着……

"砰！"门开了，马一鸣和郝昂扬进来了，询问的民警对着他二人摇摇头，示意没有什么情况，被审的嫌疑人打着哈欠，懒洋洋地说着："你们这可是疲劳审讯啊，我保留出去告你们的权利。"

"你上班的地方离这儿没几步路，你好意思告啊？"郝昂扬道。

"是啊，抬头不见低头见的，你们也好意思抓我啊？"王乔刚伸着自己被铐的双手。

"打开。"马一鸣道。郝昂扬直接拿钥匙开了，王乔刚愣着问："哟，这是要打感情牌了？反正就这么点事，我认了也就罚点钱拘几天，能咋的啊？我也是临时工，大不了还回去开货车……嗨，小李，不，李警官，这俩人喝得浑身酒气的，他们能审我吗？"

那位警员为难得面部抽搐，没有回答，郝昂扬却是恶言恶声说着："别给脸不要脸啊，这都放开了，你还要怎么着？"

"那是不是没事了？"王乔刚有点喜色了，他估计是说情起效了。

"没事也得待着，大半夜去哪儿？好歹我们也得给点面子啊，又是镇长，又是分局长，又是什么什么队长给你说情，弄得好像我

第二章　冻品走私大案　079

们秉公执法反而不对了。"马一鸣道。

"哥,别这样,我认罚还不行吗?"王乔刚弱弱地道,明显借着机会下台阶了。

"看,早这态度多好。"马一鸣抚掌乐了。

"但你要问,我我我……该说的都说了。"王乔刚赶紧补充。

"真懒得问你,本来可以放,但你自己说的话,把你留这儿了。"马一鸣道。

"什么什么?"王乔刚愕然。

"给他看看。"马一鸣道。

郝昂扬把一页打印纸拍到了王乔刚面前,一看,傻眼了。原来是份通缉令,被通缉人王十六,绰号"大傻",某年因某事被追逃,居然还有五千元的悬赏金额,和这种人扯上关系意味着什么王乔刚很清楚,他偷瞄着几位警察,有点心虚了。

"本来我觉得你说瞎话,一车上坐的人怎么可能不认识?但查明这人身份后,我相信你说的是实话,你不可能和这种通缉犯有关系吧?"马一鸣问。

"对对对,绝对没关系。"王乔刚紧张了,急促地说着。

"兄弟,赚点外快我非常理解,但你可能被幕后老板坑了,路上这么多监控,这号人坐你的车,保不齐你会被认定为包庇嫌疑人,那可比你卖过期肉的罪重多了。"马一鸣关切地嘱咐道。

这个点切入得恰到好处,本来笃定的王乔刚瞬间六神无主了,傻眼了,张口结舌那种,警惕又畏惧地看着一众警察。

这就到审讯的临界点了,要么进一步,摧枯拉朽,要么退一步,对方可能更加顽固。

僵持间，马一鸣拿起了王乔刚的随身物品，香烟、钱包、手机……对，手机，他把手机拿了出来，王乔刚无奈道："我好歹也在政府上班，我也懂点法，现在仅仅是嫌疑人，不能随便查阅我的手机吧？"

"我看看总可以吧？"马一鸣把玩着手机。

"那你看吧。"王乔刚道。

马一鸣手一晃，恰到王乔刚面前，王乔刚急得捂脸，不过已经来不及，面容识别开锁了，他一起身，又被郝昂扬重重摁住，他唉了声，无语了。

"你们听到了，他让看的。"马一鸣笑道，坐下来看了，他翻看着通话记录、聊天记录，看一会儿手机，又看看王乔刚。王乔刚紧张得眼神直躲闪，因为王十六身份的关系，他不敢胡搅了，只是……这紧张的表情，似乎手机里还有其他东西呀。

半晌，马一鸣幽幽地道："没有能直接证明你和王十六有关系的信息。"

"对对对，真没有，我真不认识他。"王乔刚急着道。

"放心，你的隐私我以在场所有人的人格担保，不会向任何人泄露，比如你撩镇政府那几个女的，给人发黄图；还有你手机里这不穿衣服的小视频；还有你去按摩店、洗浴中心的消费……对了，还有几个女的撩你。"马一鸣用揶揄的口吻说道，几个警员都憋着笑。这听得王乔刚脸都绿了，他咧着嘴难堪地道："出轨又不犯罪，撩妹也不违法呀，再说，这不是正常男人都干的事吗？"

"作为男人，你一个月开销得大几万吧？"马一鸣道。

"那都是借的，没看到一堆借贷软件吗？"王乔刚道。

"还有信用卡,来回刷……哎哟,不容易啊,羡慕的同时,我又有点同情。"马一鸣道。

王乔刚深深叹一声,似有苦衷。

这时候,反转来了,马一鸣直接翻脸了,一瞪眼,一肃脸,冷声道:"不得不说,你这个人真够渣啊,这记录里还显示你借暧昧对象不少钱,作为一个男人,花人家女人的钱,啧啧啧……真没出息,可让我怎么说你呢?"

"那是我姐好不好!"王乔刚听不下去了,驳斥了句。

"那你姐肯定不知道你赌博输了不少吧?"马一鸣道。

正梗着脖子的王乔刚一噎,噎结实了,马一鸣斥着对方:"这一个月你输了六万多是吧?一多半是骗你姐的钱,你良心不痛吗?别狡辩,追债的信息你没删。"

一按播放,粗重的男音骂着:"刚子,拖一周了啊,再不还钱,信不信老子割你腰子?"

再放,又是骂声,再放,还是骂声,再放……这声音比警察还让他恐惧似的,王乔刚哆嗦着,不戴铐子的手反而有点抖了。场上两位警员本以为马一鸣是胡闹,现在越来越佩服了,王乔刚都扛了一晚上,怕是这几分钟要被他轻飘飘的几句整崩溃了。

"看这情况,这是输得提不住裤子了,得弄点外快……我相信你,走私的情况你应该不知道,所以咱也不费功夫问你了。"马一鸣放下了手机。

"对对,我真不知道,就是那个……不是,就帮个忙,我真不认识通缉犯。"王乔刚赶紧道,情急之下,差点漏口风。

不过马一鸣却不以为然,似乎没有追问走私的意思,转着话题问:"两个选择,第一种是费点功夫,把你的手机分析一下,根据手机自带软件的定位,完全可以分析出你常去赌的地方。而且可以找出追债的是谁、开赌场的是谁等,以现在的技术非常容易,你应该知道吧?"

傻眼了,张口结舌的王乔刚可能脑回路还没转过来,没意识到这可能引发什么样的后果,马一鸣继续说着:"第二种,咱们省点功夫,你把这几个开赌场、追债的撂出来,我们端个窝也算有点收获,你算立功,对你的情况严格保密,怎么样?"

两眼眨巴了一下,这是有点动心了,停顿间,马一鸣又加砝码道:"这事我真不用胁迫你,调个技术员分析也不费多大劲,你输得都光屁股了,还被人追债,没准是被人下套设局了,你确定不想让他们得到点报应?他们要是进来了,相当于你的债全免了。"

说话时马一鸣是漫不经心的表情,且说且拿着手机,说完已经拨通了电话,他低声道:"分局值班室吧,我们这儿送部手机分析一下,需要找……"

"别找……不用,我告诉你,追债的光头杨,开赌场的老葛……"王乔刚情急之下,脱口而出。

"给你派活的也是老葛吧。"马一鸣淡定地说,挂了电话。

王乔刚表情黯然,默默点了点头。

"那说说呗。"马一鸣一靠椅子,知道接下来没有难度了。

一辆轿跑在山路弯道上急速漂移,轰鸣声越来越近,接近山路低处时隐约能看到扑上岸边的浪花,车灯穿透黑暗,对面一辆商务车的车灯闪了几闪,似乎已经等久了。

轿跑戛然刹停，下车的葛飞径直走了过去，迎接的是葛郎郎，似乎看到轿跑里还有人，心神不宁的葛郎郎还没问，葛飞就解释着："没事，小银子，自己人……人走了？"

"走了有一会儿了。"葛郎郎道，此时黑漆漆的海面上什么也看不见，应该是走远了，就听葛郎郎继续说着："买家我都打招呼了，都是老人，知道怎么做。"

其实也简单，标签一撕，包装一拆，这点冻品在那些动辄存储几百上千吨的大冷库里根本不值一提，葛飞叹气道："今儿这事邪性啊，又是交警，又是派出所的，我问来问去，都根本不知道怎么回事啊。"

"分局那哥们儿说了，应该是派出所的胡搞瞎搞，您还不清楚派出所那帮货，不喂饱了他们得天天找碴儿。"葛郎郎道，现在快摸清原委了，如果人在派出所，那八成还是新来的找事。看葛飞疑惑，他赶紧又补充道，"我已经托王大牙拉关系了，估计还没拉上……哥，这可不行啊，要有这么根搅屎棍天天胡搅，那啥事都没法干了，幸亏没多少货了，要是逮着一整车，那局里的朋友都不敢吭声了。"

"被抓的那个叫什么？"葛飞问。

"王乔刚，镇长相好的弟弟，一赌鬼。"葛郎郎道。

"他知道多少？"葛飞问。

"不知道多少，都是大傻押车，他只管开到地方，他送货的地方我都通知了。"葛郎郎道。

"行，我知道了……就几百斤货，谁也搞不出什么花样，派出所管不着这事。"葛飞放心了，只要仇林手下这群人离岸，在他看来基本就安全了，掉头要走时，又回过来，拿出手机，翻着图片，那是葛郎郎发给他的照片，是一张警民联系卡，上有马一鸣的名字，他问道："又是这个人？"

葛郎郎点点头，小声说了，除了这个人，还有一位是分局长的公子，刚调来。

葛飞为难了，他眺望着远处的海面，什么也看不见，就像这突兀冒出来的两位，一无所知，而且无从下手。他们也想不通，这两人怎么会莫名其妙地就摸到了冻品车上。

"肯定不是咱们的人有问题，否则，只要提前一两天，咱们可就几十吨……"葛郎郎轻声道，生怕葛飞起疑似的。

"会不会是冲着大傻……不可能呀，真要冲着他，他不可能跑得了啊？"葛飞又否定了一个判断，不过再往下想，又全黑了。无奈之下，又一个不祥念头进出来了，他自言自语道："不会是徐老虎搞事吧？也不像啊，徐老虎要是找事，不可能水平这么差啊。"

"您说的那所长，很厉害吗？"葛郎郎问。

"不厉害就不会被拉到这儿镇场子，吴麻子、祝老大，都在他手底下栽过。"葛飞拍拍葛郎郎的肩膀道，"先回去吧，明早才能有结果，以后新兰这个落岸点废了吧，要真撞到徐老虎手里，不死也得脱层皮。"

"好，哥您慢点开车，我直接回市里等消息了。"

挥手作别，回到车上，发动车时，副驾座上的祝银琳不知道为什么牙咬得咯咯直响，葛飞笑着问："小银子，还没告诉我，你怎么来新兰了，还被带到派出所了？"

"我愿意。"祝银琳恨恨道。

知道祝大小姐那性子,葛飞笑笑,然后发动车上了路,安慰道:"好好,只要小银子愿意,随时可以呼叫我当车夫。去哪儿?"

"哎呀,烦死了,我也不知道去哪儿。"祝银琳跺着脚,心乱了。

"那好,我带你飙车,你不是最喜欢吗?"葛飞讨好道。

"没意思,一点主见都没有,比他差远了。"祝银琳无聊至极,她可能更喜欢那个又抬杠又惹她生气的,不像其他人,都随着她讨好。

"他?!"葛飞心一抽,小心翼翼问,"你……你是指那个开你车去抓毒贩结果把你哥牵连进去的小警察……别生气啊,你哥是投资,那种场子里,那种事很正常,和你哥没关系。"

"我懒得跟你说他……他就那点出息。"祝银琳道。

"哦,有你爸的财产,你哥也不需要什么出息啊。我羡慕都来不及呢……哎,小银子,你不会是喜欢上人家了吧,就那小警察?"葛飞笑问。

"喜欢他?哼,喜欢才见鬼呢,就是个缺德鬼,大骗子。"祝银琳貌似受到严重伤害了。

"不会吧?恨这么深?他叫什么,告诉飞哥,我替你出气去。"葛飞开玩笑道,这时候他眼皮跳了跳,像遇到危险一样心里抽了下,脱口道,"咦?难道是……"

"马一鸣,就刚才站派出所门口那死东西,从市里调来也不告诉我。"祝银琳悻悻道。

"嘎"一声,车毫无征兆地来了个急刹,祝银琳被吓得尖叫了一声,侧头时,正看到怔愣的葛飞,她愕然问:"怎么了?你发什么神经?"

半晌,葛飞才回过神来,不过什么也没解释,只是讪讪道:"没事……这名字,真是如雷贯耳呀!"

这时候,葛飞额头青筋抽了抽,像每次遇到危险时那种第六感出现一样,警报又起。很奇怪,就一个名字而已,莫名地让他有了某种说不清的危险感觉……

第三章

虚拟货币骗局

夤夜捉放曹

"嗯,你说,我们听着呢……"

徐丑虎和潘渊明听着马一鸣在电话里的汇报,越听越皱眉头,敢情还真把"证据"讲出来了,这位被滞留的王乔刚是个赌棍,在葛湾村输得不少,把赌场管事的、放债的全给抖搂出来了。马一鸣要警力,现在就要,准备去端赌场呢。

"胡闹,你们等着。"徐丑虎赶紧挂了电话,稍显紧张地侧头看沉思的潘渊明,不确定地问着,"葛湾那是葛飞的老窝,一村几乎都姓葛。"

宗族势力盘踞,这种情况在警务中极难处理,不过潘渊明似乎考虑的不是这些,半晌后他喃喃说着:"王乔刚交代的这个葛万宁,也在排查名单上，算起来是葛飞的长辈，家里有条渔船，租在外面……丑虎，我在想，能不能碰碰运气啊？"

"什么运气？"徐丑虎一下子没明白。

"像这种地头蛇肯定是八面玲珑，他家和葛飞家就隔着一幢房子，那村里的赌场我们知道，就没停过，虽然他肯定不是核心人员，但那些核心人员，没准他可能见过。"潘渊明思忖道。

"见过……这种可能……"徐丑虎惊醒，新兰贩毒大案线索中断，803失踪，都和葛飞有关系，任何一条线索的确定，都可能是个重大推进。专案组不敢动是怕把人吓跑了，但要派出所出面，完全可以隐藏真实的目的。他兴奋了，喃喃道，"这种可能性非常大，说不定葛湾村就是他们的落脚地，不过这种宗族势力强大的地区，办案实在是难度不小，就怕……"

徐丑虎没敢臆断，潘渊明说："你开始陷入我曾经走不出的困境了，这个缺德小子的打法我倒觉得不错，他是专找空当，戳人痛点……把803的信息也给他，让他设法控制赌场那个葛万宁。"

"敢动吗？"徐丑虎惊道，从来没见潘渊明这么坚定。

"但注意分寸，不要正式询问……当成一次尝试性接触。"潘渊明急促道，一时间根本无法给出周密的部署。

"这怎么可能？去葛村抓人，怕出事啊，再说，让谁去啊？我去哪儿调警力，我要是出面，那不得露馅儿了？"徐丑虎道。

"让马一鸣自己想办法，大不了电话询问时你'嗯'上几声……"潘渊明道。

"可是……这行吗？他如果要用人，撑死了带上几个值班的辅协警，那还不得四处漏风呀，他哪有组织过行动的经验啊？"徐丑虎道。

"组织太缜密会把对方吓住的,基层这些小警油子最喜欢的还不就是抓赌抓嫖,四处漏风不正好?他这个'黑警'的人设就对口了,说不定还能再多几场戏呢……要么这样办,你打电话通知他,我通知外勤给他们指向信息……咱们的技侦得用上了,逮这么个赌棍,那不是小菜一碟。"

说着他兴奋地开始打电话了,给暗处的专案组成员下着命令。徐丑虎拨通了马一鸣的电话,他说的话自己都觉得不靠谱,可那头的马一鸣却是兴奋不已,没等挂电话就嚷着集合人了……

习习的海风吹来,给夏夜送来了无尽的凉爽,去新兰不到十公里就是沿海渔村葛湾,它坐落在矮山之间,星星点点的灯光和海面上的渔火几乎融为一体,让黑暗中观察的警员们都下意识地赞叹这渔村之夜的美妙。

时间到了凌晨零时三十分。

通向镇里的公路高处,一辆警用面包车里,几位警员正嘀咕着,有人提醒道:"小马队长,这地方是渔港,一般凌晨两三点就开市了,咱们要是被村里人围住就麻烦了。"

"这有意思吗?哪个村里能没几个赌鬼?"

"说什么呢?赌博是明令禁止的违法犯罪,咱们不用管呀?"

"可是……"

嘀咕什么的都有,糊里糊涂被新上任的小马队长叫出来,到这里才说抓赌,明显人心不齐,副驾座上的马一鸣说:"啧啧啧,不要瞎扯淡啊,可是什么呀?有违法犯罪活动,咱们当警察的就得管呀……都说新官上任三把火呢，咱们所长上任，一把火都没点着，回头啥业绩没有，咱们能好过呀？"

"可是，小马队长……这村里一多半姓葛，真整狠了，那麻烦啊……您是不知道啊，这渔民狠着呢，早些年砸过咱们派出所。"一位警员道。

"哪年的皇历了，有胆他们再砸试试！"马一鸣驳了回去，话又说回来了，放松道，"别紧张，兄弟们，好好摆个样子，抓几个象征性地处理一下，也算咱们端了个赌场嘛……你们不想想啊，真要搞大事，能用咱们这几块料？就是意思意思，话不能说透，说透就没意思了。"

这意思大家懂了，气氛登时放松了，马一鸣就坡下驴顺口道："我跟郝警官就不去了，位置在村东南巷口往里，村委会旁边这个院子，你们组织一下，提溜几个回来就行了，我们在这儿等着啊。"

马一鸣在手机上指示着位置，那几位警员一听如此简单，倒不那么紧张了，三四人下车并到了另一辆警车上，直接奔村里去了。这头马一鸣和郝昂扬换了位置，却奇怪地往另一个方向驶去。郝昂扬酒已醒了大半，不屑地撇嘴道："马缺德，哪有这样组织行动的，你这不是泄密，都快四处漏风了，搞这样的行动能都用地方上的警力，还全部是辅协警吗？"

"不重要，就是让他们漏风呢。"马一鸣道。

这时候手机响了，马一鸣拿出来看了一眼，郝昂扬凑上去瞄，却看到一幅电子地图，一个光点显示在刚才指示的位置，他一哆嗦，紧张地问着："你……你怎么有这种特权？你在搞什么？"

这肯定是在追踪信号，有追踪就意味着有后台技术支撑，而在

第三章　虚拟货币骗局　　091

警务中，这种技术支撑可不是派出所能办到的。

马一鸣直接道："别问，问就是呵呵……你傻呀，你看不懂？"

"是你傻吧？第三类警务可不是什么人都能干的，别让人把你带坑里啊。"郝昂扬道。

这话听得马一鸣心里"咯噔"一下，第一类是统一任务，第二类是正常警务，所谓第三类就是涉密，或者因为某些原因不能曝光的任务，当然更不能解释。

两人半晌无语，还是郝昂扬憋不住先问了："为什么叫上我？是不是因为我蠢？"

"不，是因为我准备把后背交给你。"马一鸣道。

"哦，那是你蠢了，不会是潘老黑画个饼让你去拼命吧？你是不是不知道潘老黑这个绰号的渊源？"郝昂扬道。

"还有渊源？"马一鸣怔了下。

"必须有啊，叫老黑不是因为他长得黑，而是因为手黑，特别是对自己人下手黑。"郝昂扬道。

"你爸说的？那职务犯罪的同行，值得同情吗？"马一鸣问。

"那是一方面，另一个方面很多人不知道，我听我爸说，潘老黑在刑侦、禁毒上都待过。"郝昂扬道。

"这又说明什么？人不狠站不稳，何况对付的都是恶性犯罪分子。"马一鸣道。

"他指挥过的行动，出现了不止一次失误，有些还是重大失误，其中包括一位警员殉职，叫赵恒阳，是咱们欧阳处长的丈夫。"郝昂扬道。

车猛地刹住了，郝昂扬似乎早有预料，对这个反应很满意，他继续说:"别问我之前为什么不告诉你,我爸才教我没多久。人无完人,拥有权威和职位的大概率也不是个完人,否则以他的履历,早该穿上白衬衫了。"

"谢了啊,兄弟。"马一鸣重新启动,又看了眼手机。

"所以呢,差不多就行了,工作嘛,过日子、拿工资、混升职都成,太危险的别沾,出点事领导一拍屁股不认了,那不就没得混了,懂了吗?"郝昂扬谆谆劝道。

"懂了。"马一鸣道,郝昂扬刚得意了一秒钟,却又听马一鸣恶狠狠道,"看来潘老黑也未必靠谱,老子得按自己的想法来……一会儿下手狠点啊。"

郝昂扬气得差点跳起来,不料车速骤提,把他重重摔回车座位上。

这时候,听到了警笛的声音,不远处人声嘈杂,已经干起来了……

五分钟前,葛湾村赌场。

两桌牌九,围了十几号人,一桌炸金花,也围了十几号人。喊天杠的,喊猴王的,叫同花的,叫通杀的,气氛是热烈至极,赌桌之间有一个光头来回奔忙,不时给桌上扔烟,看谁快输尽了,就凑上去,打个手势,扔出一摞钱。抽水是见庄抽一,放水是日息一分,就这一来一去,一场下来,场上的钱一少半得回到庄家手里。

一楼人声鼎沸,二楼葛万宁看着监控,正美滋滋地把收来的钱过验钞机点数时,蓦地监控屏黑了一下,跟着手机响起,他触电似的蹦起来,拿着大黑袋子把桌上的现钞一搂,收起袋子,门砰的开了，场子里的光头惊恐地说着："葛叔，有条子！"

"啥也别说了，快跑。"这个早有准备，光头爬上去一开窗户，窗外就是通向邻居的连廊，一尺余宽，两人弓着腰走了十米过后，便进入另一幢楼。

此时，两名警员自院墙上跳下，第一件事是开门，不得不说协警起码的战斗力还是有的，七八个人一拥而进，大喝着："不许动，警察！都不许动，靠墙蹲好！"一下子把赌客吓傻眼了，恰恰这时候，"咔"一声断电了，黑暗里，赌客一拥而出，奔门而去的，掀桌子的，爬窗户的，和警察厮打在一起的，场面瞬间乱糟糟，一时间分不清谁是谁了。

电闸是被葛万宁拉的，一旁关窗的光头小声嘀咕着："王大牙怎么没通知啊？"

"警察能靠得住？！"葛万宁顺手插上了插销，两人悄悄顺楼梯而下，这时候已经听到了骚乱的声音，估计是村里赌棍和警察干得热乎着呢，他们下楼悄悄推开一道门缝，巷子里空空荡荡，邻院嚷得乱七八糟，两人心下大慌，拎着袋子撒腿飞奔。

跑啊，跑啊，一出巷子，哎呀，没人发现，两人可喜了。

跑啊，往村道里跑，这审回家再喊一嗓子，看谁厉害还得两说。

两人一前一后，背着一袋现钞的葛万宁跑得上气不接下气，光头掉回头来要替老葛背钱，老葛执意不肯，只得连人带钱搀着。就在接近胜利的一刹那，前方巷子里拐出一辆面包车，车门是拉开的，司机喊了句："葛叔，快上车。"

"啊？！"两人急得就朝车奔去，快近时才看清是警车，吓得转头要跑,司机又喊着:"葛叔,我哥是王大牙,新兰派出所的,村里被包围了,这是异地用警。"

两人身形一顿,这时候警灯已亮,警笛刺耳,两人不敢稍等了,直接奔上了车。这警车直接拉响警笛,嚣张地在村道间驶过,路过那辆抓赌的警车时还鸣笛致意来着,司机得意地道:"葛叔,还是这车安全吧?!"

"就是,就是。"葛万宁惊魂方定,连连点头。

光头也紧张地附和道:"必须是啊,哎,兄弟,这咋没通知就来啦?"

"异地用警听说过吗?我们知道得晚了。"马一鸣瞎扯道。这时候后面的郝昂扬实在憋不住了,"哧"了一声,吓得两人一哆嗦,这才发现还有人呢。郝昂扬赶紧解释:"自己人,自己人……我们正和王哥一块喝酒,要不都错过了。"

虽然穿着警服,但这扑面而来的酒气让两人疑虑顿消,葛万宁也大气,直接从兜里掏出一把钱往郝昂扬怀里一塞,说:"啥也别说了,兄弟仗义,回头请请你。"

"好说,好说。"郝昂扬根本没客气。

车迅速驶离,出了村口,咦?没警察呀?又走不远,这静悄悄的,不像大抓赌的啊,以警察的行事风格,怎么着不得来十几辆警车?这根本不像啊。

疑虑方起时,车拐上了岔路,是临海的简易路,正常情况下会有运海鲜的各色车辆在跑,这时候已经有零星的车辆去赶早市了。小警车驶得飞快,这路虽不像回派出所的,但也不像去正经地方的啊?这不,又一拐弯,"吱溜"一声钻进了岔道,是垃圾堆,各色海运垃圾、破船、老船木，臭烘烘的，不过足够大，把开进里面的警车遮得严严实实。

关警报、停车、熄火，马一鸣淡定地说了一句："铐上。"

"咔嚓"，郝昂扬不客气地铐住了葛万宁一只手。光头骂了一句脏话拉门要跑，而马一鸣早预判到他的动作，在驾驶位一按锁销，光头一把没打开门，回头的马一鸣刚好将铐子铐在他手上。

两人被带下车、反铐，蹲好。郝昂扬拿出电棍，威胁似的放了下电，马一鸣提着兜子，往地上一扔，露出了里面红彤彤的钞票，葛万宁和光头紧张兮兮的，不知道这唱的哪出。

"兄弟，抬头不见低头见的，这是唱的哪出啊？有啥直接说嘛，咱们都自己人。"葛万宁小心翼翼地套着近乎。

"就是就是，自己人，您……我认识您，我在博海云天洗浴干过呢，杨天。"光头小心翼翼地说话，落别人手里了，只要能说上话，矮几分都成。

"光头杨嘛，知道你……确实是自己人，不过你们这事犯得不小啊，聚众赌博，这开设赌场罪是没跑了，金额巨大，这得五年起啊。"马一鸣严肃道。

"这……这不是我的钱。"光头杨直摇头。

"哟，那你是要咬葛叔了？"马一鸣严肃地问。

葛万宁一摇头赶紧否认："不不，也不是我的钱。"

"哦，这就有的商量了。"马一鸣蹲下，借着微弱的光，两人看到马一鸣认真地看了看钱，似乎是在掂量，然后拿好袋子，问那位同伴："没录吧？"对方回应"没有"，然后，马一鸣把钱扔进了车里。

这是要黑了这笔钱,葛万宁心痛到老脸扭曲,光头杨却是被吓得额上青筋外露,这么黑的警察可是头回遇上,恐怕不光要拿钱,还会下手段让他不敢吭声。

这不就来了,再蹲下时,马一鸣严肃地说:"你们得帮我们个忙啊,不帮忙这点钱买不了你们安生。"

"帮,您说。"光头杨老实了。

"认几个人,是通缉人员,兄弟我毕竟是穿官衣的,对升职的期待更高于钞票,不帮兄弟我照样不客气啊……这个人,认识不?"马一鸣亮出手机里的照片,是王十六。

两人瞪着眼,不敢说话。可恰恰是这表情,让马一鸣判断他们是认识的。

"这个人昨晚在市里走私、袭警,被抓的司机叫王乔刚,你们没少洗人家的钱吧?"马一鸣问。

葛万宁心里一阵泛苦,知道原委了。光头杨赶紧道:"他叫大傻,大名我不知道。"

"你怎么知道他叫大傻,谁叫的?"

"都这么叫。"

"他一个人来场子里?"

"这……"

"秃子,你要是编不圆,今儿你可过不去啊!"

"啧……老船的兄弟。"

"老船叫什么?"

"我真不知道,叫'船夫'?"

"有姓船的?"

"哎呀呀，我真不知道。"

郝昂扬作势要打，吓得光头杨赶紧解释。不过知道"船夫"这个名就足够了。马一鸣翻到了第二张，是何尚峰的照片。这回光头杨老实了，解释着："和尚，我不知道大名，和大傻一块的兄弟。"

"嗯，不错，看来得给葛叔个机会。葛叔，这个人认识不？"马一鸣翻到了仇林的照片。葛万宁鼻子哼了哼，马一鸣又给光头杨看了看，光头杨赶紧道："这就是老船啊。"

"给他解开铐子，这才是兄弟。"马一鸣道。郝昂扬上前给他解着铐子，马一鸣翻出另一张照片道："这张你认出来，立马放你，今晚的事一笔勾销。"

准确地讲是画像，光头杨纳闷道："这不是照片啊。"

"这不是要考你老实不老实嘛。"马一鸣怼道。

"不管我老实不老实，我不认识也没用啊。"光头杨犟道。郝昂扬一按肩膀，他紧张地抱头道："别打别打，我真不认识。"

"把他重新铐上。葛叔不说句话，也不给这个面子是吧？"马一鸣吊儿郎当地反问。

"就这么点钱、这么点事，还不至于杀人灭口啊，有什么冲我来。"葛万宁现在看清了，是两个小警察，他作为村霸的气势还是有的，何况对方问的事他掂量得出轻重，说不认识后果可能严重，但要说认识，后果可能更严重。

"呵呵，你们开赌场的跟我玩横啊？你不但开设赌场，还试图贿赂国家工作人员，那头只要逮着一个两个，你觉得能没人指认你？这人赃俱在的，你横什么横啊？这个赃款只要消失，你的罪轻一半；今天如果你不落网，另一半也消失了……你不帮我，我可也帮不了你啊。"马一鸣恶狠狠地道。敢情这俩警察准备黑了这钱,他们还得感激人家,这口气葛万宁是如何也顺不过来,半晌无语。马一鸣起身道:"放了光头,把这个货逮回去,我就不信收拾不了他。"

郝昂扬一拎光头杨,光头杨早吃不住劲了,紧张地劝着:"叔啊,好汉不吃眼前亏,咱人进去可就啥都没了……不就认个人嘛,再说了,咱们还不是被那些人害的,没他们警察能找上咱们?"

"别说了……我知道这个人。"葛万宁妥协了,这俩愣头青怕是惹不起,眼前这亏更是吃不得。

"好啊,我听着呢。"马一鸣把照片放到了葛万宁眼前,葛万宁皱着一脸纹使劲想着:"有点像……也是老船的一个兄弟,他们一起来的。"

"叫什么?"马一鸣问。

"叫老……老缅,好像是外国人。"葛万宁回忆道。

马一鸣压抑着心里的狂喜,以质疑的口吻问:"你糊弄我吧?这穷地方还有外国人?还来你们葛湾村?给自己脸上贴金吧?"

"新兰和葛湾一直就富,还用贴吗?还就是外国人,我们村去国外的人多了去了,还有娶回洋媳妇来的。"葛万宁不服道。

"你们娶一村洋娘儿们我们管不着,可这老船拉一船通缉犯来你村,你们瞎招惹什么?不知道现在打击犯罪有多严厉?本来睁只眼闭只眼的事,现在都搞得严厉打击了,怨谁呀?"马一鸣胡扯道。

这节奏带得葛万宁果真懊悔不已,他喃喃道:"真不知道啊,我们都不出村,谁脸上也没写'通缉'俩字呀。"

"这个人呢?"马一鸣话锋一转,又是一张,这一张却是803的照片,鲜有人知。

又问着了,一旁傻愣的光头杨抢答了,直接道:"我知道,葛老大的司机嘛。"

"哪个葛老大?"马一鸣问。

"葛飞啊。"光头杨说,这时候葛万宁咳了一声,吓得光头杨不敢吭声了。

"看来你知道得更清楚,说说吧,葛叔。"马一鸣问。

"就是葛飞的司机,有啥说的?"葛万宁道,马一鸣不吭声,葛万宁知道毛病出在哪儿,他低声解释着,"我没别的意思,就是别扯上人家,葛飞是我们村里的能人,这修路造船领着大伙没少赚钱,脏水不能乱泼啊。"

"说得好有道理啊。"马一鸣道,似乎无话可说了,可两人刚一放松,他又来一句,"你们最后一次见到'老缅'是什么时候?"

"啊?"葛万宁一愣,然后说道,"就来过一次。"

"一次你就记清了?这可是画像。"马一鸣道。

"那货留一头长发,脖子往下都是文身,多吓人呢,瞎了眼的也认得清记得住。"葛万宁解释着,这倒是又提供了一个体貌特征,他生怕马一鸣不信似的加着料,"那货有点变态,看着都让人发怵,就不是个正常人。"

"也是,非常合理。光头,这个人在哪儿?铐子解了……告诉我,你就可以走了。"马一鸣亮着803的照片。

这可难住光头杨了,他怔怔道:"我真不知道啊。"

"可是有线索表明,他在博海云天出现过。"马一鸣道。

"凡吃喝嫖赌的都爱去那儿,我不可能都见着啊。"光头杨为难了。

"葛叔,看来这个机会,得给你了。"马一鸣又把手机递到葛万宁脸前。

葛万宁老脸扭曲,快被绕晕了,摇头道:"真不知道,咱就在村里搞俩小钱,人家那大生意我可从没掺和过,你让我上哪儿知道啊?"

"那你怎么知道他是葛飞的司机?"马一鸣反问。

"村里的都知道。"葛万宁道。

"来过几回村里的就都知道了?"马一鸣问。

"选村长时回来一趟还不就都知道了,这村能有多少人?"葛万宁道。

"那也不可能没人知道去哪儿了呀?"马一鸣问。

"那你问问别人,没准有人知道……哎,对,出海了。"葛万宁脱口道,一说到这个毫无证据的事,他顺着往上凑,"一定是出海了,少说几个月,多则一两年,这不很正常吗?回头我问问是在哪那条船上,肯定是出海了,一月工资两三万,比开车强多了……"

这越说越不靠谱了,马一鸣觉得该刨的差不多刨出来了,又一摆手,搜身。

"嘚,嘚,兄弟,别这么绝啊。"光头杨手机被搜走了,他气愤道。

马一鸣拿起来,往远处一扔,听得"扑通"一声,应该掉海里了,跟着抢走了老葛的手机,也是如法炮制,直接扔了,还有更损的,把两人的鞋脱了,扔了老远,跟着把皮带也抽了,等解开铐

第三章 虚拟货币骗局 101

子，两人惨兮兮地提着裤子，气愤不已地盯着马一鸣和郝昂扬。

"别生气，手机留着怕你们报信啊，拜拜，不用送了。"郝昂扬拍门上车了。

马一鸣拍拍葛万宁劝道："当我们没来过啊，葛叔慢走。"

两人拍门上车，一溜烟儿跑了。

葛万宁和光头杨既喜又怒，这魔幻般的遭遇让俩人到现在还反应不过来，两人提溜着裤子贼头贼脑地从垃圾堆后走到路面上，黑咕隆咚海风呼呼的，确定没危险了，这才长舒一口气。危险消除，又心疼起损失了，那一袋子钱哪，足足二十多万哪，这给人黑得还没地说理去了，胸中的愤懑千言万语化作一句话："真黑！"

有功无封赏

"砰！"一个黑色的包从车里扔了出来，站在公安大学专案组驻地门口的徐丑虎愣了，下意识地问："什么？"

"好东西。"车里伸出郝昂扬的脑袋，戏谑道。

下车的马一鸣也乐了，神秘地道："保证吓你一跳。"

蹲下身一拉，徐丑虎触电似的跳起来，爆了句粗口，那怒意吓得郝昂扬缩回去了。徐丑虎顺手挟着马一鸣的脖子怒问："哪儿来的？你疯了吧？这是把赌场的钱劫了？"

劫这钱可比开赌场严重多了。马一鸣一摆脑袋，徐丑虎要去抓，却不料腿一疼，一下子半跪在地上，黑暗中，学了一招半式的徒弟赶上师父了。怒极的徐丑虎一伸大手要抓马一鸣，不料他早跑开了，边跑边嚷着："再动手我喊人了啊，你们教我当黑警察的，不得干点符合我身份的事？"

急糊涂了，气得徐丑虎起身说道："那你好歹经过组里同意啊，劫回这么多赃款来，算谁的？"

黄泥巴掉裤裆的事说不清，这下倒好，不但掉裤裆，而且得糊到专案组身上，一时间从未经历过此事的老徐心乱了。马一鸣却在远处嬉笑着说道："算谁的？上交国家，咋了，你还准备留点？"

"你个浑球。"徐丑虎作势要追。

"里面有记录仪，能说清楚，看完再骂人。"马一鸣提醒道。

这倒是正事，徐丑虎一拉包，里面有一个记录仪，还有两部手机，手机已经关机了，他拿在手里时好奇地看着俩徒弟，马一鸣提醒道："老葛和光头的手机。"

"你是蠢还是傻呀？这东西落到警察手里，那不等于……"徐丑虎说了一半，停了，似乎觉得马一鸣这鬼精的人不可能犯这种低级错误。

果真如此，马一鸣笑着道："严格地讲，他们的手机落到海里了，当面扔的。"

"那这是？"徐丑虎一下没反应过来。

"黑咕隆咚的谁知道啊？耗子你看见了？"马一鸣推着郝昂扬问。郝昂扬"啊"了一声，很拙劣地解释着："我看见扔海里了啊，这是谁的呢？又没人报警，也没监控录像，能是谁的呢？"

演技太拙劣，徐丑虎估计是俩人把老葛坑了，他一人给了一巴掌，喝令两人原地站好等待，然后提着全部东西快步奔上楼去了。

马一鸣可没当回事，悠闲地踱到了车后，一屁股坐地上，掏出烟，悠悠点上抽一口。烟吹出来时，郝昂扬的脑袋从车旁伸过来，

第三章　虚拟货币骗局　103

他顺手把烟塞到了郝昂扬嘴里，严肃地道："别问，问就是呵呵。"

"保密？！都这份儿上了，还保个什么密啊？"郝昂扬边抽边说，缓了一口，管不住嘴了，小声说着，"哥，你挺聪明个人啊，咋干这号蠢事啊？"

"也不算太蠢吧，可以体验一把肆无忌惮、无法无天的感觉。"马一鸣笑道。

"能一样吗？人家坏蛋搞钱是为了自在逍遥，你搞到却是全额上交；人家花天酒地，你累到嗝屁。"郝昂扬总结道。确实啊，从市里回新兰，又从葛湾奔回来，都快天亮了，还没歇口气呢。

马一鸣呵呵笑笑，竟然无言以对，从未想过，当个"黑警察"也这么辛苦。

半晌，憋不住的郝昂扬又悄声说："案情我没兴趣啊，别跟我说啊，我就问一句啊，图啥呢？别跟我掰扯信仰、荣誉啊，我知道你没那玩意儿。"

"听真话？"马一鸣一揽他肩膀，叹气道。

"必须真话啊，我咋看你也像变了个人一样。别说什么心灵鸡汤，就算老潘给你灌碗孟婆汤，你也不至于成这样啊。"郝昂扬道。

"呵呵，其实都没变。"马一鸣道，"自卑的最高境界是对一切事物都傲到不屑一顾，你懂吗？"

"不懂。"郝昂扬摇头。

"意思就是，其实你一无所有，偏偏你又想得到什么，但当想得到的在你面前时，你知道自己不可能得到，所以就表现得很傲、很不在意……就比如你喜欢哪个妹子，而且知道对方根本不可能喜欢上你，所以你就会变着法作妖，引起对方重视，哪怕是徒劳。"

马一鸣道。

"明白了，你说的这是咱们的通病。"郝昂扬嗤笑了。

"其实我们都患有这个病。看见别人挥金如土，羡慕；看到别人豪车靓妹，羡慕；看到别人前呼后拥，羡慕……偏偏别人拥有的这些东西，我们一样也得不到。"马一鸣唉声叹气说着，口吻冷漠而伤感，像是复述自己潦倒的半生，"除了圣人，余下的都是自私且功利的。我想过发财，但没那本事，也没那运气；我想过有个社会地位什么的，可惜没那资质；也想过有个像样的职业，又没那机遇，连文凭也老被歧视。我后来学心理学，其实是想认清我自己，特别是弄清，为什么别人都好好的，我哪儿也不差，偏偏却越混越差。"

"找到原因了吗？"郝昂扬好奇地问。

"找到了点，可能是我出身的原因。"马一鸣道。

"又拿这说事，你跟你爸有多大仇啊？我爸我妈经常揍我，我这不也茁壮成长起来了？"郝昂扬不能体会马一鸣的心情。

"我倒真希望他和你爸一样揍我，可惜没有，我们俩已经好多年没说话了。"马一鸣道。

郝昂扬同情地看了他一眼，问："那你妈妈呢？"

"在禁毒上，比蹲监狱管得都严，有很长一段时间，我都不知道怎么联系她。"马一鸣道。

"那现在呢？现在总不在一线了吧？"郝昂扬问。

"现在……不想联系，都是高危部门，过得挺艰苦，我联系她只会增加她的心理压力和经济负担……你说婚姻有什么意义啊？走到最后都是从相爱到相互伤害，何苦呢？"马一鸣道。

第三章　虚拟货币骗局　　105

郝昂扬很不仗义地笑了，他道着："那可未必，相互伤害也是一种爱，虐得越狠，爱得越深啊……我觉得你有问题，因为你爸妈工作太忙，你觉得被忽视了，于是就变态地、拼命地、报复性地想要一鸣惊人，让他们对你刮目相看。"

"呵呵，你比我这个学过心理学的强，这叫逆反吧，我承认，确实有这层意思……别问我家了，我想起就难受啊。"马一鸣失落地叹道。

"好吧，我对你表示一下同情，有点理解了，你是想拼一把？"郝昂扬问。

"是啊，不然还能怎么样？谁不想出人头地？谁不想风光一把？谁不想走到哪儿都受人尊敬……像我这号的，即便穿上了警服也没啥机会，你还好点，我有什么？要学历没学历，要专业没专业，要关系没关系，能穿这身警服还是上头打了个同情分，要按正常程序，我这号的，干到退休估计也只能是个窝囊警员，混得估计连那些协警都不如。"马一鸣头仰着说道。

"四十五度仰望星空的哲语"把郝昂扬搞蒙了，他纳闷地问："所以你就接了当黑警察的活？这不对呀。你要是不入戏吧，组织上会抛弃你；你要是太入戏吧，除了这个小组织，剩下的同行都会唾弃你。反过来也是，人家犯罪组织识破你演戏，那不得弄死你；即便识不破你，你跟人家一起干违法犯罪的事，哪能有好？"

"滚，搁你说还没活路了。"马一鸣被气到了，这可能戳到他心窝了。

郝昂扬却是上赶着分析："事实就是如此嘛。以前咱们的假想敌是领导，是教官，是其他学员，你怎么作死都死不了；现在的敌人是货真价实的犯罪分子,你这么作死简直是找死。警匪是天敌,不可能有信任可言,不管你是黑警察还是好警察。"

话这么激烈,反而让马一鸣的情绪平静下来了,这可能才是真正关心他的人说的话,关心的点都是他的人身安全,而不在任务上。马一鸣意外地说了句:"谢了啊,耗子。"

"谢什么?谢我点醒你?"郝昂扬又愣了。

"我这人又刁又奸又损,很难交上个真朋友。你算一个。"马一鸣道。

"少来,交友不慎。"郝昂扬道。

"自己交的损友,不能半途而废啊。耗子啊,我问你,有一天我要是真黑化了,真干了坏事,不管是假戏真做,还是真戏真做,你还会认我吗?"马一鸣道。

郝昂扬没有回答,反而警惕地问:"那如果我做了坏事,你会替我隐瞒吗?没原则那种。"

"必须会,我哪有原则?"马一鸣道。

"这就对了,给,分你一半。"郝昂扬掏着怀里,拿出的是一摞钱。马一鸣猛然想起上车时葛万宁打赏的这事,他一下子握住郝昂扬的手,恶狠狠地说道:"你……你,居然敢拿这黑钱?"

"看看,就这点都不敢,还当黑警察,比我还差。"郝昂扬回敬道。

马一鸣一下子如醍醐灌顶,瞬间愣住了。

下面的俩人在检讨演技差距,上面的已经在赞叹两人登峰造极的演技了。

记录仪是偷开的，人影模糊，不过对话清晰，两人一唱一和，把葛万宁和光头杨掏了个干干净净，本来劫回这么多赃款，徐丑虎有点战战兢兢，可却发现，听了几遍的潘渊明慢慢地脸上见喜。

第三遍放完时，旁听的全组人都喜上眉梢了。谁都清楚，这可能是个重大突破，如果绰号"老缅"的人案发之前去过葛湾，那些被捕的二道贩又能指认这个人，这完全可以作为一个重大线索指向。仇林这一团伙，很可能就是毒品贩运重大嫌疑人，而且也间接地指明作为仇林上线的葛飞同样有可能涉案。

顺着这个思路，803的失踪也就说得通了，有可能是发现了对方贩毒的情况而被……

"说说吧，我们的方向是正确的，事实证明我们还是保守了，这些海上走私的，比我们想象的还胆大妄为。"潘渊明开口了。

"新兰注册的渔船有上百艘，有一半是自营的，一半是租赁的，如果他们不断变换海上交通工具，我们的海警力量还不足以准确捕捉到他们。"一位专案组成员道。

"那是后话了，现在只是线索，离掌握准确信息和证据差得还远呢。"潘渊明道。

"这个信息的可信度很高，最起码葛万宁说'老缅'这个人文身的事，肖像上并没有体现，而审讯笔录里有，据落网的嫌疑人交代，这个'老缅'长发、高颧、尖下巴，脖子以下全是文身，我们分析应该是缅泰等东南亚一带的黑帮成员。"另一位专案组成员道。

这些人常年游荡在公海上，想抓住这些像孤魂野鬼一样的跨国罪犯，难度系数肯定相当高，而且，这么做肯定已经惊动了对方。

有一位成员提出来："假如葛飞涉案，今天的事他很快就会知道，一旦知道，可能'老缅''船夫'等嫌疑人，又会无限期地消失。"

"不应该。"潘渊明摇头道，"他们这个临场发挥不错，私吞黑钱和想抓到在逃人员的人设并不冲突，不但不会引起怀疑，反而……如果葛万宁告诉葛飞，那这个人设他应该深信不疑。"

"用处呢？总不可能吸纳他入伙啊？"徐丑虎反问。

"不需要，我觉得他们会见缝插针，怎么可能不叮蛋上这么大的一条缝？"潘渊明道，看向桌上的一大包钱，感觉是哭笑不得。

大家都有点哭笑不得，不但线索搞到了，还搂草打兔子劫了这么大一笔钱，别说在职的，就是特勤的也没人敢这么干。

"看来得和禁毒上碰一下，803……很可能遇到了这种意外。"一位专案人员提醒。

"对，把信息汇总一下，我向陈局做个汇报……噢，对了，那俩货呢？"潘渊明从思考中惊醒过来了。

"在楼下，这俩兔崽子胆大得没边了，得悠着点。"徐丑虎道。

潘渊明笑着摆手道："时间不早了，先休息吧……快五点了，就在市里找个地儿休息一下，再发酵发酵，你好好考虑下，葛湾村这块能不能做点文章，聚众赌博、走私，这种事肯定很多人知道，如果在这个上面慢慢施压，会有什么影响？当然，前提是不能把葛飞这一伙逼急了跑路。"

"我知道您的意思，我扮黑脸，给马一鸣创造'黑化'的时机。"徐丑虎道。

众人一笑，潘渊明笑道："对，你总算领会领导的用意了。去吧，回头我和陈局碰完，去你们新兰一趟。"

第三章 虚拟货币骗局

徐丑虎"嗯"了声,想说什么,又及时打住了,轻轻地关上门离开了。

车默默地前行着,走的似乎不是回新兰派出所的路,马一鸣和郝昂扬坐在后面都没敢吭声,只怕脾气暴躁的徐老虎又发威。行驶不过十几分钟,在一幢健身场馆似的建筑前停下了,两人被叫下来纳闷地看看,这是一处拳馆,有个很霸气的名字:东方拳馆。下车后徐丑虎命令两人脱了警服。

"都累成这样了,还玩啊?徐叔,我们都一夜没睡了。"郝昂扬牢骚上了。

"马伽术在这儿敢用吗?"马一鸣如是发出疑问道。马伽术是反套路的,和无限制的黑拳类似,拳馆这种讲套路看表演重健身的地儿,可没马伽术的市场。

"你们俩太嚣张了,得吃点亏,知道人外有人……特别是你啊,一鸣,敢违法乱纪的人里,一小半智商过人,剩下的智商也不差,但肯定一个比一个敢耍勇斗狠,就你这么嚣张,我怕哪天挨一闷棍怎么走的都不知道,别他妈没升职先升天了。"徐丑虎恶心地训着马一鸣。

越恶心越能刺激到人,马一鸣不屑道:"你不常说拳馆的都是花架子吗?准备让我们得到什么教训?"

"坑人肯定爽,但到挨揍的时候也得能扛……别人忌惮的不是你,而是你身上这身警服,你要记住,没这身衣服的时候,你屁都不是。"徐丑虎且走且说,这是他一贯给人上课的方式,从来都是实打实一遍过,绝对让你印象深刻。

此时刚进门，郝昂扬根本没听到徐丑虎说什么，目光瞬间被一个拖地的姑娘吸引住了，她赤着脚，一抬头长发飘飘，就这样子，让和黑暗与罪恶打了一晚上交道的郝昂扬眼前一亮，偏偏那姑娘还嫣然一笑，欢迎了一句。

她落落大方地喊了句："徐叔叔好，怎么有空来我们这儿？"

"踢馆。"徐丑虎定住身形，严肃道。

那姑娘一愕，然后一笑开口："我们都请了您不止一回了，想来当教练随时欢迎，您要来踢馆，不是欺负我们吗？"

"有两位小兄弟跟了我两周，我觉得应该能踢你们了。"徐丑虎示意她看自己的身后，一个胖胖的郝昂扬，有点像地主家傻儿子；另一个精瘦，一副睥睨一切的表情。这样子让那姑娘纳闷了，摇摇头道："徐叔您开玩笑吧，就这？"

"看，她在无视你们。"徐丑虎挑拨着战斗情绪。

郝昂扬笑着道："没事没事，姐姐挺漂亮的，还会武术？"

"啪"，徐丑虎反手就是一巴掌，手轻蔑一指那姑娘说："给你五分钟，要么你把他们俩踢出去，要么他们俩……呵呵，我会拍个照传上网，你们这馆不开也罢。"

"好啊，来呀。"那姑娘反而兴奋了，一捋裤子，再一拨长发系个结，很不客气地朝两人招招手。郝昂扬和马一鸣面面相觑，徐丑虎却是一手一个一推道："你们练多久了？这也怕？"

这一推把两人推到近战的位置了，马一鸣却下意识地后退半步。蒙头蒙脑的郝昂扬一时傻站住了，就这一刹那，只见那白生生的长腿劈面而来，他下意识地缩头，不料那是虚招，长腿一抡，那姑娘整个人转身，反踢，一脚正中心窝，疼得郝昂扬噔噔连退几步,然后一屁股坐到了地上,胸口闷着这口气,连疼都叫不出来。

放翻一个,那腿一低,又跟着扫向了马一鸣,马一鸣一退,那姑娘欺身而上,飞速地一蹬,几乎要蹬到的时候,蓦地马一鸣出手了,都没看清他怎么出的手,那姑娘腿一收,站定了。徐丑虎可是看清了,马一鸣是在对方小腿胫骨处狠狠砸了一拳,动作幅度极小,但效果奇佳,那姑娘腿有点抖,恨恨地看着徐丑虎和马一鸣。

打出真怒来了,那姑娘大喝一声飞身而上,飞出来是膝,膝上是肘,这是利用全身劲力想扑倒对手。马一鸣退,那姑娘再上,长腿缩短了攻击距离,马一鸣再想做小动作却是不可能了,他只要一动,那姑娘就换招,他只要一退,那姑娘的长腿大脚就招呼过来了。两人一进一退,眨眼十几个回合,而在喘气的郝昂扬看来,这个姑娘的姿势极其优美,像芭蕾舞一样满眼都是长腿,马一鸣就差了,只是简单地退、退,继续后退。

"小心。"徐丑虎突然喊了声。

这时候那姑娘是同样的动作,一直变换着腿法找机会。马一鸣习惯性地采取防守式,根本没有注意到攻击的距离在缩短,而徐丑虎的警示也迟了。那姑娘以发力的腿为支点,整个人空翻起来了,而后退的马一鸣已经来不及蓄势,电光石火间,他只觉脖子一紧,方想握着对方双腿,却不料那两条腿一夹一甩,他瞬间失去了平衡,被人重重摔倒在地。

还来不及反应,一只脚就踹到了头上,踹得他晕头转向,跟着腰部一疼,他滚了几滚,龇牙咧嘴的丑相,正对上郝昂扬幸灾乐祸的笑脸。

这时候,那姑娘一个蛟龙出海,漂亮地起身,笑看着徐丑虎道："徐叔，您这俩徒弟不咋样啊。"

"惭愧啊，丢人现眼啊，连女人都打不过……自己找地方凉快去，中午以前滚回来。"徐丑虎像是生气了，背着手自己走了。

这可把还趴在地上没起身的俩人搞得尴尬不已了，听到动静时拳馆已经出来了若干人，有人看到了过程，早开始大吹："法螺小师妹就是厉害，三下五除二收拾了俩踢馆的……""哟，就那俩货还踢馆呢？一个傻了吧唧的，一个腰疼得还起不来呢。"

众目睽睽下，两人互搀着爬起来，心里把徐丑虎骂了一千遍，赶紧地，捂着脸在拳馆一干人的哄笑声中落荒而逃了……

暗流起微澜

葛郎郎赶回葛湾村时天已大亮，车刚进村就远远地看到本家叔葛万宁家门口围了好多本村人。昨晚冻品被查的事还没了结，谁承想又出了这烂事，不但赌场被端，而且据说还和警方起了冲突，村里这帮法盲能干出什么事来他可真没底。

再驶近点，就听到了叫嚷声，三叔在指着窗户骂，叔公在挂着拐杖吼，六婶在扯着嗓子嚷，那算几姨来着，脱了鞋啪啪就打在葛家的大门上。葛郎郎下了车，村里相识的小子赶紧迎上来了，小声地解释了句，这是被警察带走的那些人的亲属闹事了，更有甚者扬言，人要是出不来，就非把葛万宁也送进去。

村里人认死理，场子是你组的，抽水的是你，叫人的是你，出了事你不兜着可不行。杨天粗略说了一遍，昨晚警察冲进来时场子比较乱，大部分都跑了，就腿脚不利索的被逮了四个。葛郎郎赶紧问:"伤着警察没有?严重不严重?"问到这儿,围上来的人七嘴八舌,两只耳朵能听出七八个不同的版本来,他赶紧劝走这些人,去往葛万宁的家里。

咦?伤了?只见葛叔叔额头上敷了一块毛巾,四仰八叉地躺在床上哼哼唧唧,葛郎郎这就看不中眼了,不屑道:"叔啊,至于吗?多大海浪都闯过来了,这点事就吓病了?不是场里才抓了几个人吗,那能怎么算?村里人自己娱乐,多大个事啊!"

葛万宁两眼无神地看了看,叹了一口气,有苦难言啊。他苦着脸附耳嘀咕,说着说着,葛郎郎眼神一凛,被吓住了,没听他说完就瞪眼愕然问:"不可能吧?!"

半路扣人,劫赌资……这怎么听着像黑吃黑啊?村里场子虽然不大,但十几二十万总是有的,钱的数目倒不吓人,但被俩警察劫走有点吓人了。

"千真万确啊,还揪了我们的裤带,抢了我们的手机扔海里,我们一路走回来的,不信你问杨天,现在我浑身是嘴也说不清楚,都朝我要钱呢。"葛万宁苦着脸倒苦水了。

"就那个马一鸣,你看清了?"葛郎郎问。

"可不,他还叫葛叔呢,要不是打着王大牙的旗号,我们也不敢上他警车啊。"葛万宁道,此时明白这个坑有多损,让他们毫无防备地掉了进去,偏偏掉进去还不敢吭声。

是啊,没法吭声啊,这要捅出来,虽然俩警察吃不了兜着走,可扣个开设赌场罪,丢钱的也照样吃不消啊。可要咽下这口气,怕是也难得很,瞧瞧葛叔那样就知道了。葛郎郎坐到了葛万宁面前,小声安慰着:"叔,没事,您放宽心,我们处理,人没事就好。"

"郎郎啊，你跟叔说实话，你们……你们搁外头是不是干啥大活了？"葛万宁突然一问。

"啥大活？"葛郎郎没明白。

"别糊弄叔，那俩狗日的拿着照片逼问我们呢，就是小飞带的那群人，来过咱们村的。"葛万宁严肃地道。

"小飞"是葛飞在村里的昵称，这话听得葛郎郎眼皮跳了跳，故作好奇地问："您是说，老船那帮兄弟？"

"可不，是不是犯什么事了？"葛万宁紧张地问，毕竟江湖够老，胆子也够小。以他足够小的胆子，顶多开开赌场整点私活，海上那些违法乱纪的事，他可不敢碰。

"叔，您别想……再说了，海上跑船寻生活的，能干净才怪，要不咱这穷村能靠啥吃啊？剩下的事我们处理，您啥也别管。"葛郎郎心里一时乱了，安抚几句，起身出门匆匆走了。

丢了多少钱倒不是大事，而是葛万宁所说的，又是"大傻""和尚"的照片，甚至还有"老缅"的照片，这可真把葛郎郎吓住了，此时顾不上赌博的烂事，他驱车赶紧回市里。

"服务员，是不是这个人？"

两位便装的男子到了一家快捷酒店的前台，拿着照片询问。服务员稍一迟疑，其中一位中年男子亮出警官证——照片对得上，姓名王朋。这没问题了，是警察。前台点点头，想了想，说："昨晚喝多了，是两个男的把他送来的，登记的身份叫……"

"王一舰？"王朋道。

"哦，对。住在403。"服务员道。

第三章　虚拟货币骗局　　115

"那赶紧帮我们开下门,有点公务要处理。"王朋提醒,很客气,但不容拒绝。

服务员带着二人匆匆上楼,开了门,一阵鼾声传来,进去一瞅,那货正仰着头打着鼾流着口水好梦正香呢。王朋终于长舒了口气,同行的男子劝退了服务员,轻轻掩上门,这颗心也算放肚子里了。

昨晚混乱时,一直联系不上王一舰,在王朋心里,真要失联了,那可比查上十车八车冻品还让他恐惧。

还好,可能一切真的是个意外。

"王所长,飞哥托我请教您个事。"同行男子小心翼翼地问。

是葛海,他现在四处起火已经分身乏术了,要是再找不到王一舰,他估摸着自己都得赶紧上船找个地儿躲躲风头了。

王朋侧头,严肃地打量了对方一眼,面无表情地说:"我已经不是新兰派出所所长了。"

"对不起,称呼习惯了。"葛海笑道,据说王朋参加一个培训,可能被提拔到一个分局政委的位置,但任命还没有落实。

"说吧,是冻品的事吧?"王朋道。

"不不不,那是小事。飞哥想请教一句,徐老虎,也就是新兰那位新所长,是不是冲他来的?"葛海问,种种迹象已经很明显了,就不明显,也有点做贼心虚。

"呵呵,我不知道,也不可能知道。"王朋摇摇头,思忖片刻后道,"老徐能被提拔起来本身就让人觉得意外,这种下课几年,又被带病提拔的,除非有深厚的背景——提拔到一个偏远派出所,其实也在情理之中,总比在市里那个部门惹眼招人非议强啊。"

"我们关心的不是这个。"葛海拦住了话头。

"我知道你关心的是什么。那就收手呗，收了就没得可刨的了……我倒觉得没有针对不针对的问题，哪个新官上任不得烧几把火啊？我们这行，要烧还不就是黄赌毒？哦，对了，你们悠着点啊，扫黑除恶可常态化了，别被逮着。"王朋提醒道。

"提醒得晚了，昨晚所里的人去了趟葛湾，把村里场子捅了一个，带走了几个人。"葛海道。

王朋蓦地笑了，嘲讽道："那你们也太不小心了。别找我啊，徐老虎可不是个好说话的主儿。"

"我刚知道，去的那警察打着王一舰的旗号。"葛海道。他看着王朋，很反感对方这种嘲讽的眼神，心想既然你让我难堪，我也必须得回敬一句了。

王朋表情一凛，仔细揣度这话里是不是有威胁的成分，还没说话，葛海又加着砝码："昨晚事发之前，王一舰就和那俩挑事的小警察在一块喝酒，离这儿不远，刷的还是我的卡，他喝醉了，货就被查了……您不觉得这其中可能有某种联系吗？新兰的事，一舰知道的可比您只多不少啊。"

"你什么意思？"王朋警惕道，眼神变得犀利了。

"没什么意思，有备无患，我们在一条船上，真要有点风浪，还得同舟共济啊。这是飞哥让我转达的话。您忙，我先告辞了……哦，对了，村里涉赌被抓的，劳您费费心。都是飞哥的亲戚辈，低头不见抬头见的，不管说不过去啊。"葛海轻声说几句之后，轻轻地拉开了门。回头看王朋时，这位前所长的表情有点扭曲，他笑了笑，无视了对方的愤懑，轻轻地关上了门。

过了好一会儿，王朋有动静了，俯身在房间里拿起垃圾桶，就着接了半桶凉水，端到床前哗地泼到了王一舰的脸上，跟着又上前扇了好几个耳光，气全撒在好梦正香的王一舰身上了，王一舰这才从梦中惊醒。

昨夜的战果是，抓获涉赌人员四名，缴获赌资三千余元。

此时战报拿在徐丑虎手里，出警的七名协警如斗败的公鸡站在他办公室里等候，两个被抓烂脸的，三个眼圈乌青的，还有俩脸上没带伤，不过走路一瘸一拐的，这战斗力让老徐都无话可说了。

威风凛凛的警察多出现在影视剧和宣传片里，其实大多数时候基层警员怕也比这水平高不了多少，真遇上撒泼的、耍横的、大打出手的，受伤的多数时候还是警察一方。文明执法是一把双刃剑，真遇上不文明的，也就这结果。

徐丑虎一会儿挠头，一会儿搓下巴，实在不好发言。训斥吧，怕挫伤下属积极性，这些并不知情的小警员能带回四个人来已经很不错了。不训吧，又实在愧对他们这熊样。犹豫半晌，他虎着脸问："赌资不可能这么一点，你们怎么干的？"

"人太多，又被人拉了电闸，根本没来得及控制。"

"带头的肯定跑了。"

"我们好容易才跑出来，再跑晚点，那村里的人敢把我们警车砸喽。"

小警们的委屈一下子倒出来了，徐丑虎手一摆，把资料摔到桌上吼了句："一共才三千块，还没拍到赌场现行，这还审个屁，怪不得人家根本不理你们……谁带你们去的？这活干得窝囊。"

有警员小心翼翼提醒:"小马队长。"

好了,有的发作了,徐丑虎一指门的方向道:"都滚,谁干的让谁回来擦屁股!"

小警们垂头丧气地鱼贯而出。徐丑虎再次反锁上门时,休息间里的潘渊明笑着走出来,他坐到徐丑虎的位置上,随手整理着凌乱的文件道:"官威有点模样了啊,不过得文明点,别把你在看守所那套搬出来。"

"哦,以后注意。潘处长,那您开始指示吧。"徐丑虎坐下来,故作姿态地说话。

这是故意恶心他呢,潘渊明摆摆手:"行了行了,你爱咋咋的,怎么着老的小的都是顺毛驴,一句不顺耳的话都听不进去,我刚从禁毒局回来,陈局对这个线索非常重视,他们……"

急促的电话铃声打断了潘渊明的话,徐丑虎尴尬地掏出手机,一扬道:"周金剑的电话,接吗?"

"当然,接。"

接听,开免提,周金剑厚重的声音道:"老徐,我,周金剑。"

"说。"徐丑虎简短地回应,毫不客气。

"踧了啊你。我问你,早上去踢馆了,你啥意思啊?"对方问起那茬事来了。

"字面意思啊,哟,这么快就知道了?"徐丑虎问。

"可不,我家那丫头高兴地显摆呢,哎,我说老徐,你吃饱了撑的怎么着?还有时间带俩徒弟去找我家丫头玩?"周金剑质问了。

"又没找你,关你屁事!"徐丑虎一句脏话直接反击回去了。

第三章 虚拟货币骗局　119

对方气结了一下，旋即又道："你少玩花花肠子啊，我怎么就觉得你存心不良啊？"

"想知道？"徐丑虎问。

"废话，关系到我家那丫头，我能不上心吗？"周金剑道。

"我就跟你一个人说啊，知道被你家丫头揍的那俩是谁吗？你要知道是谁，就非常理解我了。"徐丑虎道。

"谁呀？哟，不会是……"周金剑明悟了。

"差不多就猜到了吧。往我所里派了一对祸害，一个是家里三代从警的苗子，一个是郝分局长的公子，我打不得骂不得管不了，天天捅娄子，我能怎么着？今儿早上也是临时起意，想起我这大侄女了……嗨，别说啊，大侄女那两下绝对可以，直接把这两人踹得满地找牙，可给我出了一口气。"徐丑虎放肆地笑着，真诚无比，没准心里还真有这层意思。

"哎呀，你呀你……不过那俩够出格的啊，听说连夜捅了葛湾村一家伙？"周金剑顺口道。

"这你都知道了？"徐丑虎惊讶道。

"我和葛湾的那位老板有业务，你说能不知道吗？"周金剑不避讳地道。

"知道还问？"徐丑虎回道。

"我就提醒一句，你那俩兵手脚可不干净啊。"周金剑道。

"放屁，有证据吗？有本事你捅他爹那儿去。"徐丑虎又怼回去了。

那头估计在龇牙咧嘴无从回应，好半天才缓着口气说着："好好，我惹不起你，算我求你成不？你们一个大派出所和人家村民过不去有意思吗？抓的那人和我们金主乡里乡亲的，这不求情求我这儿来了，咱们各退一步，就当误会成不？回头我请你。"

"这才对嘛，求人也得有个求人的态度嘛。再说这没多大事啊，一共不就抓了四个人，三千来块钱，顶多治安拘留，你不是连五百块钱罚款也求情吧？"徐丑虎绕回来了。

"好吧，当我没说。"周金剑估计被气着了。

"等等，老周，你家那丫头我看不错啊，要不，我这当叔的给你保个媒？那俩小帅哥随她挑怎么样？"徐丑虎玩笑之心大起，逗着对方，不料对方回敬了一个字："滚！"然后直接挂了电话。

电话一断，徐丑虎的笑容慢慢消失了。潘渊明好奇地问："又发生了什么？周金剑家那姑娘周泓，我有点印象，练散打的。"

"对，开了个拳馆，而拳馆大部分会员，都来自各安保公司，所以早上我带着他们俩去碰了下。"徐丑虎道。自古儒以文乱法，侠以武犯禁，但凡拳脚功夫过人的，鲜有安分守己的。

这个细节让潘渊明皱了皱眉，换着话题问："他在我们要捋清的人物里，以我的印象，这位前同事心思缜密，不好揣度，没准他和这些涉案人有着某种联系啊……我担心，你觉得他有没有可能识破马一鸣的伪装？"

"他能个屁，马一鸣劫了赌资是临时加戏，但凡正常点的，谁敢这么干？这日后真捅出来，咱们能不能说得清都够呛。"徐丑虎哭笑不得道。

潘渊明蔫地笑了，让人丝毫不觉得有什么不妥。

电话，一部精致的三防手机，周金剑切断通话，拿在手里看向

第三章　虚拟货币骗局

了对面。

是葛飞，英俊帅气，一身腱子肉把衣服都撑得凸凹有型，依稀间已经找不到他上一代的影子，最起码周金剑有点恍惚，他的上一代葛亚杰因为走私案被羁押时周金剑有印象，那个人身材干巴，早秃，不过却精明过人。相比眼前这个有点慌乱的年轻人，周金剑不由得将对对方的评价拉低了一个档次。

"周叔啊，什么意思啊？是不是盯上我了？"葛飞显得紧张道。

毕竟有警察天天找事，还毫无征兆半夜摸村里去了。说着话的葛飞点上了一支烟，那手都有点抖。

这一代的心理素质是不行啊，搁他老子，估计戴上铐子都不至于慌乱。周金剑劝了句："你都听到了，一位是三代从警，在警察队伍里很罕见，这类人得被局里当标杆。另一位是三分局郝战的儿子，说起来也是两代从警了，像这号人到基层，大部分都急于立功，用不了多久，一调回来就升职了。"

"好像故意跟我过不去啊，我们那些个洗浴中心、酒吧没少被他们骚扰，这稍一疏忽，又出这么大事。"葛飞道，扫黑除恶形势下，他们已经战战兢兢好几年了，他自认已经相当低调了。

"欲戴王冠，必承其重啊，这个别人真帮不了你。"周金剑同情地看了葛飞一眼，更多的话肯定不会说了。

"还有一件事……"葛飞声音放低了，几乎是附耳说的，就是那件他都不敢相信的事，现在已经证实千真万确。这不，听到半截的周金剑眼睛已经睁大了一圈，听完了脱口而出的一句是："不可能，绝对不可能。"

"千真万确，葛湾村场子虽然不大，但也不至于三千块赌资，哪场也有几十万啊,葛万宁算是我叔,他惜财如命的,现在都气了个半死了。"葛飞道。

"啊?!这事都能发生……怎么有点不科学啊?"周金剑大脑宕机了。

"他们可能盯上老船几个人了……肯定是这两个黑条子搂草打兔子,把钱吞了,我都怀疑,是不是连徐老虎都有份。"葛飞凛然道,这可能才是他最恐惧的,根本不讲规矩不讲章法的人,还披着警察的外衣,天知道他们能干出什么事来。

"话不能乱讲,徐老虎为人极烂,可人品却极好,他要发财早发了……要是这事属实,那俩人,也太胆大妄为了,就不怕被人反咬一口?"周金剑愣愣地想着,又催促葛飞讲了一遍细节。

重听之后,周金剑意外地笑了,诓人上车,带到僻静地,又是后半夜,还搜了手机,拉了皮带,这既损且坏的手段,透着一股子谨慎,估计那俩受害人,只能当吃黄连的哑巴了。

"您笑什么?"葛飞愕然。

"我笑这俩干得漂亮啊,办案稀烂,作案高明。"周金剑笑笑,意外地赞了一句。

"周叔叔,我可是把您当长辈,我爸跟我讲,有事得多请教您。"葛飞显得有点委屈,被这么耻笑,实在尴尬得紧。

周金剑大手一拍,安慰道:"我是替你高兴,你其实也该庆幸。"

"啊?什么意思?"葛飞不解。

"如果真的是针对你,你绝对不可能发现。如果目标是你,你根本不可能反应过来。刚才你没听出来,老徐根本不知道还有劫赌资的事,那应该是这俩新人胆大包天,私下胡来。"周金剑直观地做出了判断。

"那我该怎么办?有这两根搅屎棍在,可都吓退了,今天早上村里一半人吓得上船了。"葛飞道。

"这个不用我教你吧?你们家经营这么多年,人脉一动用,压也压死个人了啊。"周金剑笑看着葛飞为难的表情,突然又省悟道,"哦对,这俩很特殊,一看人家的背景,没人敢针对,对吧?"

太对了,葛飞点点头,马一鸣的履历够吓人,三代从警,这种履历会让同行都肃然起敬,哪怕私欲再重的人也不愿意与之为敌。

"解决问题的方式无非两种,第一种是全力以赴,动用所有人脉资源集中解决已经出现或者即将出现的问题。"周金剑严肃道,一如当年当政委时的讲话。

葛飞怔了怔,回道:"这问题出得稀奇古怪,又不致命,我无从下手啊。"

"所以,就有了第二种彻底解决的方式,那就是……解决制造问题的人。他们那个量级,还不够格和你做对手,很为难吗?"周金剑以询问的眼神,在梳理着对方的思路。

正咂摸着这话里的深意,手机响了,葛飞掏出来接听,顺手递给了周金剑道:"周叔,找您的。"

"找我的?"周金剑愣了。

"我爸。"葛飞轻声道。

这个字眼似乎有某种魔力一般,让周金剑赶紧接过了电话,笑着应了声,然后回避似的进隔间接听电话了。此时,端坐着的葛飞又掏出一部手机把玩着,精致的折叠手机展开,他翻阅着新收到的信息，很乱，消费记录、医疗记录、学校记录以及各类杂七杂八的东西，甚至还翻到了很多照片，而这些都是同一个人的记录，他的名字叫：马一鸣！

白沙渐入涅

丁零零的电话铃声再次响起时，郝昂扬嘟囔着骂了一句，迷迷糊糊地接起了电话，一顿糊里糊涂地应着，嘴里的称呼是"陈叔"。好容易才敷衍过去，气得重重把自己往床上一摔，郁闷地道："让不让人睡了？一早上接了八个电话。"

"又是谁的？"一旁的马一鸣早醒了，他也接了几个。

"陈什么来着，我想不起来了，市局治安科的，我喊叔呢，肯定去过我家。"郝昂扬悻然道，几乎全是系统内的，而且全是长辈，毫无例外都是来打探葛湾村抓赌的案子的，甚至关系近的直接试探性地让两人高抬贵手。

"厉害啊。"马一鸣弱弱赞了句，对于葛湾这个地方有新认识了。

"可不是嘛，居然还能摸到交警上，居然还能找到戈霆杰和丰中华，那俩也来凑热闹。"郝昂扬愕然道，那来电一点都不客气，直接让把人放了，说是他们单位领导递的话。你说这咋回话，郝昂扬骂了两句，那头骂回来更多句，意思是不办就不认这兄弟了。

"人情社会，没法子的事哟。"马一鸣仰躺着，喃喃说着，"但凡办案，特别是一般性的案件，得在法理和人情之间找到平衡点，想做到既无愧于心，又让人承情，没那么容易啊。"

嘴里是这样说，但心里却在起疑，这种手段不稀罕，但不应该出现在这种事上，马一鸣在脑海搜寻着过往的经验，实在无法揣度，就这么个小地方，会有这么大的警界人脉帮忙说话，他开始怀疑，自己的肩膀能不能扛得住。

"这咋办呢？"郝昂扬看向马一鸣。

"反正又没准备抓人，摆摆架子呗，多大个事。"马一鸣笑了，不得不说，还是挺享受这种被人央求的感觉呢，特别是对方还是职位在自己之上的人。

"妈的，这么邪，几个渔民咋让人这么上心？"郝昂扬嘀咕了一句。

这一语惊醒梦中人，马一鸣忽地又坐起来了，他喃喃道："对呀，这上心得有点过分了，难道这些人身上还有什么事？"

"哥你别整了，我快受不了了，回头要是我爸来找我说情，这算什么事啊？"郝昂扬哭笑不得了，只怕马一鸣发神经。

马一鸣一笑，回头以挑逗的眼神看着郝昂扬说："你应该享受这种感觉才对，只有掌握权力或者掌握财富者，才有这种被人捧着的感觉，而我们更牛，掌握着他们的自由。"

"真是小人得志。"郝昂扬更看他不顺眼了，撇嘴扭头。

电话又响，这次却不是郝昂扬的手机，而是马一鸣的，奇怪的是这个号码让马一鸣皱眉了。郝昂扬回头提醒着："接呀，再享受一回，这回是谁？"

马一鸣一扬手掌蒙着头道："你信不？是陈薇羽。"

"咱们班长，不至于她来说情吧？"郝昂扬不信了。

马一鸣接起了，郝昂扬好奇地凑上来，接通就听到了熟悉的声音："马缺德，是你吗？怎么换了号也不通知我？"

"刚换你不就查到啦，咋了，班长？"马一鸣喜上眉梢，一下子被拉回到了集训队的岁月，现在看来，从警以来最好的岁月非那一段莫属了。

"监督你一下，干坏事了没有？"陈薇羽不客气地道。

"那你发现什么线索了？提醒一下，我干的坏事多呢。"马一鸣嬉皮笑脸道。

"我可真提醒了啊，你们昨晚抓了几个赌博的？"陈薇羽问上了。

这下让马一鸣结结实实地意外了，一下子不知道怎么回复。

没等回复，陈薇羽的声音又来了："别为难啊，我不是说情，是我们这儿出入境大厅里的处长问了句，知道你和我是同届，就来打听下，这不涉密吧？"

"是不涉密啊，你再晚点打来，人都放回去了。"马一鸣冒出来一句。

"啊，这不没什么事吗，还火急火燎的。"陈薇羽道。

"也不是没啥事，你问问打听的人，我们抓赌的警察还被抓伤好几个呢，那些渔民你是不知道有多横，我们也没抓着啥，就几千块钱赌资，你说能有多大事……哎，你这算是说情不？要算的话，你得欠我个人情啊。"马一鸣道。

"你想得美，这屁大点的事还要人情？那你想干吗？我这儿办出国，把你送出去？"陈薇羽回敬道。

"不用不用，那班长大人还有什么指示？您说，我一切照办。"马一鸣用谄媚的口吻道。

第三章 虚拟货币骗局

"指示倒是有点，我可听说你在新兰那片挺牛啊，比所长还牛。"陈薇羽意外地道了句。

"那你是劝我牛上天呢，还是低下头？"马一鸣问。

"上天怕你摔下来，低头怕你憋坏水，你正常点就好……好了好了，不说了，我就这么跟我们处长说了啊。"陈薇羽估计在忙，直接挂了电话。

余下这二位面面相觑，细细数数，市局治安科、二分局、三分局，再加上公路巡警上的，同学加长辈，说情的电话搅得两人都没怎么睡好，有案情倒吓不到马一鸣，只是汹涌而来的人情，还真把两人吓到了。

"看来，咱们没有住五星酒店的命啊，起床回所里吧。"马一鸣弱弱道，有点可惜地看着这豪华房间，好不容易潇洒一回，却无福消受。

"陈科长……您好您好……好好，我知道了，谢谢您了啊，真不好意思麻烦您。"

"张队啊，您好您好……哦，那太好了，都是我们村里几个长辈，真不好意思，麻烦您了。"

"于队，我是郎郎，那事有眉目了？"

"……"

一辆奔驰商务车里，葛飞亲自驾车，车里葛郎郎和葛海电话不断，有打招呼的，有给回音的，多年积攒的人脉逢事就显出威力来了，昨晚的事是谁去的，抓的谁，怎么处理的，已经摸了个七七八八。正如周金剑所料，所长根本不知情，据说是新任的小马队长接到群众举报临时组织人员去抓赌的。

通话的间隙,葛海怒气冲冲道:"这几个孙子真黑,派上一群协警打头抓赌,他们在暗处劫钱,黑社会都没这么黑啊。"

"海哥,是不是前几回到咱们场子,咱们怠慢了啊?"葛郎郎不确定地道,现在还真有点后悔,早知道会有今天,那不如当初就把人家奉若上宾呢。

"遇上狗给点吃的能哄住,遇上狼可不行。"开车的葛飞悠悠道。

"咋的,就个小警察他还翻了天?"葛海不服气地道。

于是葛飞给两人讲了讲背景,一个家里三代从警,一个局长公子,两人到基层既是锻炼又是镀金,而警察想镀金能干什么,肯定是迫不及待地抓个像样的案子。所以那点黑钱仅仅是顺手牵羊,想查到的,还是那几个在通缉名单上的人。

说到这儿,葛海和葛郎郎噤若寒蝉了,心里都清楚真要把那几个逮了,真要查出和葛湾有关联的案子来,那大家差不多得一块玩儿完了。

"上船不思岸上人,下船不提船上事……飞哥,规矩我懂,但我有点不理解,大不了老船哥几个往后不在新兰上岸,咱们这么求人有什么意思?就是点赌博的事,真要都抖搂出来,他下场不会比咱们好。"葛海怒道。

"理是这么个理,但还是浅薄了,人家自己一个人干,咱们大几千万上亿的不动产搁那儿呢,拼得起吗?值得吗?"葛飞道。

这一句问得兄弟俩都有点气馁,虽说穷不和富斗,但在某些特定的条件下,富照样不敢和一无所有的穷斗,毕竟人家已经没有什

第三章 虚拟货币骗局

么可失去的了。

"所以啊,我们得交好人家。咱们道上的打不过就加入,出了咱们这个圈子,打不过加入不了,那就得认尿,就得交好。"葛飞道,看两人不太服气,他劝慰道,"我爸教过我一句话啊,在道上,你再怎么横都不过分;但在警察面前,怎么尿都不丢人。打家劫舍、杀人放火的那类,我还真不怕。可我也是真怕这类戴着国徽的,那代表的可是国家机器,你杠得过国家?"

无奈,葛郎郎尿了,愤愤道:"我知道,就是太窝囊了。"

"所以,还得多经经事啊,我再次提醒你们啊,当好孙子这个角色啊。今天请这么多人说情,一方面是息事宁人,一方面是给足人家面子,你们回头想法子把人家招待好了,别怕花钱,一定要想尽办法伺候舒服人家,别再找事了。"葛飞道。

"飞哥,不至于吧?招待市里领导也没这么上心过。"葛海愣了,实在觉得不值。

"至于,我今天才知道,海外的几位同行居然对马一鸣也上心了……所以,你们得帮帮忙,尽拣档次够的伺候着。"葛飞淡定地说着,那俩兄弟嘴张成了O形,却不料葛飞话锋一转又道,"干干净净一人不好搞,得先让他擦不干净屁股,扒了那身官衣才好搞,敢劫钱的黑条子,这号货我还真是头回见,未必好对付啊,你们好好合计合计。"

这不是交好他,而是弄死他,葛郎郎和葛海相视见喜,两人几乎异口同声地道:"明白了,飞哥,我们干这在行,保证他混不过俩月。"

葛飞未置可否,只是自顾自地笑着,笑得异常灿烂……

马一鸣和郝昂扬是午后回到所里的,一进所门就看到了灿烂的笑容,不对,准确地讲应该是灿烂的丑容,王一舰笑起来大牙外露,横肉直耸,丑是丑了点,可是人看着又开心又喜庆。这时候郝昂扬都有点不好意思,坑了人家,人家还笑脸相迎,这叫什么事啊?还是马一鸣脸皮厚,没事人一样打着招呼:"哟,王哥,你起来啦?"

"啊,我……我也误了上班了。我说兄弟啊,您,您这……"王一舰心里有苦啊,又不敢当面责怪,这憋得说话都不利索了。

"对了,王哥,我可是都答应你了,按你说的做了啊。"马一鸣开始胡扯了,一听这个,王一舰难堪地问着:"我说的?我说什么了?"

"你不说葛老板的场子就是博海云天和那酒吧,不让我们去骚扰了吗?我们真没去啊,以后都不去了,是吧,耗子?"马一鸣作势道。

郝昂扬点头凛然道:"必须不去,这得给王哥面子。"

"可你们……"王一舰眼睛直瞪,说不上话来。

"我知道,你说那冻品吧,那可是你说的,说有人贩过期冻品,还是境外走私的。"马一鸣把脏水泼回来了。王一舰张口结舌:"我……我……我什么时候说了?"

"昨晚呀。"马一鸣道。

郝昂扬证明:"确实昨晚你说了啊,不能喝多了不认啊,马队长说得找其他路子,你不就指了条路……王哥,不是我说你,你这不够意思,一共才四百多公斤,勉强达到个立案标准,没人当回事,我们哥儿俩想办大案的希望又落空了。"

"怎么可能是我说的？我都不知道。"王一舰终于憋不住说了出来了，知道有，但怎么可能知道准确的运输车辆和人员。"你酒后说的，不就你说的葛老板那些冷冻车，不贩冻品还能贩啥？提醒到这份儿上了，我再不知趣那就太傻了，是不是啊，耗子？"马一鸣曲解着。郝昂扬帮腔着："对，必须知趣。王哥，你放心，这事我们谁也不会说，你要是还知道其他事，帮兄弟立个大功能回城的，我请客。"

"哎呀呀，这什么跟什么呀，不……不说这事，我说什么来着？你们俩把我整糊涂了。"王一舰拍着大腿，回过神来了，拽着马一鸣央求着俩人道，"葛湾村那四个，能放了吗？"

"哦，对，还有这事呢，得赶紧审审。"马一鸣快步走了。

"审都审过了，就几千块钱，村里赌博还叫个事？"王一舰追着道。

"几千块也是赌博啊，这是触犯法律的事，咋能说放就放呢？所长让放了？"马一鸣问。

"所长说谁搞的事谁擦屁股，哎，小马队长，你别揣着明白装糊涂啊，电话里不是答应得好好的吗？"王一舰急了，拽着马一鸣的胳膊。

这人是对方阵营探子的身份算是坐实了，马一鸣停步，回头笑着看着他，一下子明白自己失言的王一舰赶紧说着："能过就过了，这村里镇里，哪个麻将场的输赢都够得着赌博了，抓得过来吗？"

说着，他把手伸进了马一鸣的口袋，这"贿赂"送得郝昂扬都瞪大眼了，回头瞧瞧，恰在院子里监控下，但马一鸣正好挡住拍摄镜头了，不用说，王大牙这行云流水的动作，肯定没少干这事。马一鸣没拒绝，手一伸摸住了，是一张卡，作势要还时，王一舰赶紧捂住他口袋，谄笑着道："葛老板送的，放心，不是钱，市里金色年华等几家商K的通用卡，不记名的，进去吃喝玩乐全部免单。"

"王哥，不是我说你，你这当哥的，就这么见外。"马一鸣故作生气道，根本没往外掏，收下了。

两人再往前走，步子却放缓了，王一舰小心翼翼问："村里那几个人……"

"都是初犯，又没案底，缴获赌资也不算大，罚个款，教育教育写个检查放人……哎，王哥，劳你给叫个车呗，我亲自负责教育教育，一会儿让他们自己坐车回去。"马一鸣挥着大手道，比所长可有派头多了。

王一舰应了声，兴冲冲地奔向所外了。

"马缺德，是不是有点过了？这可是在派出所大院。"郝昂扬悄声问。

"收个卡还挑什么环境？看你那点出息。"马一鸣若无其事地进办公楼了，听得怔了下的郝昂扬驻足，愣了好久才跟上去说了句："我怎么有点心慌的感觉？"

是啊，抬头是白底蓝字的警徽，进出的是警容规整的同事，这环境里办黑事得承受多大的心理压力呀？郝昂扬只感觉到一阵没来由的惊悸，而且伴着莫名的心虚。他不经意回头，鬼使神差地看向了所长办公室的方向，好巧不巧地恰看到潘渊明掀着窗帘观察，郝昂扬吓得一哆嗦，快步溜进办公楼里了……

第三章 虚拟货币骗局

心有万千结

拂晓时分，垃圾堆后，光线昏暗，环境诡异，气氛紧张，在这种环境里，马一鸣故作姿态狠狠地扔出手机，手机飞进远处的防波堤下的海水里……

这样一幕场景在潘渊明脑海里回放了无数次，他似乎在揣摩马一鸣和郝昂扬的手法里是不是有破绽可寻，由于不放心，又在车里回放一遍当时执法记录仪的影像。没有，答案是没有，这两人扮"黑警"简直就是本色出演，一切行云流水，哪怕是见过无数职业犯罪的潘渊明，也无从揣度这两人干"黑事"时会是一种什么样的心态。

这毕竟是在法律红线处徘徊，不同于他们当学员时候的恶作剧。每每念及此处时，潘渊明就开始纠结了，一方面是怕他们坏得不像；一方面又怕他们假戏真唱。履历上的污点可以抹除，但心要是蒙尘了，那可没救了，他处在这个反人性的位置，也最了解人性，人性是不能拿来考验的。

他又看了眼窗外"滨海互联数据中心"的大招牌，不知道他在等什么，从午后等到快下午下班了，仍然没见到人出来，于是他又燃上了一支烟，压抑着焦灼的心态，仔细盘点着得失。抓了一个运货的司机王乔刚，确认出现了两个疑似仇林同伙的王十六、何尚峰，确认了绰号"老缅"的贩毒人员曾经到过葛湾村……对了，还抓了四名参与赌博的人员。

说起来动静也不算小，但经过仔细盘点，发现似乎又没什么意义。王乔刚贩运冻品的事被海关缉私接管了，就那么点体量，估计到不了今晚，人就会被取保候审；王十六和何尚峰两名在逃人员，已经脱离了监控范围；那四个参赌人员也已被释放。一切似乎又回到了原点，仿佛有一只无形的手罩在新兰这一片区域，任何动静都在这只无形的手中消弭殆尽。

其实他试着推演，假设追着冻品的线索不放，排除一切阻碍推进，那肯定要抓一大批商家，甚至可能揪出几个幕后人员，但他没把握能找到真正的始作俑者，连那些漂在海上的走私船也未必能找到，这条线不行；他和组里讨论过抓捕王十六、何尚峰的可行性，也被否定了，因为这两人的级别在犯罪团伙里太低，所知应该有限，万一惊动"船夫""老缅"这两个主要目标，可能会更麻烦，这些常年混迹海上的，随随便便就可跑到哪个小国去了。

头疼、焦虑，心里一会儿满满当当，一会儿又空荡荡的，旋即又是一种深深的无力感袭来。有些事真的不是努力就能如愿的，面对一张如同藤缠麻绕的无形大网，潘渊明只觉得那种无力感越来越强，强到他都有放弃的念头了。

可却无法说服自己啊，他脑海里的景象瞬间又切换了，眼前仿佛走过一位警员，那崭新的警服，那标挺的走姿，那肃穆的表情，和记忆中某个形象吻合了，是他……是他……是小杰，这是他为数不多的穿着警服的时候，就这个样子站在他的面前，像以往一样，潘渊明警惕地拉上了保密处的窗帘，遮住了光线，然后打开了记录仪，习惯性地凝视了面前的小杰几眼，接下来又是习惯性地提醒他："可以开始了。"

"我叫陈承杰，现年三十二岁，现在的时间是××年××月××日××时，我自愿接受组织派遣的特殊任务，并以我警察的荣誉保证,在任务期间服从命令、忠于职守,与犯罪分子斗争到底,绝不同流合污。"

陈承杰对着镜头肃穆地说道,脸上没有表情。潘渊明从来没有见过他脸上有喜怒哀乐的表情,可能是训练过的缘故,从部队到地方,他大多数时间都有特殊的身份,不是在训练,就是在做任务的途中。

停顿片刻,潘渊明启言道:"不用紧张,是遣返回国的几位红通嫌疑人交代的线索,据他们交代,有一帮专事协助他们这类人偷渡出境的犯罪团伙,头目叫'船夫',我们的外围侦查发现,'船夫'和这几个人关系密切,在他们手里很可能有一条走私、偷渡的路径,是非常隐蔽的那种。这几个人,你熟悉一下。"

仇林、葛飞、葛海、葛郎郎等一众嫌疑目标的照片排在陈承杰面前,他扫了几眼,下意识问道:"任务具体是什么?"

"接近葛飞,找到'船夫',虽然只是红通的线索,但我的直觉告诉我,不可能只有这点事,漫长的海岸线,能干的犯罪勾当可太多了,扫黑除恶开展数年来,可是有不少法外之徒偷渡,这一块可是我们监管的真空地带啊。"潘渊明语重心长道。

"明白了,找到'船夫',搜集他们团伙的犯罪信息。"陈承杰道,作为侦查员,最重要的任务就是搜集并获取直接、可靠的信息,证据反而是次要的。

"我给你准备好了身份,葛飞最爱汽车,看来你得先熟悉一下汽车改装行业了,你的名字从现在起叫马超越,年龄三十岁,湖省十方市人,也就是你当兵的地方,这是详细信息……"

"啊?!追逃人员?"

两人相视，第一次看到陈承杰脸上有惊讶的表情，潘渊明笑笑解释道："只有这个才符合现下的大趋势，真实的马超越已经归案了，只需要撤下追逃信息就可以印证你的身份，你看照片都挺像，而且这个人挺奇葩，兄弟俩加上他老子，都在监狱里。"

陈承杰没有笑，只是在认真地看信息，良久，他抬头问："什么时候开始？"

"走出这道门就开始了，任务的代号为'803'，你直接对我汇报。"潘渊明道。

"是，代号803，现在请求开始执行任务。"陈承杰敬礼，一如既往的严肃。

潘渊明站起来，缓缓地举手，像以往送别一样，向他敬礼。

……

蓦地，手指一阵疼痛唤醒了沉浸在回忆中的潘渊明，是被烟头烫了，他慌乱地俯身捡起烟头，打开车门，扔了出去，却发现自己的眼睛有点模糊。他擦了擦眼睛下的一层湿迹，却被一阵吵闹声惊醒，侧头能看到，人高马大的徐丑虎，捉鸡仔一样拎着肖景辰阳的脖子往外走，边走还边骂着。老徐这警察当得实在不讲究，看得潘渊明一阵牙疼，他摇摇头，坐回了车里。

刚坐下，车门就被拉开了，肖景辰阳被扔进车里，潘渊明无奈道："老徐呀，你啥作风呀？这能和你刑警队、看守所一样？"

"这已经很文明了，搁以前我得大耳光扇他。"徐丑虎怒道。

潘渊明回头，肖景辰阳也是两眼怒火，这倒让他奇怪了，缓声问着："咋回事呀，肖？咋惹你教官生这么大气？"

"就查个信息，这小子推三阻四不给好好办，我把他们队长都说通了,不是给您通过话了吗?就这,还不好好跟我说……哎,我说肖景辰阳……这名字就拗,怪不得人这么拧,潘处就在这儿,我没骗你吧?"徐丑虎道。

"但不符合程序。"肖景辰阳严肃道。

"噗"一声,潘渊明笑了。肖景辰阳严肃回复道:"正常的程序应该是县一级以上公安机关提出申请,网安支队审批,或者有刑事立案文书,方可对涉嫌公民隐私的信息进行审查和分析。你们送来了两部手机,还有四个镜像文件,这四个镜像文件也是手机程序镜像,相当于六部手机,关联的可是六名公民。"

听到这儿,潘渊明牙疼了,回头问着:"老徐,你怎么非找这货?"

"我也不想找啊,可他们队长说了,还就是这货技术水平拔尖,嗐,我咋没看出来他能耐这么大啊?"徐丑虎道。

"不服从命令还费这么长时间?"潘渊明直接拉下脸了。

"他没说不服从命令啊,但服从了又不好好跟我讲,还来回问我咋回事,嗐,把我给气得,哪有那么多为什么呀!"徐丑虎愤愤道。

"我解释一下,肖啊,除了你说的情况,还有第三种。市一级公安机关在遭遇特殊情况,认为不宜扩散信息,以免造成影响,或者影响到在查的案件时,可以对批准行为设置保密级别,可以调动需要的警力。这是组织上赋予我的权力,你觉得我是个能到这儿找人干私活的人吗?"潘渊明道,有点奇怪,这个能跟马一鸣胡搅胡闹的人,居然还讲原则了。

"哦,那倒是……但是我得提醒您啊,潘处,没有正常移交的,提取出来都是非法证据啊，将来检察院和法院都不认的。"肖景辰阳道，开始掏笔记本。

听到这话，徐丑虎和潘渊明愕然对视。徐丑虎惊讶地脱口道："证据？就让你恢复关联人、经济往来，你已经找出证据来了？"

"有争议，虚拟货币知道不？我们国家已经正式发文不承认其法律地位，但依旧有大量交易虚拟货币的情况，这种交易不受法律保护，而且受到严格限制。"肖景辰阳道。

"等等，什么货币？这什么玩意儿？我听着有点耳熟。"徐丑虎愣了。

肖景辰阳解释道："就是加密的数字货币，可以当钱花。"

听到这儿，老徐笑斥道："扯淡不是，这几个人都是村里的渔民，询问时连自己的名都写不顺溜，能玩这高科技？"

"您看，对于思想固化的人，任何解释都是白费。"肖景辰阳说了句。

"闭嘴……说你呢！"潘渊明喝了一声，吓了肖景辰阳一跳，不过斥的是徐丑虎。

这一下肖景辰阳乐了，直道："潘处您看，不是我不跟他解释，而是跟他解释他也不明白，更不相信。"

徐丑虎气得刚要伸手，被潘渊明一眼瞪回去了。出了口恶气的肖景辰阳把电脑打开了，六个标明的文件包，一输入，调出一片数据代码，一片模拟屏幕，他解释着："我一个一个说，先说标'01'的这部手机。"

这是葛万宁的手机，马一鸣"黑"回来的，估计机主已经去办新卡了，不过旧机的信息可就落到警察手里了。就听肖景辰阳解

第三章 虚拟货币骗局

释着:"这个机主在六个月前换的手机,不用联网就能查到他的转账记录,这是源代码文件,我估算了一下,各类转账流水一千六百余万,其中大部分都是虚拟货币交易,这个转账的接收方是欧易平台,简单讲,这种行为就是市面上很流行的'买 U',USDT(泰达币,一种虚拟货币)。"

徐丑虎和潘渊明脸上愕然的表情凝结了,一时间竟无法判断这信息代表着什么。

"第二部手机,也买 U,数量不多,但奇怪的是他的行程,二十四小时穿越两省十四市,行程一千四百多公里,每个月都有这么一两回。还涉嫌赌博、催债、涉黄……这个人有点变态,专拍自己的大尺度视频。"

这是"光头杨"杨天的手机信息,徐、潘二人心里暗忖,这怕是捡到宝了,可能比劫的那二十万价值还大。

见两人没回音,肖景辰阳继续介绍着。第三部没什么,机主参加网络赌博,借了一堆小额贷,手机里网贷 App 有十几个。第四部差不多,一对赌鬼兄弟。但到第五部就又有说道了,这个人"买 U"的金额也有一百多万,但只有买进。肖景辰阳推测,应该是线下卖出了,现在这种交易多数用于洗钱,而洗钱最直接粗暴的方式就是现金交易,只要有消化现金的渠道,那洗钱能洗到神不知鬼不觉,根本查不到来源。第六部手机又有新花样了,月均交易记录一万多条,交易的地方是各种小商品店,交易的商品统计一下有四五十种类别,甚至凌晨和后半夜都在交易,这明显不正常了,据肖景辰阳不多的经验判断,这十有八九也是在洗钱,拿上一堆 POS 机,把电子现金化整为零。

说完了，徐丑虎和潘渊明突然明白，为什么对方不遗余力也要把几个赌博的村民捞走了，以那些村民的智商，估计十成十地都成帮凶了。

良久，徐丑虎有动作了，伸手抚向肖景辰阳，肖景辰阳吓了一跳，没躲过，可徐丑虎却是意外和颜悦色地说道："对不起啊，刚才我有点粗鲁了。"

这表情看得肖景辰阳一阵恶寒，赶紧挣脱，交出U盘道："都拷贝在上面了，有计算机基础的差不多就能看懂并演示出来……我先告辞了，下班前得就此事向我们队长汇报啊。"

放下U盘，肖景辰阳忙不迭地跑了，徐丑虎拿起U盘，递到潘渊明面前，小心翼翼地问："潘处，您听懂了多少？"

"和你差不多。葛万宁，花一千多万买虚拟货币，他应该连出村的次数都很少吧，你信吗？"潘渊明消化着让他震惊的消息，从来没想到，会在这儿冒出个意外来，而且，对处理这种意外他是毫无经验。

"是啊，这有点吓人了，我都不敢信啊……哎呀，早知道下午就不把那四个货给放了。"徐丑虎道，那四名涉赌的，完全有理由再滞留一段时间。

"不不不。"潘渊明连连摇头否定着，"宗族势力要是涉嫌犯罪，那就不是一两人的事，这里面还有个法律细节，我国虽然不承认虚拟货币的法律地位，但刑诉法也未规定买卖虚拟货币入刑。现有的案例，多数是追踪涉赌诈的赃款从而牵出来的虚拟货币洗钱，这里面正常交易和非法交易混成一团，你就算知道人家买，又能如何？"

"可以以这个为突破口,秘密取证……不对,这村里放个屁全村人都能听响的,想保密太难了啊。"徐丑虎道。

"这个从长计议……看来,我们得边学边干了,葛飞这伙人可能玩得比我们高端,怪不得我们用常规的手段无法找到任何线索,这玩虚拟的,咱们可都大眼瞪小眼了。"潘渊明道。

徐丑虎嘿嘿一笑,提议道:"这人不是现成的吗?都不用请专家,要不咱们先斩后奏,先把人弄走再给网安打招呼?"

潘渊明抚抚下巴,没有多言,不过促狭地点点头,得令的徐丑虎二话不说,跳下车又奔回去了。

潘渊明还没想出头绪,徐丑虎已经带着人出来了,那大手搂着肖景辰阳,几乎是挟持着出来了,但凡有点忤逆,他整个人就被徐丑虎拎起来了,直拎回车前,塞进了车里。主驾座位上的潘渊明很不讲武德地摁下了中控开关,锁上了车门。车刚启动,队长就追出来了,紧张兮兮地敲着车窗。车窗玻璃落下后,看着大喊大叫的肖景辰阳,队长紧张地问着:"潘处,小肖刚进队,没犯事吧?"

"保密,不能解释,你再招个人吧,他一时半会儿回不来了。"潘渊明言罢,驾车扬长而去……

第四章

马一鸣被设局

孽缘遮望眼

当夜幕缓缓降临，王一舰那辆破宝马正驶入一处娱乐场，停车场已经车满，不过可能王一舰这车有某种特殊性，他直接驶过停车场。一拐到了楼侧，保安一看车就拿开了挡牌，指示着车驶向楼后。这里可能是给特殊客人留下的特殊位置，斜斜的十数个车位还空余了不少。

车停，马一鸣伸出脑袋，一溜英文的招牌他有印象，这里叫罗曼达商务 KTV，地处滨海近郊，上次扫毒时错过这家了。位置稍偏，又是高端商 K，带上"高端"俩字，在警察看来并不意味着干净，而是意味着更难查。

"王哥，咱俩这身份，来这儿不合适吧？"马一鸣稍迟疑道，一下班就被这货拽走了，都没来得及叫郝昂扬，没有那头猪队友，马一鸣倒有点心虚了。

王一舰边摘着安全带边道："啥不合适呀？比咱们级别高的来得多呢，喝喝酒唱唱歌能有啥事？"

"王哥，你当我菜鸟啊？光喝酒唱歌，这儿能经营下去？"马一鸣反问。

王一舰一龇牙笑道："但这里确实只有喝酒和唱歌，剩下的场外发生的事，咱也管不着呀……哎呀，兄弟甭客气，那卡就是在这儿消费的，就当你请哥了，这儿我还没来过呢，走吧，走吧。"

马一鸣被连拉带拽地拉下车时还有点扭捏。两人走近楼层，站着人的地方居然是个暗梯，一摁开，是一部很小很隐蔽的电梯，进梯再一摁，直达八层，这倒还好，令人惊讶的是摁电梯的"服务生"回头笑吟吟地看着马一鸣。马一鸣一怔道："咦，看你有点面熟啊？"

是葛郎郎，嫌疑目标，这人的照片早就印在马一鸣的脑海里了，不可能不认识。不过在葛郎郎听来像是套近乎，他笑着自我介绍："鄙人葛郎郎，初次见面，不过神交已久，我是葛湾村人，今天的事得好好谢谢您了。"

不管心里怎么恨得牙痒痒，这嘴上可是说得很客气，马一鸣一想又抓赌又劫钱的事，表情都有点尴尬了，不好意思道："小事，不值一提，您太客气。"

两人如同多年的知交好友，紧握着手，葛郎郎谦恭地道："还是不够客气呀，按理说早该去拜访所里领导，可你们所长那是威名在外啊，像我们这号干洗浴、KTV的估计根本入不了眼，进不了门啊……怠慢了，怠慢了。"

"徐老虎受过打击，在车管所晾了好多年，这儿有点毛病，不太正常……不过以他们那个年代的人的价值观，也算正常。"马一鸣不介意背后诽谤徐丑虎，王一舰听得直吐着舌头笑。葛郎郎顺杆上问着："搁您这么说我就更不理解了，按说他这号下课的，再翻身几乎没先例啊。"

"还不是因为沾我们的光了……我们那个学员队破了两起大案，这不就有机会了？再说了，现在政治处和人事上都是刑侦出来的，算起来都叫徐老虎师父呢……哎呀，都忒大年纪了，多少总得行点人情嘛，干上一届搞个待遇退休呗。"马一鸣给了此事一个完美的解释。

一个傲气、张狂、目高于顶的形象就这么活生生树到了葛郎郎的眼中，他做着邀请姿势引领两人出了电梯，一出电梯，一副大阵势吓得马一鸣眼睛圆睁，驻足不前。

只见齐齐两排美女，清一色的红色旗袍，清一水的如瀑长发，清一溜的凸凹有致的身材，而且整整齐齐鞠躬，脆生生地齐声开口："欢迎老板回家！"

可把没见过多大世面的马一鸣给镇住了，葛郎郎和王一舰相视而笑，王一舰拽着马一鸣小声道："我敢打赌，兄弟你没见过这阵势，厌了吧？！"

"王哥，您猜得真准啊。"马一鸣笑道，不过明显眼里闪着亮光，是所有男人看到美女都免不了会自然散发出的那种光。

葛郎郎小声提醒着："这里是正规的，您放心，没有任何擦边行为。"

第四章　马一鸣被设局　145

"好吧，还是正规的好。啧啧，这身材，一个比一个正啊。"马一鸣嘴里啧啧有声，沿着两列美女依次组成的人墙而过，看得那叫一个喜出望外。

王一舰领着他进了包间，刚刚还觉得有点心虚的葛郎郎此时心全放下了，他扬头示意着，领班会意，清清脆脆的一声招呼，莺莺燕燕的美女鱼贯而入。好戏，开场了。

"大家打起精神来，开个短会。这位叫肖景辰阳，两部涉案通信工具就是这位同志解析出来的，看来技术日新月异，不学习还真是赶不上这个时代。我们在查的案子，可能与这虚拟货币有千丝万缕的联系了……来来，肖，别紧张，给大家介绍一下。"

专案组的短会先开锣了，解析出来的结果让成员们也是大眼瞪小眼。以正常思维考虑，那些所谓虚拟货币肯定是精英、高知和有闲钱一类的人才玩的，现在倒好，整个颠倒过来了，敢情偏僻渔村的村民才是大玩家，几百上千万地囤，饶是见多识广的警员们也一时无法消化这个发现。

"互联网币、虚拟货币、数字货币、电子货币等，差不多是一回事。它和我们现实的钞票以及微信、支付宝刷出来的钱不同，具体讲，它是采用一系列加密的数字，在全球网络上可以进行交易的数字化媒介物。注意，它是脱离银行实体的，去中心化的，主要形式有电子钱包、数字钱包、电子支票、电子信用卡、智能卡、在线货币、数字货币……我们发现的这电子钱包属于泰达币，从手机未删除的文件缓存里提取的 INI 文件，能恢复出部分交易记录……需要提醒注意的是，这次发现的泰达币，也就是 USDT，它是一种特殊的区块链货币，其基础货币是美元，1 USDT 等于 1 美元。USDT 的主要优点是其价值稳定，因为它是由美国财政部授权的，它的价值由于受到美元的支持，所以不会随着市场波动而变化。"

话停顿时，有位面对屏幕的专案组成员敲敲桌面提醒道："加上一点，人民银行刚刚发布通知，虚拟货币不具有与法定货币等同的法律地位。泰达币等虚拟货币具有非货币当局发行、使用加密技术及分布式账户或类似技术、以数字化形式存在等主要特点，不具有法律性，不应且不能作为货币在市场上流通使用。"

"现在全国诈骗案件高发，已经有一大部分用虚拟货币转移赃款了，甚至有炒作、倒手虚拟货币的职业出现，这可不是什么好现象。"另一位插话了。

"我们回归到正题，涉诈好理解，但涉葛湾村就不好理解了，这些渔村成员搞这么多虚拟货币干什么？总不能卖鱼买鱼用这玩意儿吧？"徐丑虎插话了。

肖景辰阳明显还有点不适应，看看这位，看看那位，统一的脸色苍白，两眼惺忪，如果不是穿着警服，八成会被当成打游戏熬夜的宅男，当然，就是年纪大了点。而且这个神秘的地方处处透着诡异，很像他印象中在内部视频看到的一种……窝点！

对，窝点……电脑主机嗡嗡声不绝，房间里充斥着泡面味、体味、烟味混合在一起的味道，估计已经中和很久了，甚至起了某种化学反应，你闻着都说不清究竟是一种什么样的味道。

"嗨、嗨……走神了？"潘渊明问。惊醒的肖景辰阳尴尬一笑，喃喃解释着："这到底是什么地方啊，潘处？"

"是个专案组，条件还算可以吧，以后你参案多了就习惯了。

老徐你把相关手续办一下，小肖回头给家里打个招呼，近段时间要待在这儿了……抓紧时间熟悉一下案情，USDT这一块你负责。"潘渊明道。

一听这个，肖景辰阳登时头大了，不情愿地道："潘处，您这不是为难我吗？哪里能有和USDT相关的数据让我分析啊？市场上买U卖U的，比去便利店买包烟还方便，咱们根本监管不到啊。再说了，界定这个行为是否违法，也不归我们管啊，人家买U不犯罪啊。"

这个……潘渊明求助似的看向属下，一位属下发声道："拿着菜刀砍人，不等于买菜刀和卖菜刀的有罪，但USDT不是卖菜刀啊，简直是大杀器啊，它出现的初衷可能不是违法犯罪，但它太符合犯罪的需求了。"

"对啊，潘处，我突然有个想法。"那位最先出声的揉着眼睛道，"追踪了几个月毫无所获，我们追踪走私，基本都是零星小案；追踪偷渡，只找到了人没找到证据；追踪非法经营，还是没有发现。但虚拟货币出现在葛湾，我有个奇怪的想法……正好，小肖你判断一下，如果作案手法设计成这样，能不能实现？"

肖景辰阳懵懂地点点头。那人问着："如果我组织一批几十人，甚至上百人，注册你刚才所说的虚拟货币账户，能不能办到？"

"可以啊，很简单，和注册银行账户差不多。"肖景辰阳点头道。

"教这些人去买USDT，哪怕这些人文化水平不高，可不可以办到？"那人问。

"可以啊，比银行交易还方便啊。"肖景辰阳道。

"那我把这些人手里的虚拟货币全买过来,带出境,是不是也很方便?"那人道。

"不用出境啊,转账就可以了,只要是两个不同的钱包地址。"肖景辰阳道。

他没有感觉,可是听到此处的潘渊明和徐丑虎就动静大了。潘处长一激动,腾地站起来了,眼神呆滞,似乎在想一种很可怕的情景,过了好久才缓缓坐下来,嘴里喃喃道:"我犯了一个最愚蠢的错误……线索不会出现在葛飞身上,而是在他身边。"

用虚拟货币洗钱倒不算什么新闻,但发生在这种偏僻乡镇,涉案人还是这样一群教育程度较低的渔民,那就意外了。恰恰是这种思维惯性导致的错误,让整个调查一直处在灯下黑的境地。潘渊明侧过头,仍然带着几分难以置信的神色问:"如果这个设想成立,那葛湾村绝对不止几个人或者几十个人参与,宗族势力区域基本没有信任问题,那没准全村甚至全镇都参与了,可能吗?"

疑问的语气渐渐减弱,繁华的港口、林立的楼幢、穿梭的豪车、横空出世的新贵,还有他们市里林林总总的纸醉金迷的场所,都需要海量资金来支撑。这些从专案组成员记忆中一一闪过的熟悉场景,一直就像海市蜃楼一般无法看清,那繁华背后究竟是怎样的一只大手在翻云覆雨?

所有人都沉默了,此时的沉默等于对可能的……默认!

卫生间就在包间里,马一鸣摇摇晃晃地进门,还没关上,喝得一脸通红的王一舰挤了进来,抢着关门,还故意对外面说"不许偷看啊"。

门一关,把一阵浪笑关到了门外,解着裤子放水的马一鸣随口问着:"什么叫'遛你鸟'啊?"

"哎呀,商K的游戏呗,就是这个……"王一舰下流地解释着。

刚刚玩的,马一鸣以为是极限了,没想到还有下限,他显得有点不信地问:"王哥你真是深藏不露啊,尺度这么大吗?"

"不就那么点事吗?尺度大不好吗?都规规矩矩有啥意思啊?"王一舰驳道。马一鸣声音更低地问着:"我是说,这么大尺度都没事?"

"哎哟,这里就是喝酒唱歌玩游戏,办事都到外面,能有什么事?"王一舰道。

明显有点驴唇不对马嘴,不过马一鸣没有继续说出自己的顾虑。不管作为曾经的底层群众还是底层警员,都不可能有机会体验到这种一晚数万的消费,特别作为一个鲜少被女人青睐的男人,一下子被众星捧月,那心里,又是惶恐,又是紧张。当然,更多的是兴奋和激动,激动到心里默念了无数次:我得坚守底线啊,绝对不能犯错误。

不对呀,为什么自己觉得心虚呢?提着裤子的马一鸣一哆嗦,吓了一跳,侧头看是王一舰捅了他一下,那张丑脸满脸淫笑,小声问着:"马兄弟,还满意不?哪儿不满意,哪个妞您不满意,立马换哦。"

"这儿的娘儿们就是有点浪啊,我都快扛不住了。"马一鸣故作老练地讪笑。

嘿嘿,露馅儿了,王一舰贱笑戳破道:"兄弟,一看你就不常来,这已经是最文明的了,咱们喝了两箱酒还没干啥呢,搁其他人,早起飞了。"

"你别糊弄我,我受不了。"马一鸣紧张道。

"游戏,游戏,我告诉你,商K游戏,你这才是入门,后面才是重点……好玩的项目多呢。"王一舰掰着指头都一下子数不完,干脆一拽马一鸣说道,"算了,听我安排,今天咱们也来一个醉卧夜场君莫笑,人生得意能几回呀?哈哈。"

门开,那五六个夜场妹子早已恭迎上来了,簇拥着两人坐回沙发,端酒的、点烟的、递水果的,还有没啥可递干脆给捏捏肩膀的。已经喝了不少的马一鸣此时已经不太局促,王一舰这个老手瞄了瞄,给几个女人使使眼色,开口就说换酒换游戏。

"不会玩?别怕,给你讲规则,很简单,两男六女围一圈,用嘴吸着扑克传给下一人,得吸住喽,吸不住得罚酒,当然,传牌的时候吸不住肯定吧唧亲一个。"王一舰把扑克牌往一妹子嘴上一贴示意着,另一头拽着马一鸣,推近的时候,却故意把扑克一抽,那妹子吧唧一声,结结实实亲了马一鸣一口。

那姑娘做作地扒拉着:"哎呀,王哥,你坏死啦。"另一头几个妹子借机教唆着:"马哥,欣欣故意的,不能让她白亲你,得亲回去。快去快去。"两头一推,吧唧吧唧又亲一块了。

半推半就间,也不知是不是酒精的催化,马一鸣渐渐由疏到熟,还真融入到这游戏中来了。只见得那一室莺莺燕燕时不时浪声笑语,偶尔间失误一对男女就被其他人推在一起了,真叫一个春光无限哪……

"杨哥好。"

"杨哥好。"

光头杨带着葛飞进入楼层，所见服务生都亲切且恭敬地鞠躬，他锃亮的光头在行内就是金字招牌，不过到了一间房门前，他却很谦恭地开门，请身边这位进去。

不管什么经理、什么总、什么老板，葛飞一样头衔都没有，而且飞哥向来不喜欢夜场、KTV这种去处，今天破天荒地来这儿，光头杨都有点意外。一进门一下子明白了，葛郎郎笑着指指监控屏幕，王一舰正和马一鸣吃喝玩乐呢，一下子连光头杨都乐了。

"就这段，扒他警服都没问题了吧。"葛郎郎笑道，"这小子真能喝啊，啤酒两件，洋酒三瓶，愣是还没倒。"

"这王大牙也死能喝。"光头杨插了句。

"多喝点，喝多好办事，后面的安排了吗？"葛飞问。

"那简单，飞哥，有必要吗？"葛郎郎愕然了下，以这样灌酒的速度，估计马一鸣很快就会不省人事。

葛飞却是笑道："拍戏要拍全套，不坐实怎么行？"

"好吧，老杨你安排吧。"葛郎郎道，光头杨拍着胸脯保证。葛飞似乎心不在焉，他径直往内间走去。门应声而开，葛海出现在门前，表情有点鬼祟地让葛飞进去，掩上了门，然后附耳说了几句，靠着门的葛飞神情一凛，沉声问道："确定？！"

葛海点点头，从葛湾村知道消息后，他把前夜出事的地点复盘了一遍，那个细节他没敢声张，思忖再三，此时才悄悄告诉了葛飞。果如所料，葛飞怒气冲冲地吼了声"老杨"，光头杨颠儿颠儿奔上前来，关上门后，葛飞一只胳膊支着门，脸几乎碰到了光头杨的鼻尖，一字一字厉声说着："把那晚的事从头到尾，一点一点说清楚，今天要是说不清，老船回来得拉去祭海啊。"

光头杨这下真的紧张了，喉结艰难地动动，这被逼之下，结结巴巴，一五一十地讲出来了，终究是瞒不过去的，估计是回了趟村的葛海知道详情了。他边说边看着葛飞的脸色越来越铁青，表情越来越吓人，似乎比知道被抢了二十万黑钱还吓人。等他说完了，葛飞却一动不动，半晌才反应过来，一挥手，"啪"一声脆响，直接毫无征兆地扇了光头杨一耳光，一把拉开门，听到"滚"字的光头杨如逢大赦，赶紧跑了。

老船那伙人在干的事，怕是光头杨也未必清楚知道干系有多大，去葛湾抓赌、黑赌资，甚至冻品走私葛飞都没当回事，可听到这个不经意的细节还真把他吓住了。他抚着下巴在屋里踱了良久都无法确定，那个黑警察这么干究竟有何用意。

葛海找了个时机，小心翼翼道："真要是'老缅'的事，我估摸着得来几卡车特警武警才行，不可能派这么头货，再说他也没那出息啊……是不是走私冻品那事？"

"那算个屁事……平时一个比一个张狂，一个小屁警就把他们吓尿了……小海，你说这货，究竟什么来头啊？就说是个单纯黑条子吧，又不太像。"葛飞思忖着，似乎想给外面那位花天酒地的下个定义。

"我觉得，不只是黑，"葛海摇摇头，愤愤补充着，"是坏！您还不了解这些死条子的套路吗，真要有真凭实据，早摁头了，还啰嗦什么？但啥都没有，这操作空间可就大了，净找些吓人的事给你脑袋上扣，把万宁叔吓得这两天都没睡好觉。我估摸着啊，这是拿了黑钱，还想让丢钱的闭嘴呢。"

这倒也是，毕竟老船一帮人一年上不了几回岸，即便是最近

第四章　马一鸣被设局　153

的葛湾村的人也未必知道他们的行踪秘事，葛飞虽然接受这个解释，但总觉得似乎有点什么不妥，而且眼皮子一直在跳，一阵阵地心悸。

"这个人不能留啊。"

他嘟囔了一句，海上那拨人的秘密就连葛湾村也没几个人知道，而这个"黑警"却在刨他们的信息，他判断，就凭葛万宁和光头杨给露的馅儿，都足够让他上警察的黑名单了。

良久，他心事重重地出了内间，再看监控的屏幕，包厢内的霓虹灯闪烁着，所有人摇头晃脑蹦得正嗨，那位被他们刻意照顾的马兄弟光着膀子举着一瓶酒边蹦边摇。葛郎郎苦着脸汇报道："飞哥，这货已经糟蹋了六七瓶洋酒了。"

葛飞气急反笑，不过是冷笑，随后愤愤而去，余下几位面面相觑，一切都按照设想顺理成章、水到渠成，却不知葛老板这火气从何而来……

四顾心茫然

阳光照进了家具简单的办公室里，把桌前的国旗映出个影子，恰恰落在欧阳惠敏的笔记上，她正在用笔认真地写着《关于交易虚拟货币可能涉罪的风险评估及同类执法存在问题的探讨》。

这是上午正临时召开的局长办公会议，由丁局长召集了主管经侦的刘副局长、经侦局的高局长、办公室的陈主任等中层一起商讨。与会之前要预览的文件是由政治处提供的，而推动者却是欧阳惠敏对面所坐的潘渊明，到此时欧阳惠敏都没整明白，为什么潘处这个老古董，一下子盯上这类最新潮的玩意儿来了。

　　文件欧阳惠敏已经提前看了，她知道是专案组的手笔，做了脱敏处理，隐去了事由、线索等，只是依据兄弟单位发生的具体案情做出一个大胆的假设：在滨海一处或多处发现大量交易虚拟货币的情况该如何处置？从兄弟单位的经验来看，这类交易不同于传统交易，经常出现卖方出黑U，或者买方出赃款，甚至黑了对方的U的情况，但现在绝大多数涉诈涉赌的黑钱，在洗钱的时候越来越依赖这种虚拟货币。由此，作为对案情警于事前的分析会，与会者要讨论是不是有提前介入的必要性，或者从其他方面采取措施的可行性云云。

　　这是警务中的常例，对于某一类案件的舆情提前掌控、预防都是情理中的事，特别对于某类特定、多发案情，很有必要采取有效方式遏制、打击。但今天提到的情况有所不同，明显让经侦方面的同志皱起眉头了。

　　"同志们，说说吧，情况就是这么个情况，我越来越感觉自己落伍了啊，咱们经侦上办了几回这类案件，高局、刘副局，今天得你们来当主角啊。"丁长河局长开口了，他不经意地看了潘渊明一眼，目光很复杂，比潘渊明给出的新设想还复杂。

　　那位刘副局扫了众人几眼，似乎有点犹豫，斟酌着道："没听说咱们辖区有类似情况啊。"

　　"没听说不等于没有啊，警于事前总是没错。"潘渊明像是客气了句。

　　老潘的手一贯伸得有点长，哪个部门、哪个队，甚至哪个派出所冷不丁被他盯上，大概率不会有什么好事。高局也在犹豫，丁长河打着哈哈提醒道:"潘处不是挑毛病来了啊,今天他是列席,会议内容保密。"

一句点到,刘副局长稍稍放心,思忖片刻,说道:"那我直接说了啊,现在这一块是执法的真空地带,而且国家对此态度有些矛盾。我国明确不承认虚拟货币的法律地位,也就是说任何虚拟货币都不受中国法律保护。但对于任何公民私自买卖虚拟货币的做法,却没有明确界定属于违法还是犯罪行为……除非买卖的虚拟货币或者法币涉嫌其他犯罪,才可以界定其违法或者犯罪。"

"刘副局,如果我们发现大量的虚拟货币交易,可能或者可以采取什么措施吗?毕竟由此引发的其他类型犯罪太多了,最直接的比如洗钱还有非法换汇等等。"潘渊明诚心求教道。

刘副局长想了想,摇了摇头:"曾经虚拟货币最大的矿机在我们国内,比特币十几年涨了几万倍,这足够让人疯狂了。民间的交易量毫不讳言地讲,应该是天量。一个愿买,一个愿卖,买卖的东西一直涨,都赚了,谁报案啊?就算报了案,我们依据哪一条法律条文处理?"

"对,这点是关键。"高局终于找到和领导的契合处了,他插话道,"目前除了涉诈、涉赌以及其他涉案关联到了虚拟货币的案例之外,对于正常流通、交易的虚拟货币,我们没有执法依据。现如今在民间,有大量持有虚拟货币的人员存在,他们用合法的资金购买、囤积、投资虚拟货币类资产,我们并不能武断地界定其违法。"

难就难在这儿。潘渊明搓着手,可能距离真相只差一层窗户纸,却无法伸手去戳破,他不死心地问两位专业人士:"刘副局、高局,道理我明白,依我的经验,在我们滨海经济体量这么大的城市，有几小撮靠非法手段洗钱的犯罪分子存在，这个判断应该没错吧？"

刘副局瞟了高局一眼，高局立时接茬道："从两年多前就有冒头的，去年以来我们打掉涉及虚拟货币犯罪的团伙有六十多个，对最大的团伙我们采取的打击行动是部里统一指挥的，我们滨海是主场，涉案总值二十多个亿，去年的年终报告上有啊。"

"这个我知道，有句俗话是这么讲的，如果你看到家里有一只蟑螂，说明家里的蟑螂已经多得藏不下了，肯定有窝了。"潘渊明道。

高局长笑了笑，道："是不是有点危言耸听了？涉及虚拟货币犯罪的人可都是高智商，这种人万里挑一，可不是随处可见的蟑螂可比的。"

"潘处长啊，您是不是对我们经侦工作有什么意见啊？还是发现什么了？我们经侦欢迎督察处随时莅临检查指导。"刘副局长口气稍冷，明显不悦了。

"好了好了。"丁局长一笑，中止了话题，再下去就成了部门间的扯皮了，他提醒道，"我们是探讨，不是来吵。我直接点说吧，厅里会上提起过这事，我们滨海由于特殊的地理位置，走私、偷渡一直打而不绝，甚至红通全球追逃的分子落网后也交代过曾从我们这里偷渡的信息。现在的经济大形势下，对于资金外逃，特别是非法资金甚至涉案资金外逃，我们要未雨绸缪啊。而且啊，现在的地下钱庄为数不少，哪家也不可避免地要盯上虚拟货币这个工具，咱们不探讨出点应对预案，真要到案发又是一地鸡毛、疲于应对，难道要眼睁睁看着案件发生？！"

第四章 马一鸣被设局

高度一下子提起来了，也成功地隐藏了真实用意，可问题的难点却无从解决，这种无形无质，只存在于虚拟世界的载体，确实没有执法依据啊。

看到刘副局和高局长侃侃而谈，看到丁局长皱得越来越紧的眉头，一直在做记录的欧阳惠敏也越来越纳闷了。从偷渡到走私，从走私到涉赌，难道现在案情又转向涉及虚拟货币了？如果真是这样的话，那难度可能就又要上一个台阶了。

探讨在继续着，潘渊明的脸越来越黑，可能又要碰壁了……

喝着豆浆、啃着面包的郝昂扬在校园里快步走着，早餐是在校园门口买的，走了一半狼吞虎咽就吃干净了，他往裤兜上抹抹手，从口袋里掏了根烟，边走边抽，心里盘算着该怎么说呢。

昨天一转眼就找不着马一鸣了，他本来没当回事，今早都没回来，还联系不上，他就有点心虚了，偏偏所长和潘处都联系不上，这让他心虚得更厉害了。

在警察这个队伍里要是联系不上，有两种情况：一种是发现目标出任务了；另一种呢，应该是这个警察成了任务目标。

他越想越觉得像后一种，心里甚至在揣测，以马缺德的德行，万一有啥事肯定把锅都扣他脑袋上。你说这锅是背呢，还是再甩回去？还有个最大的问题，这锅好几口呢，他实在无法确定，马一鸣万一向组织坦白，会交代多少。

"嗨！"有人在喊，郝昂扬没听见，又是一声"耗子"，吓得郝昂扬一激灵，站定，不远处瘦不拉几、一身便装，像个逃课学生的人，不是肖景辰阳还能有谁？他发愣时肖景辰阳已经走上来了，好奇地上上下下瞄他，两人几乎异口同声地问："你怎么在这儿？！"

两人惊讶地互指着，又是异口同声："保密。"

哟，肖景辰阳立刻反应过来了，惊问着："你不会也在专案上吧？"

郝昂扬一下子乐了，拍着肖景辰阳道："我进来得早，是你前辈了。看，认识。"

他和警卫打了个招呼，掏出卡，是这里的门禁卡，这下肖景辰阳是十成十相信了，边走边嘟囔着："怪不得专案组这么 low（档次低），你居然是成员。"

"嫌 low 别来呀，把你能的。"郝昂扬道。

"你以为我想来啊，是徐老虎把我抓来的。"肖景辰阳怏怏不乐道，昨晚开了个会，睡了个觉，还没完全整明白是个什么事呢，絮絮叨叨地发着牢骚。看郝昂扬要上楼，他追问着郝昂扬的来意，郝昂扬神神秘秘道："你见到马缺德了吗？"

"啊？不是跟你在一块吗？新兰派出所？"肖景辰阳反问。

这可更蒙了，郝昂扬道："你是不是蠢啊？一个组，他也在专案组，你真没见？"

肖景辰阳摇摇头，这下坏了，郝昂扬的心更沉下去了，电梯上楼，他噔噔几步奔到了办案区域，说徐所长、潘处联系不上，再弱弱地说马一鸣也联系不上，那位办案成员似乎一点都不担心，点头示意知道了。

这无动于衷的表情激怒郝昂扬了，他愤愤道："你叫什么来着？什么态度啊？人都找不着了你们还有心思坐着，万一有事呢？"

那位办案成员凝视了他几秒，像是困得话都不想说，一拉键

第四章　马一鸣被设局　159

盘，飞快地敲击着，似乎在倒回视频，几秒钟后，他把电脑噌地一扭，朝向了郝昂扬和肖景辰阳，两人眼睛蓦地一下凸出来了，差点掉下来。

视频里，马一鸣醉步踉跄，一边一个女人，说不清是他搂别人还是别人搀他。偶尔一停顿，一侧的女人赶紧贴着扶上去，再看那两个女人，短裙不过膝，两条白花花的长腿在监控里格外抢眼，另一个不抢眼，估计是黑丝。两人搀着马一鸣进了希尔酒店。

后面外勤估计是无法拍到了，不过已经留下充分的想象空间了，郝昂扬和肖景辰阳两人相视，目瞪口呆。肖景辰阳喃喃道："完了完了，自己人要变成嫌疑人了。"

生活作风出问题是警中大忌，何况这情况还不只是作风问题，被专案组盯上意味着什么，一想肖景辰阳就紧张，他看向那位刚认识的同事，不过对方面无表情地搬正了电脑，他再看郝昂扬，郝昂扬却是气得咬牙切齿。肖景辰阳赶紧安慰道："别生气，各有各的选择，自己选的自己负责。"

"扯淡。我生什么气？"郝昂扬不屑道，狠狠白了他一眼，"我难过，有这种好事居然不叫上我。"

"啊？！"肖景辰阳愣了，那位面无表情的同事却是一下子被逗笑了，不过笑是苦笑，笑着摇摇头，像是对这几位新人无语了……

会议持续了差不多一上午，到结束已经十一点多了，散会时潘渊明回望丁局，丁局有点失望地摆摆手，心事重重的潘渊明黯然离开了。

欧阳惠敏下楼时加快了步子，和潘渊明并肩走出大厅，欧阳惠敏示意了下保密处的方向,才把有点失魂落魄的潘渊明引向了办公室。踱步将至时,欧阳惠敏才开口问:"我两三天没关注,似乎有新情况了,葛湾村的?"

潘渊明点点头"嗯"了声,小声地简要几句说清原委,开门进屋的欧阳惠敏可就愣住了,皱眉喃喃道:"又是非法线索,潘处我可提醒你啊,他在玩火。"

欧阳惠敏隐晦地提醒,这火可能会烧到专案组,烧到潘渊明身上,可潘渊明却是颓然而坐,头仰着哀叹道:"可惜的是,刚有点火苗子就被人浇了啊。"

欧阳惠敏深以为然,查到了走私,很快海关就介入;查到了赌博,很快说情的蜂拥而至。丝毫不用怀疑,哪怕真抓到更多的犯罪证据,也会像现在这样很快消弭于无形。欧阳惠敏倒了杯水,脑海中一闪而过的念头让她有点黯然,她把水杯放到潘渊明面前,拉张椅子坐下来,整理一下思绪,小心翼翼开口道:"你的想法肯定行不通,别说不可能扣留所有村民的手机查证。即便真可以,只要不是涉案资金,我们也无权处理。据我了解,现在类似的交易都用阅后即焚的软件,很多案子连像样的交易记录都无法提取,这也就是碰到了葛湾村的,要是嫌犯再警惕点,估计什么都找不到。"

"你反过来想一下,已经放松到藏都不藏了,可想而知泛滥程度有多高。"潘渊明道。

这个反向思维让欧阳惠敏一怔,居然无言反驳,她点头认可,反问道:"那又如何?如果是涉赌涉诈洗黑钱的重灾区,断卡早波及那里了,明显没有发现嘛。"

"问题的严重性也恰恰就体现在这儿。"潘渊明反驳道,"几个普通渔民，几百万上千万地买 U，肯定不是一次性的，持续了这么长时间，从哪儿买，又去了哪儿，这种交易频次对应多少资金量，你敢想象吗？新兰可是小康镇，葛湾村又是新兰镇的明星村，一大堆海外关系，一半家户拥有渔船，每船的渔获动辄几十万，甚至上百万，每年雇用的船工比村里的原住人口还多，如果有黑钱以这些为掩护，你觉得体量可能有多大？最近的一次海上运毒案没有下文，在没有发生之前，谁敢相信那里是个运毒中转点？"

这个……可能是无限大，最起码无法以惯常的思维去猜测。欧阳惠敏怔怔地提醒道："你还是在纠结葛家兄弟身上的事吧？有些事，怀疑一产生，罪名就成立。现在不兴这一套啊，你喝杯水消消火，都当这么多年警察了，不能老带着多疑的职业病啊。"

"你不相信我的直觉？"潘渊明瞪着欧阳惠敏，下意识地掏手机。欧阳惠敏笑而未语，而掏着手机的潘渊明却继续发泄道，"楼宇林立、窗明几净、空调沙发，优渥的环境不是警察的战场，而是警察的坟场，我只是人老了，而你……心老了。"

他看着手机显示的一堆未接电话，欧阳惠敏讪讪地笑了。此时听到了脚步声，肯定是等待已久的徐丑虎，两人像心有灵犀一样。潘渊明一皱眉头，拉着脸的徐丑虎推门而入，潘渊明没头没脑地问："人呢？"徐丑虎回答："还没出来。"潘渊明又是没头没脑地问："为什么不设法拦住？"徐丑虎回答："这不是危险情况啊，没法处理。"

潘渊明气得一拍桌子，可气却没发出来，化为一声深深的叹息，然后茫然四顾，或者叫手足无措，再看徐丑虎，一脸尴尬，欲言又止。

欧阳惠敏纳闷了，很不高兴地问着："潘处、师父，好歹也把我挂进专案组了，啥情况也不知会一声？"

"是不想给你添堵，你觉得能有好事？自己看吧。"潘渊明扔出了自己的手机。欧阳惠敏拿起来，屏幕还停留在汇报的页面上，昨晚二十一时四十分进入KTV，凌晨三时回到希尔酒店，现在尚未出现，然后附着数张照片，欧阳惠敏还以为谁呢，仔细一瞄，然后愕然看着师父和潘渊明，再然后，烫手似的讪讪地放下了手机。

"潘处，咋办呀？"徐丑虎尴尬道，这要捅出去肯定是新闻加丑闻，而且进去这么久，估计该发生的不该发生的事，都基本可以视作已经发生了。

潘渊明烦躁地骂了句："你徒弟，你问我？"

"这小子啥都没说，后来也联系不上，我能咋办？"徐丑虎难堪道。

"那你跟我讲有用？我去酒店把人从被窝里揪出来？"潘渊明怒道。

徐丑虎紧张道："兴许没那么严重吧？"

"他把赌场的钱都劫回来了，还有他不敢干的事？"潘渊明道。

徐丑虎紧张地摇头道："那倒不至于把俩女人劫回来。"

这话听得欧阳惠敏不合时宜地笑出声了，潘渊明却是气得拿起一堆文件劈头盖脸扔了徐丑虎一身，亏得老徐脸皮厚，赶紧赔笑弯腰捡起来。

欧阳惠敏叹气道："全进岔道了。潘处啊，我还是那句话，人性经不起考验，这早晚得出事啊。"

"别说那早晚的话，说说现在咋办。王朋那小舅子，这个狗东西来这么一出，明显是要抓马缺德的把柄。"徐丑虎放好文件，提醒了句。

可这把柄怨不得人家啊，你情我愿的，赖得着别人啊？潘渊明平复了一下心情，关上了手机，思忖了片刻，起身了。徐丑虎赶紧跟上来请示着："潘处，您指示一下啊，我心里没底啊。"

"不能怀疑自己的同志，你看见人家做违法的事了？走，吃饭去。欧阳，一起去。"潘渊明瞬间像没事人一样，背着手出去了，丝毫没理会背后大跌眼镜的两位。

徐丑虎愣了半天没明白，小声问："欧阳，咋回事？这都火烧眉毛了，咋反而没事了？那小兔崽子肯定浪得昏天黑地了。"

欧阳惠敏起身，悻悻地剜了师父一眼，一言不发地起身离开了……

高处不胜看

踮着脚的王一舰凑在猫眼里盯了好久，不时地看手机信息，等得他都有点焦虑了，忽然门打开，两个女人一前一后出来，对着他比了个"OK"的手势，摇曳着说说笑笑地离开了。隔了好久，王一舰出门，到了这个房间门前，笃笃敲门。好半天门才开，打着哈欠的马一鸣脸色憔悴地出现了，看到王一舰，一把把他揪进屋，脚带上了门，胳膊顶着人，吓得王一舰紧张地喊："怎么了，怎么了，小马兄弟？"

马一鸣不像玩嗨了，倒像受刺激了，面无表情地盯着他，半晌才说："妈的，给老子下套是吧？"

"兄弟，不带这样的啊，是你约人家，和我有毛关系？"王一舰道。

马一鸣挠挠脑袋，表情狰狞，又盯着王一舰龇牙道："扯吧，老子怎么什么都想不起来了？睁开眼旁边就有俩人。"

"是啊，男人还不都这样？"王一舰道。

这脑回路让马一鸣愣了，机械地反问："什么意思？"

"提上裤子谁还认啊？就应该什么都想不起来啊。"王一舰笑道，不怀好意地瞟向凌乱的床铺。马一鸣有点尴尬了，很认真地解释着："我真的什么都想不起来，我什么都没干啊。"

不过话一出口他就后悔了，解释得越认真，就越像掩饰。王一舰推开了他的手臂，无所谓地道："不干白不干，那是你的损失，关我屁事……赶紧穿好，看看几点了。"

一看时间，已经下午五点了，敢情整整睡了一天，惊得马一鸣赶紧找着外套披上，抽了房卡。两人相随着进了电梯，马一鸣此时却是心虚了，喃喃着上班耽误了，王一舰说给他请假了，反正所长也不在岗。马一鸣又说："这可咋解释？"王一舰就说："咱们一块喝多了，互为证人，解释啥？"马一鸣四下看看，王一舰瞬间又捕捉到他的想法了，继续安慰："兄弟别担心，这酒店哪儿都好，就是监控时不时是坏的。"说话的时候手也没闲着，顺手把一只表给马一鸣戴上，笑着给了个"都懂"的表情，是只劳力士水鬼，不用说，肯定是葛家兄弟送的。

哎哟，这安排别提多熨帖了！此时马一鸣才发现这位辅警的过人之处，那察言观色溜须拍马的功夫真不是一般人能比得上的，可这样问题就来了，摸着表有点心虚的马一鸣压低声音问着："王哥，

第四章　马一鸣被设局　165

你得给个实底啊，'吃喝嫖赌'兄弟勉为其难，违法乱纪我可没那胆量啊。"

"啥意思？"王一舰不解。

"礼下于人，必有所求，这……这又是唱哪出啊？再说，兄弟这小镇片警的身份，值得老板这么投资吗？"

"呵呵，既然投资了，那就是值呗。"

"这不屁话吗？我又没啥权，图啥？"

"这个我也不知道，但需要的时候肯定就找你了啊。"

"可不就是怕的这个。"

"有什么可怕的？能办的事给个方便，不能办的事给个笑脸，回绝不就行了？"

"没那么轻松吧？酒喝了，妞也摸了，好处也拿了，回头你觍个脸好意思说不？再说了，你不防着人家留一手，就咱们浪这趟，都够督察处树典型了。"

"兄弟你太年轻了啊，就咱们这身家，你想破罐破摔人家还怕溅到自己身上呢，大不了就是给点好处让咱们别找人家葛湾村的事而已，你想太多了……走走，正好今天晚上有家酒吧开业，带你见见世面去……啧，别价，反正回去连下班也赶不上了，干脆明儿再回。我告诉你啊，葛家兄弟开了全市最大的一家酒吧，今儿你能看到全市最牛的豪车、最靓的辣妹，错过了后悔去吧……"

王一舰退了房卡，拽着马一鸣，一听是葛家兄弟的酒吧，马一鸣虽有点不情不愿，但还是半推半就被拽着上了车，直奔下一个目的地……

黄昏，看不到夕阳，灰蒙蒙的天色里，一处流光溢彩霓虹闪烁的楼宇格外引人注目，"CLUB FIRTY"的标识劲爆地闪烁着，映得停车场上的红毯靓车格外醒目。

走近了，男男女女拥挤在门厅处，数个直播镜头对着的一位主播在吼着："开进来，开进来，兄弟们，神车声浪大 PK，我们看看来了几辆什么车，布加迪威龙、兰博基尼毒药、柯尼塞格、法拉利拉法，这个不是 AMG GT，这个是 BLACK SERIES，能买七八辆GT。918、迈凯伦塞纳……今天我们看一下，哪一辆神车的声浪更猛啊……首先出场的是千匹 GTR……准备好了，往后放一下。"

车慢慢倒进窄厅，嘈杂人声中，蓦地一阵如同机关炮似的声浪此起彼伏，主持人宣布测试分贝数时，和着男人和女人的尖叫，紧跟着车驶出来。另一边又是一阵刺耳的声浪，这是法拉利的声音，入目是最能惹得女人尖叫的红色，远处的马一鸣分明看到，一群美女围在车旁，都恨不得直接扑车上了。

正觉得有钱人的游戏就是这么无趣时，一个身影映入了眼帘，居然是多日不见的祝银琳，她身边陪着一位帅哥，是祝畴东，这真是冤家路窄。两人并没有注意到角落里的马一鸣，说说笑笑的，似乎主播在邀请了，他看到了一身黑色的祝银琳钻进了一辆黄色的拉法里，娴熟地倒车。那些主播对美女神车自然是不吝吹嘘，一阵爆豆鞭炮似的声浪之后，主播大声宣布着声浪测试结果，又引得人群一阵欢呼。

王一舰身体靠了靠发愣的马一鸣，笑着道："开眼界吧，那三辆顶级豪车价格加起来差不多一个'小目标'，都是葛飞老板的。"

"对于我来说，只要是我开不起的，任何车都是垃圾。"马一鸣道。

"啥也别说了，兄弟，你这表里不一的劲实在让人佩服。"王一舰开了句玩笑，他明显看到马一鸣移不开目光。实际上马一鸣却是看着开车出来的祝银琳，她手伸出车窗欢呼雀跃着，在一众美女中显得有点另类，却成功地收获了男人倾慕女人嫉妒的目光，等潇洒地下车，又和两位主播来了个拥抱合影，看得出玩得很嗨。

这一场景刺激到马一鸣了，豪车、靓女、纸醉金迷和灯红酒绿，在狠狠地勾引着他蠢蠢欲动的心，是啊，这才是令人梦想和渴望的生活，偏偏这种梦想和渴望，对有些人来说只不过是日常。念及此处，巨大的失落感袭来，也不知道从何来，只知道来得如此清晰直接，在如此欢乐和嘈杂中居然有点落寞。

"王哥，咱们还是回去吧。"马一鸣看到祝银琳消失在人群中，黯然道。

王一舰不容分说地拽着马一鸣，且走且说："好歹看看再回去啊，否则做梦都不知道该是个啥样，走吧……"两人挤开人群进去了……

楼上行政间，透过窗户能看到停车场熙熙攘攘的外景，窗台上的手机正直播着现场的情况，正喜形于色的周泓被葛飞提醒了一句，用望远镜仔细看窗外的某个方向，咦了声，认出来了，是徐丑虎带到拳馆挨过揍的其中一个。她好奇地看向葛飞，这货来得有点不合时宜。

"怎么了？"葛飞笑问。

"怎么又上门找事了？"周泓表情有点变化，征询道，"我可不想煞了风景，等我让人把他撵出去。"

"我请来的，他现在有联名贵宾卡，贵宾待遇。"葛飞笑道，顺势揽住了周泓的肩膀，两人状似情侣。周泓靠着他，不解地问："飞哥，你什么意思啊？他不值这个价吧？"

"市场波动的时候，有溢价很正常啊。"葛飞神神秘秘地解释一句。

虽然听得没头没脑，但周泓却没有追问下去，似乎沉浸在此时的幸福里。这个酒吧的法定代表人是她，主投大股东是她。

电话响了，打断了手机上的直播，葛飞拿起了电话，笑着道："你爸打来的，估计是担心我把他女儿拐跑了。"说着接起了电话，听着里面的声音，慢慢地，脸色变了，深沉了，凝重了，似乎在考虑什么，收起手机后，思忖着半晌无语，不自觉地踱来踱去。按捺不住的周泓出声问："怎么了，飞哥，我爸给你说什么了？"

"帽子叔叔可能对'出金'有所察觉了，你爸让我们多加注意。"葛飞淡淡道。

周泓知道，这可能是父亲身为前警察的缘故，有自己获取信息的独特渠道，她回道："咱们的大笔'出金''入金'都是通过富二代的圈子完成，你情我愿的，这不违法吧？"

"是不违法。"葛飞看着她，笑着补充了句，"但也不合法，要不然币圈的教父也不至于早早移居海外啊。"

"大不了我们一起远走高飞嘛，还有能愁住飞哥的事？"周泓撒了个小娇。

葛飞笑了，应了声，把周泓揽在怀里，她幸福地把头埋在男友怀里，却没发现，葛飞的脸色渐渐凝重，脸上的肌肉抽动着，一副恶狠狠的样子……

楼下，DJ开场了，男男女女甩着五颜六色的头发，变幻万千的氛围灯光，间或飞扬的礼花，突兀喷涌的冷气，把这里变成一个光怪陆离的场所，最起码在马一鸣看来是如此，处在疯狂摇摆的人群间，他觉得自己是个异类。

他越想装，越觉得格格不入，音乐震耳欲聋，空气压抑憋闷，几杯酒下肚又有点恶心，不知道是因为厌恶还是宿醉，或者其他什么原因，他烦躁地放下杯子。这一刻他心绪莫名地纷乱，偏偏这时候又看到了祝银琳正揽着一位帅哥的脖子热舞，他莫名其妙地怒火中烧，然后鬼使神差地拿起杯子，直接扔了过去，正中那人脑袋，那人捂着脑袋尖叫。

还好，被音乐掩盖住了，那人找不着行凶者，祝银琳却看到了转身离开的马一鸣，她惊愕片刻，顾不上受伤的这位了，分拨着人群，从舞池直追出来。

"嗨……嗨……"喊着的祝银琳追出来了，终于在马一鸣上出租车时拉住了门，直接把坐进车里的马一鸣拽了出来，拍上车门，打发走了司机，回头兴奋而促狭地看着马一鸣，像玩恶作剧的小女孩，说道："哟，生气啦，还是吃醋啦？"

"没有，我看他手不老实。"马一鸣道，真正面对她的时候，怒气莫名自消，看着玩得香汗淋漓、眼中有光的祝银琳，想生气都难。

祝银琳伸手摸摸马一鸣的脸蛋，促狭地说："那还是吃醋啦！"

"有人吃醋，似乎让你更兴奋啊？"马一鸣问。

"没人为她争风吃醋的女人，多失败啊！"祝银琳得意地道。

"好吧，我礼貌地表示一下，吃醋了。"马一鸣道。

"信你个鬼啊，人见不着，手机也联系不上，我能吃了你呀？躲那么远。"祝银琳斥道。

那愠怒的样子绝对不是装出来的，这让马一鸣有点尴尬了，他讪讪笑道："就是那么个工作，我有什么办法啊？"

"借口。"祝银琳啐了句，一脸嫌弃的样子，不过言行不一，手抚的是马一鸣已经愈合的伤口。马一鸣尴尬地要拿开她的手，不过却被她打掉了。她幽幽道："我就是爱玩爱跳舞什么的，我没有男朋友，今天是和我哥来的，我哥和葛飞他们都在这儿有投资，捧个场。"

是解释，语气有点小心翼翼，此时祝银琳才想起，话锋一转，愕然问："哎，对呀，你怎么来这儿了？"

"好吧，我承认我错了，我跟踪你了。"马一鸣瞎话张口就来。这给了祝银琳一个心花怒放的理由，她笑了，笑吟吟地看着马一鸣，似乎等着他的下一步行动。马一鸣却转移话题道："本来不想被你发现的。"

"我倒没发现你跟踪，而是发现了有些人……是不是在骗小姑娘？"祝银琳笑啐着。

马一鸣一摊手道："所有的爱情还不都是始于谎言，终于坦诚？你要觉得是骗你，那是开始了；要觉得是真话，就是结束了。"

"我不喜欢开始和结局，我只喜欢过程……"祝银琳轻佻地吹了声口哨，顺手挽起了马一鸣，要回酒吧。马一鸣推脱，她干脆揽着马一鸣陪他散步，两人卿卿我我，貌似一对情侣，漫步着走远了，没有目标地走远了。

路过的一辆车里，车里人看着隐藏镜头传回来的图像，有人说

第四章　马一鸣被设局

了:"这到底是有案情还是有奸情啊,怎么又换了一个女的?"

另一位说了:"这货不会又去开房,让咱们熬一晚上吧?"两人悄悄地跟着,转过两条街后,马一鸣和祝银琳分开了,乘上出租车的马一鸣走了一段距离后下车了,监控车的外勤警员奉命接上了马一鸣,直接驶回了专案组……

破局艰且难

"嘀——"

"嘀——"

两声特殊的长音,那是警务通手机设置的紧急呼叫,这一刻正和陈薇羽、宋佳子小聚的沈筱燕触电似的弹起来,一看手机,撂了句:"紧急集合,看来吃不上饭了。"说着拿起外套奔向餐厅之外,这个路段不好打车,她几乎是奔跑着离开的,看得餐厅里的陈薇羽和宋佳子大眼瞪小眼,这刚点完菜,人就跑了。

"太过分了,一顿饭都吃不上,这可是周末啊。"宋佳子幽怨地道,"约了好久,好不容易才约上,见面还没几句话呢。"

陈薇羽失望地道:"你说这是怎么了,约谁都约不着,不是加班就是值班,要不就是出任务,更可恶的是,有的根本联系不上,咱们出集训队才几天啊?"

当学员时,每天都在憧憬穿上警服的时刻,可真正穿上了,又没那么开心了,两人相顾无言。宋佳子提议:"要不,咱们骚扰骚扰他们,挨个骚扰,我就不信招不来一个。"这办法好,两人各拿着电话,从不熟到熟悉,开始骚扰了。嗯……戈霆杰在值班,查酒驾，发了一通牢骚。刁乃春，小声在电话里说开会，挂了。丰中华回家，拒了。郑委和计巧巧在一起赶稿，拒了。

两人从失望拨到了绝望，冷不丁陈薇羽没拨通的一个电话打回来了，陈薇羽说："我觉得耗子有可能来，他嘴又贱又馋。"一接通电话听到邀请，郝昂扬直接就是烦躁地说："去不了去不了，忙着呢。"

"喂，耗子，给不给姐点面子？多大官儿似的！"宋佳子倒先喊上了。

"哎哟喂，亲姐呀，你们来添什么乱？我们这儿有人犯错误了，没准一会儿得开批斗会呢。"郝昂扬道。

这八卦宋佳子怎么可能放过，赶紧问："什么情况？说说，我看值得原谅你不？"

"马缺德呗，生活作风出问题了，我说了你不信吧？"郝昂扬道。

"什么什么？你瞎扯吧？他那样的能有生活作风问题？能出什么问题？"宋佳子一万个不信，信口扯道，"总不能嫖娼被同事抓了吧？"

陈薇羽直咧嘴，宋佳子太口无遮掩，不料电话那头传来郝昂扬幸灾乐祸的声音："佳子姐姐真聪明，一猜就中……行了，就这样啊，回头再说。"

来不及说话，对方就挂了。宋佳子兴奋了，陈薇羽却是斥道："你别听耗子乱扯啊，你觉得可能吗？"

宋佳子嗤笑道："我觉得非常可能。"

"算了算了，搞得我一点胃口都没了。"陈薇羽气得起身要走，又被宋佳子拉住："好歹点菜了，凑合吃呗。"眼见着班长大人快快不乐，宋佳子掏出平板电脑递给了陈薇羽，陈薇羽打开，是拼接的一段一段视频，结业后宋佳子专门问教官要的。看着一帧一帧的训练场景，仿佛又回到了不久前那段美好的时光，陈薇羽翻着翻着，翻到了众女生抬着马一鸣那段，她忍俊不禁了。

"对呀，我求证一下。"宋佳子这时候想起来了，拨着电话。翻看着视频的陈薇羽不屑道："早换号码了。"

还真是，打过去是空号，从陈薇羽处要来电话，拨通了，没人接，再打，还是没人接，这时候"实锤"了，一般犯了错误的同志都是这个情况。宋佳子咧咧嘴道："看看，错不了吧。耗子和他一个单位，不可能拿这事来污蔑吧。"

"耗子可以随便污蔑，但你不行，你敢乱传，小心马缺德回头坑不死你啊。"陈薇羽严肃道。这名字有魔力，一下子把宋佳子的八卦之火浇灭了。看着视频的陈薇羽想转移话题，可一想却总绕不开那个名字，不管是训练、闹事还是比赛，似乎每一个细节中最显眼的都是他，唯一没有出席的毕业典礼，他恰恰也因为没有出席，反而成了本届的焦点。

末了，陈薇羽慨叹了声："我觉得我们都误会他了，如果选我们同学里最有担当的，非他莫属。"

"评价太高了吧？"宋佳子不解。

"你乱往省厅投诉，是人家扛的；潘处当时要给咱们一个下马威，是他扛的；曹姐和老毕半途差点废了，是他劝的；我们集体挨饿，是他组织偷运物资的。不管你愿不愿意承认，我们集训四队的灵魂人物非他莫属，你一直想刨人家的黑料，最大的驱动力是你对他羡慕嫉妒恨的情绪。"陈薇羽判断道,言及此处,百念通达,一直以来,这也是她最不愿意承认的事实。

"那你呢,你是什么情绪?"宋佳子以异样的口气反问——媚眼如丝,像调情,令陈薇羽一阵恶寒。宋佳子突来一句:"别以为我看不出来,你是失望的情绪。一个幽默、风趣、又会玩又有担当的男生,会被很多女生青睐,可偏偏又是个草根出身,要啥啥没有,仿佛千里马配了破犁耙,显不出能耐也卖不出个好价,哎……好纠结啊……"

陈薇羽听得莫名地脸红,不过不得不承认,宋佳子的评价,似乎比她更中肯……

几乎在最后一分钟,沈筱燕飞奔进大院归队。指导员和队长清点着人数,表情肃穆,队伍前一人端着盘子自每个人身旁走过,这是惯例,平时的集训、拉练、模拟都一样,每个人都要上交随身物品和通信工具。

交完,宣布立时进入备战,三十余名队员排队登楼,二楼的武器柜洞开,队员依次领枪和弹夹。掂了掂重量,是实弹,沈筱燕莫名有点兴奋,这可是入队以来头回参战。

任务未知,所有穿戴好装备的队员在作战室齐刷刷坐了一个方阵,全队大门紧闭,灯光全熄,连窗户也遮得严严实实,集体开始观看视频。

是连线的统一指挥视频,回传的视频上显示了十余个城市名称,各兄弟单位和这里一样,都是整装待发。

直到此时,任务、目标、位置,依然处于严格保密中。

第四章 马一鸣被设局

此时公安大学秘密专案组的气氛也变得有点诡异，先是潘处长被紧急电话会议召走，接着徐丑虎也被通知到所，专案组人走了一半，按常理推断，八成是有什么大的统一行动了。现代的警务指挥已经不囿于一城一市，经常有多城甚至更大范围的联动，对于初通警务的几位新人来说，倒也不新鲜。

但让一心想着看马一鸣被批斗的郝昂扬失望了，人接回来后，潘处让他把失联的事写个情况说明就关小黑屋了，接着潘处就走了。马一鸣这运气多好，能管住他的，在关键时候都被召走了。

枯等了一个多小时，郝昂扬终于坐不住了，凑到了玩电脑的肖景辰阳身边，鬼鬼祟祟示意他看马一鸣的房间。肖景辰阳看着留守的人，这位守组人几乎从不离座位，不知道是个人原因还是纪律原因，他连名字都没自我介绍，对谁都是一副拒之千里之外的样子。

郝昂扬亲自上了，亲切地喊了声："哥。"

那人说："别套近乎，干什么？"

"那兄弟回来好大一会儿了，也不去看看，万一想不开寻个短见谁负责啊？"郝昂扬严肃道。听着这话，肖景辰阳有点羞愧地低下了头，憋着笑。

那位像木头人一样淡淡回应道："哪儿跟哪儿呀？你倒替人家心虚上了。"

郝昂扬一下子明白了，这应该是没有定性，不算什么事。他干脆拿了瓶水，直接进小黑屋了。一进去瞬间傻眼了，他招手让肖景辰阳过来，肖景辰阳以为出什么事了，赶紧跑过去一看，也傻眼了。屋里的马一鸣不知道有没有写情况说明，此时人靠着椅子，仰着脑袋睡得正香，这把专案组留守的几位也惊动了，以为出什么事了，赶紧进来，一看这样，都给气得摇头，无语地坐回原位了。

这确实太过分了，郝昂扬上前，拧开瓶盖给马一鸣灌了一股水，醒了的马一鸣一瞅，迷迷糊糊地说："啊？怎么了，是不是回所里？咦？肖，你怎么在这儿？"

肖景辰阳没理他，郝昂扬憋不住，小声地说："你的一举一动这里都能看到啊，刚才潘处长黑着脸走了，情况说明写了没有？"

"写了，就在桌上。"

郝昂扬拿起来一看，登时冷汗涔涔，就几行字，标明几点几分去哪儿了，恰恰把最关键的地方隐去了，他小声道："别糊弄，一直有外勤跟着你呢，你也是警察家庭出来的，你不知道这种事的后果多严重？糊涂啊！"

"啥事？"马一鸣愣了。

"别以为大家不知道啊，希尔酒店，俩妞，一个黑丝，一个光腿。"郝昂扬提醒着，这是正经话，说大不大，但要上纲上线，那后果很可怕。

"过程我真记不清了，我怀疑我被这些人下药了，为什么一点印象都没有呢，会不会是那个无色无味的听话水什么的？"马一鸣努力回忆着，脑子里一团迷糊。

可这解释为什么像掩饰呢？不解释还好，一解释，两位兄弟都用嫌弃加怀疑的目光打量着他，估计在判断是否可信，回顾以往言行，肯定是连标点符号也不可信。

"咦？劳力士？"肖景辰阳眉头一皱，看到从不戴表的马一鸣手腕上多了一件东西。

"哦，老板送的，好像值俩钱。"马一鸣道，他摸着表，渐渐清

第四章　马一鸣被设局　177

醒了,夺过郝昂扬手里的水瓶灌了口,意犹未尽地说着,"哎,我算是大开眼界了,一瓶酒大几万,一晚消费十几万,一辆车几百上千万,那些爽文小说里才有的情节,对于现实中很多人来说就是日常啊……你说我们一月赚几千块钱,在这些人面前,能挺直腰杆吗?"

这没法回答呀,一说就是犯忌讳的话,郝昂扬不吭声,肖景辰阳不明所以。马一鸣却是大放厥词道:"当财富站出来说话时,真理都要沉默,何况我们那点信仰。你们不用这么嫌弃地看我,换你们也一样,老子好歹撑到现在了。"

郝昂扬不好意思了,小声道:"别价,哥,跟我置什么气?这事都知道了,八成得完蛋了。"

"扯淡,还要自己人动手吗?人家送钱送人送表给一个无权无势没背景的小警察,捞人办事都图不上,你觉得图什么?"马一鸣问。郝昂扬挠着脑袋以示不解,马一鸣重点解释了:"一个目的,还不就是抓住把柄整死我,对他们来说我存在的唯一价值,可能就是把我整死后能让他们心情舒畅。"

"至于吗,有钱人还有这种恶趣味?"郝昂扬不信。

"除了这个我还真想不出别的,我们又抓赌又抓嫖,还把手伸到葛湾村老窝,等于动了他们的蛋糕,再加上'船夫''老缅'那堆信息,你知道这叫什么?"马一鸣问。

肖景辰阳脱口道:"知道得太多了。"

"对。"马一鸣点点头,现在静下来,越捋越清晰了,喃喃说着,"我的时间不多了,我在他们眼中可能只是一个小丑,他们根本不把我当回事,使劲地拖我下水,那只有一个目的了。"

"费这么大劲,就为整死你,有必要吗?何况,你好歹还穿着警服呢。"郝昂扬愣了。

马一鸣马上来了句:"如果就为了扒了我这身警服呢?"这一句话一下子把郝昂扬噎住了。

"对,很有必要。"肖景辰阳脑筋转得快,"一颗老鼠屎坏一锅粥,如果通过网络炒作,无限放大,在一段时间内,将对警察英勇正义的形象造成摧毁性的打击……还有,对你们所在的新兰镇派出所的公信力,甚至社会风气、治安,也可能造成很大的负面影响。"

"对。"马一鸣竖着大拇指,还是和聪明人说话省事,他补充道,"如果通过特定的时间、特定的事件,把这个丑闻捅出来,那会倒逼地方警力换岗,进而形成治安防范真空,以方便他们办什么事……我越想越觉得可能,你说啊,把我和老徐这个所长挂热搜上,舆论滚滚,我们肯定得停职、学习、换岗,怎么着派出所也得乱上十天半月,而他们真想办什么事,比如搞几船走私货上岸,半天就够了。"

"有道理,我支持你这个判断。"肖景辰阳没心没肺道。郝昂扬听明白了,来了句:"我怎么越来越觉得像自己人干的事,他们能有你想的这么缺德吗?"

"相信我,他们只会更狠。"马一鸣起身,愤愤道,"我得垂死挣扎一下。"

他出了房间,径直走向了主控电脑,留守的几人愕然看向他,一直以来他们对这位新晋特勤颇有微词,这人不但寸功未建,还搞出一堆黑事,大家心里判断,他八成就要到头了。那位没理会他,马一鸣出声了:"你应该向我敬礼。"

第四章 马一鸣被设局 179

"什么？！"那位愣了。

"用道德准则衡量一个人的好坏，不适用于特殊警务。我……代号803。"马一鸣严肃道。

这倒是真的，只是……那位专案组成员起身，不情不愿地敬了个礼。

"按照任务准则，一切资源、一切警力、一切信息都应该向特勤倾斜，从而保证任务的顺利开展，你可以向组长请示，我现在要求你告诉我所有信息摘要以及进展，两部破译的手机里应该已经提取出了有价值的信息，为什么还不采取行动？"马一鸣严肃地问，这可能是现在唯一的突破口了。

这也恰是所有人颓废的原因所在了，那位专案成员搬着电脑，又拿起一摞会议记录，黯然地说了句："自己看吧，严格地讲，这也不适用于警务。"

三个人脑袋凑在一块看，越看越心凉，虚拟货币太特殊了……所以，专案组设计的排查方案，全部被否！

时间到了二十三点，光头杨鬼鬼祟祟从车里钻出来，快步进了酒吧，不理会打招呼的服务生，一路小跑直上三层，敲响了行政套房的门。推门而入时，拿着一杯红酒小酌的葛飞似乎等待良久了，光头杨上前，把一个小小的U盘掏出来，小心翼翼地放在葛飞面前，谄笑道："飞哥，全在里面了。"

葛飞没说话，拿着U盘，连上数据线，插进手机，处理过的视频很清晰，包厢里挤满了男男女女，偏偏给了马一鸣一个特写，电梯里送表，也有个特写。

"嘿嘿，跟他客气什么，等扒了他警服，我带人好好收拾他。"光头杨笑着道，现在的分量可是足够了，别说一个小屁警察，就是一白衬衫的也扛不住。

葛飞吧唧了几声，似乎不满意，拔下了U盘，好像还有点犹豫。光头杨赶紧说："哥您放心，我都找好人了，他们炒作是专业的，只要给钱，一坨屎都能炒上热搜。"

葛飞皱皱眉，明显对下属的粗鲁不悦，他安排道："今天开业，别坏了心情，歇业后办，后半夜上，赶着上班时间让帽子叔叔们都开开眼界。"

"行喽，我来办。"光头杨得令，屁颠屁颠地告退了。

将酒杯里的红酒一饮而尽，想想明天全市警察看到视频时可能出现的表情，葛飞忍不住仰头大笑。

第五章

"黑警察"的诞生

惊变出突兀

市公安局大楼，自晚上十时以后陆续有警车抵达，一个小时内，全市各分局、大队、派出所汇集到此的人员逾百，除了每年的年度总结和表彰大会，鲜有如此大的阵仗。集中在会议厅的众警官很快有人发现手机没有信号，都在暗自揣度接下来要发生的事。

要么是发生什么大案了，要全警动员；要么是业内大老虎落马了，要全体学习。按照惯常的经验，现代的警种分门别类已经很细致，在这个时间点如果有案件，来的肯定是特定的警种。所以情况很可能是后者，于是大家又在猜测纷纷，是不是哪儿哪儿谁谁落马云云。

潘渊明环视一周，心绪不宁地坐着。迟到一步的欧阳惠敏坐在他左近，局机关里各科室的一把手都在前排，她注意到布置会场的计巧巧和郑委，两人穿着警服已经有模有样了，她笑着提醒潘渊明看。潘渊明却是心事重重没有搭理这茬，而是拿着手机说了句："注意到没有，手机信号被屏蔽了。"

欧阳惠敏心里"咯噔"了一声，小声道："没收到信息啊。"

一般紧急行动，最早知道的要么是保密处，要么是政治处，两人也丝毫不知，就有点奇也怪哉了。潘渊明小声问："不会是省厅直接针对谁了吧？"

任何案情的突发都是毫无征兆的，不管目标是嫌疑人还是自己人，这架势似乎更像要双规某人的前兆，欧阳惠敏思忖片刻后摇头，环视着小声道："不像啊，督察和内卫都没有集合。"

"省厅调点警力还是个事？"潘渊明道。

"几个科处长还至于跨区调？除非是针对您这种岗位，或者局领导那个职务。"欧阳惠敏笑了，这话听得潘渊明龇着牙花，狠狠地剜了欧阳惠敏一眼。

很快这个猜测就有分晓了，局领导数人接续而入，每人捧着一摞纸张开始分发，像每年赶写各种报表一样，而且有说有笑，这让紧张的气氛瞬时缓和了，现场警官次第接到了两页纸，仔细看时，都愣了愣。

还真是申报表，姓名、职务、个人或者家庭成员，包括子女配偶是否从事过与虚拟货币挖矿、交易相关的行业，是否持有虚拟货币财产，是否以个人或者家庭其他成员的名义开设过虚拟货币账户等。

这个突来的操作，让在场很多人拿笔的手顿住……

第五章 "黑警察"的诞生　　183

电话传来嘟嘟的忙音，专案组几位互视着，一下子拿不定主意了。

在众人眼中，吸引的这几股新鲜血液纯粹是来凑数的，与多数训练有素、纪律性极强的同事相比，这几位也就是小孩子过家家的水平，但自打马一鸣敢以"黑警"的身份劫赌场的钱，还明目张胆地收受贿赂，他们就被吓住了，敢这么操作的人将来恐怕只能和嫌疑人殊途同归。说实话，他们真想不通领导是怎么想的，敢起用这类货色，而且对他们的操作保持暧昧态度。

纵容的后果是很严重的，这不，更出格的操作来了。

知悉了局上级对虚拟货币的态度，马一鸣像模像样地分析此时的形势，如果一个普通渔民都经手过上千万的虚拟货币，那可以想象一下在葛湾村有多少人涉及此事了，毕竟在那种宗族势力控制的地区，干什么事都是齐心合力。如果以这些村民为基数的话，那该村持有的虚拟货币应该是个相当大的数量。

于是，被激发出灵感的肖景辰阳判断，这有可能出现天然的、去中心化的、隐匿的资金池。新兰镇本身就富，葛湾村更是富中翘楚，这些人中只要有人带头示范，其余人肯定一哄而上。他假设了一个资金流动的方式：假如有安全的购入渠道，让渔村村民购入并囤积虚拟货币，然后再由葛氏兄弟几人收购，转去任何想去的地方，包括境外，这就容易多了。交易虚拟货币最难解决的双方信任问题对于宗族地区的人来说自然不在话下，现金的消化对于拥有上百艘渔船的地区来说更不在话下，机船维护、保养、加油、人工会轻轻松松消化掉他们到手的现金，出金、入金成了闭环，那么这种洗钱简直称得上完美犯罪了……当然，这个假设是建立在葛氏兄弟拥有获取巨量黑金的渠道的前提下。

这个判断并没有让人质疑。专案组外围调查已经很详细了,葛氏兄弟名下拥有冷库、洗浴中心、运输公司、工程建设公司、商贸公司等林林总总几十处,多数是在葛郎郎、葛海的名下,葛湾村村民注册的关联个体户也有上百家。这其中公转公、公转私每年涉及数十亿的资金体量,虽然一时难以厘清,但根据对葛飞、葛郎郎、葛海等人的背景调查,这些人几乎是在几年间横空出现的,那么财富积累的手段,肯定要打一个大大的问号了。

马一鸣灵光一现,于是就有了这样的操作:捅破这层窗户纸!

持有虚拟货币的,肯定明知这玩意儿不受法律保护,一有风吹草动立时惶惶不安;而交易、挪移,甚至非法向境外输出的控盘人,更知道自己非法,有点风吹草动没准就会露了马脚。正常情况下是一个大家都默许的平衡,只要不出事,警方只能持民不告官不究的态度;只要能赚钱,持有者肯定是闷声发大财的态度;只要没暴露,洗钱方自然就可以一直乐享其成。但只要一出事,持有者肯定急于变现,生怕虚拟货币真成了虚的;而洗钱肯定也是一个持续、渐进的过程,万一没有足够的现金收购,那认知水平普遍不高的村民八成得造反。只要这个包不住,肯定会出事,只要一出事,那警方肯定就能找到介入的理由和机会。

所以,平衡破,局就破。

这番很有战略眼光的话从马一鸣嘴里说出来有点滑稽,一丁点都不站在职业的立场上,郝昂扬听了半天翻着白眼道了句:"把你能的,都成币圈他爹了。"

众人皆笑,马一鸣征询肖景辰阳道:"肖,你懂这个,是不是这个道理？"

"理论上是，但实际操作变数太多，如果假设成立，葛湾村这种亲情纽带连接极其紧密的地方，不是能轻易被打破平衡的。"肖景辰阳道，他眼珠骨碌碌转着，莫名地有点兴奋，相较于这个死气沉沉、按部就班的专案组的方案，还是马一鸣的提议有创意。

可不，专案组留守的几位警员互相交换着眼色，不赞同也不反对，更不发言，就像看小丑一样看着三人。郝昂扬有点尴尬地应着："怎么打破平衡啊？僵了这么久，要能打破早打破了，你就直接说有什么办法吧。"

肖景辰阳没出声的原因在于，他脑袋飞快转着想切入马一鸣的思路，不过思来想去，还是根本不可能。他脱口问："对呀，什么办法？虽然是一层窗户纸，可并不那么容易捅破。除非使用警务手段和大数据查询，不，警务手段也不行，虚拟货币不受法律保护，但不等于持有虚拟货币是违法行为。"

"规矩是用来规范言行的，但不要让规矩限制了你的思维，为什么非用合法的手段？"马一鸣提醒着。

众人登时倒吸一口凉气，瞪眼了，郝昂扬却是十分好奇地问："什么非常手段？"

"造谣怎么样？！"马一鸣终于一鸣惊人了，雷得众人面面相觑，半晌无语，他掏出手机翻看着，嘴里像跳大神的巫婆一样念念有词，"前几天粉丝说表哥在某币交易所上班，结果今天被华中某地帽子叔叔摁头了，听说抓了不少高管和员工……买卖USDT，没有收到赃款，却被判刑八个月……家人们，史无前例的大崩盘，空前离谱大跳水，虚拟货币的价格几乎归零了啊……爆个瓜，警察上门带走丈夫，妻子问了句'是因为虚拟货币吗'，也被警察带走，原来丈夫在 GATE 上频繁交易 USDT，收到赃款，有重大犯罪嫌疑……今年将是 U 币遭遇灭顶之灾的一年，手里有大量 U 币的朋友们注意了啊，很可能 U 币交易所将不复存在……全国虚拟货币第一案，涉案流水超过四千亿，法院对部分冻结的虚拟货币依法没收……"

是短视频的内容，听那机器配音估计也是真假参半，不过听着听着，肖景辰阳笑了，他明白马一鸣的用意了，竖了个大拇指。郝昂扬有点纳闷，隐约摸索到了点什么，出声道："这说的都不是一个地方？"

"不重要啊，有肖在，配音和字幕换换不就完了？"马一鸣道。

郝昂扬心存疑虑道："这人家能信不？"

"村里的，智商能比你高？再说了，你兜里要有点赃款都那么心虚，如果你有几十上百万虚拟货币，你说你紧张不？"马一鸣笑着问。

也是，就占点小便宜都紧张呢，何况押那么大身家在虚拟货币上，他赶紧转移话题道："那你得让人看见啊，总不能咱们给人家送上门看吧？"

马一鸣不说话了，看看肖景辰阳，哦，明白了，对于这类电脑高手而言自然不在话下。肖景辰阳轻描淡写道："这个更容易，只要你把所有想让他们看到的用户加为他们的好友，短视频平台就会优先将这些用户发布的信息推给他们。再说了，以马哥现在的身份，他甚至可以直接把信息推给这几个人，这种传播是裂变式的，堪比病毒传播。"

两人说着,看向马一鸣,一如回到了集训队搞恶作剧的时候,滨海真有这么大的盘子被捅破,那在人生履历上是多么浓墨重彩的一笔啊!不过两人还有点担心,又看看那几位留守人员,他们已经有人在拨电话了,不过不管是欧阳惠敏还是潘处,电话都是忙音。

"你们可以不同意,可以不参与,但我不希望你们阻拦。失联的前同事就与葛湾村一伙人有千丝万缕的联系,红通牵连的重点嫌疑人'船夫'、涉毒的'老缅'、走私冻品的多个嫌疑人都在葛湾村出现过,这绝对不是巧合。潘处起用我这样的另类无非是想破局,如果连一点条条框框都不敢打破,那破局从何谈起?我虱子多了不怕咬,处分多了不在乎,我来。"马一鸣道。

那几位面有犹豫之色的留守人员似乎想说什么,但话到嘴边又咽回去了,数月侦查寸功未建,明明线头众多却还是束手束脚,每个人心里早憋得不是滋味了。他们像商量好一样,没吭声,各自把头扭向一边。

于是,这个"造谣"开始炮制了,干正事有气无力的肖景辰阳一上手这事,那叫一个兴奋,用了几十秒钟就把一个网上素材改成需要的内容了。为了吓唬人,他把原视频某地警方的抓捕现场当素材,背景换上新开业的KTV;嫌疑人替换了个与葛飞类似的侧脸,感觉有模有样了,小指肚一点,发出去了。

第一条视频闪亮登场,内容是:滨海U币大佬被警方带走,手里有大量U币的兄弟注意了啊,帽子叔叔随时会找上你们……

时间接近零时,正迷迷糊糊睡觉的王一舰被电话铃声吵醒了,他正欲拒接,不过一看是马一鸣打来的,赶紧接起来,迷迷糊糊地问:"咋了兄弟?"

"王哥,您把我当自己人不?"马一鸣严肃地问。

"什么自己人?是兄弟。"王一舰强调道。

"那我问你句实话,你没有掺和买 U 卖 U 吧?"马一鸣问。

"什……什么?"王一舰结巴了下。

以王一舰溜须拍马的水平,那嘴巴不溜了,肯定有事,他赶紧问:"怎么了,兄弟?"

"本就是介于合法和非法之间的东西,迟早要出事,这么大的蛋糕在私人手里,你觉得能有好事?看您对我不错,我提醒您啊,上点心。"马一鸣隐晦道,这种事你越神秘,越让人深信不疑。

王一舰吃不住劲了,压低声音问着:"兄弟,有啥风声您给哥说说,好处少不了您的。我倒没掺和这事,但我亲戚里有人搞这个,前两天还问我来着。"

肯定是胡话连篇,不过不重要,马一鸣以更低的声音说道:"我听说,咱们对这个下手了,而且是异地用警,潘老黑不是我师父吗?被秘密调走了……据说外地一起洗钱案,牵涉到咱们这儿玩币的了。"

"好,谢谢兄弟啊。"王一舰语气明显凝重了,挂了电话一骨碌爬起来,刚起来微信就有新消息了,一翻看,那心全悬起来了,那段视频的标题是:滨海 U 币大佬被警方带走,手里有大量 U 币的兄弟注意了啊,帽子叔叔随时会找上你们……

他一下子觉得心拔凉拔凉的,谁被抓他倒不在乎,可他手里还有好多 U 币呢,他下意识拿起电话赶紧给姐夫打,这得求证一下是真是假,谁知姐夫的电话都成了忙音。打不通就换一个,认识的、打过交道的领导还是有的,作为一个半吊子协警还是有自己路子的,最起码对于某些事有直观的判断,比如这种事,最早有消息的应该在经侦上,探探口风就知道。可谁想,所有的电话都是一样的:打不通,忙音。

  滨海 U 币大佬被警方带走……
  全国虚拟货币大案涉案流水四千亿,牵涉沿海众多城市,对冻结的虚拟货币将依法没收……
  线下现金收 U 卖 U,也许已经涉嫌刑事犯罪了……
  滨海最大币圈创始人跑路,币圈即将崩盘……
  我市又有一家虚拟货币平台崩盘了,据传创始人葛 × 已经被警方带走……

一条又一条的新闻登上短视频平台,绝大多数对其陌生的人不会关注,与信息隔绝的人,更不可能关注。

比如,被临时召集到市局开会的局机关及中层管理人员,他们如实地按组织要求提供个人、家庭成员是否持有虚拟货币、是否参与交易等基本信息。原来会议的主题是学习虚拟货币的专业知识,与会的省厅经侦同志给大家强调了一个内部纪律,滨海公安干警及其家属一律不得从事与虚拟货币相关的业务,如果有,限期向组织说明情况,酌情处理。

会议的第二项内容出来后,与会的警官知道强调内部纪律的原因了,省外一起地下钱庄洗钱案侦查终结,涉案金额近百亿,其中主要的载体就是虚拟货币 USDT,今天是两地省厅协调,十一市同步抓捕,滨海就是其中之一。

此时潘渊明和欧阳惠敏明白设置手机屏蔽的原因了,两人相视愕然,上午还和丁局讨论虚拟货币排查被否,晚上就真出大事了,他一直觉得眼皮子在跳,偏偏欧阳惠敏小声问他:"潘处,您说问题会不会恰好是在咱们盯的这些嫌疑人身上?"

"顶多逮群小鱼小虾,幕后的人两手根本不会沾。"潘渊明如是道,不过还是心绪不宁,他在揣度如果真是的话,那倒方便了。

零时整,十几个抓捕小组整装出发,为了掩饰,全部使用民用车辆,车行半途领队才拿出了刚收到的信息,直接以指挥平台的平板向他们指示了锁定目标,分别是:

一号目标:葛郎郎。二号目标:杨天。三号目标:葛海。

此时还没有人意识到,网上居然有一个准确无比的神预言,把行动提前全部曝光出来了。

恶迹多触目

"什么?!大半夜你发什么癔症?你听谁说的?"

"马一鸣啊,咱们又请吃又送钱的,他总得意思意思吧。"

"你信那狗日的,他坑不死咱呀?"

"这回真不像,我联系我姐夫、分局那领导,全部电话关机。"

"你确定?我怎么一点都不知道?"

"不信您打打试试……哎,葛老板,我可还存了二十多万的U,不会真黄了吧?"

"……"

挂了,直接挂了,此时正驱车回返葛湾村的葛郎郎心绪一下子被扰乱了,他放慢了车速,试着拨了一位认识的分局长的电话,不通;又拨一位大队长的电话,不通;又小心翼翼地拨一位市局领导的电话,又不通。平时都称兄道弟的,此时一下子都失联,他还真慌了,想来想去又拨周金剑的电话,一拨通,对方奇怪地回答:"我刚知道,你也看到了?"

"我不是看到了,是王一舰,就新兰派出所王朋那小舅子说的。"

"说的?我是在网上看到的,他说什么?"

"他说帽子叔叔要对虚拟货币动手,是今天,已经把葛某抓了什么的。"

"不可能,小飞和周泓在一起。"

"不是,周叔,到底什么情况?我刚才拨上面认识的所有人的电话,都不通啊。"

"情况不明啊,这消息不是一个派出所的协警能知道的啊?兴许是谣传。"

"他说是那个马一鸣悄悄传出来的。"

"这也不是一个派出所民警能知道的事啊。"

正通话间,有电话拨进来了,葛郎郎一踩刹车,泊停,切换,接听后听到葛飞急促的声音:"在哪儿?"

"回村路上。"

"别回了,到老地方,登船。"

"啊?飞哥,真出事了?"

"别问了,等消息……通知杨天一起走。"

"好嘞。"

电话切断,他驾车拐进了小路,沿着村道直驶入景区环海公路,驶到高处时,异样的景象惊得他刹车熄灯了。在这里可以远远眺望到葛湾村的方向,此时正有十数辆警车驶近村落,黑夜中闪烁的警灯格外耀眼。

那一刻他心如死灰,没有更多的思索和犹豫,驾车继续前行。很快,沿海的崖边公路上,翻滚下一辆轿车,几声磕碰巨响过后,轰然落进了海水里。

"爸,可能出事了,现在还不太清楚……万一出事,我估计脱不了身,后面的事得您安排了,好的,我知道了。"

"小海,老地方,登船。"

"船叔,这趟可能得多拉几个人了,回头和我爸联系,我这儿……没事,挂了。"

倚着窗户连拨了几个电话,当两辆车急速停泊在酒吧停车场堵住出入口时,葛飞知道最后的幻想破灭了。他很淡定地拔出电话卡,扔进嘴里嚼着,那部精美的手机,被放在雪茄点烟器直冲的火焰上,嘭嘭作响,屏幕烧穿,主板烧焦,缕缕轻烟散发着难闻的味道,当门被冲开的一刹那,他头也没抬,而是就着火焰淡定地点烟。

是周泓,她紧张地说:"飞哥飞哥,警察来清场,传走好几个人,都是做 U 的。"

"什么 U?"葛飞抬头愕然问。

"啊?你吓傻了吧?"周泓诧异了片刻,就听他郑重地、严肃地、轻声地说道:"你是这儿雇的经理人,什么也不清楚,懂吗?"

第五章 "黑警察"的诞生 193

突然像变了一个人的男友让周泓蒙了下,然后她马上明白过来,使劲地点点头。这时候已经有便衣冲进来了,径直冲向葛飞,亮出搜查令以及传唤证,一前一后带走了葛飞。

轰动的消息就此不胫而走,酒吧大股东葛飞、富二代祝某某、电商刘某某、网红陈某等,一大串平时声名如雷贯耳的人被高调带走,这个足够劲爆的消息哪怕再严密封锁也很快在网上流出来了。

零时整,新兰派出所大部分警力完成了对葛湾村出入通路的封锁,与此同时,调派的警力开始照单抓人。这么大阵仗别说村里人,就连派出所民警也很少见,外围临检指挥的徐丑虎却是一点快意也无,他看到了村长葛万宁、村里若干船主、所谓的治保主任等,足有二十余人垂头耷耳被带上了警车。来的是哪一部分警力根本无从得知,不过从车号和装备上辨认,应该是省厅直接从各地抽调的警力。

徐丑虎心里火急火燎的,这种撒大网的方式往往只能捞一堆小杂鱼,真正的大鱼可能早被惊动了。

不幸言中。五分钟后进村的行动组接到信息,分出一大部警力赶赴湿地公园公路六公里处,追捕到这里的小组发现了半坡上散落的车零件以及浸没在海水里的残破车身,据说这是头号目标的座驾,不得已众人只得找来绳索,沿着悬崖放下人去,多名警员开始徒手作业,把现场的散落物一一捡拾。

零时二十分,罗曼达商务KTV,五十余名警察清场后才发现此处别有洞天。一扇不起眼的门,一个普通装修的房间,搜出来的东西却有点吓人了,公司的营业执照、公章、章程摆了一地,粗略估算,足有一百余套,与之配套的是不同银行转账所需的网银U

盾，从这里向外连接用的不同无线路由有二十余台。也就是说，相当于有一百余家中小型规模的公司就在这个简陋的房间里"运转"，而且使用的还不是同一个 IP 地址。

没错，肯定是个洗钱窝点无疑了，上百个公司公户，足够做成一个庞大的资金池了。

现场被滞留的人员有五十余人，初步询问后得知，大部分人居然根本不知道有这么个房间。警方对涉案场所进行仔细搜查，有了更令人匪夷所思的发现，所有包厢甚至包括卫生间都安装有摄像头，但奇怪的是，搜遍了现场，也没有找到信息储存装置。

这是场过程虽不惊心动魄，成果却让人细思恐极的行动。新兰涉案的酒吧、洗浴场所也有零星发现，其中在冻品仓库，又有发现若干配套公户资料。在滨海市区，数个代理记账公司的负责人被传唤，在这些民间记账公司里同时储存着涉案人员以各种名义开办的公户。以前"皮包公司"是谑称，而现在可不一样，那些玩币的、玩 U 的、玩汇兑的，一个皮包里装一个上市公司都绰绰有余，仅仅在行动开始后的一个小时里，发现有记录的异常转账金额已逾十亿元。

搜捕仍在继续，终于在接近凌晨一时传来了好消息，涉案三号人物葛海在滨海西港码头被抓获，可惜的是，涉案一号人物葛郎郎、二号人物杨天，像人间蒸发一样消失了。

滨海市上南路汇锦住宅区一幢老式的民房里，逼仄的过道上挤满了警员，这些警员现在的任务是不停地劝阻伸出脑袋来的租户不要妨碍公务。在被隔离的一间住宅里，三个裸着上身的"肥宅"蹲坐在地上,已经被反铐,现场一时无法清理,带队的警官皱着眉头看着地上那三个像孪生三胞胎的胖子,实在怀疑目标错了。

是错了,信号在这里,可人却对不上号,嫌疑人杨天是个光头,这仨头上发量特别多,浑身都要长毛了。

"组长,您来看一下。"

有位警员发现了什么,这一声听得仨胖子齐齐一哆嗦。组长上前,那电脑里存着大量的原始文件,还有未完成的若干通稿,推广虚拟货币的,分门别类好几份;推荐投资理财的,从低阶到高阶。粗略一看,很多还是用AI技术制作的,连浏览的警员也忍不住感叹:"可以呀你们!"

组长也感叹道:"哦,敢情这儿是洗钱团伙广告宣发部啊?"

"不是不是,真不是。"

"我们就……就……就是水军,顶多算水军。"

"最底层那种,真没干什么坏事。"

三人紧张地回答,组长蹲下来,直接问:"这部手机怎么来的?"

仨胖子互看,有一个骂骂咧咧地埋怨着:"就说这活不能接吧,敢黑警察,活得不耐烦了。"

"上门的都是客,我总不能往外推吧。"中间那胖子道。

"棺材里伸手,死也想要钱,这回死定了。"另一个胖子哀骂道。

"等等,这是怎么回事?你……你说。"组长给听蒙了。

那胖子不敢隐瞒,赶紧交代是一个客户——就照片里那光头——给他们一个资料要他们炒作一下,据说对方是个黑警察,无恶不作，哥仨一听义愤填膺，直接就把这活给接了，谁知道还没开始，警察就上门了。

乱套了，抓捕小组成员愣是没听懂这是怎么回事，问杨天去向呢，仨胖子说接了个电话就急匆匆走了，这信息听得抓捕小组成员头大了，很可能是杨天提前得知信息，一关机人一消失，那短时间里就不好找了。无奈之下，组长查看杨天提供给水军的手机，这一瞧，都傻眼了。

原始资料提供得够全的，派出所民警的照片、KTV里的照片及视频片段，还有收名表的视频记录，这把现场的警员看得噤若寒蝉。组长气得喃喃了句："这是警察？"

本是句气话，那胖子却是会错意了，以为他是不相信，赶紧解释着："确实是，可以查到啊，人和名都对得上号。"

"闭嘴。"组长烦躁地骂了句。站起身时，一个搜检信息的警员提醒道："组长，您来看……杨天在二十三时五十六分最后一次通话，之后就消失了，比我们行动开始提前了四分钟；最后一通电话来自葛郎郎，而葛郎郎在二十三时四十八分有一次通话，与之通话的号码属于新兰派出所辅警王一舰。涉案1、2、3号人物均在行动开始前有过通话，然后就消失……"

"这也许能说明什么，但要判断泄密还不够。"组长道。

"那么这个呢？"警员打开了杨天手机里的链接，在场的警员一看便瞪眼了。

"滨海U币大佬被警方带走……"

"我市又有一家虚拟货币平台崩盘了，据传创始人葛×已经被警方带走……"

一连串语气措辞极其夸张的花边新闻风格的短视频扑面而来，组长不解道："现在舆情还不都是如此吗？一有风吹草动，煽风点火的乌泱泱就来了。"

"但它的发布时间不对啊？互联网是有记忆的，这段视频最早的发布时间是二十三时四十六分。"警员说完，现场气氛一下子僵了。

思索片刻，阴着脸的组长下令继续清理现场、初审嫌疑人，他则闪身到一个角落里，向指挥部汇报这个令人匪夷所思的发现……

与行动同步进行的是市局的会议，不过此次会议开得仓促，结束得也匆忙，与会各单位带头人也明白，省厅召集会议不过是给外部的行动加上一层保险，毕竟泄密的事已经屡见不鲜，保密工作不断加码已成常态。

散会时事情已经明了，湘南警方侦查的一起特大洗钱案牵扯了全国多省十余地级市的涉案人员，其中就有滨海。此次行动是多地省厅统一协作，集中收网，毕竟以现在大数据的威力，针对的又是这种经济类犯罪，其危险程度对于执法人员而言相对较低，但这类经济犯罪的危害程度却往往较高，散会后众人讨论纷纷，多数已经在以亿为单位猜测涉案金额了。

心事重重的潘渊明快步走出会场，手机刚刚恢复信号，他第一个电话就准备拨给徐丑虎，可要拨的时候却犹豫了，不打听不问询是起码的职业素养，这个时候新兰派出所的干警肯定在执行任务。正犹豫时，徐丑虎的电话却来了，潘渊明接听了，直接道："情况我知道了，市局召集会议，信号屏蔽了……你别说，我猜一猜，是不是和咱们预料的一样，葛湾村有大量人员涉案？"

"可不，传唤走二三十个人，拉哪儿了我们也不知道，我们负责外围。"徐丑虎道。

"功亏一篑了啊……不过也只能等了。"潘渊明道，现在不可能有单一的犯罪，比如洗钱肯定和诈骗、网赌、走私甚至涉毒等犯罪关联，理论上全链条打击有可能清除这些犯罪行为，但大部分执法行动只能触及犯罪之网末端。

"还有，您猜一号目标是谁？"徐丑虎问。

"葛飞？"潘渊明脱口道。

"不，葛郎郎。"徐丑虎道。

"坏了，这肯定是大数据混杂导致的指挥误判。葛飞藏得很深，我们不可能在数据上找到线索。"潘渊明一下子说不清是忧是喜。

偏偏徐丑虎语不惊人死不休似的又问："葛郎郎也没那么差，规格这么高的行动，他居然有提前获取信息的渠道，您猜怎么着？"

"不会跑了吧？"潘渊明愕然。

"猜对了，车扔在海边，手机也在，就是人不见了。我在现场，车刚吊起来，抓捕小组里有技术员，应该是冲着他们藏匿的虚拟货币来的，啥也没查到，手机是空的。"徐丑虎道。

这时候潘渊明就不解了，分析道："葛郎郎是葛飞的堂弟，还不到三十，父母都是葛湾村渔民，背景很干净，应该没有这个能力……葛海落网没有？"

"我也不知道。"徐丑虎道。

"难办了，这要成一锅夹生饭了。"潘渊明道。他抬眼时，眼前一黑,有人挡住了视线。电话挂断,他好奇了下,然后认出了来人,是省厅同事涂煜平,警校时两人是同届,对方笑着朝他伸出手,他握着手笑道:"涂处长,什么风把你们吹来了?这位是?"

一位女警,个子很高,打扮较中性,笑着和潘渊明握手,自我介绍道:"宋浦青,省经侦局。省厅督导组副组长,涂处的下属。"

"哦……两位,现在难道不应该在指挥部?"潘渊明纳闷了,这个时间点指挥部应该正忙碌,所有的经济类案件抓捕倒不困难,但甄别的难度极大,工作量并不小。

"给我五分钟,我来满足一下你的好奇心。知道事由了吧?"涂处长问。潘渊明点点头,就听涂处介绍着:"现在情况不容乐观,一号目标葛郎郎、二号目标杨天均脱逃,葛海刚刚抓获,再迟一步,他应该登上远洋货轮了。潘处对此有什么要说的吗?"

"啊?你们不会怀疑我通风报信吧?就算通风也不够格啊,我们都被圈在会议室,手机刚有信号。"潘渊明啼笑皆非了,可不知道为什么找上自己。

"潘处说笑了。"女警宋浦青笑笑解释,"我们经侦针对的都是经济犯罪,威胁系数很小,这次有点麻痹大意了,是我们的工作不到位。"

"不会是让我协助调查泄密吧?"潘渊明好奇地问。

"正是……我们从现场找到的一部手机里提取到了一些信息,潘处您过目一下。"涂处长把信息交到了潘渊明手里。潘渊明牙疼似的扫视,怎么也想不到,隐私信息会通过这种渠道回到自己手里。当然,更大的震惊还在后面,当得知短视频制作人有可能就是通风报信的罪魁祸首之后,他直接摇头道:"那绝对不可能……行动高度保密,我们处级以上都没资格知情,怎么可能一个小警察有这本事?"

"公安大学,17栋……这是解析出来的IP地址,用了两层跳板。我们的分析员说这是个高手,但我在查证时,却被省厅保密处叫停了,据说那里由您负责?"宋浦青说道,掩饰不住地好奇那是个什么地方。

这时候潘渊明不敢小觑了,重新看了一遍,宋浦青在一旁解释着,短视频发出时间比行动开始早十四分钟,而且涉及的地点、人物,甚至连嫌疑人姓氏都吻合,你说这是巧合,可能吗?

"我来处理吧。"潘渊明不容分说,收了电子证据。那两位却觉得有什么不妥,刚要追上来,不料潘渊明回头道:"督察介入应该谨慎,巧合和可能,不是我们常用的字眼。"

"老同学,要不是碰巧让我们摁了,这些声像资料差一点就流到网上。"涂处长换了种方式说。

潘渊明很明白,这是要个人情,对方等于是及时制止了可能对滨海警察形象的抹黑行为,他点头道:"谢了,此事我不徇私,查实后我会向上级主管部门汇报。人情领了,关于葛氏兄弟的事,你们有什么不清楚的我们可以协助,当然,我指的是更详尽的背景信息。"

毕竟本案落地肯定得通过地方警务部门处理,督导肯定也得考虑和地方各部门的关系协调,涂处长点点头,目送拿到信息的潘渊明快步上车驶离。

车拐出大门,一直目视的女警小心翼翼地问:"他似乎知情?"

"知情我理解,徇情就有点不理解了。"涂处长思忖片刻后道。

第五章 "黑警察"的诞生　201

一个"犯罪证据"确凿的黑警,放到哪一级处理也是先除之而后快,潘渊明的异常,让两人着实无法理解了。

一夜群魔舞

王一舰悄悄钻进了一个小区,环境比较昏暗,就在四下寻找时,不远处一辆车的前灯闪了下,他快步上前,钻进了车副驾位置。车里满是烟味,姐夫王朋刚掐了最后一根,声音有点沙哑地问:"什么情况?"

可能是因为太敏感了,他竟亲自跑一趟。王一舰小声道:"村里被抓了二十几个,这次肯定是没跑了,但好像葛郎郎没被逮着,我听参加行动的说,那车掉海里了。"

"灭口?"王朋哆嗦了下。

"没找着人。"王一舰道。

"酒吧那儿呢?"王朋又问。

"也带走一大拨,就是U圈那些公子哥,里头有葛飞。"王一舰道。

沉默了好久,黑暗里王一舰看不到姐夫的表情,一点钟的时候他就被姐夫派去打探。转悠了一圈也就知道了点零星消息,不过够吓人了,到底带走了多少人,都被带去了哪儿,现在愣是没有说得清的,与这些人相关的,怕是要彻夜无眠了。

"姐夫,咱们怎么办?我手里还有二十多万的U呢。"

"啧啧,那不是U的事,U币和美元对价,出给谁都行。持有又不违法,你这些年警察都当狗身上了啊!"王朋斥了句。

王一舰闻听,幽怨地补充了句:"临时的。"

一直以来想寻个门路转正都未能如愿,现在看来,倒也不是坏事,王朋顺口道:"以前算是遗憾,现在该庆幸,就算脱了这身制服也没什么。"

"至于吗?不是说持有不违法吗?"王一舰问。

"不合法的还大量持有,他们在干什么你心里没点数?真冲着那一毛两毛的差价投资赚钱?鬼才相信。"王朋道。

这算是明眼人一针见血。小部分是跟风投资,大部分是投机,极小部分金字塔尖的人在做着比投机更严重的事,向来如此。而现在事发了,姐夫和小舅子这一对相坐无语,且不论陷了多深,恐怕就两人身处的位置,或多或少会被牵连。

"还有个事。"

"您说。"

"你说消息是马一鸣传递的,怎么传的?"

"给我打了个电话啊,说葛飞被摁头了。"

"几点?"

"不到十二点。对了,视频也是他发给我的。"

"这怎么可能?"

卡住了,一时无法理解,毕竟那个时候他们都被圈在市局会议室,那种情况下,除非是更高一级的渠道,否则怎么也不可能从底层得到警方行动的信息。

"这小子有点邪啊。"王朋最终如是判断道。

"是有点邪,要没今晚这事,估计明天就该着他出事了。"王一舰道,把葛郎郎的安排说了一遍,这真是让人感叹,本来准备置人于死地的,结果自己先出事了,你说这造化多弄人。

这一夜的突变实在让人应接不暇,而且对策根本无处可出。忧心忡忡间,王朋的电话铃声不合时宜地响了,一看,是个不认识的号码,敏感时刻,王朋小心翼翼地接听,佯装含糊不清的声音:"喂?!"

"王科长,我是周金剑,很冒昧地给您打这个电话,刚睡下吧?"

这是个名人,离开警察队伍后成了安保公司带头的,成就了富人身家,前同事们多多少少还是带点嫉妒,只是王朋很好奇,自己和他并无交集,他低声道:"没事,别客气,您有事吗?"

"小事,有个故人通过我想找您办点事。"对方道。

"既然是故人,为什么不直接找我?"王朋开门见山。

"不太方便,也怕给您找麻烦。他姓葛,祖籍葛湾村。"周金剑道。

王朋心一抽,知道是谁了,直接拒绝道:"周总,这太敏感了,如果打听葛飞的消息我可以告诉您,他应该被经侦上传唤了,葛郎郎尚未到案,我已经不在辖区派出所,帮不上什么忙……既然您也多少知情,就应该知道,这事不是我这个级别能帮上忙的。"

"我知道,找您是为了其他事啊。"周金剑客气道,半晌没听到回音,他补充道,"您刚才也说了,对葛飞采取的是传唤,并不是刑事拘留或者逮捕,如果真到无法挽回的地步,找您的也就不是我了。"

客气里的隐隐威胁,让和葛飞牵涉颇深的王朋心里抽了抽,他无奈道:"好吧。"

电话挂断，很快又响起来，是个归属地为香港的手机号码，他接听了，简单几句后，一旁竖着耳朵听的王一舰有点心惊肉跳了，他不知道对方是谁，可奇怪的是，听口气，对方居然是要针对马一鸣。

滞留在四分局的葛湾村一行嫌疑人刚被询问一小时就竹筒倒豆子开始交代了，走私的、非法捕捞的、其他人家私藏违禁工具的都有，说到虚拟货币，他们瞪着眼愣是听不明白。说到 U，他问你："什么油？鱼油？鱼油不犯法呀？"直到警察把注册的实名账户、转 U 的记录放到他们面前，他们这才恍然大悟。

警察询问后才晓得，这些账户是村里统一办的，都是通过村长葛万宁办的，这是村里的"福利"。

虚拟货币能当成村福利也算是头一遭见，这回该警察大眼瞪小眼了，询问数人相互印证才发现还真是如此。详细的操作流程是，既是村长也是族长的葛万宁带头，但凡有生意要筹钱，都是喊上村里数家富裕户，几十上百万的筹到一块，然后过段时间，以现金、村里公账或者回到私人账户中的方式返还。当然，还会多一份比银行存款更高的利息。在宗族势力盘根错节的地区，这种事常见，村民自己组织的比银行都具有公信力。至于虚拟货币账户，是由专人指导村民注册设立的。

经过照片辨认指认，那位指导的"专人"指向了此次行动的首要目标：葛郎郎。

而滞留在市经侦局的那拨人，指认却出现了偏差，有指认葛郎郎的，有指认葛海的，也有指认葛飞的，还有相互指认的，这帮多数来自富二代圈子里的公子哥，你拉我、我拉你，组成一个买U卖U的小圈子，动辄几十上百万的U，对他们来说无非是点零花钱，根本没人当回事。

当然，他们出U的统一渠道都是葛郎郎。葛郎郎在圈子里有"送财童子"的绰号，这些年带着这帮公子哥多少也赚了点零花钱，口碑相当不错，据说这里面投资的人不少，但赚大钱的，还就葛郎郎这人。

本来是询问，结果搞得跟表功一样，公子哥们众口一词都是说葛郎郎的好话，可把询问的警员们给听得大眼瞪小眼了。

但不为人知的真实情况是，这些人无形中成了洗钱链条中颇为重要的一环。

对罗曼达商K、新兰冷冻库起获的证据梳理发现，他们通过大量注册公司、使用公司公户划拨，消化了大量的非法资金，其中一部分就来自于湘南的地下钱庄，双方交易的媒介正是USDT。随着对交易电子证据的不断发掘，专案组发现了更严重的事，罗曼达商K的交易记录里还有着大量的来源不明的资金交易，由涉案公司辐射出去的公司粗略估算，已经有上千家。

凌晨四时，盯着各处案情进展的指挥部里，脸色愈发严肃的涂处长嘴里啧啧有声，凑上来的宋浦青小声问："是不是又一次刷新认知了？"

"有点，你看看，可能规模比湘南的还要大。"涂处长指着更新的数据。本来是协作，本以为是湘南延伸到滨海的一个链条末端，现在看来，似乎是两个同等规模的洗钱团伙横向的合作，除了和湘南洗钱犯罪的合作，滨海这个洗钱团伙，还有更多的非法资金来源。

"这些资金来源，还有这些注册的公户，涉及上百人，他们犯罪的时间跨度不短了，怎么可能一个出事的也没有？"宋浦青好奇道。但凡作奸犯科的，特别是涉众的，很多都是一个犯事，牵出一窝，滨海这起却例外，涉案人数这么多，在今天的抓捕行动前却一个也没出事，反而是自上而下被发现的。

"对啊，这么干净的团伙成员和这么牢靠的资金池，还真是罕见。"涂处长喃喃自语道，可以想象出这些人的骚操作：一手用 U 换取大量非法资金，另一手消化掉这些非法资金，又可能囤积更多的 U，中间的利差、提成估计不在少数，偏偏他们可能连自有资金都不用动，直接让村民筹款就解决了，而且囤积的 U 也在别人注册的账户里，追责都追不到自己头上。想通此节，涂处长不禁手叩桌子道："狡猾，不是一般的狡猾，如果不是突袭正好查到了窝点，正常调查恐怕他们脱罪都有可能。"

"脱罪先别考虑，脱逃可是大问题。我粗略看了下，根据现在证据的指向，如果葛郎郎、杨天到不了案，无法查清非法资金的来源，那我们将来会很被动。"宋浦青提醒道。

这个提醒听得涂处长惊起，电询搜捕人员，几个电话过后颓然而坐，不用问，肯定是没有什么消息，像海边土生土长的这号地头蛇，在其毫无防备时没摁住，再找机会恐怕就难了。

"找海警协助，海岸线太长了，我们警力根本不够。"宋浦青道。

"没用，如果是偷渡，现在都应该到公海上了。"涂处长看看时间，如果不幸言中，那还真没治了，他起身踱了几步，看向宋浦青,"人和赃得同时深挖,我们得做好这种最坏情况出现的打算。"

"对这我要泼凉水了,如果……我是说如果,对方藏赃都是用的虚 U 呢?"宋浦青提醒道。

这话让涂处长一下子愣住了,对呀,既然是玩币的高手,没理由不选择这种去中心化的方式,他抚着下颌,良久都没有想出什么应对之策。

公安大学的专案组所在地,自凌晨时分开始,陆续回来报到的外勤人员有四组十人,全部垂头丧气地领了"回家休息、暂停任务"的命令。驻地成员的心情也是低落到极点,辛辛苦苦追踪的人员一下子全被同行给提拎走了,估计后续再有什么任务也该黄了。

任务算是黄了,这账该算算了。潘渊明一时还没搞清究竟是怎么一回事,回到驻地就把人分开一个一个问,当然,问之前就把马一鸣关小黑屋了。他越问越恼火,隔着门都能听到他在大吼大叫,估计老领导的老心肝也受不了。查来查去,居然是个造谣计划,偏偏这谣造得精准无比,真有泄密,估计也说不了这么准,还来了个全网推广。刚进组的肖景辰阳是捂着半边脸出来的,估计是被老潘情急之下扇了一巴掌。出了这事,连浑身反骨的肖景辰阳也老实了,捂着脸躲躲闪闪一声不吭。

这里头最高兴的莫过于郝昂扬了,出来一个他瞅着就笑一会儿,再出来一个,又笑一会儿,等肖景辰阳出来,他已经笑得捂着肚子直不起腰来了。肖景辰阳终究还是气不过,上前狠狠踢了他一脚,两眼幽怨地剜着他,嗤笑不绝的郝昂扬直道歉:"对不起,请允许我幸灾乐祸一会儿,幸亏老子没文化掺和得不深。"

"有没有点集体精神？这祸闯大了。经侦都查到这儿的IP了。"肖景辰阳幽怨道。

郝昂扬不解了，小声问着："你技术不是很过硬吗，怎么会被人揪住？"

"我想着就发个视频造个谣，不至于引起网安关注啊，就没费劲，可谁知道……唉。"肖景辰阳痛悔道。

"你还没有认识到自己的错误，这不是麻痹的问题，而是根本不该干的问题。"郝昂扬道。

肖景辰阳愤然道："那你不也同意了？"

"我就嘴上说说，我又不会干。"郝昂扬耍起赖了，肖景辰阳又要踢他，门开了，肖景辰阳硬生生刹住了，然后看到黑着脸的潘渊明走出来了，一言不发地走向关着马一鸣的小黑屋，准备推门而进时又犹豫了，又转回来走了几步，又走几步，犹豫间又带着极度的焦虑。蓦然间发现所有人都在看他，他作势嚷了声："所有人都去休息，人都抓完了还守个屁，都滚！"

潘处爆粗口，恐怕忍耐已经到极限了，郝昂扬知道利害，立马拽着肖景辰阳就跑。那几位专案组成员慢慢挪出了工作间，不过都没心思休息，这个点还能去哪儿，都待在走廊里，用愤怒的目光看着此事的始作俑者。惭愧的肖景辰阳一时无地自容，嗫嚅半天，一句歉意的话却怎么也出不了口。

可现在，说什么也晚了。从起用新人开始，潘渊明想到过最差的情况，任务搁浅、任务失败都想过，偏偏没有想过，任务会以这种让自己牙疼的方式画上句号，不但没有任何进展，自己还惹了一身骚，马一鸣想演个"黑警"，现在怕是要坐实"黑警"这个身份了。

　　终究还是要面对的，他咬咬牙，推门而入，稍稍愣了下，马一鸣靠着椅背，头仰着，两眼直勾勾盯着天花板，一副生无可恋的样子。潘渊明心里暗暗揪了一下，拉开椅子，坐下来，看着他，似乎在等着他开口，半晌无语，潘渊明斟酌半天，却发现不知道自己该说什么。

　　表扬不可能，鼓励也不对，责怪不需要，安慰好像也不合适，案情发展之快让人猝不及防，也让人难以接受。他默默地抽出一支烟，将要叼在嘴上时，中途换向递给了马一鸣，提醒了一声，马一鸣才反应过来，接着，就着潘渊明点的火，不客气地抽上了，狠狠地抽了一口，一点都没呛着，浓浓的烟雾从嘴里鼻里喷出来，登时把他恶狠狠的表情衬得有点狰狞了。

　　"我还是低估对手了，你的判断是正确的，如果不是今晚的意外，明天上热搜的就是你的故事。"潘渊明递过平板电脑，马一鸣翻看、快进，然后鼻子里轻蔑地哼了哼，扔过一边。这态度让潘渊明看不懂了，他问道："你判断到了这个，所以想来个先下手为强？"

　　"说这些还有什么用？案子完了，专案组完了，我也完了。"马一鸣说得很平静，估计已经准备接受结局了。

　　"为什么我一点都看不出你心里有半点悔恨？"潘渊明有点气愤地问。

　　"没什么悔恨的，不管是身为警察，还是面对财富怪兽的穷人，我都是个 NPC（在游戏中指非玩家角色，形容一个人是没有存在感容易被忽视的人），不管怎么使劲，都有一种深深的无力感，我相信，你也感同身受。"马一鸣道。

一语中的，潘渊明叹了口气，点头道："没错，现在这份证据已经被经侦查获，我瞒不了多久，你做好最坏的心理准备。我也尽量争取以一种体面的方式退场。"

"体面？！体面个屁，葛氏兄弟玩这么大，怕是会有不少体面的人参与进来，那个罗曼达商K，还没准留了多少人的证据呢，呵呵。"马一鸣笑着自嘲道，"不过还是谢谢潘处您，没有劈头盖脸骂，已经很给面子了。"

"你是我带出来的，真到无法挽回那一步，给你寻个糊口的营生还是办得到的。"潘渊明道。可以预见的是，这份证据已经把马一鸣钉上了耻辱柱，根本无从挽回。

"这就准备打发我走？"马一鸣愕然。

"不然呢？恐怕专案组都得解散，现在不少嫌犯都拘回来了，还有什么可追查的？"潘渊明反问。

"是不是没有抓到目标人物？"马一鸣问。

潘渊明眼睛一睁，好奇地问："你猜到什么了？"

"如果一网擒了，那便不会有人吹毛求疵。既然把谣言当泄密了，那肯定是漏了谁，找原因找到这上头了。当然，也可能是谣言真让他们提前警觉了。"马一鸣判断道。

潘渊明很意外，在这时候还能猜到真相，这让他对马一鸣刮目相看了，他直接道："葛郎郎、杨天脱逃，我回来时还没有归案。葛飞被传唤，警方是在你们视频涉及的那个酒吧带走他的，有不少富二代现在已被经侦传唤了。"

"今晚要是抓不到，估计就不好抓了。"马一鸣道。

第五章　"黑警察"的诞生　211

临海那地方的情况和其他地方不一样,那些渔民出海像串门,出国根本不办护照,拜个妈祖就跑了,葛湾村就有渔民在周边小国蹲过监狱,溜到公海,甚至漂到国外对他们只是日常。潘渊明点点头道:"但初步嫌疑肯定坐实了,说后悔是我有点后悔呀,窝点就设在罗曼达商K。"

"没用。您急糊涂了,忘了初衷,我们在找失联的803,而不是找一个洗钱窝点。这些天我在想,以葛飞三十岁的年纪撑起这么大的家业,似乎还差点什么。有很多事无法给出解释,比如宗族势力这么强的葛湾村,理论上他这个年纪屁都不算,不可能让葛万宁这老村长俯首帖耳;而且他深居简出极其低调,几乎没有什么社交,那关系网是怎么编织出来的?难道他从没成年就干这事了?您想啊,不过抓了几个赌博的,说情的就来了乌泱泱一大片。还有啊,海上漂的那一伙,'老缅'涉毒,'船夫'犯罪工龄比葛飞的年龄还大,剩下的几个小角色都是被通缉人员,您觉得,葛飞用什么服众,能指挥得了这些人?"马一鸣道。

"是,背后肯定有人。"潘渊明忧愁地道。别说背后的人了,依照现在的情况,恐怕能不能钉住葛飞都是个问题。

"葛郎郎和葛海就更不用说了,纯粹跑腿的角色,葛海连我都吓唬得住他,不行。"马一鸣轻蔑地摇头,仅凭直觉就否定了已经逮捕的嫌疑人是目标。

这个出于直觉的判断潘渊明很认可,但和证据的指向肯定相悖,怕是和大多数经济犯罪一样,偷驴的找不着,驴儿也卖了,将来抓到的,都是一群拔橛子的小角色。

"我和你的思维向来同步不了……你想说什么?或者说,你刚才在想什么?"潘渊明好奇了,直接问。

"我在想,还有什么机会。"马一鸣道。

"想出来了吗?"潘渊明追问。

"机会想不出来,得等。"马一鸣道,看这样子还真是在等待。不经意瞥了眼,潘渊明这才发现,他的手机就放在桌上,似乎真的在等,可这种敏感的时候,还能等什么?看出了潘渊明的怀疑,马一鸣思忖着说:"出事了,第一选择肯定是擦干净屁股,葛飞肯定是有所依仗,才跑都懒得跑。他肯定有时间通知别人,经营这么久,事出仓促,我就不信他们能把屁股擦得干干净净。"

"擦屁股的事,怎么可能会联系你?"潘渊明问。

"我这个'黑警',葛飞没看上我,但肯定恨上我了,都恨不得置我于死地了。如果他没事我有事,那我死定了;但现在他有事,就不好说了。这时候我出事,局面他就无法控制了,我第一个就咬上王一舰这个狗腿,王一舰一出事,他姐夫前新兰派出所所长王朋肯定跑不了。我再胡乱咬一通,打过电话、说过情的咱们内部人员,是不是得牵出一大片来?单就王一舰和王朋两人知道的事肯定也少不了,他们俩要是也出事,那不得来个官场地震?"马一鸣道。

己方阵营的害群之马,无形中也成了对方阵营的心腹大患,这丝丝入扣的分析极其合理,潘渊明瞬间眼睛一亮,不过马上又黯了,狐疑道:"你是说,他们有可能对付你,在这么敏感的时候?"

"能让人头疼的对手,脑袋要是比我差,我会小看他的。主要目标如果脱逃,上级肯定要一查到底,而且肯定要从内部动手,我是奉命当'黑警',那些真正的黑警,你觉得会有多少?我觉得这最后一个破绽，会出现的。"马一鸣笑了，很没心没肺那种。

这话听得潘渊明极其不自然，他撇着嘴，本来觉得这娃可怜，现在又觉得可恶至极，他指节叩得桌面咚咚直响，愤愤教育着："不要用你阴暗的思想来揣度我们的队伍，害群之马只是极少数，你这个思想是极其危险的，而且是错误的，我就不相信，有谁敢在这个时候冒出来……清场？洗地？你警匪片看多了吧？我就不信他们敢……"

偏偏话音方落，电话铃声响起来了，潘渊明噎住了，他伸着脖子看，手机上显示着"王大牙"的名字，他挥挥手，示意马一鸣接。

"喂。"马一鸣懒洋洋地应着，如梦初醒。

"小马兄弟，睡了吧？"王一舰以一如既往的谄媚声音问道。

"有话说，有屁放，大半夜让不让人休息啦！"马一鸣佯怒。

"啧，出大事了，您不知道啊……葛老板真被抓了。"王一舰道。

"我不通知你了吗？咋不跑啊……告诉你啊，王哥，人情一笔勾销了啊。"马一鸣道。

"不是不是，您这可是天大的人情，勾销不了啊……哎，小马兄弟，你是咋知道的？简直神啦！"王一舰打探道。

马一鸣瞎话张口就来："也就你蠢了点吧，你以为局里盯葛湾村的少了？潘老黑是我们教官，我早就隐约听他提过，出事是迟早的，常在河边走，哪能不湿鞋？"

"那你怎么可能知道啊？"王一舰不信。

"要不说你傻呢？人家早查开了，开刀拣最富的动，葛家那群兄弟还不首当其冲？你也是同行，你能不清楚？咱们这行只要领导一失联，不是领导要办大事，就是领导自己出事，老子一猜就中。"

"哎呀，真是神了。"王一舰由衷赞道，听得潘渊明直嘬牙花。

马一鸣却还是以吊儿郎当的口吻逗着："王大牙，吃的拿的人情还完了啊，别烦我。你肯定和他们有事，别跟我扯上关系啊。"

"不是不是，兄弟，我找你是为了其他事……你知不知道，葛郎郎和杨天都跑啦？"王一舰小声神秘道。

"好事，那你可以安生了啊。"马一鸣道。

"差一点点，他刚才打电话找你，想请你帮忙办点事。"王一舰道。

"这是想把老子弄死啊。"马一鸣道。

"兄弟，人家现在成了丧家犬，咱们这些人生死可都掌握在人家手里了。"王一舰道。

"那你咋不去，你和你姐夫身上事不比我多？"马一鸣以无赖口吻问。

王一舰道："我们俩估计撑不了多久，怕不等天亮就得被传唤，我姐夫在新兰当所长快十年了，我也跟他混了七八年了，我就是想去，他们也未必敢让去。您刚来没多久，好择清。"

"肯定不行，这哪儿跟哪儿，你们一个个吃得滚圆溜肥，临事了来拖我下水。"马一鸣以愠怒的口吻回道。

"就这么说定了啊，您放心，葛家兄弟出手很大方……他电话马上打过来，一定接啊，相信我兄弟，干一趟，你这官衣被扒都值，就这样……"

"喂……"

第五章　"黑警察"的诞生　　215

王一舰不容分说挂了电话,一旁听着的潘渊明喃喃道:"还真不相信在逃中的葛郎郎敢回头,而且还敢回来找个警察帮忙。"他觉得这事情哪里不对劲,可一时无法判断。马一鸣似乎验证了自己的想法,有点得意,他把电话刚放下,铃声就响起来了,他开着免提,接了,听筒里传来压得很低的声音:"喂,马警官。"

马一鸣点点头,是葛郎郎无疑,回道:"是我。"

"大恩不言谢啊,我现在在海边,不方便回去了,托你办一件事。"葛郎郎焦灼道,"麻烦你到长兴海洋商业广场公寓6-2-1202,门锁密码67838××,房间里保险柜密码×××……你拿笔记一下,柜里有二十万现金归你,还有车钥匙和一块硬盘,带上东西下负二楼,开上车……到时候我告诉你目的地,送到我再付你二十万。"

"啊?这……这不合适啊。"马一鸣愣了。

"就这么定了啊,兄弟,看在兄弟落难的份儿上,你帮一把,我们不会亏待你的,这块硬盘很重要,关系到好多人……等你啊,赶紧动身吧,我待不了多久了,天亮就得走。"葛郎郎急匆匆挂了电话。已经匆匆记录完的潘渊明停笔了,愕然看着。

马一鸣静静地等着,几分钟后才见潘渊明有所动作,马一鸣没有问,以他下意识摸烟的姿势来看,明显还在犹豫,江湖越老……不,警察越老胆子越小没错,皱着眉头的潘渊明喃喃道:"有点不对劲啊,为什么找你?"

"贪财不就是您给我打造的人设?而且没有利害冲突。"马一鸣道。

"如果是假的,那就可能是针对你,但也不对啊,你知道的还不够多，而且布置的时间也不够啊，这才几个小时。可如果是真的，难道他们无人可用，只能走这步险棋？"潘渊明犹豫道，一直以否定及再否定来推演。

"说不定有意外收获，如果有，这就是最后一个破绽了。"马一鸣道。

"准备一下，注意安全。能抓到葛郎郎也就算了，要是抓不到，这份证据解释起来会麻烦。"潘渊明道。

两人起身，不用通知，小黑屋门外所有人都在待命呢。

深夜，一个黑漆漆的地下车库，其中一辆车里微弱的光线一收。

收起手机的，正是葛郎郎，他坐在副驾座位上，眼睛习惯了黑暗，能隐隐看见大胡子的仇林，和村里老一辈一样一身腥味，他纳闷地轻声问：："仇叔，招惹那小警察干什么？咱们在这儿多停留一会儿，可就多一分危险。"

"找个背锅的呗。"仇林无所谓道。

"可东西我都已经拿上了。"葛郎郎递上了手包，仇林接过往后一递，后面有人接走了。

"没事，一会儿再放上去。"仇林道，眼睛瞥了下后视镜。

惊魂方定的葛郎郎喘着气道："那什么时候走啊？仇叔，我这心跳得怦怦的。"

"现在就上路。"

仇林一拧车钥匙，发动机响起，恰好盖住了葛郎郎的最后一声惊叫，后面的黑影已经用钢丝勒住了葛郎郎的脖子，挂完挡的仇林顺手把一块布捂到了葛郎郎的口鼻上，黑暗里葛郎郎痛苦而剧烈地挣扎着，慢慢地，挣扎的力道微弱了；慢慢地，越来越弱……终于，不再动了。仇林开灯晃了下，口鼻出血，脸胀眼凸，已经没了气息，仇林又关了灯，顺手抹上了葛郎郎的眼皮。

"阿郎啊，你叔舅要下手，别记恨我们啊……"黑暗中仇林冷冷地如是说，然后，车灯熄了，再然后，一切重归于黑暗。

李树代桃僵

马一鸣从出租车里下来的时候，时间是凌晨六时二十分，此时城市仿佛刚从昨夜的睡梦中醒来，来来往往的行人和车辆刚多起来。他装起手机，大大方方走进了长兴商业广场公寓的门厅，这里多是四十年产权、不限购的地产，粗略一看，有住户、各类商户，还有公司，四部电梯，楼龄看上去不短了。

用职业的眼光判断一下就知道这个选址相当不错，人多眼杂、物业奇差，没准监控探头都坏了个差不多，这种地方当一个窝藏什么东西的地点，还真不错。

上楼，十二层，出电梯时和刚刚认识的一位特勤使了个眼色，对方示意是：安全。

楼道昏暗，几处墙面已经斑驳，不少小广告爬上了墙，有的广告直接贴在门上，有当民居招租的，还有美甲或者茶室短租类的，曾经胡同巷子大杂院的景象在逼仄的商业楼里再现，有点奇怪的感觉。此时楼道进进出出人员不少，安全肯定安全，要在这地方犯事，怕是连电梯也等不上。

到了 1202 房间门口，马一鸣摁了密码，门开了，他踱进房间，是个商住的小复式。粉红色系，更像一个女人的住处。习惯性地手一摸门框和换鞋的台面，已经落上了一层灰，应该是没有常住人口，他迅速奔上楼四下一看，再下楼，断电，确认无人后，在卧室的位置看到了保险柜。是个微型的保险柜，纯密码式的，他蹲下来，打开，里面整齐地码着两摞人民币，还有把车钥匙。拉开抽屉，果真有一个移动硬盘式的小玩意儿。

房间已经断电，不过为了保险起见，他还是把东西拿到了卫生间里，掏出另一部手机拍照，回传，另一头专案组的信息传回来了，显示是：TREZOR 硬件钱包，你拖延十分钟，从华东路绕一圈。

他回复"收到"，迅速收起了东西，关上柜门，离开了房间，下楼。进电梯时就遇到了折返回来的自己人，向他示意安全，如果有盯梢或者监视，应该逃不过这些老干警的眼睛。

进入停车场，摁着车钥匙找车，一辆 GL8 闪了几闪，他上了车，再次确认安全，缓缓驶出了地下停车场。这时候，手机响了，是条短信，只有短短的一行字：沿滨江隧道往马家河方向开。

他心跳了跳，左右瞟了瞟，没人啊，可一发动车就收到信息，明显对方已知，略一思索便明白了，现在的车机联网，这些玩币的说不定有这种手段。这下他更小心了，掏出手机回复了一句：好的，我多绕几公里确认安全。

继续开车前行，他开得很慢，驶入车流前，后车已经超过来了，车里的人向他示意：安全。

拐了两个路口，另一处监视的自己人向他示意：没有跟踪。

十分钟后驶进华东路，他故意违停在路边，买了一份早点，在和接应特勤换硬件钱包时语速飞快地说了句："可能通过车机系统监视，我不敢在车里打电话。"

"开慢点，有异常我们迅速通知你，接头之前扔掉第二部手机，发现目标不要妄动，硬件钱包里有追踪。"对方轻声说了几句，迅速脱离。

上车，且吃且走，从华东路到五洲大道，在早高峰来临之前上了环城高速，定位的地点显示要拐进滨江隧道，连续多个路口，不管前行还是后赶的辅助车辆里的人都向他打了安全的手势，也就是说，不管前面还是后面都没有发现异常。

进隧道时，电话铃声蓦地响起来了，马一鸣摁了接听，电话里传来一声："向前两公里有停车区，我在那儿等你。"

说完便挂，愣了下神的马一鸣习惯性地松了油门，不过这部电话家里能监听到，他倒稍稍放心了。几分钟后便远远看到所说的隧道紧急停车位，凹进去靠墙仅容两个车位，一辆面包车打着双闪，有人将手伸出车外向他招手，这应该就是接应的人了。

他慢慢停下车，前车的男子将帽舌压得很低，向他示意后面，车右侧靠隧道墙，车身成了最好的掩饰。马一鸣走上前，右侧的车窗玻璃一拉，一个胡子拉碴、有点面熟的男子问："东西呢？"

"葛老板人呢？"马一鸣拖延着。

"老板还亲自来啊？麻利点给我。"那男子道，压了压帽舌，半边脸看不真切。

马一鸣掏出东西，拿在手里，却不给对方，而是警惕地问："钱呢？"

"唰"的一声，门被拉开了，座位中间赫然是两捆钱，那男子嚣张地一摆头道："东西放下，拿上钱滚蛋。"

"哦。"马一鸣小心翼翼地探身去拿钱，另一只手还捏着硬盘，不料坐着的那男子突然发难，手里拿着什么东西往马一鸣探进来的身子上一捅，噼里啪啦一阵电火花闪烁，马一鸣浑身抽搐，瞬间半躺在车里。司机座位上的人探过身来揪着马一鸣一拉，后座的人一拽，把他拽进车里，唰地关上了门。

司机紧跟着迅速下车，跑向了马一鸣开的后车，拉开车门，一探身，把扔在副驾座位上的包拎起就走，回头上车，发动，整个动作行云流水，眨眼车就飙起来了。

车里有电话蓦地响起来了，是开车的劫匪的，他拿着电话兴奋地汇报着："得手，成功拿下……好嘞，放心吧，马上到。"一挂电话回头说着，"快，老大说收拾干净，搜他身上。"

后面的劫匪生怕不安全似的，电击器一戳马一鸣，电了一下才去摸他身上的东西。手机，顺手"吧唧"往外一扔，钱包先放着，皮带一抽，"吧唧"扔出车窗，包括马一鸣手里紧紧捏着的硬盘，抠出来，"吧唧"顺手一扔，摸着再无危险东西时，一看有块好表，这个不报，自己戴上了。再看钱包，那劫匪惊呼："妈的，是个雷子。"

"抢都抢了，管他是谁，东西都扔了。"开车的劫匪吼着。

后面那劫匪连钱包里的几张纸钞也没放过，钱一卷，钱包嗖地飞出了车窗，此时恰恰出了隧道，车里一下子亮了，马一鸣缓了口气，猛然发现后面这个劫匪居然是和郝昂扬打过照面的王十六，他咬牙切齿地骂了句："狗日的……"

噼里啪啦又是一阵响,马一鸣一翻白眼,被电晕了。开车的劫匪骂着:"那是五万伏,就是头猪也电晕了,能一直戳着玩啊?"

"老子上回被抓就是这么被电晕的,今儿可算报仇了。"后面的劫匪一阵狂笑。

车加速,飙出隧道,驶上了环岛公路,远处船只穿梭,已经能看到一望无际的海面……

"一号报告,没有见到车出来。"

"三号,三号,你往隧道里行驶。"

"一号注意出车,信号还在隧道里。"

"三号注意观察,信号还在隧道里。"

"三号汇报,我刚刚驶过,车还在原处,没有看到人。"

"三号汇报,我在向一号靠近。"

"三号,三号,信号在你前方十到十五米。马上报告。"

"三号报告,没有发现,我快驶出隧道了,没有发现。"

步话里一阵慌乱,车还在,人不见了,谁也不知道发生了什么,短短两分钟信号衰减,人一下子失联了。在专案组坐镇的潘渊明急促道:"调出路面监控来。"

"只有出入口的,滨江隧道内部没有。"一位专案警员道,他迅速拉着视频,嘴里不迭道着,"这个时间点,每分钟通过车辆在200辆到300辆之间,马上高峰期,车会更多,峰值在400辆以上,潘处,拉多长的时间?"

"你问我,我问谁?"潘渊明一下子头大了。

这可坏事了,如果是提前埋伏在里面,你还真不知道是哪辆车，毕竟车流这么大，就算查到时间恐怕也来不及，他急得来回踱步，蓦地听到肖景辰阳在喊："这儿，这儿……放大……"

是三号车回传的现场视频，不是马一鸣开的那辆车，而是车前的路面，潘渊明凑上来，看到了放大的画面，几遍过滤之后，可以辨认出是部手机，肖景辰阳火烧屁股似的跳起来喊着："有危险，他的手机被扔掉了，就在隧道里，硬件钱包肯定也在，信号也在这里。"

"查自目标车辆进入出口处后十分钟驶出的所有车辆。"潘渊明瞬间判定。

键盘敲击声噼里啪啦响起，所有的车辆牌照、驾驶员面部特征被迅速捕捉、比对，这个过程不可谓不快，可相对这种紧急状况却慢了，几百辆车，大量的数据比对一行一行滚动在屏幕上，越心急，越发现不了端倪……

此时此刻，远在千里之外的境外某市，闲坐在桌前尚穿着睡衣的一位老人正啜着咖啡，面前的手机接通了，入目的却只是川流不息的车，这个枯燥的画面像有魔力一样吸引着他，让他目不转睛。

笃笃敲门声起，他应了声，进门的男子满脸疲惫，不过眼里透露着兴奋的情绪，老人伸手示意让他坐下来，他兴奋道："船夫拿到了。"

"呵呵，还是老兄弟靠谱啊，阿飞年纪太小啊，有些事还是考虑不够周到。"老人道。

这名男子正是隐居海外的粟丰盛，昨夜突然出事，在滨海的人被圈了个七七八八，把眼前这位老人愁得可是一夜未眠，还好，现

第五章 "黑警察"的诞生　223

在终于看到曙光了。以表情判断应该是搞定了,粟丰盛小心翼翼问着:"葛叔,飞哥现在还在警察手里,不会有事吧?"

"只要关键的人不开口,就不会有事。"葛姓老人淡淡地道。

"那开口的人?"粟丰盛问。

此时,葛姓老人脸上泛过一丝悲戚,粟丰盛知趣地闭嘴了,不开口的人,应该是死人了。而他知道,这些人起家都是亲帮亲绑一块混出来的,不管让谁闭嘴,都免不了兔死狐悲。

"大侄啊,我和你爸当年就是在这一片,离这座桥不远的地方被警察抓住的,那一次我们就输光了所有身家……我这文化低呀,后来才学会劳心者治人,不管干什么事,还是得劳心,思虑周全才能成大事。"葛老头叹气,说是回忆,倒也不乏炫耀的意思。

"那是,全凭毛叔和您老人家提携,这次损失,我一定尽量给您二老补回来。"粟丰盛小心翼翼地迎合。

"你一定想到了,关键的人被灭口了,那我考考你,接下来我的安排是什么?我可以提示你,和那个上蹿下跳的黑警有关。"葛老头道。

"您智珠在握,我怎么可能猜到?恐怕警察也猜不到吧。"粟丰盛拍了个马屁,不过还真有点心惊,这老反社会分子是牛,起码跟警察兜圈子就不是一般人敢干的。

"有人通知这个黑警察,用二十万的代价,让他送一样东西,取东西的地方藏着阿郎备份的U,现在他开着车,已经进了隧道,看来有钱不仅能让鬼推磨,警察也行。"葛老头得意地道。

粟丰盛赶紧提醒:"我和大陆公安打过交道,小觑不得,那个马一鸣身份不明,疑人不可用啊!"

"其实，备份的U早就拿走了。"葛老头淡淡地道。

"那还费这么大劲让他开车来送……假的？有意义吗？难道，灭口？没这个必要啊，他能知道多少？"粟丰盛脱口道。

葛老头啜了口茶，淡淡地道："再猜。"

"那您总不至于让船叔抓活的回来吧？"粟丰盛笑了，随口开了句玩笑。

不料葛老头说了句："猜对了，我要活的。"

粟丰盛一愕，一下子不明所以了。这时候，手机里的画面突变，一行鸣笛的警车疾驰而过……

"三号汇报，现场驶来大量警车，不知道哪个单位的。"

"三号，报车号，你不要靠近，不要暴露。"

现场一时乱了，那些警车可不管不顾了，一部分驶进了隧道，一部分在外围直接阻断了交通，在这个高峰期，立时引起了拥堵，隧道入口处的特勤车眼看着被滞留无法通过了。

"潘处，是省厅经侦局的车。"

"还有一辆是市刑侦五大队的。"

"潘处，这儿有发现。"

电脑前对视频进行侦查的几位都在汇报，潘渊明头疼地凑到了有发现的侦查员身旁。监视画面锁定在一辆面包车上，驾驶员被棒球帽遮了半张脸，这辆车被锁定的原因是，车号经比对发现是假的，对着半张脸的特征从数据库里拉出来一堆相似对象。潘渊明眼皮跳了跳，指着"何尚峰"的名字道："应该就是他。"

个人信息页面被放大，潘渊明却是无法下令了，他看了看时间,已经到七时十六分了,这一阵忙乱,差不多半个多小时就过去了,他犹豫片刻后:"到最近的出海口需要多长时间?"

"如果在新开港登船,距离事发点9.7公里,车程不到20分钟。"警员汇报。

"马上联络最近的水上派出所、海警。"潘渊明下令道。

电话拨出去了,他来回踱着步子,脸色越来越阴暗,隐隐地想到了什么。电话已经接通了,递到了他面前,他不知所思为何,却在最后一刻,把电话挂了。

"来不及了,他们的目标不是硬件钱包,而是马一鸣……可是,为什么呀?怎么可能?"

潘渊明此时才明悟,可一切都可能已经迟了,而且根本说不通,他来回踱着步,不知道哪个环节出了问题。

视频里显示,交通拥挤起来了,能听到此起彼伏的车声,手机屏幕上蓦地出现了一条信息:顺水,已开船。

葛老头笑了,粟丰盛知道这是仇林发的信息,表示事办成,已经开始走了,只是他还没明白这番冒险迟滞几个小时的原因。葛老头笑眯眯地看着他问:"想明白了吗?"

"那个不知道持着什么想法的小警察,去了阿郎藏U的地方,开着阿郎的车招摇过市,应该有不少摄像头拍下他了吧?"葛老头问。

"栽赃?没必要啊,他身上的黑料多了。"粟丰盛道。

"如果再多一条杀人嫌疑,那就有意思了吧?"葛老头笑道。粟丰盛一愣,感觉想到了什么,却一下明悟不了。葛老头笑着提醒,"如果车后备厢里,躺着一个人呢?"

粟丰盛眼珠凸出来了,他倒吸一口凉气,惊愕地看着葛老头,敢情葛郎郎就在车里被灭了口,而且尸体就藏在车里,再让这个黑警拿东西、开上这辆车招摇一圈,再然后,黑警消失了,那么这口锅可算结结实实扣到这黑警的脑袋上了,别说能不能说清,就算想说清恐怕也没机会了。

葛老头起身,关了手机,轻轻地拍拍粟丰盛的肩膀,一言未发,像完成一件大事一样,疲惫了,要去休息了。粟丰盛起身恭送,这一次可是打心底佩服,他恭恭敬敬地把老人送上楼,掩上门时才长长舒了一口气,仿佛是他经历了这生死一劫一般。

现场,在警员枪支的指向下,车门被打开了,前座,没有发现,后备厢,一个脏兮兮的蛇皮袋赫然在目,在照明灯的探照下,有戴手套的警察轻轻解开了袋子,眼凸口张、脖子勒痕明显的男子已经没有了生命体征。

比对刚刚发出的通缉令,正是一号通缉嫌疑人:葛郎郎。

第六章

误上贼船漂流公海

一石千层浪

早上八点,几辆警车呼啸着驶进新兰派出所大院,车上下来的十余名警员如临大敌,到所后直奔目标,一队奔向所长办,另一队直奔警员宿舍。

第一件事是鉴于新兰辖区爆出的虚拟货币犯罪团伙,作为派出所所长的徐丑虎有失察之责,且治下不严,引起多起有关派出所民警的投诉,现在宣布就地免职;第二件事是所有民警接受市局派遣的警务人员的诫勉谈话。

派出所警员们个个如丧考妣。这是警察最不愿意面对的事,当你像平时询问嫌疑人一样接受同行的询问,那感觉别提有多尴尬了,甚至有点被侮辱的意思。很多人看到上任不到三个月的所长孤独而落寞地站在院子里手足无措，那一刻，心里真不是滋味。

正在院子里踟蹰的徐丑虎捏着手机，都不知道该给谁打个电话的时候，听到了后院的叫嚷声，他一想感觉坏事了，赶紧奔过去，远远地看到郝昂扬在和执行任务的民警嚷嚷，那队警员的任务是搜查宿舍，估计惹毛了刚回来的郝昂扬。

"搜什么啊？这也是我的宿舍，你们经过我同意了吗？

"马一鸣涉嫌杀人，你亲眼看见了？几个月前在抓毒贩的现场他冲在第一，我们有同学挨了一枪差点连命都没了，你们是不是人啊？都是一个警营的兄弟，查都没查实呢，就给人扣上杀人犯的黑锅。抓罪犯抓不着，对自己人下手，可真够黑的啊。

"放开我……你们就上铐我都不服，就不说马一鸣，新兰的烂事拖多少年了，凭什么让我们所长背锅，他上任还不够三个月……别狗仗人势，想整人的都没好下场……放开……"

眼看着就撕扯起来了，楼下的徐丑虎大吼了一声："郝昂扬，滚下来。"

这一声吼饱含愤怒，一下子把郝昂扬打蔫了，他悻悻放开了搜查的警员，垂头耷耳地下楼。在大势面前，一切都是徒劳。他看着忙了一夜脸色疲惫的徐丑虎，一下子眼泪止不住了，瞬间破防，进而号啕大哭，边哭边说着："他们怎么这样啊……人都不知是死是活，查都不查就扣这么个罪名……叔，我们怎么办啊？！"

"叔也不知道，叔就这么个倒霉命啊，七年前出过一遭，七年后重演了……对不起啊，小耗子，叔这个师父不称职，也没脸当你师父了。"徐丑虎不无歉意地道。别人认师父是认个前程，自己却像有魔咒一般，把倒霉传下去了。

第六章　误上贼船漂流公海　229

"叔，除了你没人有资格当我和一鸣的师父。我们怎么办啊，这到底怎么了啊？"郝昂扬哭着，如果说马一鸣出事他还能接受的话，那出事后的待遇他就无法接受了，不但没人站出来帮他们澄清，连上级也把矛头指向他们。

"不要哭，经历了这么多，你也该长大了。"徐丑虎粗糙的手指抹着郝昂扬的泪。郝昂扬抽泣着、哽咽着，可能他一直任性而为，从没有想过有一天要面对如此难堪的事，他哽咽道："叔，我就是觉得窝囊啊。"

"那就低着头弯着腰好好做人，等你有一天抬起头时，让所有人都仰视你。"徐丑虎轻声道，话说得咬牙切齿，是勉励，亦是自勉。

两人黯然离开新兰，随着他们离开的还有执行任务的警员，马一鸣全部的个人物品都被带走了，到当天中午，新兰派出所就接到了轮换岗的通知，有一大半的警员被调离原职。

协查通报

×月×日，滨海市发生一起重大刑事案件。经侦查发现，下面照片中的人有重大作案嫌疑。马一鸣，年龄27岁，身高1.73米，体形中等偏瘦，案发时穿白色运动鞋，着深色连帽外套、深色裤子。目前该嫌疑人已潜逃，望市民提供有效信息协助警方破案，公安机关将予以奖励并保密举报者身份。

一则警务网公开出来的协查通报成为今日所有警务单位的新闻。虚拟货币窝点被查、目标嫌疑人当天死在车里，驾车的还是一位在职警员，这其中可以联想出来的八卦都不敢想象能有多夸张，甚至传说马一鸣携价值几十亿元的USDT潜逃，或者传说他本就是境外犯罪团伙安插到公安内部的卧底。

真是墙倒众人推，鼓破万人捶，有关马一鸣的不检点行为的举报一下子多出来几十份，甚至有新兰派出所警员对他的检举，其中包括收黑放黑、吃拿卡要、不守纪律等，多地的警务部门今天第一时间就把这事当典型在班前会上强调纪律了。

出入境大厅里，一上午心不在焉的陈薇羽出了好几次错，最后错到带班领导把她撵下工位亲自上场了。她心乱如麻地在走廊上打遍电话，想问问有关马一鸣的情况，可只多了一堆或是惊讶，或是不屑，或是幸灾乐祸的回应，当然，更多的人和她一样不相信这是真的。又一个电话拨到了市局计巧巧这里，两人关系还算不错，计巧巧在电话里告诉她："通报肯定是真的了，这事怎么可能假？具体我也不知道啊，马缺德这回可真是人如其名，一鸣惊人了。"

"你说他坑人我信，怎么可能去杀人啊？"陈薇羽发表着自己的意见。

"说不准啊，这帮玩币的，案值都十几个亿了，搁谁谁不动心啊？"计巧巧以自己朴素的认知判断。

"你疯了吧？"陈薇羽气不自胜。

"等等，我没疯，有人疯了……我给你看看今天市局有多疯狂。"计巧巧道。

电话被挂了，很快陈薇羽收到了一段视频，视频中，在市局门口挤着几十人，个个举着标语，上书"严惩杀人凶手，还我亲人命来""严惩枉法警察""黑警草菅人命，不除天理不容"，一簇簇标语下是拥挤的人群，市局戴白盔的内卫沿着大门站成一排维持秩序。在公安局门口闹事，有些年没见着了，恐怕会刷爆热搜。

朋友圈里已经有人给她发了，再看手机其他 App，还真爬上热搜了。

她刚想请假，另一人急匆匆出来了，是宋佳子，她快步跑着嚷着："班长班长，你怎么在这儿？主任找你。"

"找我干吗？我都准备请假了。"陈薇羽道。

"哎哟，有人找咱们谈话，关于马一鸣的事。"宋佳子道。

"啊？"陈薇羽怔了。

"啊什么啊，快走，据说那家伙潜逃了，还带走了玩币大佬的几十个'小目标'。"宋佳子道。

"刚才不是才几个'小目标'吗？这才多大一会儿就翻了几倍？你觉得他有这本事？"陈薇羽哭笑不得道。

"有，绝对有。"宋佳子凛然道。

陈薇羽一下子气着了，兰花指几乎戳到宋佳子的鼻尖上，直接撂了句："友尽啊，以后别说你认识我。"一句话让宋佳子怔住，她气哼哼地走了。

不过宋佳子清楚的是，曾经在一起时不觉得两人有什么，现在许久不见，班长却对马一鸣越来越上心了。很可惜，他现在和她已经形同陌路了……哎，不对，那货不会真卷了那么多钱逍遥法外去了吧？

同学群里炸锅了，而同事群里却是安静得很，一上午整个专案组除了回派出所报到的郝昂扬外，都撤回来了，一部分人在复盘整个过程，一部分人在深刻地做自我检讨。特别是现场的几位外勤，他们当时负责清场和保护马一鸣的安全，专业不可谓不精，搜查不可谓不细，可当时都在注意观察是不是有陌生面孔，是不是有潜在危险，可谁能想到，那颗雷是具尸体啊。

更可恶的是，那儿的监控坏了一半，除了出入的门厅处监控摄像头尚还完好，楼道、电梯、地下车库监控摄像头坏了一多半，即便好着的也是几年前的产品，画质极差，估计摄像头上的灰，差不多能把白天都拍成晚上，全部画面都是灰蒙蒙的。

就这么着，专案组还是比对出了两名嫌疑人。两人没有进入记录，却在凌晨五时四十分离开了，几乎统一的装束，长檐的棒球帽、N95大口罩，这两人行迹很让人起疑，其中一位身高、脸型，和罪案信息库里绰号"船夫"的仇林匹配度可以达到68%，而另一位身材精瘦的，找不到匹配目标。更令人起疑的是，这两人仅在出入口的监控里出现了一次，然后就凭空消失了，所有公共场所的监控，再找不到他们的影子。

这个在警务行话里叫"技术性躲避"，比如藏在一辆车里或某个地方都可以办到，但问题是，如果没有准确的关联信息，谁也不可能知道他们藏身哪一辆车里或者哪个隐秘的地方。

大数据只能给你数据，不会给出答案。

一上午，视频侦查的警员眼睛都酸得直流泪，到此就再无进展了，再倒过来查也一样，除了确定驾驶面包车的嫌疑人是何尚峰，其他的都无法从视频里得到。现在可以推断的是作案人为熟人：葛郎郎昨晚逃过追捕，并没有出海，而是驱车返回市区，拿走了硬件钱包备份，灭口的人应该就坐在车里一起回到了公寓，等拿到东西后，再行灭口，而且就把尸体留在车里，设了一个陷阱，让后一步

第六章　误上贼船漂流公海　233

到此的马一鸣成为背锅人。

对了，硬件钱包，肖景辰阳忙碌了几个小时，使出浑身解数得出了结论：虽然加密了，但是肯定是一个控制钱包，最近的日志是在八个月前，也就是说，最近一次通电是八个月前，如果是正常使用的，不可能间隔这么长时间，毕竟交易、储存、查询，甚至更新固件都不可能间隔八个月。

由此可以判断，对方的目标就是马一鸣，钱包只是个幌子。

坐在会议室里的欧阳惠敏和潘渊明相对无语，不断通过手机获知最新的信息，当协查通报跳出来时，欧阳惠敏皱皱眉头，提醒潘渊明："这是谁做的？行文似乎不对啊。"

潘渊明瞄了眼道："正常啊，有很多人巴不得有这么一个背锅的，好搅浑水……看，现在市局也乱了，这才几个小时，就有人闹到市局大门口了。"

一般情况下，刑事案件涉及的死者，按流程不会很快通知家属来辨认尸体，更别说家属已经知道，而且闹上门来要求严惩凶手了。而且根据惯例，协查通报一般不会出现嫌疑人的真实名字，除非是明令通缉。欧阳惠敏思忖着，喃喃说："有人在推波助澜，唯恐天下不乱啊。"

"你记得二十年前那个滨海第一走私案吗？"潘渊明忽然问。

欧阳惠敏反应很快，直接问："你想说，当年逃出去海外的那些人在操纵？"

"我不得不怀疑啊，火拼吴麻子的那两个来自境外，葛氏兄弟这些虚拟货币，终端肯定在境外；漂在海上的仇林那一伙，一直就在国境线上溜达。敢和警察玩藏猫猫游戏的，没有几十年犯罪经验，我还真不信。"潘渊明道。

欧阳惠敏想了想，没有反驳，而是提醒道："那就更难了，对上职业犯罪的，别说马一鸣这样一个新人，恐怕我们这些经验丰富的都要吃亏。"

"这已经吃了个大亏了。"潘渊明道，这番较量让他心头发毛，当地社会平安日久，不少警察警惕性早就弱了。

"我在想，敢在境内抓一个警察……你觉得那帮走私的有这种胆？"欧阳惠敏反问，对此还是心有余悸，哪怕发生了也不敢相信的那种，她一直在找另一种可能，但不可能有。

潘渊明一欠身子，亮出手机收到的视频，是村民和家属去公安局门口闹事了。他将着思路道："如果正常发展，葛郎郎被灭口，所有警力会围绕着尸体、案发现场取证、排查，而案件的侦破也会指向熟人，说不定现在已经有人先我们一步发现仇林这个嫌疑目标了……但现在，所有的证据指向马一鸣，现场留有他的指纹和脚印，车上有他的生物证据，沿路监控设备拍到他的行踪，即便尸检能确认葛郎郎的死亡时间，他的嫌疑仍然无法摆脱。"

那样，整个侦破方向就偏了，欧阳惠敏点点头，潘渊明继续道："你也看到协查通报的用词不对了，那只能说明，警察中有人急不可耐地把脏水往马一鸣身上泼。死了一个玩币的大佬，肯定有大笔涉案的资金去向成谜，说不定幕后还有保护伞，你说在这种情况下，他们还有什么不敢干的？"

那对方的行动就不是出于心血来潮，而是势在必行。欧阳惠敏点点头认同潘渊明的分析，她道："对，不单是灭口的锅，还有藏匿非法资金的锅，都扣到了马一鸣头上，敌人肯定不会给他辩解的机会……那一鸣会不会……"

"被灭口?"潘渊明问。欧阳惠敏无语,肯定是担心这个了。潘渊明思忖着摇摇头,他道:"死人比活人忠诚,但活人却比死人更有用。他要是活着,嫌疑不清、追捕不止、侦查不休。要是死了,可就一切都终止了。"

"其实你也担心,这问题不在生与死上,只要把这个事悬着,就会一直没有答案,而那帮孤悬海上的,最擅长的应该就是这事。"无法预料的结果才会让人揪心,她眼神飘忽,想起了爱人,想起了很多很多曾经的同事,幽幽道,"从一开始我就知道你想在新人里找目标,最终我还是干了我此生最不愿意干的事。"

失联,意味着凶多吉少,和消失的803一样,潘渊明黯然地问她:"你相信奇迹吗?"

"不相信。"欧阳惠敏摇摇头。

"那你愿意接替我,继续吗?"潘渊明轻声问。

欧阳惠敏看看他,点点头道:"我愿意。"

两人相视,愁容之下,是不改的初衷。潘渊明将手机交到了欧阳惠敏的手里,郑重道:"我的时间不多了,此次失误我得负全责,在市局和省厅出来处理意见之前,由你掌舵这个专案组。"

此时听到了车声,潘渊明脚步沉重地走出会议室,两位身着"保密"臂章的警察已经进了专案组。潘渊明对着眼光异样的众属下朗声道:"我宣布两件事,第一件事是,即时起,由欧阳惠敏同志接替专案组的所有工作,在上级保密机关有新的安排之前,你们直接向她汇报;第二件事是,重申保密条例,专案组涉及的所有信息均视为绝密级别,除了外勤人员,所有技术岗人员不得离开本组驻地。"

保密级别提升意味着自由被限制,那些电脑前的警员举手敬礼,毫无怨言地接受了。潘渊明回礼,长舒了一口浊气,大声说:"你们的新组长说过一段让我很有感触的话,她说作为警察的我们可能案牍劳形、平庸一生,可能披星戴月、奔波忙碌,可能经济拮据、穷困潦倒,可能生死一线、以血铭誓,甚至还可能背叛誓言、身负罪孽。这个职业靠信仰在支撑着,所以它和舒适、安逸、轻松、美好等都没有任何关系,如果要形容它,只能用'辛苦''忙碌''劳累''枯燥''危险'等这些字眼。我认同她的话,但我要补充一句:你们相信奇迹吗?"

他环视着,可并没有得到共鸣,潘渊明更大声地说着:"我相信,我真的相信,一颗信仰的种子只要生根发芽,它会迸发出无穷的力量,它不仅仅会让我们无视辛苦、忙碌、劳累、枯燥、危险,它还会一步一步磨砺我们,让我们创造出奇迹……我相信,我真的相信。"

一贯寡言的潘处鲜有这么动情的时候,可这时候却似乎没有人听懂他的心声,他恋恋不舍地看着属下,转身黯然离开。身后的欧阳惠敏轻声道:"我相信,那颗信仰的种子已经发芽,他会回来。"

潘渊明身形一顿,停住了。在场的人听懂了,肖景辰阳附和:"我相信。"又有人附和着,说"相信"的声音此起彼伏,潘渊明像被注入了新的力量一般,他挺起胸,昂着头,离开了。

入夜,漆黑的海面,一盏如同鬼火的灯光时隐时现。那是一艘

第六章 误上贼船漂流公海

在黑暗里穿行的船,船舱里的仇林走出来,一阵带着腥味的海风吹过,让他登时心情舒畅了许多,每每归来,总有一种到家的放松的感觉。

"老大,到公海上了。"一个高个子在舷梯下道。

"知道……醒了吗?"他随口问。

"没醒呢。"另一个更高个子的人道,"被大傻戳了几电棍,又打了一针。"

"弄醒吧,别闷死了。"仇林道。

那俩人得令,下舱里往外拖着一个袋子,是个人形。这时候有个光头探出来,正是逃出生天的杨天,仇林招手让他过来,感觉到了他的好奇,仇林笑着说:"给你介绍个熟人。"

"谁呀?"杨天好奇地探头。那俩拖人的一个解袋子,一个往海里放着桶吊水。等一盏桅灯亮起,杨天看清时,如同被踩到尾巴一样尖叫着,吓得夺路而逃,一跑感觉不对劲,又扭过头来,看着满脸笑意的仇林,他结结巴巴问着:"船叔,这……您……您咋把他弄上船了?"

"看样子你很怕他啊?"仇林问。

"哎哟,这孙子坏得很啊,谈不上怕,在岸上谁敢真跟警察叫板啊?"杨天道。

"嗯,有仇报仇,有冤伸冤,这地儿别说警察,连王法都没有。"仇林笑着。此时高个子已经提起了一桶海水,哗地泼到了马一鸣脑袋上,冷水一刺激,浑浑噩噩的马一鸣一激灵,坐起来了,吓了泼水的人一跳。

于是马一鸣看到了这么个景象:黑洞洞的四周,昏惨惨的一点光，三个彪形大汉再加一个光头，都在不怀好意地看着他。偏偏这几张脸，都与在专案组看了无数遍的嫌疑人肖像一致，饶是马一鸣内心强大也受不了，他艰难地咽了咽口水，似乎还没分清在现实还是在梦境。

"大傻，你是不是针打的药量多了，这小子不是傻了吧？"较高个子的何尚峰问。泼水的大傻是被通缉人员王十六，他蹲下来，晃晃自己的手指问着："嗨，这是几？"

蓦地马一鸣出手了，一掰他的手指，跟着肘一顶，大傻惨叫一声向后仰倒，如被电而起的马一鸣一个飞步从何尚峰和仇林中间蹿过去，瞬间跑了。

稍稍惊愕过后，那几个并没理会，而是笑着去拉大傻。跑出去的马一鸣到了船边才发现是船，绕了半圈才明白四周都是海，还没弄清情况，气急败坏的大傻王十六拿着一根铁棍就追上来了。马一鸣这时候才发现老徐的马伽术没白教，眼看着棍子挥过来，他一个坐地铲球动作，直接踹向王十六的小腿，王十六偌大的个子往前一扑，生生摔了个狗吃屎，气得哇哇乱叫起来。

仇林心中微微诧异，没想到是这种情况，可这也引起他的兴趣，他一挥手："上。"

何尚峰拔步奔上来了，几步之外一停，他谑笑地看着马一鸣道："哟，有两下子啊，来来。"

何尚峰勾勾手指，马一鸣往前一扑，他惊退，他一退马一鸣也退，这才发现是虚招，他仗着身长个大，猛地来了个鞭腿，直甩向马一鸣面门。不料这个空当让马一鸣抓住了，他后仰一倒，腿向前伸，一下子踹到了何尚峰的裆部，疼得何尚峰捂着裆部龇牙咧

第六章 误上贼船漂流公海

嘴连退几步。那光景实在喜人，连刚爬起来的王十六也不厚道地笑了。

"你们这俩饭桶啊……老缅，出来活动活动。"仇林大喊。

哇！那个传说中满身文身的毒枭。马一鸣心一抽，未及思索，船舱门洞开，一个身影从两米多高的舱门处跳下来，震得船身嗡嗡作响，昏暗的灯光下不辨面部，隐隐所见是个长发乱披的男子，不过很瘦，比两个傻大个差远了，他落地是鹰击式，出场的派头十足，恍惚间让马一鸣仿佛穿越到武侠世界了，正惊醒了一位武林高手一般。

现实，这是现实，马一鸣可不信邪，在这高手出现片刻他就故意露了馅儿，收了很贱的架势直接叉腰而立，就像高手遇到生手一般。对方一眼看穿马一鸣根本不具威胁性，嫌弃地撇了撇嘴。

这有点伤到马一鸣了，他一个箭步冲上前，然后即将近身的时候一闪身，耍了虚招，如果对方有招架就会露馅，他会马上变招，不是戳眼睛就是踢裤裆。这打野架练出来的招式鲜有失手，不过今天遇上怪事了，那人像看出来了一样，一动未动，在他闪身的时候，噘嘴"呸"的一声，啐了他一脸。

马一鸣怒起，一蹲身一个旋踢，专踢小腿胫骨，那人一抬腿，一跺脚，"哎哟哟"，马一鸣翻滚到一边了，没踢到人，倒被人踩了，他吃痛翻滚，恰离王十六起身处不远，借着冲劲，攻向王十六。吓得王十六急退，可不料马一鸣目标不是他，而是他丢在地上的铁棍，马一鸣一把抄起，无敌流氓棍朝着"老缅"就冲过来了。登时，呼呼风声不绝于耳。

正抡，躲；斜抡，闪；我戳，闪；再戳，再闪。马一鸣一连十几下，人家轻松地或闪或避，这一来一去，不经意间马一鸣已经和对方拉近了距离。又一棍猛抢下去时，那人却是大喝一声直接踢向马一鸣，马一鸣顿觉手腕一疼，棍飞得不知去向，连忙急退，可已经来不及了，跟着肚子一疼，疼得弯腰了；跟着眼前金光一闪，是脑袋挨着一膝撞；跟着后背一疼，又挨了一肘拳。他昏昏沉沉一下子趴在地上，趴着也没完，脑袋又遭了一记重击，脖子像断了一样歪过一边，旋即胯部又中一脚，整个人被踢出了几米远。

这不是打斗，整个就是虐人，往死里虐那种。王十六和何尚峰看得直咧嘴，杨天看得远远地躲着，昔日对手被虐，他是一点快感也无，只是觉得这环境和这群变态有点恐怖，还是仇林喊了一声："收着点，别打死了。"

"老缅"像玩得不尽兴一般哂鼻，也懒得和这些人说话似的，抽抽鼻子上船舱了。这时候众人才跟着仇林，踱近了去看躺在甲板上的马一鸣，昏昏沉沉的马一鸣艰难地挪着，慢慢地支起身来，此时怒火中烧却无计可施，他咬牙切齿地骂着："王八蛋，有种弄死老子。"

眼前一黑，跟着"砰"的一声，一只钵大的拳头砸到了他脸上，鲜血迸溅，求锤得锤的马一鸣头一歪，失去知觉了。

摇晃的甲板、昏黄的灯光、呼啸的海风、狰狞的面孔、不知道是血还是海的腥味，意识模糊的马一鸣似乎听到了带着一个狞笑的声音说："欢迎登上恶人船！"

环伺皆强梁

一夜无眠。

或者说，想睡，却没机会睡。

葛氏兄弟涉嫌虚拟货币洗钱案第一组结果出来了，滞留在四分局的嫌疑人刚迎来被传唤的第二天，就一个一个被戴上铐子，依次上了警车，包括葛海、葛万宁、葛双成等葛湾村一行人，以及罗曼达KTV窝点抓到的工作人员，总共二十三人。这意味着进入刑事程序了，接下来是体检、送看守所，等待进一步侦查。

专案组就设在市经侦局的办公楼里，省厅督导占用了多功能会议室，一夜光景，送回来的案卷已经摆满了半桌，环会议室的十几台电脑直连着各处的询问现场。这些人的甄别工作已经接近尾声，逮捕回来的嫌犯大致分三类：第一类，葛海、葛万宁以及地下钱庄工作人员等直接涉案人员；第二类，葛湾村部分村民，由葛氏兄弟统一组织线下汇兑非法获利；第三类，葛氏兄弟朋友圈中人有一部分买入、持有USDT的，至于是否获利，是否涉嫌掩饰非法所得行为，实在不好判断。从这些人的口供里可以判断出，组织、交易的人都是葛郎郎，他和杨天还数次到湘南省进行线下大额汇兑，不过可惜的是，两个关键人物一死一逃，关键的物证可能已经被带走，想借此扩大战果已经不可能了。

又一份名单递到了督导组涂组长面前，他接到手里，意外地发现递送名单的人是宋浦青，他笑了笑："没休息一会儿啊？"

"省厅等着结果，不敢懈怠啊，这是刚批了刑事拘留的二十一人的名单。"宋浦青道。

涂组长扫了几眼，对这些人的分类已经大致有了印象，一旁坐下打了个哈欠的宋浦青道："这将是个很难缠的活儿，他们注册的小微企业现在已经清理出来的一共276个，葛氏兄弟亲自掌控的有212个，通过第三方记账公司运作的有64家。这两年国家的免税政策力度很大，这些小企业之间相互开票、转账，你单从数据上根本看不出问题。"

是啊，一个公司就意味着一个洗钱通道，近三百个公司，那得多大的资金体量？涂组长问："总额有多少？不是单纯的相加。"

"有四十多亿，如果相加，那得翻四五番。"宋浦青道，这些非法资金通过多次技术性划转之后，变成公司的开支、旅差费、油费、办公等费用，如果细查应该都是虚的，以各种途径变现了而已。这对于警务人员来说是一个相当头痛的问题，那些最后接收的终端单位，可能是正常经营的商店、公司或者其他社会团体，总不能从那些懵然无知的正常经营者手里追缴吧？

财富不会消失，只会转移，这些被转移的正是大大小小的电诈、网赌等黑灰产从普通群众身上非法获取的财富，化整为零，又化零为整，手段几乎是日新月异，普通群众在丝毫不知的情况下变成洗钱渠道终端，这种情况相当棘手。

宋浦青继续道："根据口供，市经侦判断，最终这些钱被换成了USDT，应该持在葛郎郎手里，这估计也是他被灭口的直接原因。"

"这也印证了我们的判断，葛氏兄弟涉案金额快和湘南侦破的虚拟货币案的体量差不多了，这是两个团伙的横向联合，而不是湘南延伸到滨海的一个链条末端。葛郎郎和杨天应该就是主谋了。"涂组长慢慢放下了纸页，想了想，然后问，"剩下的人准备怎么办？"

"现在正在传唤相关的记账公司人员，市经侦上的意思是，严格按照程序办，该拘的一定拘，该罚的一定罚，但也得考虑社会影响，毕竟从酒吧传唤回来的很多都是具有一定社会影响力的人，我们不能单纯因为持有虚拟货币就扣个罪名。如果没有涉案证据，考虑结束询问。"宋浦青道。这是经济案件的惯例，这些人大部分有家有业，不会像刑事犯罪那样敢于逃脱监管，基本上一个取保候审就让他们画地为牢了。

"不好查了啊，主谋这条线算是断了，再抓也是捞着鱼不见籽……哎，对了，这些将开公司作为非法洗钱手段的法定代表人，你怎么没提？"涂组长问，这也是经济案件的一个重心，先问责的，肯定是法定代表人。

"呵呵，正要说这事，头回遇到……您相信不？所有的法定代表人都找不到。"宋浦青笑着道。看着涂组长"怎么可能"的惊讶表情，她解释道，"据在窝点抓获的人员交代，都是葛郎郎或者葛海给他们身份证，而用身份证注册一个小微公司或者个体户又非常容易，不用本人到现场，仅仅通过App验证一下就可以。"

"那原身份证主人呢？这些真实的身份证是怎么流到他们手上的总能查到吧？这种行为已经犯帮信罪了。"涂组长怒道。

"这就是更神奇的地方了，滨海户籍的只有一百余人，剩下的是外地身份证，均找不到本人，咱们经侦上也下功夫了，倒是发现了其中九人，现在正在华南监狱服刑，详细的信息还没有调过来。这九人是境外遣返回来的涉诈人员，我推断啊，应该是把身份证卖了。"宋浦青道。

很多走投无路的"三和大神"常干这事，如果是出境的那类，找不到法定代表人就说得通了，可以想象啊，某人出境涉诈涉赌，身份证被用来在境内注册公司，你一时半会儿还真发现不了，就发现也抓不着人。这操作听得涂组长怔了好半晌，竟然无言以对。

"对了，省厅的督察处来人了。"宋浦青起身时道。

"怎么惊动督察了？那个小警察找到了？"涂组长问。

"没有，督察带走了我们现场查获的那些证据，就是那些视频，还和参加行动的警员进行了谈话，我们对此要保持沉默了。"宋浦青道。业内常识，若是有关"黑警"的证据流出去，怕是会有损单位形象，这个可以理解。涂组长唉声叹气道："我还是没想明白啊，你说那小警察分量不够当保护伞吧，他怎么出现在葛郎郎的私人窝点里？可你说他分量够吧，更不合理，这才当几个月警察啊？真要是从海上偷渡出境，而且带走了涉案的虚拟货币，那可滑天下之大稽了。"

"对了，潘处长已经被省厅督察带走审查，这些详细的细节，无法求证了。"宋浦青道。

"唉……"一声长长的叹息，涂组长摆摆手，让宋浦青去办事。

"将军……"徐丑虎大车一放，潘渊明挪了老将，徐丑虎笑了，敲敲棋盘，将帅一线了，他换着挪到了另一边，正好，大车回撤，吃掉了潘渊明最后一个卒子。潘渊明懊恼不已，眼见着又输了，他拨乱了棋盘，又开始摆棋。

"没心思就不要下。"徐丑虎道。

第六章　误上贼船漂流公海　245

"闲着不也闲着？"潘渊明道。

两人均被带到了省厅指定的地点，是经常处理有违法、渎职，甚至犯罪嫌疑的内部人员的旧式招待所，没看管，也没人来看。徐丑虎倒是无所谓，就是潘渊明眼见着越来越心绪不宁了。

"潘处长，您经常把人圈起来审查，这回您被如此对待了，有感想吗？"徐丑虎阴阳怪气地问。

潘渊明白了他一眼道："你习惯了是不？你是真失职，而我是失误。"

"有区别吗？都对我们的事业造成了影响。"徐丑虎笑道。

"别嬉皮笑脸的，认真点。"潘渊明道。

"是你不认真啊，我这么臭的棋，赢你赢得都不好意思了……哎，对了，你为什么每次都想用过河卒，而且宁愿失车丢马，也要保卒？"徐丑虎问，以眼神逗着他，低声道，"是不是心有所想？"

"有又如何？每次都满盘皆输。"潘渊明忧心忡忡道。

"现在我相信你有后手了，行动前，还有什么布置？"徐丑虎压低了声音问。

潘渊明面无表情，不愧是保密处出来的，不过正因为是保密处出来的，哪怕什么都没有，他依旧是这种神神秘秘让人看不出什么端倪来的表情，而且他还转移着话题问："老徐，你对那帮子人有点了解，你觉得会怎么样，假如落到他们手里的话？"

"你既然这样问我，就是已经有了判断。'老缅'这个毒贩的真实身份我们还没掌握。王十六、何尚峰，两个通缉人员。'船夫'仇林，估计是个蛇头加毒贩。这整个一船反社会分子，能怎么样？"徐丑虎反问。

这把潘渊明听得心更虚了,他摇摇头道:"不能一概而论。"

"你就是把我扔进那恶人堆里,估计能剩一把骨头渣都算好的,长年海上法外之地混迹的,身上不背几条人命都未必站得住脚。"徐丑虎道,说到此处时他眉头皱了下,担心起来了。

"不不不,我觉得不会,我的小卒赢不了你,是因为有规则限制。而马一鸣最擅长的,是突破规则……我就直接将你,你咋办吧?"潘渊明直接拿小卒子当车使,一下子跨过车、马、炮、士,吃掉老将了,徐丑虎哭笑不得了,这领导怕是魔怔了,没得救那种。

还好,响起了敲门声,没等回应就已经有人推门而入,两位同行站在门口,白衬衫的那位踱进了房间,掩上了门,两人整理警容,敬礼,和许厅长打了声招呼。

"来,详细说说,让你找人,你又找丢一个,真要找不回来,你们可以脱了警服,回家天天下棋了。"

厅长声音不怒而威,坐到了椅子上,座都没让,徐、潘二人神情凛然,就这么站着汇报……

"起……网……"

磨盘大的滑轮摇着,手臂粗的网绳拉着,一张偌大的、满满当当的渔网被慢慢吊出了海面。此时正当午,艳阳高照,光着膀子多年的海员背上肌肉虬结,散发着一种野性。

这是马一鸣恢复知觉后映入眼中的景象,他就躺在船舷梯下,就这么醒了,浑身都疼,脸和嘴格外疼,呼着气有点漏风,舌头舔了舔才发现掉了两颗牙,能看清时,却看不到昨晚那几个,敢情这船上还有真正打鱼的海员。而且奇怪的是，那些海员对躺在甲板上的一个半死的人别说问了，看都没多看一眼，各忙各的。

网吊上来了，有人打开了网结，一网渔获哗地倒在了甲板上，检查渔网的、拣拾渔获的，有条不紊，一条指长的小鱼就在马一鸣眼前不远处蹦跶着，他努力地伸着手去抓，此时胃里空空的，感觉又渴又饿。

"噌"的一下，一只脚踢飞了小鱼，跟着这人蹲下来，一个光头锃亮地出现在马一鸣的视线中，是杨天。他啃着一个苹果，咬得"喀嚓喀嚓"直响，谑笑着看着马一鸣，以挑逗的口吻问："哟，这不是马警官吗，怎么成了这样？"

"都是丧家犬，光头杨，你算什么东西，笑话谁呢？"马一鸣漏风的嘴咬牙切齿，虚弱地啐了一口带血的唾沫。

光头杨没生气，而是大声喊着："船叔，没死，还会骂人呢。"

船舱里没人应他，估计杨天在这儿还真不算什么，不过他自己倒挺得意，饶有兴致地说着："早在公海里了，你别还一副牛烘烘的样子，知道你的下场吗？被扔到这海里，将来骨头渣都找不着。"

马一鸣闭上眼，这真不是危言耸听，看他不理会，杨天踢踢他提醒着："嗨，嗨，船老大让我问你个事，这事还得谢谢你，你咋知道消息通知王大牙的？"

这正问到了马一鸣的痛处，如果没有那个心血来潮的造谣，葛郎郎和眼前这位估计会在猝不及防之下被抓捕，那样的话自己也不会落到这种境地了。他抿抿嘴，生疼，说着："给老子点吃的，吃饱喝足了再告诉你。"

"哈哈哈……他要吃的，还要吃饱喝足……哈哈哈……"杨天狂笑了。顶上甲板吃饭的几个也有人在笑,此时能分辨出,笑声又粗又蠢的就是那个王十六,另一个声音有点细的是何尚峰,两人就在马一鸣顶上的甲板,不过此时马一鸣什么都做不了,只能默默地忍受这种羞辱。

"哎哟……"杨天佯装不慎,半个苹果掉在甲板上,就在马一鸣眼前,他笑着道,"要不你捡地上的吃吧,就这么多了……吃啊,吃啊。"

上面的王十六也从碗里夹了一块猪肉,隔着舷梯扔到了左近,马一鸣慢慢地坐起来,捡起那片肉,放到了嘴里,嚼着吃着,又把半个苹果放在嘴里,忍着痛楚,咬着嚼着,在一群人谑笑中嚼着,嚼着,嚼着……他慢慢眼睛模糊,他慢慢泪流满面,眼前一张一张笑脸是如此狰狞。

船舱里的仇林看了看,没有笑,懒得再看。上面吃过亏的王十六和何尚峰可就来劲了,又往甲板上扔着肉菜,逗着马一鸣去吃,马一鸣饿极了,手搓着往嘴里塞,这饥不择食的样子只能引来更大的蔑笑。

"说吧,别以为我们不知道啊,狗日的肯定是雷子派出来钓鱼的。"杨天声色俱厉地威胁着,"老大说了啊,不好好交代,这就是你最后一顿饭了。"

恢复了点力气后,坐起来的马一鸣慢慢挪着双腿,以睥睨的眼神瞟着硕大的光头问:"下句呢?不说就把老子丢海里喂鱼?"

"哟,还横啊?真以为吓唬你呀。"杨天吓唬道。

呸……一口带血的唾沫溅了光头杨一脸,他大叫着一抹,马一鸣却像疯了一样暴起,趁着他退后时一下子撞进他怀里,死死地搂着他,吓得光头杨惊恐地大喊大叫。可猝不及防间,根本站不稳脚,直被马一鸣抱着顶到了船舷处,预感到不妙的光头杨大喊救命。不料搂着他的马一鸣狠狠地咬了他一口,他一疼,胳膊卸力了,被马一鸣带着,两人死死抱着翻过了船舷,像块大石头一样轰然落水。

那些船员傻眼了,眼看着落水了,马一鸣还不放过他,在水里死死掐着光头杨的脖子,两人随着海水一漾一漾,越漂越远。

还是仇林反应过来了,大吼着:"还看,快救起来!"

众人这才手忙脚乱地找工具,停了船只,抛出了救生圈和缆绳,不料马一鸣根本不给杨天机会,死死地勒着杨天的脖子,看样子是要和他同归于尽了。

"这小子真横啊!"王十六这时候倒有点佩服了,不怕死的倒不稀罕,不怕死还要弄死别人的,这可是恶人必备的"优秀素质"了,由不得他不景仰一下。

"看个屁,下水。"仇林走出来,连扇两人几下。两人这才反应过来,"扑通扑通"跳了下去,这头有船员收着网,看准两人沉下的水面,嗖地将大网撒下去,船上船下一阵忙乱,好一阵子后,起网了,终于把两人都兜在网里,拉上了甲板。

两人湿漉漉地从网里滚出来,一探杨天鼻息,已经闭气了。马一鸣居然还没晕过去,他咳着、呕着、吐着海水,仇林顺势踹了他一脚,然后蹲在杨天身旁,一搂一弓,把杨天放在自己膝上,蒲扇般的大手在杨天后背使劲拍几下。杨天直吐海水,一下子缓过气来了,然后被仇林放平在甲板上,嘴里还在汩汩吐水,看到马一鸣的样子,吓得醒过神来,连滚带爬要跑。

恶人亦怕恶人磨，马一鸣仰天狂笑着，那缺牙漏风的嘴和满脸伤痕，让人瘆得慌，船员像躲鬼一样躲着他，就连爬上船舷的王十六和何尚峰也绕着这瘟神走。

血泪流成行

祝畤东是第二天晚上六点才被释放的，参加个酒吧开业就遭了无妄之灾也是没谁了，是他妹妹来接的。祝畤东出来时已经脸色煞白，两兄妹打车回到了钟鸣书院。这个出入之人非富即贵的地方，坐出租车都掉价，保安都仔细瞅了好几眼，祝畤东飙了几句国骂，那活脱脱的纨绔相让保安不敢阻拦了，看这嘴脸肯定是这里头的住户。

"这怎么跟爸说呀，爸知道了吗？"祝畤东有点紧张，他从小就对父亲有心理阴影。

祝银琳剜了哥哥一眼，斥道："我都没敢回去，还是爸叫我去接你的，你以为爸能不知道？我说哥你认识的是什么人啊？你跟人家干了什么？上次是刑警找你，这回是经警抓你，你是准备把公安局逛个遍？"

"哎呀，能有什么呀？不就买了点 U 嘛，圈里兄弟都玩这个。"祝畤东道，不用和妹妹解释太深，她对钱没有概念。果真如此，祝银琳根本不关心这个，她小声说道："现在传得可玄乎了，有个葛什么的，被人杀了装后备厢里了。"

"啊？肯定是抢虚拟货币杀人啦，那玩意儿值钱啊，和美元一比一。"祝畤东看妹妹长衫长裤，和平时张扬的装扮截然不同，好奇地问,"你这是……去哪儿来着?"

"我以为是你们藏违禁品的事,吓得躲乡下去了啊。"祝银琳道,抿抿嘴以示不好意思。

"我也以为是,幸亏没验尿……别告诉爸啊。"祝畴东警惕道。

虽说兄妹俩对彼此行径相互不齿,但在对父亲的态度上还是比较一致的。两人快到家门口时,一辆黑色安保车辆停在家门口,他们还以为是保镖的车,不料车里下来一个女人,大晚上还戴着墨镜,她摘下墨镜时,祝畴东愣了下,居然是消失数月的前女友罗奕婷。祝银琳拉了拉他,逗着问:"你俩没留下种吧?"

毕竟奉子上门谈判的桥段已经屡见不鲜了,在这小区就发生过好几回。祝畴东白了一眼,心情本就不好,态度自然格外恶劣,不客气地道:"哟,又回来了?上次走的时候说什么来着?"

"再重复一遍?你现在的质问和上次的威胁比起来没什么长进啊,真幼稚。"罗奕婷白了他一眼,上上下下打量。

"保安,保安……把她撵出去。"祝畴东愤愤嚷着,指挥着两个保镖装束的人,那俩人反而上前一步,似乎要护着罗奕婷,被罗奕婷伸手拦住了。

错会了,似乎是罗奕婷的保镖,祝畴东愣了下,愕然问:"咦?这是又傍上谁了?派头不小啊……我明确告诉你啊罗奕婷,你傍谁我不管,咱们已经分开了,你这找上门是什么意思?我可没答应你什么啊,不管你有什么目的,我保证你会失望的。"

"我对你已经没兴趣了,我说我来找你爸,你信不?"罗奕婷道。

"啊,你……你什么意思?"祝畴东吓了一跳。

"没什么意思,不要逼我给你当后妈啊。"罗奕婷笑吟吟道。

这女人不是一般的恶毒,祝畴东根本不是对手,被讽得哑口无言。祝银琳要上来帮忙时,罗奕婷做了个鬼脸,笑道:"妹妹,你这两天是不是很难过?"

"谁是你妹妹啊,什么难过?我好着呢。"祝银琳怼白了句。

"哦,那肯定是身在局中,不知道发生了什么事吧?"罗奕婷故作关心道。

这表情让祝银琳警惕了,下意识问:"什么事?"

"社交软件里满屏都是啊,你哥应该知道啊……哦,不对,他刚从牢里出来。据说币圈一位大佬被人勒了脖子,扔在车后备厢里……还据说,是位警察下的手啊,那警察已经携款跑路了,你真不知道?"罗奕婷道。看祝银琳的表情居然没有什么变化,这真让她诧异了。

"关我屁事。"祝银琳没好气地道。

"呵呵,看来你真不知道啊,好可怜。"罗奕婷笑了。这时候门响了,正常应是保姆开门,可不料出现在门口的是父亲祝沛同,吓得祝畴东紧张起来,不敢直视父亲,赶紧解释着:"爸,我回来了……她,不是我带回来的。"

"滚。"祝沛同怒道。祝畴东愣了下,看父亲的眼神这才明白是说他,他低着头匆匆进屋了。祝银琳正要说什么,一样被祝沛同一个"滚"字打发了,而后祝沛同做了请的手势道:"小婷啊,见笑了,这两个不争气的……进来吧。"

保镖守在门口,两人进去了,直上二楼的书房,那可是朋友和伙伴才有的待遇,在楼下偷瞄的兄妹俩此时确定,这娘儿们肯定是傍上大人物了，否则根本不够格让父亲亲自开门，而且请上座。

两人地位发生转换了，进门后罗奕婷淡定地坐下，小心翼翼关上门的祝沛同沏了杯茶，很客气地放在罗奕婷面前。罗奕婷开门见山道："我很快就走，替人带几句话，不会耽误您太多时间。"

"不用客气，有什么直说吧，是葛飞的事吧？"祝沛同道。

"对，人怎么还没出来？"罗奕婷问。

祝沛同想了想为难地道："我不可能左右得了警察的程序啊，顶多能让认识的人递个话而已。"

"我来的时候葛老板说，自己脾气不好，他儿子真要有事，以他的脾气没准会破罐破摔，或者拉上几个人陪他儿子有福共享什么的……祝叔叔，您的态度很暧昧啊，我回去怎么交差啊？"罗奕婷说。

"您放心，对方说了，四十八小时肯定出来，证据确凿能定性的，今天早上就已经办刑事拘留了。剩下的应该都会放，顶多是取保候审。"祝沛同道，以他的性格不敢把话说太满，毕竟无法掌控的局面变数太多。

"好吧，我就这么回葛老板了。"罗奕婷起身道，抬步时又一顿，像是突然想起了什么似的道，"哦，对了，葛老板拜托您牵个线，正好有一大笔U要出，得尽快。"

"这个节骨眼儿上交易不合适啊，公安对这个领域越钻越深，币商和OTC的空间越来越小，哪怕是境外的，估计也会很快向公安开放数据。如果U来源有问题的话，线上被追踪到也会很麻烦。"祝沛同轻声道。可能没人会想到，这位深居简出的老人还懂这些，毕竟人们下意识地都会以为虚拟货币是年轻人才玩的东西。

"祝叔叔，过去讲金盆洗手可以，而现在不可以，您知道原因吗？"罗奕婷问。

祝沛同一怔，好奇地问："什么意思？你在威胁我？"

"不，我根本不知情，威胁无从谈起。但您别忘了，互联网是有记忆的。"罗奕婷暗示了一句，转身翩然而去。愣住神的祝沛同都忘了跟上，等他回过神来奔下楼，车已经驶离了，是远威安保的车辆，他伫立在门前，长叹了一口气。

他知道有些事是躲不开的，哪怕一只脚已经踏进了棺材，也不可能走下贼船，有些事，还得硬着头皮上。他摸出了手机，拨了一串特殊的号码，响了好久才有人接听，他压低着声音，放低着姿态轻声问着："喂，是我……托您办的事……葛飞的事最终会怎么处理呀……这不，家属也急了啊，见不着人，也不知道出了什么事……好的，好的……"

"……死者是被人从座位后方勒住了脖子窒息而亡。我们对涉案车辆、公寓楼下的车辆停泊点、公寓房间都进行了详细的勘查，在房间里我们发现了四个人的脚印，这个现场被人打扫过，根据身高可以推断出，除葛郎郎、马一鸣外，第三种脚印属于这个疑似代号为'船夫'的人。除这三人外，还有一个身高一米九左右的，但没有提取到这人的指纹。在停车场内，车外有轻微拖拽痕迹，与死者所穿皮鞋材质吻合，车内的生物证据指纹、皮屑、毛发我们一一梳理，提取了三份DNA数据。没有找到凶器，我们推断凶器应该是一条直径在三厘米左右的绳子，尼龙材质，死者的伤口内提取到了海盐成分，所以凶器应该来自船上，长期被海水浸泡，有微量残余……在死者被抛尸的后备厢,车沿有被蹭过的痕迹,分析残留物成分是某种硅胶,这应该是凶手在移动尸体时戴着硅胶手套所致,而且根据停车场的模糊痕迹来推测,当时车里除死者之外,应该还有两个人……虽然没有提取到停车场监控数据,但在出入厅的探头里,有一个远距离的画面可以看到,死者所乘车辆是在凌晨四时四十四分进入公寓停车场,驾车的正是死者……我们放大画面后,可以看到,车的后排,至少还有一个人……"

将隧道现场、停车现场、公寓现场,关键的证据提取点一览而过,这才发现其中玄机,除死者和马一鸣之外,还有两个幽灵似的人物一闪而现,以现在的刑侦手段都没有找到人,那恐怕只有一种解释了——老手!

绝对是与职业犯罪相当的老手。杀了人还能淡定地设个陷阱,这得多强的心理素质才能做到?!

许厅长打了个手势,保密处的警员关了视频,众人的视线收回来了,与许厅相对而坐的是潘渊明和徐丑虎,两人面前放着诸多证据。马一鸣出行是带着随身摄像设备的,进公寓拿东西、下楼开车,中途交换硬件钱包才把摄像设备归还,也就隧道里没有视频画面,但已经足够自证清白了。

可恰恰因为案件和身份,这份证据无法拿出来,只能把"黑警"的事提级处理,即便提级也无法处理,马一鸣依然要背着这个嫌疑。

"会不会有生命危险?"许厅长有点焦虑地问道。

"应该不会,如果灭口就没必要冒险设局了。既然对手有职业犯罪水平,就应该多少了解点我们中国警察,那点小伎俩瞒不过刑侦技术。"潘渊明道。

许厅长皱着眉头问:"这抓活口……简直闻所未闻啊,有必要吗?"

"有,第一点,混淆视听。在第一时间干扰侦查和追踪,过去近三十个小时了我们才有这些发现,意外发生的时候,可能谁都会下意识地把马一鸣当成凶手。第二点是,方便借此做文章,可能有人在推波助澜,不但村民和死者家属闹到了市局大门口,而且现在网上流传的各种版本铺天盖地,这对我们是极大的压力……"潘渊明努力作出支持自己观点的分析。

许厅长摇摇头:"这是你自己脑子里的美好愿望,其实只要让他活不见人、死不见尸,也能达到这个目的,就像失联的803同志一样。"

蓦地像被针刺一样,潘渊明闭嘴了,满脸难堪。

"徐所长,你……说说看法,毕竟也是老同志了。"许厅长看向了徐丑虎,这位和他年龄相当,只不过地位悬殊。

徐丑虎倒不怯场,说:"我是昨晚接到的封路通知,刚才才知道所有经过,我比较支持潘处的设想。"

"理由呢?派一个卧底,千辛万苦费尽周折才有可能打入敌方阵营。这个马一鸣倒好,明摆着就是个警察,哪怕就真是个黑警察,你觉得敌方阵营会留下他?"许厅长一直拗不过这个弯来。

"他知道的并不是很多,还不至于非把他灭口不可啊。您没见过他本人,如果见过,没准您也会和我们的观点一样。"徐丑虎道。

"牵强,这和见不见人有关系吗?"许厅长不悦了。

"真有关系,那小子浑身匪气,又奸又损,全身上下就没一个地方像警察的。"徐丑虎认真道。

这把厅长和保密处的都听愣了,麾下居然还有这种奇葩货色,而且还担负了这么重要的任务。许厅长哭笑不得地斥着:"搁你讲那岂不是更麻烦?将来偷渡线上多上一个警察出身的悍匪,你让我怎么交代?当初选人是怎么选的?"

商议和复盘全成了猜测和臆想。这个时间,逃犯恐怕早出国境了,谁都知道在那些鞭长莫及的地方,发生什么事都有可能,当所有最坏最差的想法都在脑海里一一出现的时候才发现,可能死亡都算不上一个最坏的结果。

比如,失联,再比如,变节……

会议室里静得可怕,连猜想也进行不下去了。

夕阳像一张通红的烙饼,慢慢从海面上沉下去了,这一刻马一鸣心里意外地冒出了这个不恰当的比喻,可能是太饿了。脑子里零乱不堪,此时居然闪过很久以前的关于家乡的回忆,那时候下课奔回家里,奶奶烙的油馍饼还真和夕阳一样,又大又香。

嗯,不对,真有香味。马一鸣睁开了眼,还真有一个铝饭盒放到了脸前,米饭、鱼块、肉块,菜上面还撒着红辣椒,他抬眼,看到仇林蹲下来。

"吃吧。"仇林没什么表情,语气冷冰冰的。不像同情,更不像命令,就那么冷冰冰地说话。看马一鸣没动,他说,"掉地上的都捡着吃,给你倒不吃了。"

马一鸣这才动起来,他端起了饭盒,忍着脸上、嘴里的痛,慢慢嚼咽着，从未发现吃饭也会成为一个奢望。马一鸣吃得很艰难，却很香。仇林没走，在直勾勾地看着他。不管对方是恐惧、求饶还是寻死觅活仇林都能接受，偏偏面前这位奇怪了，哪怕阅人无数，仇林也无法准确说出这是个什么货色。

"你要寻死可以随时跳下去，海水的温度不到十摄氏度，二十分钟以后你就会逐渐失温。"仇林似乎在寻找话题。

这绝对是真的，中午那么热，下了趟海被捞回来都冻得瑟瑟发抖。马一鸣道："反正迟早要死，我干吗要主动找死啊？"

"有道理。"仇林笑了，他一屁股坐下来，饶有兴趣地看着马一鸣吃。停了好一会儿，他又问了，"你不好奇，为什么费这么大劲把你抓上船？"

"是你好奇，我为什么一点都不好奇吧？"马一鸣道。

这把仇林绕了下，他点点头道："也对，你还没有认清形势啊，态度得改变一下啊。"

"我的态度再好，也改变不了你对我的态度，有必要吗？"马一鸣反问。

"呵呵，是个明白人。"仇林笑了，这人有意思，他捋了下思路换个方向问，"那你搞清形势了吗？现在已经出境了。"

"你不正在给我讲吗？听着呢。"马一鸣道。

"嗯，有些我得核实一下，不要糊弄我啊……新兰派出所那个王一舰，是你通知的他，消息是怎么来的？"仇林问。

"很简单啊，当天我在酒吧看到几个便衣，很牛的那种。"马一鸣道。

"你认识，王一舰不认识？"仇林马上挑到问题了。

第六章　误上贼船漂流公海　　259

"别拿我跟王大牙那草包比,他和我的差距就像大傻那俩和你的差距一样,我往上两代都是警察,从小就在警察堆里长大,我用鼻子都比他看得准。"马一鸣用"神秘技能"堪堪唬住仇林了。

这种事吧,也算能信,仇林听得好奇心起了,下意识问:"然后呢?"

接受了这个,下面的就好说了,马一鸣很淡定地讲着:"我想着可能要出事,就提前退场了,回来又想着卖王大牙一个人情,毕竟那兄弟对我不错。然后,你们就都知道了,我也没有葛老板的联系方式,只能搞个视频吓唬王大牙传话了。"

圆上了,仇林思忖着,挑不出刺来,他皱着眉头问:"你怎么知道币圈大佬是葛飞?"

"我用的是葛某,谁说是葛飞了?难道真是葛飞?"马一鸣问。

仇林急忙刹住话头,不过一想,刹不刹都无所谓了,他瞪了一眼斥道:"是我问你,用什么某不行,非用葛某?"

"也就你们认为神秘,新兰出现大宗毒品落岸,市局调新所长上任,就是冲着毒源去的,我们的任务还不就是把各个夜场、酒吧、洗浴、大小旅馆摸摸底,其实不光我们,局里还有人在查物流和资金流,葛家那几个兄弟摊子铺那么大,能不被盯上吗?"马一鸣道。

"你答非所问啊。"仇林道。

"那就再直接点,侦查都是由远及近,从外围的人下手,那个光头杨数次去过湘南,有问题;还有村里聚众赌博被派出所传过的那几个人,他们的手机被技侦查过,大字不识几个的村民玩这么高端的虚拟货币,用屁股想也知道有问题啊。再加上葛氏兄弟那么大产业的资金流，能搞什么警察还不清楚？也就是没证据没法动手而已。当天派出所发出了紧急集合的命令，我猜就是了。"马一鸣吃着，淡定地放下了饭盒，龇牙咧嘴地揉了揉伤口。

这么简单？仇林不太信，又挑不出毛病来，看了看马一鸣，总觉得哪儿怪怪的，却怎么也说不上来。对了，面前的可是警察，这对话，怎么毫无障碍呢？

"船老大，话问完了吧，想干吗就干呗。"马一鸣看着他，并无惧色。

这倒将了仇林一军，仇林奇怪了，说道："看你也不想找死，为什么催着我了断你？"

"是啊，我都没害过你们，你们却把我搞成这样，不想了断，咋的，总不至于把我当恩人供起来吧？"马一鸣反问。

"没办法啊，兄弟，有些事逼到那份儿上，不得不那么做了。"仇林意外地带着歉意地说了句，还很客气地给他递了支烟，淡淡地道，"葛郎郎死了。"

"嗯？！"马一鸣叼着烟哆嗦了下。

"死在你开的车里，尸体在后备厢里。"仇林道。

马一鸣眼睛圆了，瞪起来了。

"这位币圈大佬私藏的U，也落到你手里了。你可是币圈大佬的保护伞。"仇林语不惊人死不休了。他说完这些，脸上总算有点笑意了。

脑子飞快运转，马一鸣点上了烟，摇摇头道："船老大，栽赃没用，现场要有一根汗毛都会被技侦挑出来，那扣不到我脑袋上。至于赃物和保护伞那不更扯吗？我穿警服才几个月，说出去鬼都不

第六章　误上贼船漂流公海　261

信啊！"

"所以不能让你有机会说呀，如果没机会解释，那谁也没机会证实喽。不是凶手也能是帮凶嘛，所以啊，回头路就别想了，安生待着。"仇林道。这足够打击人，没有比背上杀人罪名更让一个人恐慌的了。

即便神经大条如马一鸣，这招还是奏效了，他抽着烟，眼向上瞟着，愤愤道："留下我你会睡不安生的，我毕竟是警察。"

"黑警察。"仇林强调。

"黑警察也是警察。"马一鸣强调。

"那你试试啊，这一船的兄弟犯的事够一部《刑法》了，想闹想打想杀想逃想死都随你便，啥都不想了，明天开始就好好干活，这船上什么人都养，就是不养闲人……大傻，给他条裤子，明儿你俩看着他捡鱼。"仇林嚷了句，接着回船舱里了，那样子根本没把马一鸣当回事。

似乎并没有准备灭口，马一鸣想了想，怕是自己还不够资格，所以，应该被蔑视了。这不，那个傻大个子拎着条臭烘烘的裤子和水靴，很嫌弃地扔到他面前，咧咧嘴，捂着鼻子走了。

相比挨揍，被蔑视的屈辱可能会更让人受伤，思忖了好久，马一鸣终究还是脱下了脏兮兮的衣服，穿上了更脏的渔服，把旧衣当作枕头，躺得舒服了点。躺着躺着，无意中发现这里的天空格外晴朗，怪不得有"手可摘星辰"的名句，漫天的星星仿佛就在头顶，他想起儿时在奶奶肩头，就是这么摇着摇着就睡着了。睡梦里似乎又回到了集训场地，和耗子、华子……那一大串他起了绰号的兄弟一起嬉笑打闹，如果再回到那一起吃苦受累、互损为乐的日子，该多好啊……

可惜，一切都回不去了。慢慢进入睡梦的马一鸣，眼角噙了一滴清泪，那滴泪慢慢滑过脸上的血迹，血与泪，落在甲板上成了个红色的水滴，像为过往画上了个句号。

船依然向前行驶着，黑茫茫的海面，不知道前方何在，亦不知，前方等待他的，将会是什么……

前路亦渺茫

滨海东安路派出所，经侦局指定的一个办案区域就在这里。晚上八时，一位民警陪同着一名男子从所内走出来，交还物品后，那男子礼貌地致谢，不过面无表情的民警没有理会他。

在办案民警的眼中，只有普通人和嫌疑人。而这个叫葛飞的嫌疑人情况特殊，传唤现场发现一部被焚毁的手机，没有找到SIM卡，身上所带的新手机连联系人都没有。明明疑点重重，被多人指认，可偏偏一点证据都没有，他名下的账户财产都理得清清楚楚，即便有村民交代葛飞曾参与出U入U，可本人却一口否认，说只是帮本家兄弟的忙，自己根本没有购买过虚拟货币。

所以，葛飞从容地走出来了，派出所外，先一步出来的周泓奔上前，一把扑到了他身上，两人狠狠地一吻。周泓眼睛红红的，差点哭出来，再要亲昵，葛飞笑着示意她看远处，是周泓的父亲周金剑，有点尴尬，不过周泓丝毫不觉，腻在葛飞身边，两人宛如一对甜蜜的小情侣。

"周叔叔，给您添麻烦了。"葛飞礼貌而恭敬地说。

一直以来，周金剑都很喜欢这位家教良好、从不张扬的小辈，他笑了笑道："我可真没帮什么忙，别客气，上车吧。"

坐的是远威安保的车，周泓要跟着葛飞上车，却被父亲一把拉住了，使了个眼色，没上车后厢，而是关上了门。父女俩坐到了主驾驶和副驾驶位置，周金剑还细心地关上了前后厢的通话口，女儿要问，被父亲以眼神制止了。

后厢里突兀出现的人让葛飞愣了下，怎么也想不到会是有过几面之缘的罗奕婷，他坐下来，掩饰不住眼神里的好奇。罗奕婷笑着道："飞哥，恭喜你，自由了。"

"你怎么在这儿？"葛飞没理会，也没好脸色。

"现在我跟粟老板，不久前见到过葛老，因为这儿突然出事来不及补救，我比较方便出面，就接了这个跑腿的活……给，电话。"罗奕婷拿着拨通的电话，对面的父亲只是说了句："自己人，和她聊聊吧。"

一句话确认了身份，葛飞明显放松了，他思忖片刻后直接问："东西呢？"

"一个小时前已经上了飞往港岛的航班，今天晚上就能送到葛老手里，放心吧。"罗奕婷道，那个真正的硬件钱包幸亏没落到警察手里。

"除了我，还有葛郎郎知道密码，一直是他在操办。"葛飞道，那是隐患。罗奕婷没有正面回答，而是拿着手机递了过去，是份公开协查通报的内容，葛飞眉头一皱，然后面色煞白，难堪地问："谁做的？"

"我可没那本事，没准是那个黑警察做的……哦，对了，现在网络上纷传这个黑警察杀人劫财,葛湾村民都闹到市局了,迫于舆论压力,村民里大部分都被取保候审,调查也暂缓了。"罗奕婷道。

"这不扯吗?马一鸣不可能有机会,那个地方很隐蔽,只有我和他知道。"葛飞知情,但葛郎郎的死,让他一下子想不通了,难道……他看向了罗奕婷,又看向了车前厢。

"不用担心,马一鸣据说潜逃了,一个死无对证,一个下落不明,真相成了悬案,不是最好的结果吗?"罗奕婷淡淡地道。她努力压下自己莫名地有点痛的心,小人物就像游戏里的NPC,谁也无法决定自己的命运。

"好吧,还有什么要交代的?"葛飞努力消化着让自己震惊的信息,这四十八小时发生的事足够多了。

"没什么了,我是奉葛老爷子的嘱托,亲眼见到你才行。具体发生了什么我一概不知,而且,今晚我就离开。"罗奕婷道,暗示着自己是局外人。

"您别见外,我爸看中的人,肯定不是一般人,谢谢您啊,大老远跑一趟……哎,对了,其他人呢?"葛飞问。

"刑事拘留了二十几个,葛海在其中。罗曼达KTV据说有个窝点,被查抄了。冷库、洗浴中心都被翻了一遍,涉案公司的法定代表人估计都得挂上案底。我已经委托了滨海一个律师事务所做他们的刑案代理,更详细的情况,您可以问周叔叔。"罗奕婷有条理地回答。

这些就是细枝末节了,看样子葛飞并不在意,他听得面无表情,恢复了淡定的状态。交代完这些,罗奕婷又把手机递过去,葛飞随意地刷着,"滨海发生一起凶杀案,凶手疑似在职警员""滨海虚拟货币洗钱大案,疑有地方警察参与""滨海隧道抛尸案最新进展,疑似币圈大佬被灭口劫财"……一大堆标题惊悚的短视频涌现,葛飞翻看着,不时看看罗奕婷,没有发表意见。

"这是葛老的安排,案子是省里督导的,市里的人使不上劲,只能走偏锋了。"罗奕婷道。

是否起效无法证明,但人出来了,一切都不重要了。葛飞一时说不上对错,默默把手机递回给了罗奕婷。从眼神可以看出,葛飞似乎想说什么,却什么都没说出来。

冰雪聪明的罗奕婷发现了,她笑笑道:"您是不是在意那位失踪的小警察?"

一语中的,葛飞谦虚地笑了笑,这种被人看穿的感觉并不好,果真太聪明的女人会让人低下头,他淡淡应了句:"我爸教过我,自己的事要掌控在自己手里,任何不确定性都要视为隐患。'下落不明'不是个好词汇。"

"所以,葛老就掌控在自己手里了……他好像在一艘船上,被'船夫'照料得很好,没准会在靠岸后给他找份工作什么的。"

罗奕婷隐晦地笑着如是说,这一刻,葛飞终于放下了所有的担心,惬意地一靠椅背,脸上笑容终于舒展了。

一个倩影翩然而去,长发、白裙,哪怕在人潮如织的机场也如此地引人眼球。

不过在专案组成员眼中此人就不是表面表现出来的样子了,背景信息显示姓名、年龄、文化程度、有无前科等,履历倒是还算清白，就是此人有点特殊：新兰镇毒品一案中，此人属于一涉案物流公司的关联人员，且和嫌疑人祝畴东是情侣关系，但在案发后就消失了，由于涉案证据不足，对她的追踪和侦查暂时就搁置了。不料这个人在这个敏感的时候又出现了。

罗奕婷，女，二十七岁，籍贯五原市，有海外留学经历（未联网无法查询），有过短暂的就业经历，曾任滨海市倾城工贸公司监事，该公司曾与银海娱乐、贵宾坊等多家涉案公司有业务往来，但未查出违法记录，已经处于注销状态。

再往深查就有意思了，罗奕婷的父亲不详，母亲成某某有多次有偿陪侍、卖淫的治安处罚记录，警察对这类人都不陌生。

当肖景辰阳查到这儿时，有点为马一鸣半瞎的那只眼不值了，而且他越来越觉得，这个女的似乎不简单，表面看着人畜无害，可私底下，似乎和几拨涉案人员都有联系。

欧阳惠敏轻轻放下刚获取的资料，潘渊明这个烂摊子千头万绪，她现在能体会到潘处为什么愁成那样了，这根本不是一个两个独立案件，而是一大堆各式的案情纠结在一起，连窝案都不足以形容。

"大家停一停，开个短会。"

她就站在房间中央，环视电脑前的侦查人员，暂休的外勤都待在外层，因为突发的情况，专案组的工作已经陷于停顿，她清清嗓子道："很好，今天的进展很可喜，这个罗奕婷的出现很有意思。根据恢复的记录，她是行动次日凌晨五时抵达的滨海，然后在隧道公路距离马一鸣弃车地不到五公里处停留过，之后去了远威安保，再之后又去了祝沛同家里，刚刚又去接了葛飞……现在，要启程离境了。"

她思忖着,踱着步子,自言自语一般说着:"最早参案的同志应该记得祝沛同涉嫌特大走私案。"

"'8·26特大走私案',我们已经整理成电子文档了。"有参案人员附和。

"好,我粗略看过,是和我差不多同时代的一拨名人,我凭着记忆大致梳理一下啊。803失踪已经确认和粟丰盛有关,而这个粟丰盛和葛飞有关联;葛飞的父亲葛亚杰曾经在滨海号称'葛船王',因为受走私案牵连坐过两年监狱,后定居海外;也就是说,这个船王曾经和这群走私分子关系密切。在公海上讨生活,走私、偷渡、贩毒应该都有染指。为红通人员提供偷渡便利的嫌疑人仇林,绰号'船夫'这个,不但和葛飞关系密切,而且和吴麻子是把兄弟,吴麻子又曾经当过祝沛同的打手,这似乎就是一个窝里的人啊……再说这个周金剑,曾经是监管支队的政委,我师父徐丑虎的同事,他因嫌疑人毛小利死亡一案被撤职,后入主远威安保,毛小利的哥哥毛大龙,也是'8·26特大走私案'重点嫌疑人之一。他的女儿周泓,现在应该算是葛飞的女朋友,他会不会也在其中扮演不光彩的角色?回到现在,罗奕婷,最初是以祝畴东儿子女友的身份出现在我们视线里,毒品案后消失,现在突兀出现,要去祝家找前男友倒可以理解,但让周金剑这种身份的给她开车就有点离谱了啊,而且和葛飞貌似关系也不错……我觉得还是要从根源上找,但凡成立专案组的案子,警力和技侦手段一上,基本就拿下了,但像这样不断反复不断纠结的实属罕见,这些人的情况要摸清楚,在没有出现新的线索之前,把'8·26特大走私案'的嫌疑人重新摸排一遍,狱中服刑的情况，出狱后的去向，配偶、子女的情况，家庭、财务等所有状况都查一遍。"

专案组的工作已经接近于机械化，指挥员有着绝对的权威，欧阳惠敏一下子还没习惯这种模式，她客气了句："大家有意见可以提。"

众皆默然，连月来连续的工作已经让大家有点蒙了。偏偏有一个举手了，是肖景辰阳，欧阳惠敏示意他说话。肖景辰阳看看新同事道："我是被徐教官和潘处硬抓来的，我也算成员吗？"

欧阳惠敏一笑道："当然算，专案组好进难出，要么破案，要么撤案，否则不会有中途退出的事，怎么了，你这就想退出？"

肖景辰阳摇摇头道："我倒不想退出，就是有点不明白。"

"说说看。"欧阳惠敏和蔼道。

"那我说了啊，入警时我懂了可以把后背交给对方的叫兄弟，但我现在不理解，在案情和感情之间选择，非要让我抛弃一方吗？"肖景辰阳道。欧阳惠敏皱眉，没明白，他提高声音道，"马一鸣失联，很容易就能判断出他的出逃路线在海上，可我们并没有给海警、给水上派出所任何通知；这两天乱七八糟的关于黑警灭口劫财的短视频一波又一波，明显是有人刻意造谣传谣，我分分钟能把他们都揪出来，为什么不闻不问，任凭他们泼脏水？而且这些人很可能还是我们内部的蛀虫；马一鸣是损了点，坏了点，缺德了点，但我们算什么？眼看着自己同事、朋友、兄弟身陷危险却什么也不做，而是做这些无用功，有意思吗？"

欧阳惠敏的眼睛越睁越大，本来以为自己接手专案组难以降服的会是那些老同志，可没想到会是这个小萝卜头。她定了定被扰乱的心神，不客气道："明不明白是你的事，我的职责不是让你明白，而是让你服从命令……坐下，坚守你的岗位。"

肖景辰气哼哼地坐下了，欧阳惠敏表情不好了，问着："还有意见吗？"就这态度谁还敢提，她直接一句"散会"，就结束了首次不欢而散的短会。

同一片星空下的人们，有着不同的喜怒哀乐。

此时在钟鸣书院，祝银琳两手支着下巴发呆。面前放着手机，屏幕上暂停着"滨海隧道抛尸案最新进展，疑似币圈大佬被灭口劫财"的惊悚新闻画面，配图不太对，她更愿意相信这是谣言，但警方官微有一则指名道姓的协查通报她却不得不信。

是怎么回事？他怎么了？

当他完全从生活中消失了时，她才发现，似乎自己很在乎，就像丢了什么重要的东西一样难以释怀。她检视自己的生活，玩车飙车、夜店泡吧、偶尔酗酒，每日呼朋唤友，过着快乐的日子，似乎有无这个人并不重要。分别后他消失了一段时间，可并没有走多远，她知道他在新兰镇那个偏远的派出所，她的矜持牵着她并没有更进一步，本以为就这样慢慢淡了，可为什么一下子又如此揪心？

那晚，对，就是出事的那晚……

她微醺，一直拽着他的胳膊腻在他身上，明显感觉他想挣脱。可她故意越扯越紧，故意让他紧张，而且就喜欢看他不自然且难堪的样子。

她不相信马一鸣不动心，只是看不出他的心病在何处。马一鸣又一次想挣脱时，祝银琳生气了，挽着他的胳膊故意道："你有没有点同情心，人家喝成这样了还不让拉着点，遇上坏人怎么办？"

"少来了，我看你就坏得很。"马一鸣斜着眼，一副流氓兮兮的样子。

那样子让思绪万千的祝银琳又是一笑，当时咯咯一笑逗他："那我配你这个坏小子，不正好一对？"

"坏就够悲催了，可别眼瞎成这样啊。"马一鸣提醒。

"哦，我明白了，你是受打击了，那句话怎么说来着，在足够多的财富面前，会让你无法直视自己的渺小和自卑。"祝银琳说道。

"无法直视的是太阳和人心，面对财富，我羡慕，但我不至于自卑。"马一鸣道。

"哼，言不由衷。"祝银琳斥了句。

"真是，穷惯了和富惯了其实心理状态是一样，对财富都没概念……哎，对了，我问你个事，你不许撒谎。"马一鸣道。

祝银琳一喜，故意道："不能问前男友，问就是没有。"

"对你的前男友我没兴趣，我想问问你玩U了没有，USDT的那个U，你们富人圈玩这个的人不少吧？"马一鸣问。

这让祝银琳皱眉头了，随口道："我又不差钱，我玩那个干吗？"

"就是不差钱的才玩啊！"马一鸣道。

"想赚钱的才玩，我哥好像有段时间迷这个，那有什么意思……哎，你问这个干什么？难道你想捞一笔？"祝银琳笑着问。

马一鸣似乎在读她的表情，但她脸上只有"毫无心机"四个字，他笑着回道："不玩就好，非法的东西容易出事，对了，以后泡吧别开车啊，现在酒驾可查得越来越严。"

"你才穿几天警服,怎么开始教育起我来了?"祝银琳愕然了。

"我教育你干吗?这不是常识嘛,为你安全考虑呢,还能害你啊……还有,离这些场所远一点,藏污纳垢的,没准哪天就被警察端了,你说你要沾上点事,不丢人啊?"马一鸣道,表情严肃了。

祝银琳噌地甩开他的手,愤愤道:"要你管,你谁呀你?"

"不管我是谁,我就不相信你听不懂好赖话。还有,离那葛什么老板远一点,相对仇富我更愁你,非正常积累的财富不会赢得尊重,只有憎恨,这迟早要出事……嗨,你站住,你可听着啊,我连睡都没想睡你,我能害你?"马一鸣说的话惹恼祝银琳了,她转身欲走,听到这话,气得陡然变色,回头就要拿着手机砸人,吓得马一鸣落荒而逃。

这一次是不欢而散,而当她回到酒吧时,恰恰就看到了警察查场,她惊得瞬时落荒而逃了。

她其实知道一直以来马一鸣对她都是面凶心善,只是没承想那天的话应验得那么快。她现在有点后悔,后悔当时任性,让好不容易的一次偶遇成了诀别。

他怎么了?他不会有事吧?那些人可坏得很……担心像毒虫一样萦绕在心里,撵也撵不走,直到电话响起,她触电般地急忙拿起了电话……

电话另一头是吴麻子,他脚蹬着船舷,站在最高处,这里信号时断时续,不过勉强听懂小银子说的急事了,他"嗯嗯"几声应着:"有没搞错啊?葛家那小崽没这出息啊。"

"没错,真的,现在市里都闹翻天了,警察到处抓玩币的人,吴叔叔，你管不管呀？"祝银琳在电话里嚷着。

"好好，我知道了，要真是他我收拾他，敢惹我家小银子生气。"吴麻子哈哈大笑道。

"讨厌讨厌。"祝银琳在撒娇了。

"好了好了，就这样啊，海上信号不好，要是走海路我八成能碰上，放心，交给我了，保他没事。"吴麻子安慰道，挂了电话，跳下船舷，摇晃的甲板对他来说如履平地。此时船上堆积着各式的物资，成桶的柴油、粮食、淡水，以及舱内冷冻着的各种副食，这是一艘补给船，去时拉补给物资，返航收渔获，多少年已经成了既定模式，都会由最熟悉海航的老水手掌舵。

他在翻查航海记录以及联系要求补给的渔船，看了许久没有发现后，头不由自主地朝向东南，嘴里喃喃着："不会是葛船王出山了吧？真是钱越多心越黑啊，连小辈亲戚都下得了手。"

他思忖着，越想越觉得像，却也越头疼了，心里暗道坏了，这事恐怕他管不了。

"上船不问岸上事，下船不提船上人。小银子啊，这事看他造化了，我要帮可坏了规矩啊。"

他在心里如是想着，对那位曾经很有眼缘的小警察，又是难过，又是惋惜。

相逢便有缘

"起网啦……"

随着破船上一声沙哑的吼声，卷扬机转起来了，手臂粗的网绳

第六章 误上贼船漂流公海 273

挂上，连着网绳，从海水里缓缓拽起了一连串的网球，四五名站在舷边的大汉拽绳、拖网，一大兜渔获离水而起，吊向船板，稍稍放低。穿着防水衣裤的马一鸣上前施展着新学会的技能，解网扣，要准，要快，否则一不小心就会被网兜里千把斤的渔获埋在里头。其实在头一天他就吃过这个亏，被埋里头倒没有性命之虞，只是那些蟹呀，虾呀，还有像蛇一样的油鳗、白鳗，这个钳一下，那个扎一下，还没头没脑地往你衣服里钻，着实能把人吓一大跳。

吃一堑，长一智，现在马一鸣已经轻车熟路了，一拉绳扣，往后退了几步，网里的渔获倾泻而下，红红白白地堆如小山。站在顶上的何尚峰把塑料的筐子一摞一摞往下扔，接下来就是分类了。

对于以前没出过海的马一鸣来说，这可是全新的世界。那只像蝙蝠侠的叫魔鬼鱼，看着有点吓人；脚底这只使劲往筐里钻的叫牛尾鱼；还有那一片一片像切好的肉的居然也是鱼，叫舌塌。不光是鱼，就虾也有若干种，比手还长的竹节虾、浑身如火的小红虾、像把小扇的琵琶虾，还有今天捕的成堆的皮皮虾。

收上渔获的第一件事就是分货，众船员或坐或蹲地围着渔获堆，往筐里捡拾着。这一网的渔获主要是巴掌大的小蟹，这玩意儿价值不高，偶尔发现鳗鱼或者金鲳那类价值高的，会被分类放出来。这一网的收获不如昨天，鳗鱼两三条，螃蟹七八筐，有只石斑还不错，不过船员一看是绿眼睛的，直接否定，扔到了大筐里。除了拣走的，剩下一个大筐里堆着七八尾鱼和小红虾，就是船员们的伙食了。王十六拖着鱼筐往舱下走，他在网逃名单上标的绰号叫"大傻"，也沿用到这儿了。几天过后，马一鸣有点怀疑他是不是真傻，他居然气冲冲地质问马一鸣，说警察太恶心人了，他的通缉令上悬赏金额才两千块,捎带着把气全撒马一鸣身上,差点又打起来。

收拾完渔获,那些船员麻利地抖搂网子,有破洞的地方会用梭子迅速补好,网里的泥沙、垃圾要大致清理一下,等这网下去,马一鸣拉着水管,水泵直接抽着海水大致冲洗一下甲板,再把挑出来的渔获冲洗一下,这一趟活就完了。

每天就是这么重复七八趟,几天就从小白迅速成长为熟手,不独是他,连这些船员似乎也不是专业的海员,口音有东北的、山东的、河南的,除了两个滨海市本地人,其他都是外地人。这些人最大的共同特点是没有任何好奇心,船上多了马一鸣这么个歪瓜裂枣,那些人一句都没有问。

上午四网,下午三网,收获越来越差,最后一网很重,拉得卷扬机都咯吱直响,还以为有好货,不料居然是个扔到海里的废轮胎。几位船员费力地把这破玩意儿移过一边,清理了几筐,差不多就到晚饭的时间了。

饭是船员轮流做,多数时候都是一大锅海鲜乱煮,各人拣拾着果腹,在这里物资相对陆地上没有那么丰富,偶尔吃顿猪肉或者大米,都让船上人高兴好一阵子。端着碗开吃的马一鸣坐到船员身边,沿船舷一溜,一人一个盆、一瓶淡水。马一鸣暗暗数了数,船工五人,船舱里两人,那是仇林和"老缅",那两个话少,很少见出来,与大傻王十六和何尚峰及出逃的光头杨形成了鲜明的阶层对比:老大仇林的饭都是大傻屁颠屁颠端上去的,那两个吃饭在舱里,不和底层船员一起,至于那个武力值爆表的高手"老缅",除那晚上揍了他一顿之外,就再没见过真面目。

这绝境，怕真是无计可施了，吃着饭的马一鸣瞟了眼，走了已经有五六天了，船还在前行，中途还遇到过海警、军舰，不过都是远远瞥一眼，然后……就没然后了。根本没有机会，但凡这个时候，大傻和何尚峰就像两条忠实的走狗，会狗眼眈眈地盯住马一鸣，生怕他捣鬼。

通信？！当这个念头冒出来时，就被现实无情地掐灭了。除了船老大手里的一部卫星电话，其他人根本没有手机，马一鸣估计，恐怕就是有手机这里也不会有信号。

所以，一切归于原始，吃饭、打鱼、睡觉，几乎没有任何娱乐，有的船员手里摸得已经卷边的画报在这里都算得上珍藏了，扑克倒是有，不过也就大傻那几个中层玩，底层这几个船员很少参与。

瞧，又开始了，陆续把饭盆子送回下舱，那仨已经干上了，各人面前都放着一大摞百元大钞，场面在这种环境下还算震撼，船员们已经习以为常，偶尔会有人讨好似的给何尚峰点上烟。何尚峰瞥了眼马一鸣，没搭理他。

一般玩起这个，受虐的就是大傻了，当地主被俩农民虐，当农民又被地主虐。何尚峰和杨天明显在捣鬼，有时候使着眼色，该压的偏偏不压，该赢的偏偏拉上大傻一起输，可怜的大傻浑然不知，咋咋呼呼甩牌半天，面前的钱越来越少。

又是一把，杨天猛地一甩牌，6、7、8、9、10、J，然后一报牌，两张，把拿着一对王炸的大傻看傻眼了，小牌出不去，不敢炸了。他刚要扔牌，不料被人一拦，一抬头，是马一鸣，马一鸣气愤地嚷着："光头杨，真不地道，打牌也捣鬼是吧？"

"什么什么？"杨天不承认了，马一鸣在对面，扔了的牌早扣过去了，这怎么可能承认？

马一鸣一指，义正词严地斥着："别不承认啊，我把你们的牌复盘一下。大傻拿地主，他先出 6 到 J，没有人要；然后又出一张 4，何尚峰 2 压，没人要。然后何尚峰出的是 3 到 10，没人要。何尚峰再出一张 5，光头杨没有，大傻 2 压，然后出了 3456 对，恰好光头杨 JQKA 对，然后光头杨出 6 到 J，报牌，剩两张……光头杨，我问你，你这出的四对八张，再加 6 到 J 六张，再加手里剩两张，这是十六张牌，少的那一张在哪儿？"

"对呀，在哪儿？"大傻愣了下，看着马一鸣。马一鸣一指揭秘道："他扔牌时六正一反，扣到牌堆里一张，是张 3，他手里还有一对 2。"

大傻一翻牌，最后扣的那一张果真是 3，再一扳光头杨手里，果真是一对 2。蓦地大傻那对牛眼铜铃似的瞪着光头杨，光头杨一扔牌想跑，不料大傻"呸"的一口直吐到他脸上，一把把他推倒，吓得光头杨爬过桌子想溜。不料马一鸣使坏，脚一抬一勾，把光头杨勾得一个趔趄没爬起来，跟着被大傻摁住了。哎呀，输这么一大会儿气可有的撒了，大傻揪着光头杨啪啪啪啪连着左右开弓打几个大耳光，边打边嚷着："妈的让你出千，让你坑老子钱，让你赢……"

他下手没轻没重的，打得光头杨哭爹叫娘，何尚峰充了个好人说和，不料大傻啐了他一口，根本不理会，而且警惕地问马一鸣："兄弟，你看见和尚捣鬼了没？这狗日的没少赢老子钱。"

"那没有。"马一鸣笑笑，替何尚峰掩饰了句。

第六章　误上贼船漂流公海　277

没有就不追究，可这有的就不放过了，大傻又开始踹光头杨。直到船老大听到下面闹腾，这才伸下脑袋来，一看是王十六搞事，他气得吼了句让他滚出去，王十六这才气咻咻地上了甲板，众人做鸟兽散。这光景让马一鸣得意了，拿起桌上大傻丢下的烟，点上，美滋滋地抽了一口，然后不怀好意地盯着光头杨。

正擦着鼻血的光头杨一惊，吓得说了句："干什么？我喊人了啊。"

"我问你，那晚在KTV是不是给老子下药了？我怎么什么都不记得？"马一鸣问。

"这不赖我啊，这不赖我啊……"光头杨惊恐道，赶紧往梯上爬。

脚被拽住了，马一鸣卡着他脖子，叼着烟快烫到他脸上，恶狠狠地问着："是不是给老子拍了照，准备坑老子？"

"还没坑呢，这不我们自己就出事了。兄弟兄弟，现在是同舟共济，都落难了，没必要互相为难啊。"杨天求饶着。

"啪"就是一耳光，马一鸣骂着："老子把你当朋友通知你跑路，你却想把老子坑死，想起这出老子气就不打一处来。"

"啪啪啪！"又是几耳光，这时候舱顶上有人喊了："行了行了，力气多得没处使啊？上来，好好洗洗甲板。"

是仇林，刚才没走。马一鸣这番有点故意，仇林似乎没看出来，只是骂了几句就转身走了。马一鸣放开手，杨天如释重负，不料马一鸣缺德地在他裆部又是重重一脚，这一下疼得杨天半天喘不过气来。等终于爬上船舱，却见大傻匆匆奔来了，嘴里念叨着："狗日的别偷老子的钱了吧！"杨天怕挨揍，连滚带爬地躲开了。

不过刚躲回舱里歇过这口气，事又来了，大傻钻进来捉小鸡似的把杨天拎回厨舱了，干什么？还是斗地主。不过大傻学乖了，换人了，他不上场，找马一鸣代赌了。

赌局继续。

这一夜总听到大傻鬼哭狼嚎似的笑声，仇林有几次去偷瞄，却见得每每总是大傻在手舞足蹈，马一鸣叼着烟淡定地甩牌，至于那俩，早输得脸色铁青满头冒汗了。

仇林没有阻止，只是心里微微诧异，耗子和猫还能玩到一起，居然还玩得这么不亦乐乎，真离了个大谱……

离谱的事同样在滨海上演着。

随着湘南省特大洗钱案的推进，滨海市的传唤人数不断飙升，此时才发现，葛湾的事情远不止发现的那么多，在外地币圈里，葛湾被冠名"U村"，意思是指这里买卖USDT非常盛行，而且来源可靠，鲜有涉及黑U或者赃款的事发生。侦查深度介入为时已晚，大部分涉案人不是藏匿就是出海了。在新兰这地方，从下南洋时代起就有出海谋生的传统，几代积累，几乎每家每户都有点海外关系，出这么大事，没等警察上门，他们早出门了。

不但在新兰镇，滨海市的情况也远比想象中严重。湘南一案集中爆发后，查出一大堆涉案的银行卡，大量的二级、三级涉案银行卡落户地都在滨海。按照惯例，要对这些涉案的二级、三级银行卡进行冻卡，滨海的警方尚在商议可能造成的社会影响，远在湘南的警方已经一股脑儿给冻了，第一批涉案的就上千人，这其中有各种小商户、个人，多数都是在无意中收到的洗钱团伙转来的赃款，而且很多已经是几个月甚至几年前的事,可不得叫苦连天了?

矛盾就集中在这里,警方要追缴这些涉案赃款,而商户、个人却是通过正常的营业获得收入,这其中大部分人根本没有分辨能力,不管让他们自证清白还是退缴赃款,都有点强人所难了。一时间网络上怨声蔓延。

市政府很快成立了工作专班,对于涉案冻卡统一登记、核实,开始梳理,当然,成立的专班自然也要同级公安部门加入,皮球一转眼被踢回来了。专班成立之日就发布了虚拟货币投资交易活动存在法律风险的警示。该警示提及虚拟货币缺乏价值基础,极易受到恶意炒作与价格操纵,要严防个别不法企业以虚拟货币或境外数字期权为噱头开展非法集资与诈骗,建议已参与的群众尽快退出,如引发损失由其自行承担云云。

本来是善意的提醒,不料网传后却引起了意外的舆情。有人拿虚拟货币和股市比,比特币十年增长了几万倍,USDT对标的美元也在升值,反观股市,不少股民输得裤衩都没了;至于相比于金融行业处处爆雷、跑路,动辄几百亿、几千亿甚至上万亿的规模,这么一算,虚拟货币都不能叫诈骗。这舆情风向刚有点不对劲,好巧不巧的,滨海一家房企就爆雷了,而且是拖了两三年实在捂不住了才爆出来,法定代表人已经携款出逃,留下了个几百亿的烂摊子和几百户欲哭无泪的购房市民,连续几日,市政府被上访的市民堵了个水泄不通,不得已还是用了下策,出动警力,维持秩序。又是一波舆情袭来,涉嫌十几亿的虚拟货币案反而失去了热度。

世界就这么离谱,眼前所见那壮观的高楼大厦,那衣着光鲜的来往行人,那城市间川流不息的车水马龙,谁能想到组合在一起会演绎出这许多的光怪陆离?

当郝昂扬乘着公交车在龙东路下车时,他心里有点落寞地如是想着。这里就是集合地了,远处有一辆红蓝相间的警用车,本来他是信心满满的,转眼间孑然一身,那损友在时他天天恨不得掐死,可真没有这个人,又觉得自己像丢了魂一样,一点精神都提不起来。

"快点。"徐丑虎在车旁喊着。

郝昂扬没好眼色,有点拧巴地上了车,还挨了徐丑虎一个脖拐子,可不料上车就是一阵惊咦声,吓了他一跳。集训四队的"害虫"来了一群,放到交警队的丰中华、戈霆杰,到政务大厅上班的盛奇寒,还有到社区警务室的乔小旦,一时间,"耗子""冰棍""华子"一大串绰号迸出来,哥儿几个兴奋得搂来搂去,恨不得啃上几口。

徐丑虎在驾车,没吭声。这怎么突然凑一块了?心里的疑问让哥儿几个互探着,除了郝昂扬比较特殊外,其他人的出场方式如出一辙,反正就是徐教官突然就出现在他们工作的地方,很鄙夷地看着他们说:"你们干的活太 low 了,是人都能干了,想体会一把真正当警察的感觉吗?"

当然想了,政务大厅有吵不完的嘴,交警上有抓不完的醉鬼,还有社区警务室,有天天调解不完的矛盾。几个小年轻想都没想就答应了。接下来就简单了,很快盖着政治处大印的借调通知就到了。

郝昂扬大致猜到了点,没敢吭声,可不料怕啥来啥,乔小旦好奇地问着:"耗子,马缺德那究竟怎么一回事?真杀人劫财跑路了?"

郝昂扬心里泛苦,这可咋回答啊?丰中华接茬小声议论道:"我听说是价值十个亿的虚拟货币,他会花不?"

"这狗日的干大活也不叫上兄弟们,要有这些钱,咱们也能过把亿万富翁的瘾啊。"盛奇寒道。

这群人能如此想,政治培训实在是错付了。驾车的徐丑虎正要说话,又听乔小旦说了:"你瞎扯吧,我是不信的,别落井下石,马哥说起来对兄弟们都不错。"

"说着玩呢,当什么真!"丰中华道,不过下一句就不对味了,他想了想补充道,"肯定有问题,马缺德要是作案,能让经侦上那帮人逮住?咱们四队的人是特招生,跟他们警校生不是一个级别,他们以前主力队员就是小中专出来的。"

说着鄙视链都出来了,不知不觉地大家脑袋凑过来围了郝昂扬一圈,似乎等着他解释,可一贯漏嘴的郝昂扬懵然无知地说着:"怎么了,看我干什么?"

"说话呀?到底怎么回事?找都找不着你。没事才见鬼。"丰中华推着他。

"你小子不吭声,这八成是有事了,不,十成,而且不是啥好事。"盛奇寒瞅着他,以郝昂扬说话没把门的性格,不该是这个样子啊。

众人还待再逼问,驾车的徐丑虎冷冷地开口了,一句"闭嘴",把这群人的好奇心生生压下去了。

很快到达目的地,是挂着"省武警中队后勤装备处"牌子的警务单位,众人随着徐丑虎到了地下,惊讶地发现这里居然是个射击场,而且还有位熟人——戴着护目镜,身着作训服装,英姿飒爽的沈筱燕。

居然是射击,居然发实弹,而且是一人十个弹夹,当一个个穿上装备时,他们兴奋得都快跳起来了。沈筱燕一行三人充当临时教官,拆解、装弹基本要领强调了几遍,接着就是实弹射击,一时间"砰砰砰砰"枪声大作,这几位在基层早快憋出病来的小警员,个个直兴奋得大叫大嚷。

沈筱燕不太清楚怎么回事,这是政治处直接指派的任务,规格很高,让她拿出了十二分慎重,不料却是教四队这群菜鸟同学射击。看这群人枪打得惨不忍睹,她咧着嘴都不好意思说,回头看徐教官时,更奇怪了,徐教官一脸戚戚然,看着这群顽童般射击的人,不像往常一样脾气火爆上来就骂人,没有生气也没有呵斥,只是在不断叹息。

她瞬间想起了一个人,那一刻,她脸上的表情和教官蓦地同步了,在叹息……

第六章　误上贼船漂流公海　283

第七章

对决在逃杀人犯

以身试深浅

欧阳惠敏匆匆奔进专案组驻地，不时地看着手机上的紧急呼叫，这是有重大线索的提示，省厅对潘渊明的安排还没有明确，她是专案组和日常工作两头兼顾，忙得已经心力交瘁了。

上楼，刚出电梯，有警员递来一份信息，欧阳惠敏一看有点失望，是法医鉴证中心出具的报告，粗粗一览，眉头皱起来了，出声问："确定吗？"

"无法确定杀害葛郎郎的凶手是不是他，但现场遗留的生物证据和信息库的 DNA 样本比对是确定的。"警员道。

确定在场人员的身份倒不算什么重大线索，偏偏这个人身份实在特殊。欧阳惠敏站到了大屏前，一份 DNA 检测样本关联的信息一览无余。此人姓陈名向南,十五岁进体校接触搏击运动,先后参加过大大小小十几场散打比赛,取得的最好成绩是某全国比赛60公斤级亚军,退役后在南方一市发展,因为过失致人重伤,判故意伤害罪服刑九年,再然后,出狱后的陈向南像"开挂"了一样,成了逃犯名单的常客:××年贩毒案,涉案主要嫌疑人之一;××年非法运输毒品案,在逃主要嫌疑人之一;××年非法运输毒品案,在逃主要嫌疑人之一……再之后,就失去踪影了。现在是部督逃犯,悬赏金十万元。

这种情况在警务上不罕见,很多深知罪责难逃的嫌疑人第一选择都是逃向境外,大部分都终身不归了。想抓回这些人来,除非是引渡,或者等他们自投罗网。像陈向南这样潜伏回境继续作案的,还真不多见。

"另一个人确定了吗?"欧阳惠敏问。

"确定了,就是仇林,当日葛郎郎返回秘密居住地,车里应该有三人,那个地方应该是他们的安全屋。"警员汇报道。

"看来,掳走马一鸣的应该也是这个人……一身文身,一个误导性的绰号,这类嫌疑人是反社会型人格的,难对付啊。"欧阳惠敏道,以她的刑侦经验忖着,即便是悍匪这类人也不遑多让,悍匪凭的不过是一股子血勇,而这类人,恐怕数年的深牢大狱早已练就他们的隐忍。

"是的,××年那次围捕中,他是现场唯一逃走的嫌疑人,围捕的警员有数位受伤,他在罪案信息库里被标注为'极度危险',一般得到线索后这种级别的嫌犯会提级处理,抓捕会由武警出手。"警员提醒了句。

"抓住就是打头,哪有那么容易?"欧阳惠敏喃喃了声,又要了详细的资料,她坐下看了良久,而后拿起了电话,这一情况一定要让潘处长知悉。

无他,这从侧面证明,新兰镇的毒品案很可能出自这些人之手。当然,也从侧面证明了,很可能803也身陷其中,那危险系数就陡然飙升了。

茫茫海面上,那条幽灵一样的船放慢了速度,这船白天慢,晚上快,不管怎么看都像渔船,甚至与海面上的渔船相遇时还会相互鸣个笛示意。

粗粗一算,已经在海上漂十天了,和往常一样,又起网捞鱼,忙碌地分拣渔获的马一鸣不经意侧头,王十六笑眯眯地凑到他身边来,装模作样地帮忙了。自打斗地主马一鸣大杀四方,连着几天输少赢多,几乎把何尚峰和光头杨给洗劫一空之后,一旁惊讶不已的王十六直接就成马一鸣的小迷弟了。

虽然是坏人,也还算憨直,他给马一鸣拣着渔获,偶尔与马一鸣相视憨憨一笑,那是嘴笨不太会拍马屁的缘故。马一鸣逗着他说:"我说大傻,我有个事不明白啊。"

"船上的事别乱打听。"王十六很有原则。

"不是船上的事,而是闲事。你看啊,你、和尚、老大,咱们都是嫌疑人,都是坏人,还得靠勤劳果腹,这太侮辱人了,难道不应该打家劫舍,抢粮抢钱抢娘儿们吗?"马一鸣道,听得那几个船员也乐呵了。

"哎呀呀,可把尔能的,好人难做,坏人更难做,我当初犯事跑到缅北,你是不知道啊,简直是九死一生,我以为谁拳头硬谁就能打遍天下,可那边人太不讲武德,直接整条 AK 干仗。"王十六夸张地道。

这倒让马一鸣惊愕了:"你去过缅北?就你?园区能收你?"

以这哥们儿的智商不被骗就不错了,干诈骗肯定不够格。王十六还没开口,顶上扔筐子的何尚峰揭短说:"他认字认不全,打字学不会,园区当保安又常跟人打架,差点没被人打死……我说大傻,不吹你能死啊?要不是被船老大碰上,你早当血牛去了,还能活到现在吹牛?"

大傻面红耳赤,看样子是被说中了,他拎着螃蟹一把扔向何尚峰,何尚峰嬉笑着躲过了。马一鸣却是好奇地问了句:"血牛?啥是血牛?"

"就是卖血呗。"王十六道。

"哦,我好像听说过……够黑的啊。"马一鸣道。

"哎哟,这算不黑的了,那里头被打死的刨个坑就埋了,想起来睡觉都做噩梦,真要知道混这么个样,老子当年就不跑了。"王十六十足地后悔了,他看向马一鸣,放低声音,"兄弟,你说……我这样的落到警察手里,得判多少年?"

"原来那伤害罪吧,应该不重,三四年。可一跑,偷越国境罪,也得两三年,你还不是一次,是惯犯;还有上次你走私冻品,那也得三年起。其他事还有不?"马一鸣笑着问。

王十六表情难堪了,喃喃道:"那多了。不对不对,你黑警察说个屁呀!搁你这么算,老子不得把牢底坐穿了?"

"那要是被抓住,还不就这样了,你以为你是高手啊,要跟那

第七章 对决在逃杀人犯 287

高手一样，一般警察抓不住才行。"马一鸣示意了下，让他看船舱的方向。

"拉倒吧。"王十六抹抹鼻子道，"他被警察抓过，判了九年呢。"

"嗯，不会吧？！"马一鸣故作惊讶。

"不信吧？厉害着呢，一拳就差点把人打死……还是你运气好，他没吸毒以前，跟人干仗都不留活口，活下来也得残废。上回海上碰上越南猴子找事，他一个人跳到对方船上和十几个人干仗都没输……他现在吸毒，这儿不好使，可别惹他啊。"王十六小声警示着，指着自己的脑袋，提醒马一鸣那"老缅"脑子不正常。

但凡吸毒的就没几个正常的，但像"老缅"这样几天都不露面的，也太不正常了，偏偏这毒鬼居然还是个战斗力爆表的货，实在让马一鸣大跌眼镜了，他摸摸脸上刚愈合的伤口，舌头舔舔漏风的牙床，这仇想报恐怕是遥遥无期了。

"咋了，不服气？"王十六瞟见马一鸣的眼神，看来真把马一鸣当兄弟了，语重心长地劝着，"有些人不是咱们惹得起的，还真别不服气，就咱老大的老大，对人家也是恭敬得很，他是老大的老大的兄弟龙哥的人，吃人家那行饭的都不把自己的命当命，别人的算个鸟？"

这逻辑马一鸣一时没明白，顺口问着："老大的老大，老大的老大的兄弟龙哥，你是想绕死我呀？"

"很难吗？笨死你呀。"王十六斥道。

被一个憨货鄙视智商，马一鸣哭笑不得了，他又向那个神秘的地方看了一眼，敢情这坏人的核心，也不会轻易示人。别说外人，就连内部人恐怕也难近半步。

蓦地听到了呵斥的声音，嘶哑怪异，正是那高手的声音。众人愕然侧头，却见得一个人影像断线的风筝，轰然撞开了门，然后扑通一声摔到了甲板上，定睛一看，是光头杨，龇牙咧嘴地爬着，虽然机舱只有三四米的高度，可这下摔得也不轻，爬起来都艰难。

没等他爬起来，又是一个人影飞跃而下，刚一落地，大光脚啪地跺向了光头杨。光头杨一声凄厉惨叫，一下，两下，一声，两声。那高手长发及肩，脸上文得乱七八糟不辨面目，一身旧衣已经不辨颜色，只能看到那偌大的光脚踩在光头杨的背上、腰上、腿上，疼得光头杨一声比一声凄惨。众船员满脸恐惧之色，却是谁也不敢上前阻拦。

"嗨……"马一鸣莫名火起，抄起塑料筐一跃而起，吓得王十六伸手都没来得及拦，抄着筐的马一鸣直愣愣朝着"老缅"脑袋兜头扣下。"砰"的一声重响，那筐子折了，套在了"老缅"的脖子上，他双臂瞬间活动不便。这刹那机会被马一鸣抓住了，一脚就踹到了对方胯上，猝不及防下"老缅"噔噔连退几步，还未站定，马一鸣已经如影而至，飞起阴损一脚直踹"老缅"腹部，脖子里套着筐子的"老缅"根本来不及防护，噔噔噔又退几步，跟着一屁股坐到了地上。

这时候众人都吓傻了，眼睛瞪得快凸出来了，摔在甲板上的仿佛不是"老缅"，那曾经可是神一般的存在，原来神也有摔屁股蹲儿的时候啊，看得大伙内心那叫一个五味杂陈。

不过马一鸣的好运也就到此结束了，"老缅"已经狂怒了，双手抓着筐沿，喝一声使力，那能装百八十斤的硬塑料筐子被硬生生掰断了，他一撑地，一个后翻，整个人如燕子翩然而起，恰恰躲过了马一鸣追上来的攻击。这一站定，形势马上逆转，紧跟着人如出膛的炮弹直冲上来，马一鸣情急下一矮身，两腿一蹬，又使出个蹬人小腹的阴招。

可不料"老缅"换了招，双手一托他的脚，整个人凌空一翻，落地一翻身，一脚直蹬，马一鸣登时觉得自己像被重锤干了一家伙似的，整个人刺溜溜滑出去好几米，再想起身就没机会了，"老缅"追上前来，狠狠就是一脚，护着头的马一鸣打个滚，滚出几米想爬起来，追在身后的"老缅"又是一个飞踹，直接把他踹飞起来，轰一声落到了渔获堆里，刚使劲爬出来，"老缅"已经站在眼前了。已经避无可避了，"老缅"左一脚，马一鸣一声闷哼；右一脚，光头杨一声惨叫，可能是动了真怒了，脚都踩疼了，他顺手抄起一把清理垃圾的锹，那钵大的锹面又是"砰砰砰"几声，打得马一鸣和光头杨惨叫连连。

"怎么了，怎么了？""船夫"仇林现身了，从机舱里爬出来，急急奔上前来，一把拿住了锹把，也就"船夫"还能拦住。"老缅"小声在"船夫"耳朵边说了一句，一下子连"船夫"也怒了，顺势上前踩了光头杨一脚，骂着："找死啊，敢往岸上打电话，不知道自己什么身份啊……他呢？"

"没有没有，他是见光头杨挨揍，就冲上去了，我拦都拦不住。"王十六赶紧解释。

这倒奇怪了，"船夫"叫"老缅"让开，蹲下来，看着蜷成个大虾米的马一鸣，哑然失笑，他好奇地问："干啥呢，你是皮痒了？"

"我就看不惯他欺负人。"马一鸣梗着脖子不服气道。

"你比大傻还缺根筋,就你,再投回胎也不是对手。散了散了,干活,以后看住他,别让他进机舱。""船夫"拉着"老缅"回机舱了,顺口安排大傻干活。

这回两人真成落难兄弟了,浑身疼的马一鸣努力起身,腰像断了一样。对面的光头杨"哇"的一声哭出来了,一把鼻涕一把泪地哭诉着:"呜……太欺负人了……我这回不去我老婆可咋办呢?我老婆还年轻啊,迟早被人睡啊……我孩子才两岁,再见着也不认我这爸了……老子当了这么多年狗腿,如今活得连狗都不如啊……我悔呀,我啥都没啦……"

那呼天抢地的样子真是看者同情,闻者落泪啊。只有王十六气哼哼地剜了他一眼,骂道:"哭个什么啊,你又没少睡别人老婆,打牌还捣鬼,报应。"

这话听得,有人不厚道地笑了,马一鸣却是看不过眼了,拉着王十六,商量着把杨天弄回舱里。光头杨这回对马一鸣好感倍增,一把鼻涕一把泪地说:"兄弟啊,我真没害你啊,是你们自己人,那个王大牙出的主意,在酒里给你下了点听话水,拍的照我还没来得及发呢就出事了……你别怨我啊,给葛老板当着狗腿呢,我也没办法啊。"

"算了,我也是报应。扛住啊,死了可没地儿埋啊。"马一鸣安慰道。

两人把杨天抬回舱里,这里缺医少药的,不懂治伤的马一鸣正手足无措呢,大傻却在光头杨身上捏了捏,光头杨又是几声惨叫,不过大傻说了没事。为啥没事呢,他解释道:"老子祖上是兽医,

第七章 对决在逃杀人犯 291

给你摸得准呢，你顶多骨头软，死不了。"

这刺激得光头杨又开始哭了，大傻却很是鄙夷。这会儿他回过神来了，盯着马一鸣直勾勾地看，然后猛地给马一鸣竖了个大拇指，凛然道："兄弟，你牛！"

"被打成这样了，你笑话我？"马一鸣怒道。

"敢跟'老缅'动手的就够牛了，能过几招还站着的，除了你没别人了，你不牛谁牛啊！"大傻这夸赞实打实是真心的。

马一鸣心里却是不屑，再厉害也是个人，老虎都有打盹的时候呢，不敢挑战权威，就得永远臣服人家，这一次挨打值了，最起码他证明了心中的想法。

这时候，仇林在吼了，大傻赶紧屁颠屁颠地伸出头，是让他干活呢，他赶紧把甲板上防水布包着的矿泉水搬了几箱。仇林回头时，马一鸣正直勾勾地看着他，他撇了撇嘴撂了句："看什么？干活。"

"哎……"马一鸣应了声，和大傻一起扛起了矿泉水包装，觉得不妥的仇林愣了下，可仅仅是愣了下，没有理会，于是马一鸣成功地又向前进了一步。

对，连着机舱通向甲板处有一个特殊的舱口，每天就只有中层以上的能出入，船员将其视为禁地，这一次阴差阳错地，马一鸣代替何尚峰，和大傻一起进入了。

"下面是什么啊？"马一鸣小声问。似乎这里很神秘，几乎每天都要送水，在海上，淡水可是珍贵资源，他心中隐隐地有某种猜想。

"钞票呗。"大傻应了声，接下矿泉水。马一鸣也钻下去了，一入眼，他被惊得差点掉眼珠子了。

是人，全部是人，看样子年轻人居多，粗粗一数，十九人，居然还有两个女的，就挤在这个十几平方米的密闭舱里。舱里弥漫着体味、粪便味、烟味，以及不知道什么味道的混合味，让人有点窒息，那些人眼神木然，看到两人时眼珠子都不会动。

一人两瓶水，分完大傻就急不可耐地往上钻，后一步出来的马一鸣大喘了一口气，惊呼出声："这是什么操作？"

"拉过去换钱啊，光打鱼能养得起兄弟们啊？只够吃。"大傻坐在舱边，自己拧开一瓶水灌了一口，顺手递给马一鸣。马一鸣关好舱口，好奇地问着："就这么大地方，不怕把人憋死？"

"没事，有通风呢。"

"那上厕所呢？"

"又不吃多少，能上几回？舱里有管，拉了就进海里了。"

"男男女女关一块，这不出事？"

"就这样，谁有心思干那事才见鬼。呵呵。"

一问一答，轻描淡写，可马一鸣心里的震惊还真不小，敢情这伙人还是多线经营，还真应了当时的判断，走私、偷渡、涉毒，一样没落下——这又加上了人口贩卖。

"你知道一头能卖多少钱吗？"大傻神神秘秘地问。

"多少？"马一鸣倒是对此有所耳闻，他心里在想，是不是失踪的803也曾经坐过这条船。

"有文化、会电脑的三十个w，稍差点也有一二十个w。不过……"大傻像是有难言之隐。

马一鸣好奇地问："怎么了？"

大傻鼓足勇气给兄弟摊牌了，直接指着他道："像你这号当过兵、当过条子的，园区不一定收你啊。"

"啊？这是准备……把我卖了？"马一鸣惊愕得一下子怔住了，无数次想过未来会怎么样，可打破脑袋也想不出对方会有这种骚操作。

"我也不知道，我觉得是啊，你别不舒服，其实那是个好营生，就下面这些人，都是主动去的。国内没出路的人多呢，那地儿还真不是太差，要是运气好搞几个大单，哎呀，发达了……咱实在是没那本事啊。"大傻一脸神往之色，这娃的世界观是扭曲的，不能以常理度之。

马一鸣挑刺道："主动？瞎扯吧，你们偷渡船这么神秘？主动的就都让你们拉上了？"

他在套话，但大傻浑然不觉，直接驳斥："真的，你咋不信呢？光头杨负责联系好，我们负责拉，那头负责给钱，完了大家伙一起分。"

"光头杨？！"马一鸣愕然看向刚刚那个地方，光头杨还被揍得一把鼻涕一把泪的，居然是主谋，自己还替他挡了一回，这算怎么回事啊？！

"啊，就他，尿包蛋，别理他。"大傻对那货不齿，这是恶人船，哭鼻子的会被鄙视的。大傻还是欣赏被揍得鼻青脸肿但一声不吭的马一鸣，尽管不是同路人。他小声说道："兄弟，你别紧张，等靠岸我跟老大说说，给你找个好下家啊……好多老板给咱老大面子，不会为难你的……可你干啥不行，非当条子，有这身份，谁敢收你啊……要不跟老大说说，你跟大伙一块干得了，不是那句什么，对，警匪一家嘛，这不就成一家人了吗？反正你也是黑警察，多好啊……对，就这么办。"

大傻规划着，马一鸣的表情不知道是被打得疼的，还是气得难受的，反正是一脸内急相，哭笑不得，实在接不上话了。

故人不辞远

"干活了，干活了……""老缅"沙哑的声音吼着，刚吃完午饭的船员纷纷起身。此时远处有一艘渔船驶近，不明就里的马一鸣蒙头蒙脑地起身。却被"老缅"摁住了肩膀，不让他去，马一鸣侧眼，瞪着"老缅"。

"不服？""老缅"舔舔嘴，露出一嘴黑牙。

"不服。"马一鸣咬咬牙，豁着两颗牙。

蓦地有动作了，搭着马一鸣肩膀的手一动，肘击上去了，马一鸣一矮身，右腿一跪，顶上了"老缅"的小腿肚子，却不料"老缅"一转身一挥手，"啪"的一声，大掌正中马一鸣，直接把马一鸣扇到一边。

这几天，被挑衅的"老缅"抽空就下来收拾马一鸣，大傻王十六看不过眼要劝，被何尚峰拦住了。那个变态根本听不懂人话，疯起来谁都打，这不，又上前对着马一鸣一顿左右开脚，"砰砰"踢了一通，这种时候，马一鸣只能护着头蜷着身，只剩下挨打的份儿了。

在绝对的实力面前，招式没用，勇气更没用，那只会招致更狠的毒打，不还手对方还能打得轻点，等人家打得没意思了也就停了。此时还是"船夫"喊了一声,"老缅"才笑着啐了马一鸣一口,停手了。

两条船靠近了,中间被几条长板连接起来。两边的人似乎认识,那边的招呼着这船的人上去搬货,大米、桶装水、柴油、方便面,甚至还有两扇冷冻的猪肉,天天吃海鲜吃到嘴里淡出鸟的船员个个兴奋得大叫起来了,其间有个瓮一般的声音在吼着:"老船,要酒不?"

"要,扛来。""船夫"仇林回应。

那声音让闲坐在甲板上的马一鸣耳朵一竖,心里一抽,莫名地熟悉。是吴麻子,这家伙在警务监控里也像个幽灵,看来和他们原先的判断一样,这家伙常时间漂在海上,谁拿他也没辙。这警务的真空可真不少,就这人还在取保候审中呢,估计警察想询问都没地儿送达通知书。

对于藐视法律的人,条文其实就是一张纸,根本不必在乎。马一鸣伸了伸脖子,摸摸胡子拉碴的脸,隔着筐子去看,吴麻子状如铁塔,抱着两箱酒登上船了,他下意识地把脖子又缩回来了。

富贵了一定要归乡,而落魄了最怕见的是故人,这个心态谁也躲不过去,他还真不愿意认识的人看到自己现在的惨相。

"马哥。"光头杨递给马一鸣一支烟,这货挨揍后两三天才能起床,而且现在遭到全船的人鄙视,能说句话的只剩下马一鸣了。

马一鸣接住,点上,有点同情地看了杨天一眼,这个法外之地如果还有规矩,那就是最原始的法则——弱肉强食。但凡你厌过就甭想再直起腰来了,何况像杨天那样哭过的,自然要被人鄙视。他吞云吐雾地安慰道:"不要灰心,应该就快到了,到时候你的好日子就开始了,而老子的噩梦才刚开始。"

"好个屁啊,一辈子回不去了。"杨天浓浓的思乡情又来了,估计又在想年轻的老婆了。

"你们这是个跨国买卖呀,我在当警察时听说过,二十多年前那起特大走私案,当时牵连到的葛船王……"

"葛亚杰,葛飞他爸。"

"是啊,你给他儿子打工,出境了,他爸多少得照顾着点啊。"

"唉……"

又是一声长叹,杨天抬头,眼中一片浓愁,幽幽道:"要是个白户还能混两天,上了黑名单,两头都不招待见,说不定下不了船了。"

这是实情,可能那边作奸犯科的轻易都不招收有案底的人,所以只能从事见不得光的活了,比如打手、蛇头,又或者是这些天听大傻提过的,那种携毒的送货人,叫"毒骡子"什么的。

"那你跟我说没用啊,得求船老大去啊。"马一鸣笑了。

"我就是心里闷,跟谁说都没用。"杨天道,这时候总算有机会吐露心声了,声音低了一阶道,"谢谢啊,马哥,你真爷们儿。"

"没事,不用谢,我就看不惯那狗日的,就是打不过他。"马一鸣道。

"别跟他犟了,都不把咱们当人看……以前兄弟对不起你的地方,别往心上去啊。"杨天心含着歉意道。

"和你犯不着。不过我说杨天你是不是傻啊,咱搞点走私弄点小钱啥不行,你咋跟葛老板搞 U 啊,那都是大人物玩的,咱们这号小卒子沾上边,能有好吗?哎,对了,你知道不,葛郎郎被灭口了。"马一鸣做了个抹脖子的动作。杨天脸色骤变，嘴唇翕动着，恐惧至极。

"我知道……没办法啊，脱上一回底裤，以后就没底线了，不干这些能干什么？"杨天满脸惧色道，应该多少知点情。

马一鸣拍拍杨天肩膀安慰，却也无从安慰，总不能一个惨点的去安慰更惨的吧。说话间，两个高大的人影朝这边走来了，杨天有点心虚，躲着走了。马一鸣叼着烟未动，不出意外的话，吴麻子要来了，那是个犯罪行当的"百事通"，能找到这儿他隐隐猜到了原因。

"喏，人在这儿……吴麻子，跟我跑半年船，这人给你。""船夫"停下脚步，示意坐着的马一鸣。吴麻子却是撇嘴斥道："你想屁吃呢？我说老船你是不是脑子进海水了，留这么颗雷在船上啊？"

"我怎么听说你和人家有段恩怨？吴麻子，你不会卖了老子吧？""船夫"问。

"扯淡，你这船上哪个不比他分量重，要卖就卖你跟那个毒鬼，肯定给老子发个好市民奖，他不值钱啊。"吴麻子笑着道。

这两人可能对彼此有超乎寻常的信任，互损着一点也不介意。"船夫"把吴麻子留下了，随意地交代了句："可以叙叙旧，不过要人得葛老说了算啊。"

"废了，要他干吗？有点旧情，絮叨两句就走。"吴麻子蹲下来了，胳膊下夹着的一条烟，还有两瓶酒，都放到了马一鸣面前，然后表情有点玩味地看着马一鸣。

"谢了啊，正缺这玩意儿呢。"马一鸣客气了句，直接拧开酒瓶盖子，灌了一口，火辣辣的感觉真好，那精神头一下子上来了。吴麻子却是兴味更浓，想了想问："不想说点什么？或者，给谁传个话什么的？"

"不是说了吗？已经谢了。"马一鸣道。

"不是我送的。"吴麻子道。

"谁送的就谢谢谁啊。"马一鸣道。

幽幽地叹一口气，吴麻子坐下来，对饮一口，好奇地看着这位气质已然大变的小警察——头发长了，胡子长了，脸上几处带伤，牙也掉了两颗，卖相连船上那个毒鬼都不如。这种状态下还这么淡定，他不由得有点佩服了。

"我帮不上你，咱们不是一路人。"吴麻子突然道。

"我又没求你，你犯什么贱？"马一鸣不屑道，拿着酒瓶来了一口，递给了吴麻子。吴麻子咧嘴一笑，接着仰起脖子灌了一口递回给他，抿抿嘴压着酒劲道："说起来我可欠你一条命啊，一点都帮不了你，我心里都过意不去啊。"

"过不去是你的事，你那条烂命我都没当回事。"马一鸣拆着烟，自顾自地抽上了。

这听得吴麻子许是有点尴尬了，他笑笑道："哈哈……早就觉得你是个人物，走背字还这么跩的可不多见，敬你一个……不过，依老子的经验，上了这艘贼船的可没好下场。"

"要么被扔下海当鬼，要么留在船上当贼？"马一鸣问。

吴麻子点点头，怎么看也不觉得马一鸣能成为同路人，可偏偏同样觉得，怎么着他也不像警察。可不管马一鸣变成什么样子，他都觉得有点惋惜，他换着话题轻声道："小银子很关心你，要不我还不知道这事。"

"那就说句瞎话哄哄她呗,我就不信你看不出,我和她也不是同路人……来。"马一鸣递着酒,两人喝得极快,一瓶酒已经见底了。吴麻子一饮而尽,有几分落寞地放下酒瓶,看了他几眼,叹了口气,起身走了。

吴麻子的补给船刚走,这边船上一片欢呼,要打牙祭了,厨房大肉炖上了,而且马一鸣把刚到手的烟都散给大伙了,剩下的那瓶酒也被传着一人一口灌了,那一群光身汉子乐得张牙舞爪地载歌载舞,可把机舱里的"船夫"看不明白了。

"船哥,那位……""老缅"在他耳边说了声,示意着远去的补给船。

自然是担心吴麻子了,"船夫"摇摇头道:"我几十年的兄弟了,靠谱,不会有事的。"

"兄弟,不就是拿来卖的?""老缅"不屑地哼哼道。

"那是你。他不一样,他要是想上位,就没有现在的葛老大。人心都散了啊。""船夫"有点感伤地道。这酒后乱舞的场景似乎有点刺激到他了,让他想起几十年前,自己那群兄弟喝了酒纵情放肆起来,也是这么个样子。

有人的地方就有江湖,有江湖的地方就有故事,多半是伤感的故事。"老缅"没有往下问,侧头再看甲板上那群厮混的船员,无聊地躺下了,病恹恹提不起精神来,他拿起了冰壶,添了点货,袅袅的轻烟冒着,嘘嘘的声音响着,不一会儿,他又云游九霄去了。

"敬礼!"

哨兵向一行人敬礼，送潘渊明和欧阳惠敏出门的两位武警军官和他们互相致敬，挥手告辞。

这里是海警驻滨海工作站，隶属武警序列，潘渊明和欧阳惠敏此行的目的是与海警寻求海上合作，并先期送几位学员随巡训练。车驶出门时速度慢了点，那几位准备登船的学员幽怨地看了他们一眼。郝昂扬、乔小旦、丰中华、戈霆杰、盛奇寒五人恰好一组，此时穿上作训服装，要随船出巡了。

此处不远就是南堡四队集训的地方，原集训地的集训场地当初就是暂借了海警的，一切又仿佛回到了原点，让看到这些的欧阳惠敏和潘渊明唏嘘不已。

"看来，你谁都不相信了。"欧阳惠敏轻声说了句，起用这些新人要干什么她知道。

"那是一层考虑，还有另一层，假如能再见面的话，那个人也许谁都不会信，除非是这些旧兄弟。"潘渊明道，这是为未来做铺垫了。

"你怎么确定他会回来？"欧阳惠敏好奇地问。

"记得当时我们第一次来这儿吗？"潘渊明问。

"那时候，你是蓄意，还是临时起意？"欧阳惠敏问。

"算是临时起意吧，当我看到他桀骜不驯的眼神时，就临时起意了。记得我封队提高训练强度吗？我想看看极压下是否还有人扛得住，最大的勇气是压力下的优雅。其实这帮'害虫'天天偷运吃的，私下里结帮拉伙共同对抗教官，呵呵，你说我能不知道吗？"潘渊明笑了笑。

还有这事？欧阳惠敏皱皱眉，当时只觉得四队变化极快，她一直为之欣慰来着。

"每次在我快绝望的时候,他总给我惊喜。我越打压,他越坚挺,所以我不得不选择他,他就像为此而生。虽然在我心里他离803该具备的水平相差甚远,但也不能否认,就是真正的803化装一下,也未必能有他身上的那种匪气吧?"潘渊明道。

"你的自我安慰,与我们执行的任务不相干,现在需要确切的线索,那艘船现在行驶的航程,比海警的巡程还要远。"欧阳惠敏泼了瓢冷水。

"你放心吧,他们的生意都在国内,周边这些国家可没淘金的地方,贪婪会让人忽视危险,何况咱们没有采取任何行动。"潘渊明道。

仍然是等,在等最好的机会。洗钱案的爆发让省厅也意识到,这个跨国犯罪团伙可能涉嫌多个领域的犯罪,涉诈、涉赌,以及涉嫌走私偷渡还是轻的,背后可能还有更严重的犯罪事实。现在的问题是,他们犯罪不但跨了海警和地方警察的管辖区域,还跨了国界,想搞清这么多犯罪事实很难。

"我再问你一句,一鸣被掳上船,你有过预案吗?是意外还是一次蓄意?"欧阳惠敏问。

这一问让潘渊明难堪了,叹气道:"意外!我本想他顶多和葛飞团伙厮混一起,摸摸他们的虚实,运气好的话或许有机会接触到'船夫'这伙人,没想到出了这么大意外。"

无语……欧阳惠敏气得一踩油门,疾驰而去。

船上的人望着送他们来的两位领导,蒙头蒙脑地互相瞅瞅,有点心虚,这可是进了武警的团队里了,就自己经过的那些残酷训练，怕是对于武警们来说只是日常。哥儿几个在射击场被一通填鸭式教学，跟着就被送到了船上，还真不知道接下来会发生什么。

"喂，这是要干吗呀？"乔小旦紧张地开口了。

"管那么多干吗？这可比交警威风多了。"戈霆杰好奇宝宝一样乱瞅。

郝昂扬意外地左右警示："别说话。"

"哟，什么时候轮到你充大头了？"丰中华第一个不服气。

"就是……哎，耗子，沈筱燕是不是对你有意思啊？怎么训练场上特别照顾你？"盛奇寒逗着他，沈筱燕一直被众同学拉郎来跟他凑一对，主要是大家都很期待两人成一家人后天天打起来会是何等的盛况。

郝昂扬意外地没有接茬。这时候有位精瘦黢黑的海警上前来了，一站定，众学员敬礼，他瞪着眼扫视一遍，中气十足、声音洪亮地训着："不管你们来自哪里，不管你们从事过什么职业，从登上海警船的这一刻起，你们属于中国海警的一员，你们要学会的第一件事就是——一切听从指挥！听到了吗？"

"是，一切听从指挥。"五人立正，齐呼。

"立正、稍息……集合，十分钟热身，开始。"

这位指挥官喊着，五人加入了船上海警的日常训练方队，俯卧撑、原地跳、高抬腿，再加上单双杠，等五人气喘吁吁地完成，才发现素质差得不是一星半点，船上的海警额头连汗都没出呢。接着是打扫甲板，熟悉轮机舱、机船扩音、驾驶、航图，以及各种船舶的构造。

本来以为也是个填鸭式的教学模式，可好巧不巧，巡航船遇到了较大的风浪，一行五人有两对晕头转向地齐齐作呕，奔到甲板舷边往外吐。本来盛奇寒也算海边长大的，不咋晕，不过看着兄弟们你吐我也吐，吐不完的就挂在嘴边，还有呕到脖子上的，恶心得他也开始呕吐了。

这样子把海警们看得嗤笑不已，然后关切地端上来几盒饭让大伙吃，这哪吃得下啊？吃不下也不行，那指挥官虎着脸命令必须吃。

于是五个人在命令的逼迫下，这头吐完，那头憋着气闭着眼狼吞虎咽，等吃完没多大会儿，又跑到舷边开始往外吐……

菜鸟进阶训练第一天就这么过去了，全是在呕吐中过去的。

风雨飘摇夜

近日，云省警方与缅国警方联手，在缅北地区展开了大规模的围捕行动，成功摧毁了11个诈骗园区，抓获了269名涉案人员。与此同时，地方特种部队也在秘密行动，占领了距离BK园区不远的制高点，为最终攻破这个最大的诈骗基地做好了准备。

这些诈骗园区不仅给受害者造成了巨大的经济损失和心理创伤，还给社会安全和国际形象带来了严重的危害。据统计，每年有数十万人被骗到缅北地区，其中大部分是中国公民。他们在那里遭受着非人的待遇，有些人甚至失去了生命。

为了打击这些跨国犯罪组织，云省警方和缅国警方展开了密切的合作和情报交流。在经过长期的侦查和筹划后，他们于

9月6日发起了突袭行动。在当地政府和军队的支持下，他们分别从陆路和空中进入缅北地区，对11个诈骗园区进行了全面清剿。

这次行动取得了巨大的成果。共摧毁了11个诈骗园区，抓获了269名涉案人员，其中186名中国公民，66名缅甸公民，15名越南公民，2名马来西亚公民。还查获了大量的电脑、手机、银行卡、现金等作案工具和赃款。同时，还解救了486名被困在园区内的中国青年。

这是一次对跨国犯罪组织的有力打击。这些诈骗园区不仅侵害了无数人的合法权益，而且也破坏了社会秩序和国际关系。这次行动展示了我们打击犯罪、维护正义、保护人民的决心和能力。我们也向世界传递了一个明确的信号：只要犯了罪，无论你藏在哪里，无论你有多么狡猾，我们都会找到你，我们都会惩罚你。

新闻一出，在电视里、在投影里、在每个公安局的会议厅、在每个警务室的显示屏上、在每位警察的手机上，很快被播放、转发。上传网络之后，这则新闻迅速攀升至热搜榜首，对于每一位为反诈呕心沥血的警察、志愿者而言，对于每一位受其危害的人来说，这不啻于一个最振奋人心的消息。

欧阳惠敏是看着视频奔进专案组驻地的，进门后，几乎所有的屏幕上都在播放着这则消息，众警员回头时，莫名地微笑着，仿佛与有荣焉。这些年因为诈骗案高发、破案率低备受诘难，可能外人无法理解，警察同样是憋了一肚子气，对于境外、跨境的犯罪，一市一地几乎是没有任何办法的。

这次好了,国家终于出手了。

欧阳惠敏笑笑,说声"辛苦了",问了句"刚回来的潘处长在哪儿",有人指指会议室,她推门而入时,潘渊明也在认真看着这则新闻,看她进来,招手让坐,看样子心情大好。欧阳惠敏问道:"昨晚部里的电视电话会议有过先兆了,看来要对这些危害我国已久的境外犯罪团伙动手了……根据洗钱案的进展,追踪到的USDT大部分通过港岛的IP转走,有理由怀疑,葛氏兄弟涉嫌为境外这些犯罪团伙洗钱。"

"我刚刚看过,他们现在龟缩回去了,葛飞深居简出,我们对他已经申请限制出境,庙得留下,和尚也得留下。我刚刚在想,葛亚杰在T国,距离诈骗园区也就两小时车程,这些事会不会打草惊蛇?"潘渊明思忖着,但这毫无办法,上兵伐谋,高层打的是趋势,顾及不到这些细节,毕竟葛亚杰和那些诈骗园区大佬比起来差得还很远。

"你在想,会不会对我们的那位有影响?"欧阳惠敏回到了主题,看看手机,她喃喃道,"第十七天了,也该到了。"

"他们驾驶的船只是中国籍,不会登陆,会有接应。"潘渊明道。

"潘处……老潘……你要是对我还藏着掖着什么,我就要骂人了。如果什么也没藏着掖着,我更要骂人。放任一群不法分子胡作非为,对我们自己的同志不闻不问,你这是在犯罪。"欧阳惠敏忍了这么久,终于爆发了。

"你真想知道?知道后恐怕会更揪心。"潘渊明道。

"难道不知道就省心了？"欧阳惠敏不悦道。

"好。跟我来。"潘渊明起身，带着欧阳惠敏进入了另一间房，这间算是组长的房间，文件柜子一长溜，很多必须打印的文件、借阅的档案都在这里。潘渊明拿起了电话，呼叫信号同步，然后打开电脑，欧阳惠敏不由得顺着一条黑色的信号线往头顶看了看，这是高功率的接收器，刚和海警同步数据接上的。片刻后，一屏蓝色，只是在蓝色的图层中，有一枚信号灯闪烁着。

欧阳惠敏的眼睛睁大了，那是……那是……肯定是马一鸣所在的方位。

她脸色由惊转喜，惊愕地看着潘渊明。潘渊明解释道："为了安全着想，也有了803的前车之鉴，从他接受这个任务起，就一直戴着信号定位，和海警的协作早就联络好了，打击海上犯罪，他们义不容辞，极力配合我们。马一鸣被对方掳走后，其实海警巡查中两次发现了伪装成渔船的走私船，海警里的蛙人在水里给他们装了一个定位。"

"哦……"欧阳惠敏一颗悬着的心放下了一半，这是要放长线钓大鱼，扩大战果。她忧色刚起，潘渊明像读懂了她一样，一摁键盘，调出一堆图片，是高倍镜远距拍的，其中一张放大后，是一个在船上干活的人，仔细分辨，可不是马一鸣还能有谁？她惊呼一声，哭笑不得地道："抓个警察，还让打工？不怕跑了？"

不过一出口欧阳惠敏就后悔了，除了跳海没别的逃跑方式呀，但跳海不是逃跑，而是寻死。一下子接受不了这么多惊喜，她有点失色地喃喃道："这下好了，这下好了……"可想而知，自己人哪怕是光走一圈，能带回的消息都能填补警方对这个未知犯罪领域的空白，更别说把这一船不法分子抓捕后，还能刨出多少犯罪信息来。这恰是803中断的任务，被神奇地续上了。

"不对啊，现在马一鸣已经到境外了，如果在境外出事，救也来不及啊……"欧阳惠敏道。这已经出了海警巡航的范围，靠近T国了。

"所以我告诉过你，知道后会更揪心。"潘渊明面无表情道。他关闭了电脑，亮了亮手机，是同样的画面，其实他无时无刻不在揪心中。

"我们应该把可能发生的事都捋一遍，应该有个起码的预案。"欧阳惠敏道，看潘渊明对此无动于衷，她加重声音道，"难道我们不采取任何动作吗？"

"你现在应该理解我的选择了啊，性格桀骜不驯，行事乖张，嗜烟酒，出口成脏，和人相处又奸又损，虽然眼睛不好，但极有眼色，很容易发现别人的弱点……这样的人在贼船上要是还活不下来，可能在警中不会再找出一个来了。"潘渊明如是评价道。

"你答非所问，对于我们自己的同志，得有起码的保护。"欧阳惠敏道。她几乎像吵架一样质问着，"别忘了他和其他所有人一样有父母有家庭，哪怕再顽劣的孩子也是父母的心头肉，何况他的父母也都是警察，他的事闹得沸沸扬扬，我们政治处已经接到不止一次来电询问了。"

"人人都有人权，包括嫌疑人，但也许不包括警察，更不包括特勤人员。所有的危险，包括牺牲的危险都在隔壁的会议室给他提过醒，你也知道，出保密任务的同志都会留下遗书的……现在可以告诉你，他也留下了，你想看看吗？"潘渊明问。

欧阳惠敏眼睛睁大了,似乎不太相信。潘渊明就在她的注视下打开了保险柜,郑重地拿出一个文件夹,把其中两页纸放到了她面前。马一鸣的字极具个性,张扬得龙飞凤舞,短短的遗书如是写道:

爸爸,妈妈:

　　我将要去执行一项特殊的任务,当你们看到这份遗书时,请不要悲伤,我应该已经见到了爷爷、奶奶,开始重温我一生最幸福的时光了。爷爷走得早,我记不太清了。可奶奶走时,她都说不出话来了,还一直攥着我的手,我知道她是想见你们,可最终都没有见到,她就那么失望地走了。

　　小时候,你们常打我,我不懂事,很恨你们;奶奶走后,只剩下我自己一个人了,其实我希望你们常回家,哪怕像小时候那样打我一顿、骂我一顿也行,可你们也没有,我更恨你们了。我不断地惹是生非、打架斗殴,其实我是想引起你们的关注,哪怕多和我待几天,可你们没有,我不但恨你们,而且开始恨自己,恨自己不该出生到这个该死的世界,总是孤零零的,感受不到一点温情。

　　慢慢长大后,我已经习惯了选择和你们的想法相悖的路,我不知道为什么你们一直阻挠我从警,是因为我顽劣不堪,还是因为我性格偏激,抑或是生怕我把对你们的恨转移到这份职业上?是的,我恨这个职业,它夺走了我和奶奶作为普通人最起码的幸福,我很好奇它有什么魔力,所以我来了,我在滨海,选择在奶奶出生的旧地当一名警察。实话说,"平

第七章　对决在逃杀人犯　309

安天下、守护万家"是句空洞的话，穿上警服感觉也不过如此，而且我闯祸不断，我的领导每每护犊，我读懂了他眼中和你们一样的期待、狡诈，以及对人没有任何感情的冷血，我知道他一定对我有所求，一定会给我一个极其艰难且危险的任务。不是因为我足够优秀，而是因为我胆大妄为，且没有牵挂。

我犹豫过，可想想这些年我放浪形骸劣迹斑斑，我都有点讨厌自己了，对未来我很迷茫，也不知道方向。可我内心依然有着骄傲，好男儿生在天地间，最悲惨的是丢了自我，庸庸碌碌当了匆匆过客。

于是我接受了，我选择接受这个不可能完成的任务。要么让它证明我对了，哪怕此生只对一次，让我的骄傲配得上全警景仰；要么证明我错了，让我的执念和我一起被埋葬。

（如果我回不来，恳请组织把我的骨灰撒在我奶奶和爷爷的坟前，我爱他们，我要一直陪着他们。）

马一鸣绝笔

这一刹那，欧阳惠敏一下子悲从中来，眼泪簌簌而下，止也止不住。潘渊明忍着，拉开了窗帘，放眼望去，乌云密布的天空阴沉沉的，让人有压抑到窒息的感觉。

那是暴风雨即将来临的预兆，它就要来了……

起风了，暴风雨要来了……

船停靠在一处无名岛屿的水域躲避风雨，船上的工具全被撤回了舱里，裸露在甲板上的设施都加了固定，船舱里放不下的物资用防水布包着，所有船员都钻进了舱里，眼见着风越来越大，不多会儿电闪雷鸣，海上最危险和恐怖的天气终于来临了。

机舱里的仇林瞄了瞄手表，这天气恐怕接引船来不了，就连卫星电话都无法使用，回头看"老缅"，他这狗日的倒见机得快，吸了几口，早把自己绑在舱里了。

这是最原始且最有效的方式，他最后看一眼准备如法炮制绑上自己时，蓦地瞥见甲板上的包裹在晃，原来是一头的绳结摇晃开了，那可是积攒着回程的大件的淡水和柴油的包裹，丢了那玩意儿可就麻烦了。他试着开门，狂风吹得他一个趔趄差点扑倒，紧忙关上，正手足无措时，甲板上蓦地冒出个人头，这时候他急了，拉开门喊着："快回来，不要命啦！"

那人似乎也发现了松开的包裹绳，没听见他喊什么，却在使劲和他招手，指指绳开的方向，包裹一移动，船身倾斜晃动起来就危险了，那人努力着爬出来，死死地抠住甲板固定物，狂风吹得他几乎双脚离地飞起。这光景也顾不上了，仇林拉着绳索，在舷梯上扣了个绳结，死死地抓住舷梯，一步一步走下去。

看清了，是马一鸣。仇林使劲打着手势，马一鸣回头，是一侧的锚定物。仇林示意着自己去抓绳网，再指指天，示意等风小点，这是些水手才懂的简单手势，他生怕马一鸣不懂，可惜懂的人都没出来。庆幸的是马一鸣懂了，瞅着个空当一下子让自己飞起来了，飘出几米，正好抓住绳网。

"反了。"仇林骂了一句，这货胆是大，要是被吹下舷梯，基本就回不来了。这会儿顾不上了，他趁着风歇的一刹那，猛地冲出去，堪堪抓住了绳网，两人的重量终于压住了飘飘欲起的绳网。"船夫"挪了几米，把身上的绳索绕着绑住了马一鸣，他几次看到，马一鸣被吹得表情狰狞，几乎是使出吃奶的力才能拉住位移的绳网。两人合力挪着，把绳网压回了一个个锚定点上。

这可真成一根绳上的蚂蚱了，返回时，两人手拉手趴在甲板上抵御狂风，几步之远的舷梯，十几分钟才成功抓到。到了舷梯，仇林一用力，先把马一鸣推进了舱里，然后自己一跃而入，关上舱门，手脚利索地把自己和马一鸣绕着舱柱绑在了一起。

这时候风雨已然大作，电闪雷鸣间，狂风挟着暴雨倾泻而至，大自然的威力下，船只在风雨飘摇中浮沉，几次被海水漫灌，差点沉入水中。

"兄弟，是条汉子啊。"仇林心有余悸地大声说道。

"风浪这么大，会不会沉啊？"马一鸣喊道。

"别问我，得问老天爷收不收咱们这条烂命。"仇林吼着，豪气顿发，看不出他心里有丝毫的恐惧。

"不收，我命由我不由天。"马一鸣仰头长啸。一声巨响，水浪冲碎了船舱玻璃，涌进来了。

"说得好，老子命硬，谁也收不了。"仇林也应和着。

一旁被惊醒的"老缅"惊恐中有点诡异地发现，那俩人你一句我一句在大喊大叫大笑，那样子连疯子都觉得他们疯了。

暴风雨依然在肆虐着，起起伏伏的孤舟在风雨中来回飘摇。

悲从心头起

潘渊明冒着倾盆大雨匆匆赶回市局，下车连雨伞都没撑，急急往办公楼里跑。纸终究还是包不住火，家属找上门了，局领导班子选择了回避，直接把"烫手的山芋"扔给了政治处，欧阳惠敏不得已只能把他搬来了。

刚进楼，他看了眼手机，是欧阳惠敏又在催了：我快编不下去了，还有多久到？

电话询问总被搪塞，于是马一鸣的父亲亲自到滨海市局来了。匆匆上楼的潘渊明思忖着，还是找不到一种合适的说辞，像这种情况特殊的一般会对家属保密，但怕就怕家属也是同行，哪怕露出一点细枝末节，对方也能猜到是什么情况。

所以，直接面对吧。他推开门，欧阳惠敏站起来了，介绍了一句，那位一身警服的同行看到潘渊明，举手敬礼，不过眼神里并没有些许尊敬的意思。潘渊明坐下来，他也不客气地坐了下来，冷冰冰的一句道："我叫马从军，五原市当阳分局局长，这是我的警官证，我曾经向你们政治处寄达了他的住院记录，对于你们招警入籍涉嫌的违纪行为，我会向上一级公安机关反映。现在我想知道我儿子的情况，如果他是嫌疑人，办案机关应该对我们进行起码的走访，我也会为办案提供协助，但前提是，我要知道到底发生了什么。"

这怎么说？潘渊明看看欧阳惠敏，欧阳惠敏脸侧过一边了。马从军明显感觉到了气氛不对劲，他继续施压着："我了解我的儿子，损人取乐的事他会干，杀人劫财的事不可能去干，他是奶奶带大的，虽然被惯坏了，可性子很善良，即便那一次和人斗殴也是为了救人。现在全网哄传的警察杀人劫财故事版本很多，而且这里的公安机关发布了指名道姓的协查通报，明显不符合工作程序，作为家属，同时作为有刑侦经验的警务工作人员，我有权知道真相。甚至可以为侦破情况提供信息参考。"

"你……是到这里才换上了警服？"潘渊明答非所问，看了眼行李箱，马从军应该是坐高铁到站，然后换上警服来的滨海市局。他打量着这位身材精瘦、表情严峻、不怒自威的警官，那是一个伟光正版的马一鸣的形象，真想象不到，父子的差异能如此之大。

"你在回避，需要我找上一级公安机关吗？"马从军端坐，冷冷地道。

"不，我在想，给你购一张几点的高铁票，你还有时间在这里换上便装赶回到工作岗位。"潘渊明道。

"不可能，我有的是耐心。"马从军反驳道。

"那我试着来说服你一下。"潘渊明道，点了支烟，递给马从军时，他拒绝了，潘渊明又一次感叹这父子差异太大。袅袅烟雾飘起时，潘渊明悠悠开口了，"欧阳主任对你们的家庭情况做过外调，你刚才也说了，他是奶奶带大的，和奶奶感情很深，而且，在做外调时，欧阳主任知道了一件事，据说他奶奶病重时，他哭着满世界找父母，但找不到，在公安局大院里，谁也没有告诉他，有这回事吗？"

"有……这是我的家事，我不想谈。"马从军道。

"当时你去从事什么任务了？"潘渊明问。

"涉嫌警务机密，无可奉告。"马从军严肃道。

"那他母亲呢？据说是在禁毒任务上，当时去从事什么任务了？"潘渊明又问。

"禁毒的保密级别比我们更高，无可奉告。"马从军道。

"好，你得到答案了，可以走了。"潘渊明一摊手，逐客了。

这时候马从军眼睛一瞪，似有不信，看看欧阳惠敏，欧阳惠敏脸上没有任何表情。潘渊明加重语气道："不管你到哪一级公安机关，得到的都会是相同的答案。我们都是同行，你应该理解这个答案代表着什么。"

潘渊明和欧阳惠敏故意表情冷漠，这位严肃的警官慢慢变得颓丧，变得失魂落魄，来时的气势汹汹消弭不见，一下子脸上戚色可辨，那种想问又问不出来的样子，实在让人揪心。

"欧阳，给马警官订张高铁票，让办公室派车送一下。"潘渊明道。

"好的。"欧阳惠敏回应。

"等等。"马从军急忙开口了，一拦，却不知该说什么，他期待地看着两人，那句话终究还是没有出口。

"我理解你，不是理解你的心情，而是理解你应该理解我们工作的性质。"欧阳惠敏终究看不过眼，说了一句软话。

"您说……这是不是报应？"马从军表情比哭还难看。

"也不是，有时候亲情比案情还难搞清楚，总得经历点什么，当过父母，或者经历父母曾经有过的经历，才能长大吧。"潘渊明道。

"谢谢……潘处，我为刚才的态度道歉。"马从军轻声道。

"不必介意，是我们要感谢您能理解。我让单位派车送送您

第七章　对决在逃杀人犯　315

吧。"潘渊明叹气道，做了个请的手势。

"不必了，我自己走。"马从军起身，仿佛一下子苍老了。他提着行李，艰难而蹒跚地走了几步，又回头时，那两位正尊敬地注视着他，向他敬礼。

只有一个敬礼，什么都没有说，什么也都说了。老马知道其意为何，伸着青筋暴露的手抹了一把浑浊的老泪，走了，头也不回地走了。

"轰隆隆——"打雷般的海浪声不绝于耳。上下左右不规则摇晃的船体，身处其中那叫一个翻江倒海，当听到又一声汽笛声时，海警0311号巡逻船终于快靠岸了。

一个脑袋，两个脑袋，一排脑袋沿着舱门框自上而下排着，这个舱里像个战场，五个把自己捆得像粽子一样的菜鸟脸色苍白、蜡黄、深黑，都是一脸痛苦之色，随着船体的摇晃，一阵阵呻吟不绝于耳。

终于有笑声了，是一个憋不住的兵哥哥发出来的，跟着是一群人笑，平时怪话连篇的哥儿几个连反驳的力气都没有了。这趟巡航怕是会成为噩梦了，连着几天都被这么绑在床上休息，体质稍差点的根本下不了床，体质好的顶多能爬着下床。

"兄弟们，起床尿尿啦，快上岸了。"有人喊。

"上上，帮帮忙。"

众海警上得前来，给他们解绑带，搀着下床，那摇晃的船体让人走得跄跄跄跄，扶上甲板时，几人病恹恹地站得东倒西歪，反观那位指挥官，神了，那双脚像粘在船上一样，船体摇摇晃晃，他却似乎岿然不动。

"同志们，经历了这次巡航，我相信你们收获了很多，谁来讲讲？"指挥官笑道，他走上前，先问盛奇寒了。盛奇寒虚弱地说："我一直晕着，没啥收获啊。"

"那你呢？"问到了郝昂扬。郝昂扬稍好点，随口说道："就是有点难受。"

"你呢？乔小旦对吧，你的身体素质很好。"指挥官说。

乔小旦摇摇脑袋说道："头晕。有点迷糊。这浪太厉害。"

戈霆杰、丰中华的回答如出一辙，都在晕。那指挥官笑着问："为什么你们都不呕吐了？"

嗯，对呀，好像是这样，刚开始是又晕又吐又恶心，人像虚脱了一样，这几天倒好了，仅仅是有点晕，似乎确实比上船的时候好多了。

"不要去感觉身体上那点小痛苦，放开身心去体会你站在风口浪尖上的感觉，头顶是风，脚底是浪，我们走的是最美的一段蓝色国境线，奔涌的巨浪里有过我们洒下的汗水，鸥声朝露、海风斜阳都见证过我们的青春……相信我，它将会变成我们此生最美好的回忆……集合。"

指挥官笑意盈盈，列队结束巡航。方队里，在肃穆的军容中，几位萎靡的警员被这庄严的气氛感染了，振作起来了，那痛苦正在渐渐消失，取而代之的，是一种油然而生的自豪感。

扩音喇叭里响起了熟悉的歌：

  在茫茫的人海里

我是哪一个

在奔腾的浪花里

我是哪一朵

在辉煌事业的长河里

那永远奔腾的就是我

不需要你认识我

不渴望你知道我

我把光辉融进

融进祖国的江河

……山知道我

江河知道我

祖国不会忘记我

不会忘记我……

铿锵而悠扬的旋律中，海警船靠岸了，但那不是终点，是又一个起点……

"起来了，起来了……喘气的都出来，大傻、和尚，去看看底舱……老二，查查机修……老八，检查物资……"

两天两夜的暴风雨终于过去了，此时阳光妩媚，照在人身上暖洋洋的，海平如镜，让人浑然忘记前一天它是如何暴烈。

舱里一个一个头探出来，劫后余生的喜悦那是有的，恐惧和疲惫一时被冲淡了许多。有人忙着检修设备，有人忙着整理物资，有人抬着矿泉水拉开舱门，哦，是大傻，他探头瞅瞅，伸着脖子上来喊："没事老大,都喘气着呢,就是有点吓着了。"

水、食物一股脑儿塞进去,这么大的风浪,真不知道那些人在舱里是怎么过的,这偷渡真是个危险活啊。心里如是想着的马一鸣踱下了舷梯,背后有人喊,回头时,仇林把一样东西扔出来,马一鸣精准地接住,是包烟,他扬扬手:"谢了啊,老大。"

"天生当水手的料啊,上船不吐,遇浪不晕,不错。"仇林赞道。

"我这些天都没吃多少,能吐出来才见鬼。"马一鸣道。

"幸亏把你抓来了,要不这物资就危险了。"大傻乐颠颠地凑上来,老大给的肯定是好烟,他哑巴着抽了两口,小声问着:"哟,你都钻老大舱里了?"

"风那么大,幸亏老大救了我一趟。我说你们几个真扯淡啊,绑物资都不用心。"马一鸣斥道。

"就是,老二这帮孙子,干活一点都不上心。"大傻接着话茬扔出去了,一点也不脸红。刚笑吟吟地想套近乎,不料马一鸣一把抓住他胳膊,他吓了一跳,一看马一鸣的目光才知道是在看他手腕上的表,那只从马一鸣胳膊上捋回来的表。马一鸣说了:"大傻,你抢的是我的表!"

"凭本事抢的,还能还回去?"大傻舍不得,挣开手臂。当日马一鸣身上东西被摸遍了,不值钱的都扔了,就这块表给留下了,而且大傻知道来源,咧咧嘴说:"光头杨说了啊,你小子当黑警勒索别人的,不拿白不拿。"

"你个王八蛋!"马一鸣笑骂,干脆把烟也分了他一半,他乐滋滋地揣起来了。众人忙乎开的时候,船上突然放起音乐来了,而且曲调特殊,一放马一鸣表情一紧,好奇怪的感觉。

是《波西米亚狂想曲》,皇后乐队的成名作,那奇怪的旋律,瘆人的歌词,会萦绕在人心头,给人一种异样的感觉。马一鸣神情凛然,嘴唇微张,一下子听入迷了。"嗨,嗨……怎么了?"大傻愣了。

"这……老大品位这么高呢,听这歌?"马一鸣不信了,这帮放海里水贼、放山里土贼的货,不应该能欣赏得了这种音乐啊,这里面表现出来的孤独、反叛、追寻自我,太具象化了。

"不是,老大懂个屁,是原来拉过个人,好像听这个,就这味,可带劲了。"大傻道。

"大少爷?"马一鸣脱口道。

"你咋知道?"大傻真傻了,那人还真是这么被别人称呼的。

"长得很帅,喜欢用鼻孔看人,特别爱干净,和葛湾村葛老板是朋友?"马一鸣道。

大傻想想,连连点头,初觉神奇,不过一想就明白了,肯定是马一鸣认识的,要不说不了这么清楚。

马一鸣笑着道:"不怕你知道,他是国外的通缉犯,没准干的事比毒鬼干的事还大。"

肯定是粟丰盛,是个神秘的人物,他那神秘的称呼究竟什么意思不得而知,但如果他来过这条船上,那803就应该也来过这条船了。马一鸣脑筋急转着,又小声问着:"那少爷的保镖是不是特别厉害?比毒鬼咋样?"

"不知道啊,没打过啊,当时毒鬼又不在船上。"大傻道,又问了,"你咋知道他有保镖?"

"有钱人不都有?"马一鸣搪塞道,和这个脑袋不太灵光的大傻对话其实也伤脑筋,大部分时候,他连话都整不明白,犯的事糊涂吧,人更糊涂。

但也只是你觉得人家糊涂,大傻可是有自己的心事,他拽着马一鸣小心翼翼地问:"你和老大商量那事了吗?"

"什么事?"马一鸣愣了下。

"啧,你咋这么糊涂啊?就是将来那事啊,这不就要靠岸了。"大傻急了。

"这不还没靠岸呢吗?"马一鸣道。

"哎呀,说你傻你还真是傻得比海王八还傻,咱们停船就是靠岸了,你还真想靠别的国家去?"大傻道。

马一鸣愣了,"哦"了声,这是担心他去向的问题,他挠挠脑袋说:"我忘了问了。"

"那赶紧问问去啊,等人家价钱都谈好了,咋整?"大傻催了。

这兄弟是真担心自己被卖了,马一鸣不知道该高兴还是该忧伤,他想了想小声说着:"傻哥,被卖的怎么能做得了主啊?要被卖就被卖呗,你不说了还算个好去处?"

"不可能,有过当警察前科的,卖也没人要,就算要也怕不是什么好事。"大傻判断道。马一鸣一变脸怒道:"那你之前咋说的?"

"之前……那不关系还没这么好吗?要不是看你人还不错,才懒得管你呢。"大傻说了,看来关系发展决定态度。

两人正争论时,听到了一声汽笛声,大傻一看咧嘴了:"晚了晚了,船来了,船来了肯定就是已经谈妥了。"据大傻讲,那是一手交人一手交钱,生意爽利得很,卸了这些货就可以返程了。

决定命运的时刻到了,马一鸣看了眼大傻腕上的表,提了提裤子,对于即将迎接的命运,他保持着淡定冷静,是无法改变的现实,还是一个逆风翻盘的未来,就看这一刻了。

喇叭里播放的《波西米亚狂想曲》到高潮了。

Mama, just killed a man(妈妈,刚刚我杀了人)

Put a gun against his head(用枪抵着他的头)

Pulled my trigger, now he's dead(扣动了扳机,现在他已经死了)

……

Mama, woo,(妈妈,呜呜)

Didn't mean to make you cry(无意让你哭泣)

If I'm not back again this time tomorrow(若我明天这个时候不回来)

Carry on, carry on, as if nothing really matters(撑住,撑住,就如同一切都没发生)

Too late, my time has come(太迟了,我的大限到了)

悲怆而苍凉的声音。"my time",马一鸣喃喃重复着这个词,他瞥到"船夫"在舱里接听了卫星电话,看到了那个毒鬼"老缅"在不怀好意地盯他,可能决定他命运的时刻就要来了,而他自然不敢天真地认为,自己的表演能赢得一线生机。他面色渐渐凝重,表情渐渐狰狞,这悲怆的乐曲仿佛是他的心声,意外地,他心头涌起一句话：人的末路，便是神的开端。

末路，已经到了，未必能成神，可心里的魔，已经开始释放出来了。

恶从胆边生

马一鸣闲蹲在甲板上，无聊地抽着烟。仇林开始戒备了，持着望远镜四下查看。那艘船渐渐靠近，是一艘小船，有人在船上大喊听不懂的鸟语，这时候体现出"老缅"的用处了，他居然能说那语速和语调都非常奇怪的语言，双方可能商议已定，"老缅"挥挥手。

大傻和何尚峰掀开舱盖，那些偷渡客一个接一个地，有些萎靡地从舱里钻出来，走上甲板，走上晃晃悠悠的连接板，到了另一艘接应船上，对方的船老大是个矮胖子，数牲口似的一个个数过。这时候甲板上是不留船工的，除了马一鸣，其他人都是轻车熟路地回了舱里。那些偷渡客排着队踏上另一种生活的开端，眼睛里是呆滞、恐惧，偶尔闪过一些好奇。

马一鸣想到了，就像自己初登上这艘船时一样。他有点不是滋味，对罪恶保持沉默即是同谋，何况自己还是参与者，这些人会怎么样？会去诈骗园区反过来诈骗自己的同胞？会帮着赌场拉国内的熟人？抑或是更惨一些，像传说里那样，会被拉走卖血、骗去运毒，等榨干净身上所有价值后客死他乡？

他从不觉得自己是个悲天悯人的人，可现在心里却隐隐作痛。这时候，他的视线里出现了那个满面文身、龇着黑牙向他走来的"老缅"，他默默地起身，怒视着对方，"老缅"手作枪势指着他的头，戏谑地问："你不准备去吗？"

"哼！"马一鸣鼻子哼哼，抬步就往队伍尾部走。

一个一个走过去，到马一鸣上船时，那个矮胖子比画着，向"老缅"大喊着，表情尽是对马一鸣的嫌弃鄙视，可能是这凄惨的卖相太差还是什么原因。后面的"老缅"却是奸笑了，笑得比鬼还难看，笑着招手道："回来吧，回来吧，老板不收你，哈哈。"

原来是逗他玩的，吓了一跳的大傻赶紧上前喊着让马一鸣回来，马一鸣悻悻而返。那头扔过来钱袋子，抽了隔板，挥手再见，船突突地开走了。

这时候，仇林走上舷梯，把船员都喊了上来，简单地检修，清理甲板。马一鸣和大傻则被派往窝藏偷渡人员的舱底，要全部打扫一遍重新上路。

人都忙碌起来了，只有杨天傻站着不知道干什么，这货没眼色，被仇林一脚踹过一边，赶紧爬下舱里躲起了。仇林似乎有心事了，眼瞅着无人了，向"老缅"使了个眼色，两人往机舱里回，对方付的钱也没心情数，而是心事重重地问："老大说的事你知道了？"

"知道。"

"准备什么时候？"

"傍晚吧，接货前做了。"

"嗯。"

仇林嗯了声，靠着舵盘，忧愁地点了一支烟，虽然他不苟言笑，可这种表情也不多见。"老缅"面无表情地说："老船，灭自己人你都没这么可惜过。"

"哈……我还真有点喜欢这小家伙了。"仇林道。

"本来准备捉上岸的,咱们在清迈的点出事了,也被警察查了,电话里老大说十几个园区都被抄了,他们也在跑路,龙哥没事,龙哥的财路都在海上,短时间咱们别上岸了。""老缅"悠悠道。刚得到消息,很不利好,不得已改变方向了。

"何苦呢?辛辛苦苦抓来,呵。"仇林无语,要不熟也罢,这熟悉了,还真不忍心下手了。

"我估计着啊,老大本来是想再搞点事,比如让他贩毒啦,比如给他搞点脏病啦,然后再宣扬回去打内地警察的脸呗,可这一出事,估计不敢往下干了。要我说,一小屁警察下什么功夫搞这些,早该拧了脖子扔海里了。""老缅"不屑道。杀人是他专长,除了吸毒外,那可能是唯一还能让他得到点快感的事。

"也是啊,毕竟是警察,哪怕是黑警察。除了后患也没错。"仇林说服了自己,掐了烟头,发动了机船,船缓慢地掉头,在"船夫"的操纵下,驶向了新航程。

"他们开始返航了。"

海警的作战大厅里,潘渊明和欧阳惠敏受邀参与作战会,整个海图呈现在眼前,从海防卫星可以锁定和察看一个地点,相当壮观。

"这应该是艘偷渡船,从卫星画面看,他们是在海域交接的,这艘提前离开的是属于T国的渔船,我们已经通知了T国警方……当然,不要对他们的效率抱有期待,国与国之间的司法协作非常困难,东南亚地区涉诈类犯罪横行,多数涉案人员都是通过这种方式偷渡过去的。"一位海警指战员介绍道。

"潘处，如果仅仅是偷渡的话，那返程截停就没有任何意义了。"一位海警参案人员提醒道。

"不会，贼不走空，这船查明是租的，租金、油耗、人工所耗巨大，我们初步调查，这群人一出海少则数月，多则整年都不上岸，船只的补给海上有直送，他们从事走私、偷渡都是从海上接手，然后送到别国领海又有船只接送，我们有理由怀疑，可能还有更大的事。"潘渊明道。

他卖了个关子，引得众参战人员重视后，这才微微吐了两个字："毒品。"

"除了新兰镇一例，还没有其他的吧？"

"如果有，我们应该接到海警总队的通知了啊？"

"这线索来源准吗？"

"潘处，这是推测，还是有现实依据？海上走私毒品的通道，这可有点吓人了。"

争论纷纷，要是在辖区出现大宗毒品，那是指战员的失职，海上的犯罪是一股脑儿由海警负责的。

"我无意危言耸听，不过我提醒一句，他们既然能在T国的近海放下偷渡人员，为什么不能在公海或者我们的近海放下毒品？这些人在新兰镇出现过，虚拟货币洗钱一案中被杀的葛郎郎，凶手应该就是该船上绰号'老缅'的陈向南，'船夫'仇林与葛湾村、与葛氏兄弟关系相当密切，'老缅'陈向南是部督逃犯、涉毒人员……这么多证据摆着，我倒愿意把他们犯的事往轻了想，可能吗？"潘渊明介绍着，欧阳惠敏把带来的资料传给了对方的介绍员，将资料上了屏，更保密的纸质资料，共享给了参案人员。

查案得靠证据，看嫌疑犯可就不用了，这资料浏览未完，几位海警指挥员脸色就凝重了，那问题就来了，抓捕毒贩容易，要找到贩的毒品可就难了，而这类案子，除非是人赃俱获，否则都不能算成功。

"那截停的行动可就没法部署了，除非我们有准确的信息，能抓住载运毒品的时机截停。"一位指挥员如是道。

"我想这应该就是个机会。你们看，他们回航的速度很快，在海洋的某一个点，他们肯定会停留，然后接货……只要他们返程的时候敢驶入领海，我们就可以借登船检查的机会实施抓捕……船上毕竟有我们的人，这一趟下来，应该收获很大。"潘渊明道。

这时候，有位海警斜眼瞥了眼潘处长，提问道："潘处长，以我们和海上毒贩打交道的经验，从来没有过十几天就能干上这活的嫌疑人……您确定，你们的人可是被掳走的？他的背景是透明的？"

潘渊明一怔，说不下去了。另一位补充道："我们前年捣毁过一个贩毒团伙，全部是一个村的，甚至就连他们为了分赃也会拔刀相向。假如真如您所讲，'船夫'涉嫌贩毒的话，说句不好听的，您派出去的人只会有一个下场。"

被灭口！潘渊明登时浑身汗毛竖立，又开始质疑自己曾经的判断了。

"但这么久了，信号还在啊。"欧阳惠敏提异议了。

"在见到毒品的时候，就是他被灭口的时候。干这种大活都是提着脑袋干，都是宁错杀不放过的。"海警一位指挥员如是道。

两人都怔住了，内陆围追堵截毒贩都有绝对的武力压制，而且贩毒数量肯定比海上要少得多，如果海上真涉嫌贩毒，那么这些同行所说的情况，也完全是有可能的。

眼前壮观的海景图虽然近在咫尺，可面对那个闪烁的光点，所有的反制措施这时候都鞭长莫及了，凝视着屏幕的潘渊明剧烈地咳嗽起来，急火攻心，擦拭的纸巾上一片血痰。

白色船行波淡下去了，船速度降下来了，远方隐隐约约像陆地，又像岛屿，此时夕阳如血，太阳渐渐地从海面上沉下去了。刚刚吃完晚饭，仇林和"老缅"自舷梯下来了，下梯的仇林吼了声，那些船员如同老鼠见了猫一样，纷纷钻进舱里了。

但凡要干点黑事都这样，那些船员都会自动进舱，只当看不见。只有王十六傻不楞登地问了句："这不还没到吗，咋了老大？"

"你们也滚回舱里。"仇林没好气地吼了一声，"小马，你等等。"

突来的新称呼让马一鸣耳朵一竖，他停下了，目光恰和"老缅"不怀好意的目光来了个碰触，对方做了个抹脖子的姿势，龇着黑牙笑。这架势没吓住马一鸣，但可把大傻吓坏了，他紧张地说着："老大……别……别呀，这兄弟不错，不是真那个吧？"他结巴地说着，杨天一瞅形势不对，立时钻进舱里，两腿不断地打战。何尚峰吸了口凉气，看看仇林，仇林使了个眼色，何尚峰拉着大傻，使劲把他往回拽。大傻嘴里嚷嚷着："别呀，船老大，这黑条子自己人，再说这海上不会有啥事的。"

大傻被拽进去了，仇林看着面色冷静的马一鸣，微微有些意外，他难堪地说了句："兄弟，对不起了，那头的老大也有点事，留不得你了，下辈子再当同船兄弟。"

"谢谢仇老大，这段时间这么照顾。"马一鸣道。

谢谢？！仇林愣了，没想到是这么个场面。马一鸣提着要求道："不用奇怪，我挣扎也没用，反抗也不行，那就坦荡上路呗……给瓶酒，让我晕乎点……'老缅'，一会儿麻利点啊，没吸坏吧？手不会抖吧？"

仇林有点不爽，叹了口气转身回舱了。"老缅"却是得意地上下瞅瞅马一鸣，亮着自己状如鸡爪的瘦手告诉他："爷不叫老缅，爷大名陈向南，全国武术大赛两届亚军……你倒挺有趣啊，要不我给你个公平决斗的机会？"

"我根本不是你对手，临死了还想虐我？"马一鸣黯然道。

"老缅"对这句恭维非常受用，咧着嘴笑了，歪头看着他提示着："要不你跪下求求我，我给你快速了断，三秒……不，更短，'呃'一下子就断气了。"

他说着，拿着刀在马一鸣眼前晃了晃，逗着马一鸣道："这是你身上带的刀，一看就是黑条子，出来还带刀……"

"快点，来一刀，我这活得人不人鬼不鬼的，都快和你一样了，解脱了也好。"马一鸣扬着脖子，干脆脱下了破衣服，裸着上身。这话可能刺激到"老缅"了，他不客气地用刀尖顺着马一鸣的脖子轻轻往下划，血液顺着刀尖流出，脖颈一片殷红。马一鸣有点愤愤地说："老缅，你这人真记仇啊，是不是要把对警察的愤恨全发泄到我身上呀？"

"十年，十年啊，差四个月就十年，老子在警察面前像狗一样活着，你知道吗？老子最讨厌什么你知道吗？就是你身上这种警察

第七章　对决在逃杀人犯　329

味。""老缅"像是疯了,面色狰狞地拿着刀挥舞着,刀面不断拍着马一鸣的脸羞辱他。这时候,仇林拎着酒瓶喊了声,用惯常的手法把酒瓶扔下来了,"老缅"伸手去接。

这电光石火间,低眉顺眼的马一鸣瞬间暴起,趁着"老缅"两手空当扑向了他,一只手直直戳向他的眼睛……不,似乎手中有武器,一下、两下……猝不及防中招的"老缅"嗷一声惨叫,直挺挺地后倒,一只手捂着直往外冒血的眼睛。

这时候,马一鸣已经弯腰接住了酒瓶,疼痛导致怒狂的"老缅"一起身,挥着匕首直刺马一鸣。马一鸣一侧身,抡着酒瓶朝着"老缅"脑袋"咣当"一下,当头开花。被打蒙的"老缅"一个趔趄半趴在地上,但不愧是散打出身的,这时候还能保持最后的清醒,一转身人坐在甲板上,手却挥着匕首甩向了马一鸣,"扑哧"一声,马一鸣只觉腹部一疼,"老缅"力道奇大,那匕首整个没入小腹了。

马一鸣反应稍慢了些,疯了的"老缅"已直接扑上来了,一下子卡住了马一鸣的脖子,把他整个人扑在甲板上,死死地掐住马一鸣的脖子。马一鸣一阵眩晕,使劲地用瓶刺扎着这货,可那疯子根本不知道疼痛似的,在快晕过去的时候,马一鸣另一手摸着一个硬物,手一摁……"腾"一声火起,刚刚淋了一身白酒的"老缅"上半身登时升起一片火焰。他"嗷"一声惨叫,手一松,马一鸣持着瓶刺的手终于伸出来了,他用尽最后的力气,刺向"老缅"。

"扑哧",脖子像被扎破的水管,血迸如流。一下……两下……三下……挣扎着的"老缅"渐渐蔫了,火焰熄了,他软软地萎缩在甲板上,嘴唇翕合着,咬牙切齿着,不时喉结蠕动,嘴里却是止不住地吐血。

几乎是一眨眼间，杀人者却被反杀，"老缅"倒下的时候，仇林才反应过来，紧张地回身拿出了手枪。可刚才血淋淋的场面也把他吓得有点失控，握枪的手在发抖，他再出来时，"老缅"身体在抽搐，眼看着快不行了。马一鸣半跪在甲板上，正在呕吐，极度难受地呕吐，吐出来的一半是秽物，一半是血。

可能马一鸣一直以来都在蓄谋，从上船起屡屡挨揍，屡战屡输，输得越惨，赢的警惕性就越低，只等着这最后一刻，让他输在轻视上。可杀人的感觉并不好，马一鸣觉得自己仿佛全身血液逆流一样，极度难受，看着"老缅"的死相一直在作呕。

人的末路，便是神的开端……如果不是神，那一定会诞生一个魔鬼，和"老缅"一样的魔鬼。

"都出来，都出来……"仇林在大喊。伸出脑袋来的几人慢慢爬出来了，现场血污一地，看得人后背发麻。吐着的马一鸣慢慢站起来了，手里握着的瓶刺还在滴血，站直时才看到自己腹部还扎着匕首，他看向这船上的人，看着仇林，看着这帮满脸恐惧的恶人，他笑了，可这笑着的血人仿佛来自地狱，让众人的惧色更甚，都那么远远地站着，竟然无人敢再上前。

仇林慢慢走向"老缅"，警惕地蹲下身，"老缅"的左眼被插进了一个硬物，居然是筷子，肯定是马一鸣私藏了磨尖的筷子，这是早准备好鱼死网破了。他看向了马一鸣，手里提着的枪慢慢地举起来了。

"你的手还没沾过血吧？"马一鸣忍着疼痛说道。

罪与恶，杀人为界，罪可罚，恶必除，这是当坏人要懂的起码

第七章　对决在逃杀人犯　331

的道理。马一鸣赌对了,仇林蓦地收回手枪,叹了口气说道:"兄弟,没用,他是龙哥的人,你杀了他,少不了要抵命,说不定还得搭上我们。"

"我命由我不由天,怎么可能由得了这毒鬼?不敢杀就把枪给我,我自己了断。"马一鸣道。

"疯了疯了!都疯了!你们看住他!这要是让龙哥知道了,老子的脑袋也保不住了!"仇林怒了,吼着船员们。看马一鸣已经没有威胁,匆匆地奔上机舱,拨出了卫星电话。

第八章

巧设局抓捕毒贩

不期有相逢

半个小时？一个小时？

不知道过了多久，昏昏欲睡中的马一鸣听到了轰轰的船声。

一旁坐着的大傻点了支烟给他叼上，看看他捂着的伤口，同情地说："兄弟，我帮不上你啦，龙哥的人来了。"

"止不了血，我也活不了，顶多再死一回。没事，大傻，上路前认识你我很荣幸啊。"马一鸣虚弱地说道。他开始有点冷了，匕首没拔，是不敢拔，他知道自己已经失血，很快就会昏迷，很快……一切都要结束了。

奇怪的是，偏偏不是同路人，大傻、何尚峰、光头杨却都聚在马一鸣身边，反倒没人同情已经躺尸的"老缅"，而且这货死了，反而大家更安心了。

"兄弟你还有啥要交代的？"光头杨悲声问，有点兔死狐悲了。

"没有了，一会儿把老子扔远点，别跟这只毒虫一块扔，省得他脏了老子轮回的路。"马一鸣道。

被"老缅"揍过的光头杨此时也胆大了，对着"老缅"唾了两口，应声道："放心，一定办到。"

这话听得有点不对味，何尚峰回头给了他一巴掌，骂道："还没死呢，说什么呢？"

"让开，让开……""船夫"在喊了。那条船已经靠近了，连隔板都没有放，一个人影飞身一跃上了甲板，跟着又跳上来俩，当头一位头发乱披着，短襟坎肩，露着两臂腱子肉，一把拎住了"船夫"，"船夫"连连告饶，几句说清了经过，那人一把推开"船夫"，拔枪、上膛，吓得大傻几人赶紧躲开。那人蹲下来探探"老缅"的鼻息，那样子无比淡定，甚至还伸手拔下了插在"老缅"眼睛上的"武器"，是半截筷子，一端磨尖了。

就这？可就是这武器，生生要了高手的命。

那人喃喃了句："死得可真冤啊！阴沟里翻船了。"

那人起身看向马一鸣，马一鸣却是情绪激动了，这一激动，那人皱皱眉头，蹲下身，仔细看着马一鸣。马一鸣强打着精神打量着对方，长发、满脸胡楂，和记忆中相比已然变了样子，这么突然地出现在他面前，马一鸣一下子不知道该如何了。

是803……是失联的803，马一鸣非但没有喜极而泣的感觉，反而有点恐惧了，这人……这人居然和"老缅"成同伙了？

"就是那个黑警察？"对方回头问。

"对对，就是他。您一定要跟龙哥讲，真不关我们的事，没想到啊，'老缅'的身手有多厉害您也清楚啊。""船夫"赶紧自证清白。

"这警察可真够黑的啊，比'老缅'还黑，有意思。"那人饶有兴趣地说着，打量着马一鸣，似乎在斟酌。

这刹那间的微表情被马一鸣捕捉到了，他喃喃说着："我肚子上插的这把匕首是用803钢材打的，很锋利。"

声音很弱，那人的表情微微有所变动，凝视了马一鸣几秒钟，然后起身，朝自己的两名随从要了电话，拨通了，接电话的时候随口安排了句："给他缝一下，止血。要活口。"

那两人默不作声地上前，抬着马一鸣放平，抽出随身带的简易工具，一人猛地拔出马一鸣肚子上的匕首，另一人压着止血钳，粗粗缝了几下，打上了几圈绷带，等电话打完，马一鸣已经昏迷了。

"应该死不了，虽然失血有点多。"一名随从道。

"龙哥怎么说？"另一人问。

"等着。老船，尸体扔海里……大晚上看着多瘆人。"那人安排着。"船夫"指挥着大傻去干这活，回头小心翼翼地指着马一鸣问："这个呢？"

"搁你船上养养……以后，他就是'老缅'了。"那人淡淡道。

"啊？""船夫"吓了一跳，这可是上位了，他紧张地说着，"这人可是警察啊，就算黑警察也是警察啊。"

"这回可真成杀人犯了，你觉得他能回得去，还是能卖你？"那人道——这怕是最好的投名状了，一下子便说服了龙哥。看"船夫"不乐意，他翻着白眼问，"'老缅'干的那活，要不你来……还

第八章　巧设局抓捕毒贩　335

是他们来？"

有些位置是其他人无法顶替的，比如上岸送货的、接应的，那有多危险，"船夫"自然清楚，脑袋登时摇得像拨浪鼓道："不用，不用，这不是有'老缅'了吗……不不，他就是'老缅'。"

"好了，跟上我们。"那人不多废话，领人先过船了。

两条船一前一后离开了，昏迷中的马一鸣浑然不知，自己没有归位，却取而代之，上位了。

G国，灯红酒绿的一处建筑，是远近闻名的销金窟，赌场、KTV、洗浴中心一应俱全，因为园区被打击的事，这小国也受到了波及，来寻欢作乐的人少了一半，平时热闹的赌场只有稀稀拉拉的几桌人。

刚刚归来的罗奕婷正和粟老板手下的钟仙妹无聊地呷酒，有句话叫"功夫都在诗外"，赚钱也如此，真正赚钱的生意其实表面是看不出来的。算起来不到一年时间，这幢楼宇、门口的豪车，以及户头的一串数字，让曾经为生活费捉襟见肘的港妹、那位经常发愁房租的胡明冬，还有这位混迹欢场的罗奕婷，都眼见着气质大变，讨论的内容已然变成了包包的样式、股票的走势等等。

一切都要归功于大家都称之"大公子"的粟丰盛。无人知晓他真正的来历，他就像横空出世一样，游走于东南亚上流阶层，很多人猜测他的身份是某某大人物私生子，否则无法解释那些权贵和富豪对他的推崇，捎带着最初跟着他的这几个也鸡犬升天了。

两个女士正在偷瞄一位帅哥，眉目挑逗时，老板的那辆奔驰泊在了门厅处，人匆匆地奔进来，都没像往常一样打个招呼就急急上楼了，两人相视一眼，看这样子应该是出了什么事，罗奕婷示意了一下，紧跟着老板的脚步上楼了。

敲门，迟疑了一下下，罗奕婷有点心跳加速，对于这个新贵她很耐心，也很细心。

听到回应的声音，她推门进去了，轻声关切地问候。粟丰盛表情有点扭曲，一副胃疼的样子，他甩出了手机，罗奕婷看了一眼，表情同样难堪。生意上的事，一具惨不忍睹的尸体，那是认识的人，龙哥手下的得力干将。

"被谁黑吃黑了？"罗奕婷问。

"要是那样倒好处理了，我要说是那个黑警察，你信吗？"粟丰盛道。

"什么？不可能。"罗奕婷惊愕了，不过看粟丰盛的表情不像开玩笑，更惊讶地问，"不会是'船夫'那群人反水了吧？"

粟丰盛解释着："'船夫'和龙哥……不对，咱们叫龙叔，他和龙叔叔都有二十年交情了，反什么反啊？"

"那……这怎么可能啊？"罗奕婷还是一时无法相信。

"你和这个人是旧识，把这个人的情况跟我详细说一下。"粟丰盛这回可真上心了，他喃喃自语着，"滨海一出事，生意都受阻了，结算刚出了问题，'老缅'又出事，这运输怕是也要黄了……这家伙简直是个灾星，到了哪儿，哪儿就倒霉……葛叔叔这脑袋是不是秀逗了，老是放不下旧事，总是想跟中国警察掰掰手腕，呵呵……这下好了。"

这么温文儒雅之人的嘴里，说的却是杀人灭口的事，罗奕婷听得战战兢兢的，不敢插话了，再看向他时，她轻声说道："我们是老乡兼同学,他追求过我,我辍学时在歌厅坐台,因为我,他和一帮客人打过一架,打得很凶,当时都以为打死人了。"

"后来呢?"粟丰盛隐隐感觉到,这两人的关系并不是这么简单。

"那帮客人中有一个人叫祝畴东。当时他爸应该是想把生意交到他手里,让他到五原市见一位大人物,结果他就惹祸了,不过还好他爸的'钞能力'起作用了,又是对方先动的手,他赔了一笔钱,动手的保镖被判了两年,就那么解决了……再之后,我可没想到祝畴东对我真上心了,追了我大半年,后来带我出了国,再后来就遇到了葛叔叔和您。"罗奕婷尽量轻描淡写,生怕触到什么让老板喜怒无常的情绪爆发的点。

"老祝一辈子阴险狡诈,偏偏生了个蠢儿子,呵呵,迟早得败光那点底子……我问你啊婷婷,葛叔叔有这么一个疯狂的想法,你给点建议。"粟丰盛道,期待地看着罗奕婷,然后缓缓地说出了这个想法,"让这个人成为'老缅',送货,怎么样?"

"啊?!"罗奕婷苦脸了。

"够疯狂吧,我刚刚也是你这个表情,但葛叔叔并不是一点道理没有,滨海那事还悬着,这个黑警察只要一露面就会成为标靶,要是给中国警察再加上一个'毒贩'的污点,那就好看了。"粟丰盛道。

"何必呢?我们做生意是求财,不是争一时之气啊。"罗奕婷真不明白这些人的脑回路。

粟丰盛却没有往下解释,如果这么聪明的罗奕婷也反应不过来,那似乎这个想法是可行的。他沉吟片刻道:"其实就是求财,这群老家伙比我们年轻人还疯狂。我们还是太年轻，算计不过这群老狐狸。"

他隐晦地说着，没说明白，罗奕婷思忖了好久，也没有明白其中的关节。

船停下了，而且一停就是数日。

随着船停，后方的侦查和追踪也跟着停了。

停船的位置在 G 国，距离某港二十海里的地方，而且在船停或者说信号停止移动三日后，"船夫"仇林所在的渔船驶回了中国海域，在进入领海时，海警截停该船例行检查，一切正常，船上全是渔获，所有船员包括仇林的身份都没问题，海警只得放行。

那艘船驶回了距离滨海一百七十公里的长浪港口，船是租赁的，已经出省，无论对于滨海公安还是海警来说，都属于跨区，不在管辖范围了，不管是协调警力还是派遣跨区侦查都需要时间，其实还涉及保密事项，又不方便兄弟单位深度参与，于是整体工作陷入了相对尴尬的境地。

这时候只有一条路了，就是去找那些船上的亲历者。不得已只能事急从权，于是海警船上的几个学员被紧急调到了长浪港。专案组详细分析了这些船员的特性，"船夫"仇林这个关键人物肯定不能动，放长线钓大鱼，他是长线上的那个饵；家在当地的船员也不能动，这里很可能是那伙人的一个窝点，不得不考虑地缘问题；算来算去，就只能在外地船员身上下手了，这些打零工的大多是船上拼几个月，上岸浪几个月，然后再下海，这类人出点事不会引起注意。

第八章　巧设局抓捕毒贩　　339

于是专案组就将目标定到了一个叫王海马的人身上，从监视器里看，这家伙短裤坎肩拖鞋，上了岸还是海员的打扮，侦查人员跟了几天已经摸清规律了，这人下船就三件事——喝酒、打牌、嫖娼。

"一会儿注意点啊，速战速决，不要引起太大骚动。"侦查员叮嘱。专案组带队安排的那几位，一个个清澈的眼光里透出来的满是愚蠢，真不知道潘处为什么要用这几号生瓜蛋子。

"咱们这是跨区抓捕，应该先知会地方警务部门吧？"乔小旦比较老实，弱弱地问了句。

那侦查员一听，解释道："所以让你看住门口呀，没你的事。"

这是被嫌弃了，乔小旦闭嘴了。那几位可是跃跃欲试，老侦查员拍拍郝昂扬，指指手表示意时间差不多了，一个摆头，四人迅速冲进了小旅馆，后到一步的乔小旦守着店门口。片刻后便听到楼上有女人尖叫，四个人押着一个蒙着头的男人下楼了。老板知道啥情况，吓得钻柜台下面了。服务员有点愣，追着问："怎么了，怎么了这是？"

"自己店里搞什么生意不知道啊？不能问。"郝昂扬横眉瞪眼，一句话把服务员搞蒙了，眼睁睁看着那几个人押着个客人扬长而去。

"老板，老板，快报警，抓人啦。"服务员嚷着。

"快回来，快回来，报什么警啊，上面干啥你不知道？"老板一脸恐惧，明显做贼心虚。

"不对呀，抓嫖娼也不能光抓男的，不抓女的呀。"服务员怀疑了。

"回去,咋的,等着把你表姐也抓了呀!"老板训斥道,一句话把服务员吓退了。

紧跟着,一个衣衫不整的女人从楼上下来,捂着脸跑了,还真是亲戚,那服务员喊着"表姐表姐",追出去了。

这事没有引起任何注意,港口工人来来往往,少上一两个没人会在意。

不过在赶回滨海对嫌疑人突审时,却爆出来一个吓人的信息:船上打死人了,被扔进海里了。

至于是谁,王海马说不清楚。但凡办点黑事,船员都被撵回舱里,只有船老大和几个心腹在,那晚上甲板就只剩一摊血,当晚他们到了泊船地,船老大的心腹都下船了,还有一个是被抬下去的,再然后,船老大和他们一块回来了,给船员们结算了两万块工资就下船了。

侦查很快挑出了毛病,出海不到一个月就两万块工资,合理吗?就你们打的那点渔获,够油钱吗?你有盗窃前科,正常渔船作业能要你这货色?

这是个小毛贼,一顿诈唬,又爆出来点新料,那渔船不是光打鱼,还捎带拉了十几个人,具体来说……记不清是十七还是十九个,都是在T国海域交接的。至于怎么联系的,他一概不知,就是老乡给消息来干活就跟着干,船上的规矩就一句话:上船不提岸上事,下船不提船上人。

当然,这人扛不住审讯,到滨海时,王海马已经把那个"黑警察"在船上的遭遇全部回忆成一个悲惨故事了,简单讲就是,上船就被船老大那帮兄弟揍了个半死,后来又被那个文身的"老缅"

第八章 巧设局抓捕毒贩 341

揍了一顿，接着还被揍，再往后仍然是被揍……那晚船上动静老大了，王海马上去洗甲板时看到老大一摊血，冲了半个小时才冲干净。

所以，他的判断是：人应该是被弄死了。

这条案情信息导致的直接后果是，欧阳惠敏被省厅正式指派为803专案组组长，潘渊明被省厅督察处召回，并且明令发文暂停职务，尚未说明去处，不过明眼人都看得出，潘渊明政治生命已然走到尽头了……

相逢恍若梦

第几天？不清楚。

在哪儿？不清楚。

仿佛一个长长的梦，梦里马一鸣重回了少年时光，醒来时浑浑噩噩，虚脱了一样……不，真的虚脱了，动下手指都困难，于是又睡着了，等他能缓慢下床，却看到了几个不认识的人在警惕地看着他，于是他放弃了，继续睡。

有时候真说不清楚，人命如草芥，可越艰难越顽强，很快他连睡都睡不着了，能开口要烟抽的时候，那些陌生人就知道他已经恢复了，不过没人理他，有一天他听到了大傻在咋咋呼呼地叫嚷，才明白自己真的逃过了一劫。

或许，这是更大一劫的开始。

他回想着那晚见到的那个人，肯定是803无疑了，但与留存的影像相差甚远，不过当他看到镜子里的自己时也能理解，就海上这堪比原始社会的生活方式,变成什么样子还真不是自己说了算的,比如他自己,长发快盖住眼睛了,齐齐的牙齿豁了两颗,脸上新伤旧伤都成了疤,这样子就是回去怕也没人能认得出自己了。

值吗?他不止一次地看着自己的双手,耳边总是闪现"老缅"死前的惨号,那么恐怖的事,"老缅"居然没有变成鬼来梦里折磨他,还真有点意外。其实在心里,隐隐地还有一种快感,是来自杀人的还是来自除恶的,他捋不清楚。

噔噔脚步声响起,舷梯不高,似乎不是来时那条船,听到了推门声,马一鸣正待假寐,不料却是大傻和何尚峰来了。何尚峰端着吃的,大傻神秘兮兮地拿出根香蕉塞给他,这可是稀罕物,每天饭里煮的都是各类海鲜,能吃到人反胃。

两人看着马一鸣吃,似乎比他还有劫后余生的那种喜悦。马一鸣吃着问:"怎么了你们俩?"

"前两天净说胡话,我们以为你扛不过来了。"何尚峰道。

大傻接着话茬说着:"你要一口气过不来,现在就不是在吃海鲜,该着海鲜在吃你了。"

马一鸣"噗"一声差点喷了,这哥们儿向来口无遮拦,何尚峰推他一把让他别刺激人,大傻却说:"这么能吃,早就好了,多大个事啊。"

"哎,对,我躺了多久了?"马一鸣问,昏迷得已经失去时间概念了。

大傻掰着指头数,然后蒙头看向何尚峰,在这里几乎没有时间观念,两人说不清是十一还是十二天,这让马一鸣有点揪心了,又问船上怎么变得陌生了,那二位解释了,船老大早回去了,这是别

第八章 巧设局抓捕毒贩　343

人的船。

"啊？那你俩咋没回？"马一鸣惊愕地问，这可与原计划背离了。

"兄弟，你是真傻了吧？我们什么身份，正常能回去吗？"何尚峰道。

哦，对，这俩，不，包括杨天都在通缉令上了，不可能通过正常渠道回去，要回也得是月黑风高，悄悄地潜入。说到这茬，王十六傻里傻气地说了："咱四人被通缉了两对，多了个光头杨实在不美啊，要不凑个桃园三结义不正好？"

"哦呀……"何尚峰牙疼了。马一鸣笑着说："姓也不对呀！怎么了，大傻，我怎么听着你对我如此景仰啊？"

"那必须的，我刚上船就被'老缅'这狗日的打来打去，何尚峰不也一样，实在是干不过他……兄弟，还是你厉害啊，牛，干死了那狗日的还能这么当没事人一样，更牛。"大傻由衷地敬佩。

这把马一鸣赞扬得都不好意思了，他好奇地小声问："那什么龙哥，这里都是他的人？为什么……我杀了他的人，还救我？"

"缺人才呗，敢贩人口的多了，敢白刀子进红刀子出的人可不好找。兄弟你绝对上位了，以后我们哥儿俩都得靠着你呢。"大傻道。这解释不伦不类的，还是何尚峰比较明事理，他沉吟道："倒也有这层意思，卖药的这团伙里，没点案底的他们还真不要你。"

言外之意，背上人命，那就是妥妥地拿到入职录用通知了。

马一鸣表情别扭，问这兄弟俩："怎么了？你们确定加入了？"

"我们一直就干着呀！"何尚峰道。

"都干一两年了。"大傻道。

马一鸣惊讶得饭盒都差点扣地上了,敢情这傻哥儿俩还是毒贩?看他一副不信的表情,何尚峰说着:"我们就负责运到公海,也不是常运,不多。"

"也不少吧,今年都好几回了。"大傻道。

敢情这回是真把马一鸣当兄弟了,实话实说了。马一鸣却是一千个不相信地问:"你俩确定,卖的药……是正经药吗?"

"必须正经啊,这头一颗块把钱,回去一二百。"大傻道,这货没有是非对错的道德观,说得如此轻巧。何尚峰说了:"你当这条子的听着毒品觉得吓人,其实出海的人抽货的多着呢。"

"那你俩咋不抽?"马一鸣反问。

大傻和何尚峰互视一眼,然后大傻说了:"我俩逃出来穷得连吃饭都成问题,抽不起啊。"

算了,马一鸣被打败了,对于这俩底子还没坏透的人,他提醒道:"那活不能干,太害人了,小心天打五雷轰,将来生小孩保准没屁眼。"

劝他们得简单直接,何尚峰听这话一脸戚然,马一鸣以为触动了他们,可不料何尚峰反问了:"你说是天打五雷轰惨呢,还是被人不明不白杀了扔海里、埋垃圾堆里更惨?还生小孩,我现在都希望我妈没把我生出来,就我们这样,考虑将来有意思?"

"你看,'和尚'活得多明白。"大傻指着不明事理的马一鸣说,"害人不正常吗?你都杀人了还怕这个?咱们活着还不都是害来害去,你害我,我害你,谁更坏点,就能活得更好点。"

不对啊,这俩兄弟是来做思想工作了?

马一鸣一思索，换着话题问："谁让你俩来的？"

这哥儿俩心眼儿没那么深，一听愣了，"你咋知道"这句差点从大傻嘴里迸出来，看那不自然的表情就知道不用说了。马一鸣哭笑不得地说："贩毒是个技术活，我就算贩也不跟你俩搭伙，一边凉快去。"

门开了，一个大个子矮着身钻进来，大傻和何尚峰对此人心存畏惧似的，诺诺告辞。那人小心翼翼地关上门，然后看着马一鸣。

没有吭声，那人开口了："可以说说了，时间不多，很快就要离开。"

可这从何说起呢？都没有更多的交代，也没有明确的任务，或者说他的任务就是找到803，可现在算什么？人倒是找到了，但无济于事啊。马一鸣开口道："我的任务就是找你，你没暴露啊？"

"刚才你那么说话，如果是其他人，恐怕就暴露了。"803道。

"我的人设就是'黑警察'，黑是表象，警察才是内里。"马一鸣道。

那人拍拍自己脑袋，想了想说道："这应该是老潘想出来的馊主意……好吧，长话短说，我被葛飞推荐给了粟丰盛，这个人和葛老、毛大龙有关系，我怀疑和二十年前那宗走私案有关。葛老应该是葛亚杰，他们都是同案，T国沿海这一带最大的毒品供应商就是毛大龙，现在你所在的这条船就属于他们团伙，这一船成员一半来自毛大龙那边，一半是粟丰盛招募的，我的任务是接近葛飞，找机会侦查'船夫'的犯罪事实，不过很不幸被招募进了这个贩毒团伙。"

那人停顿了下，生怕马一鸣接受不了似的，看他没反应，又继续介绍着:"他们的运作模式是,就在船上建一个移动的毒品加工厂,一批货的制作周期是八到十五天,受天气影响较大,制作完成后,会送到公海分发给接货人,再卖回内地……或者直接送到远洋货轮上,也是在公海分给接货的走私船。内地的分销人员应该都是毛大龙多年经营的底子,他弟弟毛小利曾经就是跑这条路的,后来被海警抓捕,不过之后不明不白死在看守所里了。"

马一鸣在倾听,那人又继续道:"我来之后只见过粟丰盛两次,他们看得很严,没有通信、不相互打听、人不落单,除非是补充给养,否则船都不靠岸……这个团伙究竟有多大我无从知道,不过据我判断,新兰镇葛飞应该是负责洗钱那块的,'船夫'干的是找人和跑腿的活,从内地找想发财的人,全部用偷渡船拉到境外卖给园区。整个链条被分成多个环节,更多的我就接触不到了。"

停顿了下,马一鸣想了想,说道:"这就鞭长莫及了,毒源在境外断不了源头,不管抓多少毒贩都是治标治不了本……而且,你也知道得不多啊。"

难堪了,803有些尴尬、无奈,他又看了眼时间,直接道:"兄弟你信我吗?"

"我说不上来啊。"马一鸣道,两眼迷蒙,总觉得一切不该是这个样子,可偏偏就是这个鬼样子,哪怕进来了,犯罪团伙看着依然像狰狞怪兽,根本没有机会洞悉其全貌。

"那你就信我吧,反正也无路可走了。园区好像出事了,出货停了几天,但马上又要出了,但凡出货,都会用到很多人。比如'毒骡子',也就是携毒人,他们要么直接送货,要么体内带毒,投石问路。知道为什么叫他们'骡子'吗?"

"下面没有了？"马一鸣道。

"对。毒骡子和毒品一样，都会被视为消耗品，反正在这儿不管是毒品还是人命，都不值钱……"803道。

马一鸣听着觉得803似乎跑题了，他皱眉问着："你跟我说这些干什么？这些人拯救得过来吗？"

"不，我的意思是，这一次送货你可能得当毒骡子了。"803语不惊人死不休似的来了一句。

这句刺激得马一鸣差点跳下床，803赶紧道："别激动，别激动。"

"不管是贩毒失败还是贩毒成功，我都是死路一条，那真成实打实的黑警察了。"马一鸣咬牙切齿怒道，真要去贩毒，怕是自己都不会原谅自己。

"这由不得你。园区出事，上面准备把你灭口，不想节外生枝，其实是你自己争取到了一个继续活下去的机会。"803道。

"机会？"马一鸣怒了。

"对，敢杀人在这行看来是优秀品质，不是什么人都敢干的。而且可能恰恰因为你杀了人，上面的才敢用你。"803道。个中原因容易理解，都具备反社会反人类的素质了，肯定回不到正常社会了。

"让我想想。"马一鸣黯然道，又是一个不得不做的选择。

"那你快点。"803道。

"什么时候走？"马一鸣问。

"一个小时后。"803道。

马一鸣怒目而视，那人表情有点尴尬，喃喃说着："别怪我，这是活着出去的唯一出路,你在送货期间也许能找到机会出逃,即便被抓到也有机会……而在这里,不会有任何机会。"

"那你呢?"马一鸣突然问。

"你刚才已经说了,豁免希望渺茫,我……恐怕回不去了。"803如是说,表情黯然,然后递给马一鸣几张烟盒纸,那上面密密麻麻写着船只的编号、时间,告诉马一鸣死记硬背下来。这时候他像变了一个人似的,不让马一鸣问,逼着他迅速背,等背下来后,他把纸一撕,往嘴里一塞,头也不回地出去了。

马一鸣怔了良久,心里五味杂陈。

"找到了,找到了……"

肖景辰阳兴奋地从椅子上跳起来了,众警员迅速围到了他身边,连会议室里的欧阳惠敏也被惊动了,急急奔出来。

当然,不是找到马一鸣了,而是找到"船夫"仇林了,自在长浪港登陆后,这个人像幽灵一样迅速消失了,机场、高铁、高速,任何公共监控都没有捕捉到他的影像,没想到今天找到时,人已经在千里之外的羊城了。

"我是通过关联号码找的。王海马提供的招工老乡的手机号,有几个不常联系的,有几个是登陆前后联系过的,我把这九个手机号的拥有者的所有行程都捋了一遍,只有这一个很突兀地出现在羊城,而且手机仅用过一次就处于关机状态。根据三角定位,我把通话时间对应到拨出地的公共监控,找到了疑似'船夫'的身影……网络有延迟,跨市的数据需要访问当地的数据库……十五分钟前,他进入了深南大道一家咖啡厅……我想办法连一下。"

肖景辰阳运指如飞,键盘上几乎掠起了残影,这里的访问权限是省厅给的,级别足够,不一会儿,屏幕上跳出的画面中,恰能看到"船夫"的侧脸,他正在和一对男女接头。

此时,"船夫"浑然不觉,数十米外的交通摄像探头微微倾斜了一个角度,正对着他视线可及的窗户,他很笨拙地拿起了咖啡杯,把一包烟递给了对方,对方拿起烟盒,打开,里面是一张卡片,正面雕着金龙,背后是一组数字。那个女人拿起电话,拨通,似乎确认了身份,等放下电话时,已经是满脸笑容。

"不好意思,毕竟我们是头回见面。"女人客气道。

"不客气,应该的。那可以交易了吗?""船夫"问。

女人比画了一个"OK"的手势,把手机递给了"船夫","船夫"摆弄着上面一个飞机样式的软件,这种阅后即焚的软件是业内通用的,他帮忙加上了一个人,然后还回去。她客气地道:"按照惯例,我们得验一下。"

女子递过去一个电子钱包,那男子连上电脑,一通操作。女人看了片刻后点点头,确认无误,笑道:"龙哥信誉一向很好,账户信息给我吧。"

"'飞机'上马上收到的就是了。到账后,密钥也会传过来,我的任务就完成了。""船夫"笑道。

转账成功。很快那女人收到了信息,保存,将手机递给男子,转瞬间整个钱包页面解码进入,又是一个"OK"的手势。

结束,那女人起身伸手和"船夫"相握,笑吟吟地道:"那我就在老家恭候龙哥送喜了。"

"很快,龙哥的信誉您放心。沿途一切风险我们自负,直至送到。""船夫"道。

两方作别，转眼间桌子上只剩下两个几乎没有沾唇的杯子。

"这……"

见面不足三分钟，监控的警员看蒙了，这可来不及派出外勤，加上网络延迟的这会儿工夫，估计都不见人影了。欧阳惠敏联系着省政治处，看是否有会读唇语的人，这头肖景辰阳喊着："欧阳组长，你看，有点不对劲。"

还有不对劲？再凑上来看，却是咖啡厅出门的监控，那个画面看得更清楚了，不过却不是"船夫"了，而是两个女人，虽然是一前一后出来的，却上了同一辆出租车，她们一出现，就被大数据锁定了。

一个是罗奕婷，一个是钟仙妹，这是专案组对所有嫌疑人设定的锁定数据。钟仙妹曾经和粟丰盛一起出现过，这是她消失很久后的首次露面。另一个嫌疑也是越来越大。

"似乎在密谋什么交易。"有位警员道。

"大庭广众之下啊，可能吗？"又一位警员道。

这启发了思维，肖景辰阳以及不少警员都脱口而出一个字母："U！"

"'船夫'肯定是个中间人，而且以此人的背景来看，他并不像个玩U的主。那我们是不是可以这样设想一下：钱换成U只是第一层，接下来的交易，再拿U买其他货，比如……毒品？！"欧阳惠敏思忖着如是道。

"查查这个人的身份应该就知道了。"肖景辰阳把接头女人、男人的体貌特征还原，输入了联网数据，这是全国联网的数据库，只要是有过前科的都会在其中有记录。很快，电脑停滞，数据一闪而过后黑屏，嘀嘀的蜂鸣声响起，跳出来弹窗显示：您无此授权，请重新选择！

在场的警员明白了，这是被同级或者更高一级警务单位设置访问权限了，估计是查到大人物了，欧阳惠敏拿出手机等着，笑着对大家说道："我猜应该是个毒贩，而且是正被监控着的毒贩。"

话音刚落，电话响起，是省禁毒局的电话，禁毒系统反应可真够快的。欧阳惠敏几句话说明情况，扣了电话，对大家道："猜对了。不过也麻烦了，省禁毒局要求我过去说明情况。"

"我们这里……"有位警员欲言又止，线索出现，应该及时跟进才是。欧阳惠敏走了几步，摇摇头道："不用，这些人的追踪难度极大，他们随便找个车后面一藏，我们的监控就全部失效了，'船夫'这个人很谨慎，你们要将他作为职业犯罪对手看待，我估计他很快会出现在另一个城市，等我从禁毒局回来再说。"

她安排妥当，匆匆离开，上车时想想觉得这事应该通知潘渊明一声，老潘被暂停职务，以普通警员身份专事803一案，省厅的态度也很明了，估计这案子要是没转机，潘处的职业生涯也就到尽头了。

正斟酌怎么安慰老潘几句呢，老潘的电话来了，电话里就一句："信号动了！"

什么也不说了，一阵激动和狂喜袭来，欧阳惠敏有点失态地踩了一脚油门，车猛地飙出去了。

随风潜入夜

"这里是海警2303舰,请立即停船,接受检查。"

急促的警报声、严厉的喊话声,惊飞了海面上一群鸥鸟,远处的渔船泊停了,自海警舰上下水的两架摩托艇划着漂亮的水线驶向渔船。

登船,临检,自机舱到渔获舱、冷冻舱、淡水舱,全副武装的海警队员逐一看过,领队的看船主表情淡定,基本就判断应该没有收获了。

随着逐一的汇报,检查结束,领队递到船主手里一张通缉照,敬礼道:"我们正在追捕照片上的嫌疑人员,如果有任何信息,请联系我们。敬礼。"

"一定一定。"船主谄媚地笑道。

摩托艇载着海警离开,随即渔船再次起航,无人知晓的是,船主腿肚子打着战,生生地抹了一把额头的冷汗,直到海警舰驶远,这口气才算喘过来。

信号,就在这艘"渔政5213号"渔船上,但没有任何发现,临检的记录随即回传。

此时在专案组驻地,警员一帧一帧分析着执法记录,船员的面部特征,一个一个呈现在屏幕上,警员对着船内各舱的细节,一点一点查找可疑点。

但奇了怪了,没有任何疑点,同时该船的十一名船员中,没有任何可疑人员,甚至连有前科的人员也没有。

每遇到案情无法推进的节点,这时候就需要指挥员以他的经验或者直觉去指示方向，这时候，不少人都看向了欧阳惠敏，她看看时间，正是下午五时四十分，苦等了三天才等到的信号指示，为什么会在一条空船上？其实登船临检的海警里就有地方警员，即便有发现也会佯装未知，但根本没有发现就奇怪了。偏偏到现在，信号还在指示着，它在向陆地缓缓靠近。

想不通所以然，她踱步回到会议室，推开门，潘渊明正在看着信号发呆。欧阳惠敏出声问道："信号的载体是什么？"

潘渊明慢慢地指向自己的手表，欧阳惠敏眉头一皱，马一鸣似乎收了只这样的"贿赂"，应该是技侦上的人给表动了手脚，可就那么戴着，能不出意外吗？

"如果不出意外，应该就是他回来。如果出了意外，就是知道意外是个什么情况的人回来。你急什么？"潘渊明似乎窥到了她的想法。

"没有嫌疑人，没有嫌疑人物品，只有信号，能说明什么？"欧阳惠敏问，她说出自己的设想，"这只价值不菲的表，难道不会被卖掉，或者送人？"

"不会，你要相信一鸣，以他睚眦必报的性格，谁要是惹了他，就是死他也不会让对方好过的。"潘渊明道。

欧阳惠敏呆立了几秒，叹了口气，不得已回头安排警力，抢着时间在信号登录陆地后实施实时追踪。

信号，信号……一只戴着表的手缓缓地从水里伸出来，抓住了绳子，沿着绳梯往上爬，跟着又是一个人，接着还有一个，最后上来的，还挂着氧气瓶。

四人登船后迅速钻进舱里，换衣服，灌口白酒，大口地喘气，不用说，这是潜回内地的大傻、何尚峰、杨天以及马一鸣了。此时见识了渔船的藏人绝技，前有船只探路，刚看到海警船他们就下水，沉在船底等待检查，四个人靠着氧气瓶换气，能憋差不多半个小时，足够应付任何检查了。

这就回来了？马一鸣莫名地心里有点激动，不知道是不是近乡情怯，他又灌了口，急得大傻抢过他手里的酒，愤愤道："暖暖就行了，你真能喝。"说着，自己不客气地清瓶了。

正穿着衣服，情绪明显不怎么高的杨天还没说话，那船主探头探脑进来了，对着他们看，何尚峰一把揪住他，龇牙咧嘴地问："看什么？"

船主紧张地把纸递给他，是刚才海警给的。何尚峰一看乐了，虎着脸问："咋的，报警领奖？"

"报警才奖多少钱？"船主瞅瞅马一鸣，明显发现了，指着他道，"肯定没这位兄弟加得多，是不是？"

"嘿……"大傻看不惯这奸商嘴脸，骂骂咧咧着就要上手。马一鸣一拦他道："没错，冲你这眼力见儿，加倍，下船付你。"

船主一阵狂喜，千恩万谢去了。众人发愣时，马一鸣说："反正又不是自己掏钱，省个屁。"哟，说话间瞅着杨天表情不对劲了，他关切地问着，"咋了，老杨？你这不是想媳妇，跟死了媳妇似的。"

那哥儿俩不厚道地笑了，这一笑，杨天又差点哭出来，他难为情地道："我跑了还指望在外谋个生计呢，这搞得，又回来了？我说，咱们这回去不是死路一条吗？"

"问题是留那儿,也不可能有活路啊,那是条制药船。"何尚峰压着声音道,"据说那地儿更可怕,真要出事,军警来了根本用不着枪,而是直接用炮轰死你。"

马一鸣看向何尚峰,敢情这货知道得不少。何尚峰把通缉令递给他,笑着道:"老杨,恭喜你啊,你排在他们前头。"

第一就是杨天,接着是马一鸣,"老缅"陈向南反而垫底了。大傻瞅了眼,好奇地问着:"这也没说奖励多少钱啊。"

"你就巴着我们悬赏金额多点,好卖我们?"杨天怒了。

大傻直接摇头说:"这关系到咱们兄弟的排名,我觉得小马兄弟不悬赏十万,都是对兄弟的不尊重。"

"滚滚滚……"马一鸣烦躁地揉乱了通缉名单,咦,似乎不对,他又撑开,当看到电话时,眼睛亮了,留的联系电话,居然是专案组的紧急号码。这一刹那他心里狂喜,这说明家里知道他的位置了。

"你咋了?"大傻傻是傻了点,可眼神太好,居然发现马一鸣一闪而过的笑容了。

马一鸣反应也快,郑重道:"我高兴啊!这仅仅是一个市公安局的通缉令,还没有上升到全国通缉,说明我们有机会溜,比如你大傻,还有你和尚,挂上网逃名单也有两三年了,经过现实的锤炼,一般情况下,都抓不着你们对吧?"

"那必须的,我们哥俩隔三岔五就回来浪,照样没事。"王十六嘚瑟道。

何尚峰还是聪明点,补充道:"反正心惊肉跳的,总觉得有事不安生啊。"

"其实只要不在滨海，就没那么危险。哥儿几个，商量个事，明儿看情况，没啥危险就干喽，感觉不对，就赶紧跑啊，这毒骡子不好当。"马一鸣小声教唆着。

杨天自然是同意，那兄弟俩却是面露难色了，何尚峰摇头了，反驳说："没百分之百把握，人家肯定不用你，既然用你了，肯定就让你不敢半路跑。"

那咋的，还得派个人拿枪顶着脑袋干？那还不如他们亲自送算了。既然送货，一路变数肯定多呢，却不料还是不知者不知其厉害之处，何尚峰说出一个让马一鸣和杨天都瞠目的办法：报警。

对呀，你带着毒品，包装上都有你的指纹，你敢跑人家一报警，你不照样扛着打头的罪？倒还不如拼拼运气，万一送到还能猛赚一笔呢。

这毒贩的骚操作，真把马一鸣听得无语了。

船驶到半夜终于停下了，昏昏欲睡的众人被叫醒，上了一辆货厢车，密不透风，根本看不到外面的情况，紧跟着又被拉到一个密封的大房间，仍然看不到外面的景象，又睡了个昏天黑地。马一鸣心里清楚，这是等你丧失了方向感、辨识感才方便驱使，人在黑暗里待久了，不管是心理还是生理的敏锐性都会退化，到你都憋不住想离开这比监狱还难受的地方时，那就是时候了。

毒品、毒品，全是毒品……

粉状、片状、颗粒状、液体状、膏体状、不规则块状，整整在会议室桌上摆了几十种，这是近一年缴获的毒品样本，标明了所属的案件编号，其中较醒目的就是那罐红色颗粒状的新型毒品，在新

第八章　巧设局抓捕毒贩　357

兰缴获的样品。

禁毒局陈局看了眼自己手下的两位队长,不知道上级对汇报满不满意。准确地讲,这会是上级安排的,来听的却是欧阳惠敏和潘渊明。对于这两位,他有点揣摩不准来意了,潘处职务暂停,欧阳处长吧,似乎不管具体案件,怎么也搞不明白,他们居然对毒品这么上心。

"毒品样式更迭,有规律吗?"潘渊明好奇地问了句。

一位队长摇头,笑了,直接解释道:"规律取决于制毒人员的脑回路,花样更迭也取决于这个,一般情况下更迭会很快,这也是他们反侦查的一种手段,也生怕我们找到其中的规律。"

"那么在新兰镇发现毒品后,其他地区的兄弟单位有缴获同样的毒品吗?"潘渊明问。

"有,湘南、粤省等十几个地市都缴获过这种以尼美西泮为主要成分的新型毒品,里面含尼美西泮、甲基苯丙胺等多种管制类药物,配比很精确,工厂级的产品,境外输入。"一位队长道,看潘渊明还在等着下文,他补充说,"不过,之后就再没有发现了。这也算贩毒市场的一个规律,一个样式推出来之后,卖一批、折一批,然后就会马上换一批。"

"能不能……我有个猜测啊,能不能通过药量的配比、制作的工艺,来判断两种以上的毒品,是否出自同一个地方?"潘渊明试探地问。

陈局长笑了,直接解释道:"我来告诉你吧,一般是不可能的,我国毒品管制得严格,导致一般人对毒品制作方面的认知普遍较低,但这东西对于稍微熟悉点化学常识的人来讲,相当容易,就如枪一样，我们这儿私藏都属违法，但在一些常年战乱之地，手工都能搓出来……只要有原料，不同的配比就是不同的形态，不同的压片机压出来就是不同的产品，这你没法判断啊。"

"哦……"潘渊明有些许失望，看来禁毒局之行要无功而返了。

欧阳惠敏一直沉吟未语，陈局长好奇地问着："欧阳处长，您这是……"

"我们有个案可能涉及毒品，这不来恶补一下常识，海上的贩毒，陈局您了解吗？"欧阳惠敏问。

"我们国内多地的毒品都来自海外，很大一部分都是通过海路走私进来的，这块归海警管辖，但海岸线这么长，恰恰又都是警力薄弱的地带，海警就是再强大，也不可能防成铁板一块啊，整体打击毒品的形势还是相当严峻的……"陈局长道。

当进入官话环节的时候，基本就快结束了，两人告辞，结束这次连夜造访，回到车上时已经是晚上十点了。两人像有心事一般，上车第一时间就是掏手机看信号，信号仍然停留在原地，而且很弱。

地点在长浪港一处无名工地，特勤人员已经到达实地，是一处类似修理厂的环形大院，毗邻公路，疑似废弃，不过周边就是村落，无法抵近侦查，那院落连着两天愣是没有一点动静。

"你得有耐心，不要夹杂个人情感。"潘渊明淡淡地提醒。

"同样的话送给你，今天你比我多看了两次。"欧阳惠敏回敬了一句。

潘渊明笑了："好吧，我只当安慰自己了，我又审了王海马几次，其中有几个疑点啊，他说那个陈向南，也就是绰号'老缅'的人很厉害,但下船时并没有看到他……而且也并没看清抬下去的是谁,你说会不会是……"

"悬,要是我师父还有可能,马一鸣那半吊子水平,够呛。"欧阳惠敏直接回敬道。

潘渊明不服气了:"那我跟老徐也有得一拼,但是……"

但是同样在马一鸣手下栽过跟头,欧阳惠敏叹气笑道:"好吧,我尊重你的推测,能好好开车吗,几点了?"

"呵,言不由衷。我跟你打个赌,如果不是全力戒备的情况下,和马一鸣打照面的对手百分之百要吃亏,所以我认为,回来的,绝对是他。"潘渊明斩钉截铁道。

就像故意打脸似的,电话铃声同时响起,两人又是不约而同地掏出手机,然后惊喜来了,信号终于动了。监视的外勤跟着信号拍下了一组画面,专案组用技术手段锁定了信号指示的人。

不是马一鸣,而是个一米九的大个子,虽然看不到面部,但可以肯定绝对不是马一鸣。

"自从遇到马一鸣,我的判断都失误了。"潘渊明心凉了,最后的希望被掐了。

"不要带个人情绪,这些人该怎么处理?"欧阳惠敏提醒道。她知道潘处对马一鸣的期待很高,可能正因为期望太高,所以失望就更大了。

"等,等所有的牛鬼蛇神跳出来再收网,否则都对不起我们的损失。"潘渊明咬牙切齿道。

忍耐已经快到极限了,但对犯罪团伙情况的掌握还远远不够。

在专案组驻地,偌大的电子地图上,被标识的嫌疑地点数个,被标识的嫌疑船只四艘,被标识的嫌疑人也在慢慢增加。信号指示锁定的人很快在交通监控中辨识出来了,姓王,名十六,这个嫌疑人是专案组的老相识了,因为罪行较轻,在团伙中位置不高,所以一直被放着没有实施抓捕。

警务实践中很多时候出于需要不得不放任一些嫌疑人,以期从他们身上取得更多更大更有价值的线索,此时王十六的价值可就无限提升了。潘渊明和欧阳惠敏回到专案组驻地时,所有关于"大傻"王十六的信息已经全部梳理呈现,这货人如其名,大半夜像犯傻一样,开车飙上了高速,一路狂奔。

抓捕似乎还不到时机,就这一人一车,能玩出什么花样来?

"快出省了。"有位警员提醒着,沿途监控回传了抓拍照片,这货叼着烟打着哈欠,看不到后座。

"我们的人呢?"潘渊明随口问。

"跟在他车后不到三公里,随时可以追上他。"警员汇报。

"放大一下他的画面,手腕上。"潘渊明道。

几帧画面被选择性放大,其中有一张左手的图片,看清后,上面赫然是一只表。

对,一只表,欧阳惠敏默然无声地看着潘渊明,潘渊明此时深吸着一口气,良久无语……

"一号报告,一号报告,无名地点还有人,又进去人了,出来了三个人。"

一声现场的汇报响起,打破了静默,所有人都看向了回传信息的屏幕。夜色笼罩下,大院里影影绰绰出来三个人,出门上车,就像刚走的王十六一样,三人离开了。

"一号报告,现在这里只有我一个人,是否追踪?"

"不用。"

潘渊明回答,然后抚着下巴来回踱步,理论上这种时候应该协调当地警力或向上一级汇报,但问题是情况不明,不管是汇报还是求援,都师出无名啊。就连欧阳惠敏也头疼了,只得安排对这辆新标识的嫌疑车辆进行追踪。

"一号报告,一号报告,又有人来了。"

众人又被吸引到屏幕前了,一转眼,又带着人走了。

再标识一辆嫌疑车辆,过了不到半个小时,传话又响起来了。

"一号报告,一号报告,又来了一辆车。"

驻地警员有想砸了屏幕的冲动了,谁也想不通这大半夜的折腾什么呢。

夤夜路三千

时间是凌晨一时。车后座上假寐的马一鸣感到车速放缓,车拐了个弯,然后停了下来。他起身时,恰好路过收费站,开车的是一名陌生男子。自长浪港被带走后糊里糊涂上了车,糊里糊涂走了一个多小时,现在糊里糊涂也不知道是什么情况。

真正控制人的方式是简单且直接的,就是安静,关在舱里,关在黑屋子里,偶尔会有故意亮着枪、面相狰狞的人出现。可能提供的食物也有问题,前两天马一鸣迷糊得一直想睡,而现在总觉得口渴,死活没困意,而且精神头超级好,有点运动后兴奋的那种感觉。

他心里隐隐有不妙的感觉，可能陷得越来越深了。

"交代几件事，接下来的路要由你一个人走了。"那男子开口了，声音低沉，一直拉着帽衫挡着头。这衣服同样配给了马一鸣一件，原因很简单，肯定怕在监控里留下尊容。

"第一件事，下车。"那人停下车，把马一鸣叫出来，开了后备厢，里面赫然是十袋子防水纸包装的东西。马一鸣心一抽，那人提醒着，"放备胎空间里，锁上。"

在手机的灯光下，马一鸣逐一放入，锁上，对方一把拿走了钥匙，那是一把环形锁，不好锯断的那种，这似乎有点脱裤子放屁了。马一鸣这嘴可闲不住，忍不住嘟囔着："有用吗？别说锁车上，藏屁眼里都会被缉毒警抠出来。"

这恶心笑话对方根本没理会，提醒他道："你以前似乎是个黑警察？"

"啊，怎么了？"马一鸣问。

"怪不得呢……这些货要落到真正的警察手里，那毒枭只能是你了。"那人道。

马一鸣一愣，然后明白了，经手的东西全部留下了自己的指纹，真到缉毒警手里，怕是用不了一个小时就能把他的老底刨出来，而且还锁上了，这是生怕自己半路溜号呢。

"看来你已经明白了，上车。"那人提醒着，让马一鸣上了主驾座位，他坐到了副驾座位，告诉马一鸣，这是辆"九手"的马自达，不过被整备得工况很棒，后备厢里还有一百升备用油，接下来马一鸣的任务是要跟着手机的指示开向目的地，交给收货人，沿途不能停车，必须在天亮前赶到。

手机放在了支架上,那人瞟了眼马一鸣,提醒道:"这是刷过机的,用的是物联卡,不能打电话。App可以接上线的语音,但不要试图打出去。而且……"他指指副驾座位上的车顶,"这里有摄像头,你的一举一动都有人看着,不要试图做任何不允许的事。"

简单讲就是,一直往前开,不要停,不要干别的。

这时候,支架上的手机神奇地自己进入了导航模式,而且仅仅导向一个二十公里外的高速入口,那是一个小站。那人的声音又响起来了:"保持速度前行,有一段视频你先看看,如果停车超过五分钟,这段视频就会出现在网络上……别介意,毕竟你车里拉着价值很高的货物,我们需要上一层保险。"

手机屏迅速闪过,收黑钱的、和美女热舞的、偷渡船上站立的,甚至还有一幅击杀"老缅"的图片,哪怕瞥一眼,马一鸣都惊得油门踩不稳了。那人说道:"你把我们资深的送货人给送走了,希望你配顶替他的位置。对了,听说你用半截筷子戳死了'老缅',这算谋杀吧?"

"嗯,不用提醒,和拉这些货判的应该差不多。"马一鸣淡定应声,斜着眼瞥了那人一眼。

这充满戾气的眼神却让那人非常满意地笑了,第一次有了表情,直接道:"停车吧,我就在这里下,副驾置物箱里还有一包样品,见到收货人后交给对方……好,一路顺风,送到会有车接应你。"

那人关上了车门,马一鸣像撒气一样,车吼着如离弦之箭疾驰而去,很快看不见车尾灯了。

后方又有一辆车驶来,一辆露营车,这人进了车厢,里面有一男一女，是亲临现场指挥的粟丰盛和钟仙妹。这辆不起眼的车内部装饰可是豪华得紧，床铺、卫生间、办公桌椅一应俱全，三个人一点都不嫌拥挤。那人拉下帽衫，赫然是胡明冬。

"你觉得这人怎么样？"粟丰盛懒懒地问。

胡明冬想想，点点头道："亡命徒，可以。"

粟丰盛笑了，懒懒说着："看，你一个金融天才，都能看出亡命徒了。"

三人都笑了，第一次贩这玩意儿时，两人吓得睡觉都不安生，不过等到账户里的钱多到可以为所欲为地生活后，一切都不是问题了，更何况面前这位老板还精通化学，能做出让瘾君子赞不绝口的新型玩意儿，两人对招募自己的粟丰盛还留有的那点怀疑，全成了崇拜。

"盛哥，您休息会儿吧，还早呢。"钟仙妹关切地说一句。

粟丰盛侧过头去，钟仙妹面前的笔记本上分着几屏，是几辆车驾驶室的画面，在这里可以全程监控着司机的一举一动。当然，一部分原因是防范送货人，更大的原因是，万一出事，远程操控的人可以迅速得知，进而从容撤离。

"按计划来，三个小时后通知他们接货……准备好 U 付款。"粟丰盛说了句，懒懒地躺回车里的铺上了。

那两个闲坐着，拉上了帘子尽量不出声，就那么盯着屏幕，从这里不但可以看到车里的司机画面，而且可以远程操控车里的电子设备。钟仙妹不断地给前方车辆发送新的导航信息，其实这时候，就连送货的，也未必知道真正的目的地在哪儿。

"请沿当前道路继续行驶六十公里……"

"请稍向左转，走最左侧道路……"

"请沿当前道路继续行驶二十公里……"

机械的语音伴着寂寞的旅程，夜半车少，路况极好，原本还想记路线来着，奈何地理知识存储实在有限的马一鸣很快被奇奇怪怪的地名搞得有点蒙，过了一个小时才明白，这是刻意的，避开了主干线。其用意为何不得而知，但记忆再好的人也得被搞迷糊。

于是他不去记了，仔细复盘着整个经过，计划着所有可能实现的方案。第一种，设法联系上家里。可以办到，但时间上来不及讲清，而且他不敢保证背后没有尾巴，别是家里支援没到，毒贩先到了，那自己就惨了。第二种，先保命要紧，溜了。似乎不行，货落到毒贩手里，自己没好下场，要是落到警方手里，自己更说不清楚。第三种，送到货。那似乎更惨，贩十公斤？恐怕自己得去跟"老缅"做伴了。

"这是个死局，没法破啊？！"

马一鸣心里暗忖着，绞尽脑汁也想不出破局之法。送，死路一条；不送，死路很多条，条条大路都通地狱，死活都择不清自己了。他甚至脑海里莫名地出现幻觉，一群便衣一拥而上，持枪砰砰砰砰朝着他清空弹夹，那可有好戏看了，没被嫌疑人搞死，反被自己人灭了。估计灭了也安生不了，网上还会流传着自己的臭名。

"不会不会，官方一定会压制这消息的，这是丑闻。"

他心虚地想着，又安慰自己运气不会那么差，不过如果真是那个结果，"黑警察沦为毒贩"的新闻肯定不会出现，但他肯定会如人间蒸发一样，不管是警务档案还是个人履历，会消失得一干二净，仿佛这个世界上从来没有马一鸣来过一样。

怎么办？

马一鸣只觉自己心跳一直很快，不知不觉间已经冷汗淋淋，浑身像湿透了一样，这比面对"老缅"的刀尖还让他紧张。虽是坐在车里，却如走在悬崖边上一般，所不同的是，一头是深渊，另一头也是深渊。哪怕走到尽头，也是另一个深渊。

不行，不行……

他的无赖劲上来了，一下子刹停了车，松开安全带，下车，解裤子，就在车门边撒尿，撒完，淡定地抽烟、吹风，他想测一测对方是不是危言耸吓。烟刚抽了半支，手机响了，他一滑开接听，传来了那个熟悉的声音："快到五分钟了。"

"大哥，我神经紧张，抽支烟不行啊？说不定这是老子的最后一根了，至于吗？"马一鸣脏话连篇。

挂了，把对方气得挂了。不过马一鸣也测准了，居然不是吓唬，真能发现。他瞥了眼副驾的位置，似乎还真有一个黑点，夜色下看着是深色的，估计就是了。

开车，重新上路，又行数公里，进入一座高架桥，一直盯着手机的马一鸣发现手机显示的信号格数迅速下降，只有一格在闪，远程通信肯定用的是蜂窝通信信号，他又停车了，慢慢吞吞地下车，加油，磨蹭了不止五分钟了，可能对方也看到他了，电话又来了。熟悉的声音在催："超时了，兄弟。"

"老板，车太破啊，水箱温度有点高，油耗超大，搞犯罪不能节约犯罪成本啊，这要撂半路上，可别赖我啊。"马一鸣挑着毛病，

第八章　巧设局抓捕毒贩　367

这确实是挑毛病，这辆老车整备得相当棒，只是他在想，上面的未必知道这种情况。

"好啊好啊……赶路要紧啊，还有好远哦。"对方道。

再次上路，马一鸣不但确定了信号源，而且确定了这货是他记忆中一个人，曾经和钟仙妹、粟丰盛一起出现在滨海的那个神秘男子，普通话虽然学得不错，但还是脱不了口音，当时这个人消失了就再未出现过，可没想到在这里遇到。

粟丰盛……这家伙不会在远程操纵吧？

他如是想着，刚浮起点兴奋又被扑灭，因为不管是谁操纵，自己都处在被操纵的位置上，一丁点翻盘的机会也没有。

导航还在指示着方向，路却越来越黑，黎明前最黑暗的时刻来了。

凌晨二时，专案组欧阳惠敏、潘渊明专程到省厅紧急汇报，省禁毒局连夜开会，本着宁错抓不错过的原则，启动了应急预案，谁也不敢拿可能有大宗毒品流向市场的信息开玩笑。

这一时间，各省禁毒局联运机制起效了，可疑信息被一一筛查，侦查的力量不断加入，专案组的负担瞬间减轻了。

此时，追踪到的三辆车，已经横穿了一个省。

凌晨三时二十分，这些车穿过了两个省，此时徐丑虎带队突袭了长浪港一处修理厂，外勤的跟踪指向，从无名地接走人员的车辆回到了这个地点。现场抓获嫌疑人两名，突审交代，就是收人钱财给人搞了几辆黑车，至于接走人的地方，是他们的旧址，也被人租用了，这个人起初两人不敢交代，不过等徐丑虎拿出"船夫"仇林的照片时，两人破防了。

但交代出来的东西更让人头疼了，一共有六辆车上路了，外勤追踪到三辆，还有三辆去向不明。

这两人被押在现场，开始远程辨认侦查视频里出现的车辆。

凌晨四时，辨认出来的车辆增加了一辆，此时专案组发现这些车辆的行驶路线似乎都隐隐指向一个目的地：湘南省。

又过了四十分钟，被锁定的其中一辆嫌疑车辆被截停，这辆车在某县下高速时被堵了个正着，辖区缉毒民警扮成交警对整车进行了详细排查，除了查出是辆套牌车之外，没有任何可疑之处。对了，人有问题，居然是个网逃分子，不出意外地被当场铐走。

像这种网逃人员各省都不在少数，而且此人刚过二十岁，还胆小如鼠，像这类嫌疑人贩卡帮信有可能，贩毒似乎有点不可信了。审讯里他交代了一个无懈可击的理由：开辆套牌车准备回老家收银行卡。

消息传出，紧张的情绪又放松下来了，滨海警方给出的耸人听闻的消息似有不实之嫌。

此时，已经接近凌晨五时，在马一鸣驾驶的车上，导航已经在提示着：前方两公里驶出高速，接近目的地。此时也即将进入一处隧道，他匀速进入，跟着一辆红色轿车。播报的时候他瞥了眼手机上的信号格，四格……三格……两格……一路走来已经想好了对策，此时过于紧张的他额上汗珠粒粒分明，又是一个疯狂的想法要付诸实施了。

当手里全是烂牌的时候，不应该选择打哪一张牌，而是应该选择打破规则。

在信号即将减少到一格的刹那,他一踩油门,猛地加速,然后"轰"的一声巨响,跟着急刹车,巨大的震动把手机震到了车斗里,他整个人向上跃起,黑咕隆咚的环境里,他准确地将手捂向了那个疑似探头的黑点⋯⋯

魑魅魍魉现

嗡嗡的震动加上铃声,响了好久马一鸣才将手机拿起来,看来对方吃不住劲了,直接打视频电话了。马一鸣接通,却看不到对方,那个熟悉的声音在问:"怎么了?"

"撞车了⋯⋯你们给的这破车⋯⋯坏了,车主上来了。"马一鸣面带疼痛难受的表情说道,信号不好,一直在卡。偏偏这时候那位被撞的车主也很配合,一个膀大腰粗的女人,心疼地看着自己的爱车,戳着胖手指就上来了,对着窗口骂着:"你瞎了眼啊?怎么开的车?撞车也不寻个好地方,开个破马自达了不起啊。"

马一鸣怒起:"骂谁呢,骂谁呢!"凶神恶煞地冲出来了,真面貌一露,把那女人吓蒙了,紧张得直哆嗦:"对⋯⋯对⋯⋯对⋯⋯"

"说撞得对是不?"

"对⋯⋯对⋯⋯"

"闭嘴。"

"对不起,对不起,大哥⋯⋯啊,救命啊。"

片刻后清静了,马一鸣回头拿起手机,对方没挂,这正好。他把手机装进了口袋,佯装检查车辆,等了不久,半路遇上的那辆拖车恰好进了隧道,马一鸣拦停,那司机黑着脸刚要骂,几张钞票杵到了眼前。

干吗？拖车……司机乐呵呵地应了。

不等车辆拖上车，马一鸣已经上了被撞的车辆，那女车主坐在后座瑟瑟发抖，再看，手被一根腰带捆着呢。马一鸣一上车，她便叫起来："好汉呀，别杀我……车给你，包里有钱，也给你……"

"闭嘴，老子是杀手……有人要你这死肥婆的命，认栽吧。"马一鸣嘶吼着。

"哎哟哟……我命苦啊，是不是我家那死老头……他雇你用了多少钱？我给你翻倍……一百万……不不，五百万……"

车厢里，本来满面喜色的粟丰盛现在神色凝重了，还是出事了，不过很意外，是撞车，他说不清是什么情况。但听着似乎不是假的，现在音像不同步了，摄像头有点歪了，可能是被撞歪了，钟仙妹分辨了半天才看出来这是车被拉到拖车上了，而传音还是马一鸣和一个女人在胡扯。

"关了。"粟丰盛命令。钟仙妹一点，关了监控视频。

两人都看着粟丰盛，粟丰盛却是一点也不紧张，钟和胡二人各执一词，一个认为是假的，一个认为不像假的。片刻后，粟丰盛命令："接通。"

拨号，接通，马一鸣扭曲的面部出现在视频画面里，他身后还有一个哭得妆花了的老女人。胡明冬气得母语都讲出来了："搞咩呀，死仔？"

"车拉走了，就剩两公里了，让他们自己接吧，我也算送到了吧？别跟我过不去啊。想给点就给点运费，不想给也别把人往死里坑……哥们儿抢了个车，还有个娘儿们，生活问题能自己解决，好

第八章 巧设局抓捕毒贩 371

不容易才死里逃生,别以为我不知道你们想整死我啊。"马一鸣嚣张地说道,还把手机摄像头朝着驶离的拖车晃了晃。

对方没回音,后面的又号上了:"好汉啊,老板啊,老天爷呀,别杀我呀,我有钱,我给你钱。"

"好了,再见,置物箱里那包我拿走了,就当路费啦。"马一鸣说道,挂了电话,正想要扔了电话,不过捏住了,还是没扔。然后开着这辆豪车,超过了拖车,缓缓往下高速的方向走。

挂了,气得胡明冬重重一擂桌子,嘴里又骂了句"死仔"。

可粟丰盛却意外地笑了,两人不解,粟丰盛笑着道:"这才是黑警察的手段,事给你办,人不听你摆布……呵呵,我倒有点欣赏他了。"

"盛哥你睇……"

钟仙妹惊叫,变故一下子出现,惊得粟丰盛瞪眼了。

摄像拍不到车子全貌,一名男子从镜头里一闪而过,画面里充斥着"不许动""下车"的斥叫,紧跟着有人攀上了车,检查车里有无情况,一张陌生的脸伸到了镜头前,钟仙妹触电似的一摁,关了。她麻利地切断了通信,手有点发抖,紧张地回看粟丰盛。

"那个死仔?"胡明冬反应过来了。

这么巧?震惊的粟丰盛摇了摇头,思忖间,他悠悠说了:"不像啊……真要报了警,今天就出笑话了。"

又想了想,他猛地警示钟仙妹:"别联系买家……如果真是报了警,那应该等买家出现啊。不对。"

他狐疑了，疑心一起，所有的联系在第一时间就断掉了……

现场，司机被摁住了，拍照的拍照，拖人的拖人，那司机还在叫屈，直接被一个黑袋子扣到了脑袋上，人和车都被就近拉进了高速公路管理处，外围临时警戒。

人被关进小黑屋了，警察对"毒贩"可没那么客气。车被放下来了，几位经验丰富的缉毒警分别检查车辆各部分，其实真正的贩毒没那么多讲究，规格越是大宗，形式就越朴实无华，一剪后备厢的钢环锁，里面整整齐齐十块包装露出来了。

"这辆马自达经辨认是被嫌疑人整备过的，还换了车牌。"

"沿途监控拍摄画面还在恢复。"

"我们现场抓到嫌疑人一名，嫌疑车辆后备厢里发现了十块防水包装……该车装有监控设备。"

徐丑虎的外勤队刚辨认出来，往回反查的警员还在比对数据，不过都已经晚了，现场那边已经抓到了嫌疑人，防水包装，几乎是毒贩认证的颜色和样式了。此地为湘南省湘汉市，距离长浪港整整一千公里，看来连续八个小时的飞速疾驰，送的就是这玩意儿了。

"看来我们的推断正确，没丢人。"潘渊明有点意难平地说了句，这抓捕可有点糙了。

欧阳惠敏皱着眉头道："不对呀，我们还没有找到这辆车，对方怎么知道了？"

"如果买家那儿有直接线报，截住货源，也可以做到。"潘渊明道。

"六辆车同时走，只找到两辆，其中一辆还是空的……我有一个可怕的设想，潘处，如果交易地点就在高速上，下高速就已经完成交易了，有没有这种可能？"欧阳惠敏语出惊人地问。

"有，但我们可能抓不到了。"潘渊明懊丧地道。

这时候，电话铃声响了，这铃声恰如惊雷，一下子把众人听蒙了，那是世界上最美妙的声音，那是沉寂了数月大家都在期待的声音，谁也没想到，会在这个时候响起。欧阳惠敏没动，潘渊明有些激动地上前，拿起了电话。

湘汉东高速出口，审讯很快出了结果。嫌疑人交代说在两公里外拖上了这辆车。谁信呀？还说车主是个男的，对方开着另一辆车先走了。这更不可信啊。但凡毒贩总是会以各种奇葩理由狡辩。问到第三遍时，门外的警员敲门了，队长探出头，被队员招手引了出去。

"队长你来看，可能有问题。"

"什么问题？"

"货有问题。"

"不会吧？"

队长大步奔向起获现场，戴着手套拿起了一块，凭着常识看开了小口的地方，虽是晶体，但不像毒品；再轻轻一闻，更不像。冰毒的味道发酸、微臭，这个颜色类似，可味道并不像。

一旁的技术员附耳小声道："不是冰毒，可能是冰糖。"

"全部打开。"队长气急败坏了，挥手指指现场摄录的，让关了记录仪。

如果起获的全是假货，那可丢人了。

这时候，他的电话响了，看看号码，他紧张地躲到一侧去接。

一个局，就像一个又一个节点组成的迷阵，一个节点出问题，所有的点就像多米诺骨牌一样会受到波及。

此时，现场不远处的一辆轿车里，正在掉头的女司机看了眼被隔离的区域，嘴里咬牙切齿地骂了几句，然后拿起了电话，直接拨通了，她紧张地道："出事了，龙哥，你派来送货的车，在高速口被截了。"

"我知道了。"电话里老迈的声音回她。

"应该找找原因，别给我留下隐患。"女人道。

"这也正是我想说的话，如果是我的人反水，现在被截的应该是货和你，而不只是货……毕竟你也是到站三十分钟前才知道车的准确信息。"对方说。

"等我一会儿。"那女人表情扭曲，直接挂断电话。

"你听到了？"

"听到了，毒娘子应该不知情，那么问题应该出在她身边。"

"对，不要被无关的信息扰乱视线，假如是我们的人出问题，警察会顺藤摸瓜，把买卖双方一锅端；可如果是买家这头的问题，情况就多了，可能一起端，也可能留着这个饵，专钓送货的。"

"这条线废了。"

"等等，即便废了，也得找到原因。"

"好的。"

粟丰盛和龙哥在通话，这几乎是手把手地在教了，此时那两个倒轻松了不少，似乎没有损失。粟丰盛心有余悸道："这个黑警确实是个灾星啊，谁碰上谁倒霉，现在该着真正的警察倒霉了……"

话音落时，钟仙妹面前的网页版通信软件上请求通话的弹窗跳出来了，把钟仙妹吓了一跳，她紧张地说："是那个黑条子。"

"这个倒霉蛋命真大，你去。"粟丰盛示意着胡明冬。胡明冬一接，劈头盖脸的骂声传来了："狗日的坑老子，别让老子看到你，小心老子干死你全家……"

不绝的骂声一下子把胡明冬气上头了，正要回骂，粟丰盛却一拦他，嘴里咬了一支笔，加了个简单的变音装置回话了："怎么回事啊，马警官，发这么大火？"

"你们报了警是吧，在高速路口守着逮老子，王八蛋！"

"我怎么认为是你报的警呢？"粟丰盛逗他。

"放屁，老子找死也是自裁，不会去送命。"

"那你为什么会认为，我们一定要置你于死地呢？难道不会是其他情况？"粟丰盛说。

"除了你们谁敢害老子，谁又能害得了老子？老子就想捞点小钱，竟差点被灭了口，你们至于吗？赶尽杀绝是不是？真以为我不知道你是谁？"

"那我们是谁呢？"粟丰盛故意问，不过心怦怦地跳了跳。

"毛大龙的人，和葛亚杰一伙，老子只是惹了他儿子，妈的就要老子的命。"马一鸣回答。

这个答案虽然正确，但不算答案，海上混的都知道龙哥大名，粟丰盛却话锋一转，说道："你现在在哪儿？"

"怎么了，还想搞死老子啊？"马一鸣道。

"不，既然我们双方还没有建立信任基础，你这么不相信我们，那问题就来了，你觉得我们能相信你，让你运送价值几百万的货？"粟丰盛问。

沉默了一会儿，马一鸣才问："什么意思？"

"意思是，你拉的不是冰毒，而是冰糖……你不是私拿了一块当运费吗？诚心诚意地告诉你，那么大一块，很值钱了，一两百元人民币，你可以尝尝，很甜的。"粟丰盛说道。钟仙妹和胡明冬差点笑出声来，两人崇拜地给老大竖大拇指。

那头马一鸣估计被气得无语了，半晌无声。粟丰盛提醒道："如果我是你，就赶紧逃命吧，毕竟你又犯了事，交通肇事、逃逸、故意伤害……是不是还劫持着人质？不管是刻意还是意外，小兄弟，你这回可是真找死了，这可不是在海上，有地方躲。"

咔嚓一声，通话挂断。粟丰盛三人齐齐笑了。此时粟丰盛看那部手机的定位，这一会儿工夫，马一鸣已经穿过市区，跑出二十多公里了，端的是脚底抹油溜得快。

"应该不是他。"

根据位置、行为还是这人的表现，粟丰盛如是判断道，他抚着下巴做思索状。

这时候，他的电话响了，是上线龙哥打来的。

骂声回荡在专案组驻地，成了这数月来最美妙的声音。这一通电话像在听一出戏剧，但其内容价值就不可估量了。

毒品是个幌子，贩毒上线是毛大龙、葛亚杰，还有变了音的人声，用人耳分辨不出来，可逃不过技侦的声纹分析，这段录音正在被解析。

此时现场气氛已然大变,肖景辰阳拍桌子跺脚兴奋得像个孩子,潘渊明搓着手两眼通红,欧阳惠敏差点喜极而泣,不少警员都在击掌相庆了。

潘渊明赶紧嚷着:"快,快,别光顾高兴,马上定位,他没有多说话,可能不方便……这段对话声纹信息马上提取出来……马上通知省禁毒局,情况有变,不是我们看到的那么简单。"

整个专案组兴奋地忙碌起来了,潘渊明很骄傲地指着欧阳惠敏,嘴唇动动,是在说"你输了"。欧阳惠敏竖了个大拇指,心悦诚服了,真无法想象这个家伙是怎么逃出来的。

电话又一次响了,潘渊明大喊一声"安静",上前一把拿起了电话,这回应该是正常通话,他一激动,忘词了。电话里传来了马一鸣的声音:"喂,我是马一鸣。"

"你听。"潘渊明一扬话筒,全场掌声响起。

"喂喂,安静安静。"电话里马一鸣嚷着,"现在有件急事需要处理。"

"你说。"

"为了脱身,我在隧道故意撞了一辆红色的轿车,现在开的就是这辆车,位置你们锁定,赶紧派人善后。"马一鸣道。

"好,马上……"

"还有,车上有个老娘儿们,我怕坏事把她捆起来了,她一直以为我是劫匪,你们做好解释啊。"马一鸣道。

潘渊明瞬间气得眼凸,咬着牙压着脾气"嗯"了一声。在场的警员本来咧着嘴,这下笑容僵在脸上了。

"昨晚送我的应该是之前的嫌疑目标胡明冬,现在我吊着他们,如果有联系能引出来最好，我用的是人质的手机，如果有情况，我会扔下，想办法再联系家里……就这样啊。"马一鸣道。

"一鸣……"潘渊明喊了一声，半晌才说，"注意安全。"

"嗯，没事，那十公斤毒品我一直以为是真的，只怕被自己人摁了呢。昨天吓死老子了。就这样啊，我吊吊他们。我觉得他们应该离湘南不远，没准就在哪条高速上。"马一鸣道。

通话终结，潘渊明脸色凝重了一会儿，不知道谁又把通话回放了，正好听到马一鸣说"吓死老子了"，这回连欧阳惠敏也憋不住了，一下子笑出声来了，全场皆笑。

不过效率此时已经大大提高，通过声纹的比对很快找到吻合的人——

粟丰盛！

有胆可包天

高速口设伏的缉毒警来自湘汉市某缉毒大队，那个神秘的电话来自禁毒总局，给了他们一个奇怪的命令：即刻起服从803专案组的直接指挥。

从禁毒总局跨过省、市直接指挥一支市局下属的禁毒大队可是闻所未闻，不过命令经过了省、市两级确认，于是这队警员迅速撤出高速管理处，向信号指示的地方疾赶。

目标是一辆红色的轿车，这居然和被捕的拖车司机描述的一致，遗弃地在距离市区二十五公里处的路边。警员围拢上前猛地拉开车门时，被吓了一跳，一名手被绑在车座上的女人，裸着一条腿，袜子被扒了，一只塞在嘴里，一只扣在脑袋上。

来的都是便衣，被解救的第一时间，女人似乎被这么多男人吓得说不出话来了，看到有警员亮了证才号啕大哭。小队长迅速向新的专案组领导汇报，不过连他也搞不清楚这究竟是什么情况。

"原地待命，做好安抚，不要引起更大恐慌。"电话里专案组领导命令道。

"是。"

"还有，你们这次围捕送货车辆，线索来源是什么？"

"对不起，这属于市局保密处批准才能透露的内容，我不知道详情。"

"为什么不等到交货再动手？"

"我也不知道，我们得到的命令就是这样。"

"好，原地待命。"

"是！"

那队长一头雾水，再回看那胖女人正一把鼻涕一把泪地诉说自己遇上了劫匪，不但撞她车，还要劫财劫色，而且对方可能是老公雇的凶手，那如泣如诉、如吼如号的声音，让人有再把她嘴堵上的冲动。

申请到现场部分指挥权的潘渊明此时开始神经绷紧了，徐丑虎带队落地湘汉市还需几个小时，在这几个小时里还能做什么？当然，最要紧的是，延缓一下地方警方的速度，别真把自己人抓了，不然就成笑话了。

"一鸣似乎还有心事。"欧阳惠敏轻声提醒。

潘渊明沉吟未语，她又提醒："他似乎并没有急着归来。"

"这其中有一个问题你没发现。"潘渊明抬头，欧阳惠敏愣了下，他解释道，"局外指挥的粟丰盛，不辞辛苦，潜入境内，千里迢迢就为送一趟假货？如果不是闲得没事，那么这样的意义何在，就为了考验一下手下的忠诚度？"

肯定不会，犯罪，特别是职业犯罪，都是目的性极强，极度专一的。欧阳惠敏警省："明修栈道，暗度陈仓？"

"只抓到一辆，剩下的五辆，可全都消失了。"潘渊明道。

此时，略显疲惫的几位警员又不死心地返回去查。盯上的车辆，或者迟迟再未出来，或者拐下高速，消失在监控中，普通人可能觉得不可思议，但见过很多反侦查手段的警员却不觉得奇怪，还可以推测出很多躲避的方式，比如：拐下高速换下车牌，甚至换车；在高速无监控处来个大车拉小车，小车直接开进货厢里；在高速与普通道路交会的地点，只要安排一辆起重量级不高的起重机，完全可将车吊离高速公路……不管对方使用任何一种手段，都能让后方的视频侦查全部徒劳无功。

"你是说，一鸣也意识到了这个问题，想挽回？"欧阳惠敏蓦地明白了，如果毒贩在湘汉市还没有完成交易的话，马一鸣或许是想继续追踪毒贩交易的地点。但已经打草惊蛇了，毒贩继续交易的可能性似乎不大呀。

"如果已经完成交易，他们就会迅速消失，切断一切联系，看样子湘汉高速出口的情况对他们来说是个意外。"潘渊明分析道。

"那我们……"欧阳惠敏一时计无所出。

"不用，让最了解情况的拿主意，那个领域对我们来说是盲

第八章　巧设局抓捕毒贩　381

区。"潘渊明伸手制止了。此时最好的方式就是，不采取任何方式。

时间已是六时四十分，天亮了。

一辆皮卡停在高速桥上，在桥下临时泊停着一条船，清晨时分，车与船都不多，车里接听电话的"船夫"收起了电话，身子探出来看了看，下面的人向他示意，做了个OK的手势。

车里，杨天拿着遥控设备，看着设备上的影像，一摁起飞键，后车斗嗡嗡声响起，一架大型无人机起飞，瞬间越过桥围栏，直直地向下降落，降落到了距船面一人的高度。下面的人手脚麻利地解着绑带，几十公斤的重物"咚"的一声掉在船面上，无人机起飞，跟着上面的送货车辆迅速驶离。

这方式，就连船上这些久经风浪的爷们儿也暗暗大呼了一声"牛"。确实牛啊，从旱路直接进入水路，可以神不知鬼不觉地进入上下游任何一市，江面上雾茫茫的，啥也看不到，紧绷神经送货的可从来都没有这么放松过。

"船夫"驾着车平稳地开着，不时地瞥瞥杨天，这个杨天跟着葛飞干工程，学过半吊子测绘，这算是派上大用场了。有些事经历一下也就过去了，比如这家伙，紧张了一路，现在看来心情甭提多兴奋了。

"杨啊，没啥感觉吧？""船夫"问。

"就这啊？比我拉人头还简单啊。"杨天说了。

"都跟你讲过了，你不信。只要东西一离手，谁也拿咱没治。""船夫"得意地道，看样子不是头回干这活。

"哎，对，那咱们现在呢？"杨天问接下来的事。

"出境啊，上了船，等到了国外啊，让你开开眼界，赌场、夜总会，啥娘儿们没有啊？天天哭老婆还年轻呢，没出息！""船夫"嗤笑了句，登时让杨天脸红不已。

"那我们……能分多少？"危险过后，杨天开始想钱了。

"少说也有十几二十万。""船夫"道。

虽然不算巨款，但对于落魄的杨天来说也足够安慰了。两人非常放松，车驶进一处隧道，不多久出来后，居然神奇地换了车牌，很快消失在越来越密的车流中……

此时，粟丰盛一行刚刚驶出加油站，在服务区短暂停留，人根本没下车。刚刚"船夫"一行的交易已经到账，钟仙妹向粟丰盛展示着屏幕上到账的虚拟货币，连她都有点惊讶于龙哥的信誉，对方连货都没验，看见到货就直接把虚拟货币转过来，一切都进行得顺利无比。

大部分非法交易都容易失败在货款环节，但虚拟货币来源是干净的，买家只需要提前从卖家手里买走虚拟货币，等交货时再把虚拟货币转回来就 OK，这样的话，哪怕你从网链上追踪都发现不了问题，作为信用媒介的虚拟货币甚至都不用转来转去就完成了交易。

"完成了五单，但还是留下缺憾了。"粟丰盛虽掩饰不住兴奋，但失落还是有的。

老板有追求完美的强迫症，就如他的仪容，从来都没有一丝瑕疵。钟仙妹笑着道："已经很了不起了，老板，谈笑间已经几千万进账了。"

这时电话响了,是毛大龙打来的,摁下接听按钮,传来了毛大龙嘉许的声音:"大侄啊,干得漂亮。呵呵,长江后浪推前浪啊,比我老头子可强多了。"

"龙叔,您是让我脸红吧,还留了个尾巴没处理,我正在想怎么办。"粟丰盛道。

"我也正要说这事,毒娘子打回电话来了,据她说,应该是她的姘头走风了。"毛大龙道。

"您说,接下来呢?"粟丰盛听出转机了。

"她为了表示诚意,主动要求先付我们所有货款,只要我们不断供。你是怎么安排的?"毛大龙问。

"货早就到湘汉了,我只是多留了个心眼儿,那个人毕竟不靠谱,谁知道碰巧了,接货的也是个不靠谱的。"粟丰盛道。

"那你定吧,毕竟你还在境内。"毛大龙道。

"行,货款先付,货可以给她,反正损失的那俩是一对蠢货……丑话给她说前头啊,这种情况下她肯定已经被盯上了,还收货,那可是嫌命长了啊。"粟丰盛提醒道。

"没事,我们只管送货,不管她送命的事……要货的有的是。"毛大龙道。

几句话搞定,粟丰盛朝钟仙妹使了个眼色,钟仙妹打开了监视屏幕,画面中,一个壮汉正把大脚丫靠在方向盘上,鼾声如雷,好梦正香。

所谓无知者无畏,这壮汉正是大傻王十六。

距离湘汉市区三十公里开外,桃源县城的文明公园。

公园的水池边，刚刚剃完胡子的马一鸣摸摸自己的脸，从水中的倒影看，自己终于有个人样了，他拿起面包、可乐狼吞虎咽，边吃边想着下一步该怎么走。吃的是用那女人的手机叫的外卖，以现在的警务水平，还没被警察追上，他估摸着应该是家里的干预已经起效了。但是，就这么回去？

他说服不了自己，过往如蚁啮心的一幕一幕，还有现在吃饭都不利索的牙齿，想想都让他恨得牙痒痒，没有及时把信息传出去，这一次他估计对方大概率会全身而退，贩到市面上的毒品有多少他不得而知，不过肯定是个恐怖的数字。

"得做点什么啊。"他摸着对方给配的那部手机，等电话吧，又怕不来，自己真被抛弃了；打电话吧，又怕对方起疑，也被抛弃了。要是自己成了弃子，那可真没挽回的机会了，这群货不是跑海上就是跑去境外，怕是一辈子都别想再见面。

"这电话还真不能用。"马一鸣想用那部手机下载 App，不行，被拒绝。呼出的按键屏幕也不能用，这肯定是被写入程序了，怕是肖景辰阳那样的高手才能玩得转。

搞不成，他又在想怎么跟家里说，估计很快家里的人就要落地了，就自己干的那事，估计得审查三五个月，那时候可就什么都晚了，也完了。

这可咋办呢？

他在公园里闲逛着，看看锻炼的老头、跳舞的老太太，还有晨练的各色各样的人，心里油然而生一种羡慕之感，曾经身处这样的生活里总觉得无聊，现在却体会到，那其实也是一种幸福啊。不像自己这身贱骨头，非接那任务，搞得不上不下，难受至极。

电话响了一声,是家里打来的,他拿起来接听。

"你还在纠结?"潘渊明问。

"对,主动打回去,怕惊走;被动等电话,怕不来。"马一鸣道。

"如果真有,那东西谁攥手里都是颗雷,肯定会处理,哪怕扔了也不会冒险带着走。时间不多了,接你的人八点钟在湘汉机场落地。"潘渊明道。

"不要挂电话。"

这一刻马一鸣终于下了决心,他找了个僻静的地方,直接拨回去了,等待的时间好漫长,此时又生怕对方真的已经撤离。第一次,无人接听。再拨,在即将绝望的时候,通了。

"喂。"

"老板,我没看到网上'黑警察'的信息啊,挺够意思啊,没落井下石。"

"哈,别急啊,现在就投。"

"我劝你再考虑一下,兔子急了还咬人呢,你们把老子坑这儿,真不怕有报应啊?"

"有吗?要有也应该你遭报应啊。"

"我的报应已经应了,接下来就该你了……我现在走投无路,希望老板们为了自身安危,给我指条路,最好是能直接出境的路,多少给点钱,我不提更过分的要求。"

"这已经很过分了。"

"是吗?你姓胡吧?是不是身边还有一个美女姓钟?"

"……"

突来一问，这是马一鸣的猜测。对方瞬间哑火了，隔了许久才又说话，明显地口气变了。马一鸣抚额一喜，蒙对了。

"你在说什么？"

"滨海，贵宾坊，有一次警察临检，吴麻子冲在前面和一名警察打起来，当时还有一个女人，打伤了其中一名警察，巧合的是，那天我就在现场，昨晚我就认出你来了，可惜你贵人多忘事，没认出我来吧？我和吴麻子打出了点交情，你说我万一逃出去，你敢保证我成不了你的报应？现在你最好开始祈祷，别让老子落警察手里，否则老子第一个卖你。"

"……"

电话那头的人沉默了，马一鸣很直观地察觉到对方被唬住了，警方对他们所在领域一无所知，他们对警方同样如此，所有做贼的，天然都心虚。想到此处，他不客气地直接挂了电话，优哉游哉地在公园里走，边走边对着另一部电话说："行不行就看这最后一下了。"

"你确认是胡明冬，还有钟仙妹？"

"昨晚送我上车的是他，我没见过那女的。"

"有个消息，钟仙妹在羊城见过一名涉毒人员，女的，就是湘汉籍，你下高速时，她也在场，她属于被缉毒上监控的人员，行里据说有个绰号叫'毒娘子'。事发后下落不明。"

"嗯，知道了。"

马一鸣挂了电话，此时已经走到了公园门口，一群大爷在下棋，他挤在人群的边缘，无聊地等着。他在想，对方肯定会紧张、惶恐，得给对方一点考虑的时间。

这个时间足够长了，长到马一鸣都等得不耐烦了……

脱身凭戏谑

车厢里，钟仙妹和胡明冬傻眼了，马一鸣一提醒，两人才想起来还真有那么一回事，那倒不算个事，但是……如果真爆出去两人参与了这次毒品贩运，将来不管是哪个买家出事都会联系到这上面来，更悲催的是，听到此言，粟丰盛的脸色瞬间阴沉下来了。

毕竟大家都是一条绳上的蚂蚱，要是谁出事，一牵可就是一串。两人战战兢兢不敢多言，虽然跟随粟老板没多久，但知道他的脾气，脸一阴，那是真动怒了。

"这才是黑警察啊，准确地找到威胁我们的软肋。"粟丰盛思忖良久，不时打量钟、胡二人。两人不敢开口，在这样的团队里，来自内部的危险要远比外部的大。

"别紧张，既然能说出来，就未必干得出来，正如我们威胁他一样，其实不到万不得已，我们也不想撕破脸皮，相比于警察，我更愿意和黑警察打交道嘛。"粟丰盛放缓了语气。

胡明冬战战兢兢道："我记得有这么一回事，但我真的不记得我见过他啊。"

"穿上统一服装，当然不好认了……还和吴麻子有交情，有意思……"粟丰盛想想，几次犹豫，最终还是狠下决心了，"通知毒娘子，接货地点改到桃源县，让她加快速度……通知送货人，到桃源县接上这个人。"

"给他发个信息，让他在现在所在的公园门口等着，有人接应。"

"找一处相对僻静的地方作为交货地点……等毒娘子到桃源了给她发信息,为了安全起见,以及下次继续合作,让她干掉送货人。"

粟丰盛一连发了几道命令,钟仙妹和胡明冬听愣了,平时谈笑风生的老板丝毫不见戾气,此时见到的可能才是他的真面目,一言决人生死是如此从容而淡定。

"我们马上脱离,加快速度,不管是什么结果,和毒娘子的合作都结束了。"粟丰盛阴着脸如是说道。

车加速了,和湘汉市相背而行,越驶越远。

"就是这个人。"

湘汉市禁毒部门传回来的照片缓缓出现在屏幕上,一名三旬左右、面容姣好的女人,姓郭,名丽丽。名字很普通,人却一点也不普通,两次坐牢都是因为涉毒,可能正是因为这些经历的累积,一个倒腾小包的女人十几年间成长为让缉毒局监视跟踪两年之久都没有发现蛛丝马迹的女毒枭。

据说行内人都叫她"毒娘子"。行踪诡秘,高速口出事后她就从缉毒警的视线里消失了。但凡遇到这种情况,涉毒的嫌疑人都会选择躲藏起来,数日甚至数月警方都找不到她的去处。那么问题就来了,像这样的惊弓之鸟,难道还会再次出现?

"我觉得可能性不大,起码的常识她还是知道的,都几进宫了。"欧阳惠敏判断道。

"你注意下,她自己都吸毒,正常人不会理解吸毒人员的脑回路的,特别是冰毒吸食人员,基本上等同于神经病。"潘渊明道。

"你太想当然了。"欧阳惠敏唱着反调。

两人总是意见不统一,可能从心底里,欧阳惠敏更愿意任务在这里画上句号,自己人安全归来。但潘渊明恰恰相反,就像马一鸣写的那一句:对人没有任何感情的冷血!

"组长,湘汉同行找不到这个人的去向,我们也找不到嫌疑车辆。"有位警员提醒道。

肖景辰阳说话了:"车流量太大了,我的分析速度根本跟不上。"

"可以反向定位吗?"潘渊明期待地问。

"不可能,通信 App 是闭环的,不像手机蜂窝信号,只能检索到使用流量的峰值,同一时间在线的用户太多,不可能挑出来,除非……我给马缺德的手机发一个小程序,对方如果点击,可以瞬间定位。"肖景辰阳道,回头期待地看着两位领导。

两人奇怪地统一思想了,都摇摇头。潘渊明道:"即便抓到也没有任何证据,到目前为止,缴获为零,车都跟丢了,怎么抓?"

"而且有暴露危险,不值得尝试,他要是露相了,就跑不了了。"欧阳惠敏道。

情绪和气氛随即低落了,此时已经接通了现场的公共监控设备,远远地公园门口聚着一堆人,能看到信号,却无法分辨哪个是马一鸣。

"戴帽衫的这个。"潘渊明指指,有点诧异,都这光景了马一鸣还有心情看人下棋。监控间,电话响了,能看到监控画面中那位戴帽衫的起身,拿着电话在打,号码却换了。

"对方来消息了,说很快会有车来接我,远程指挥的应该就是他们几个。"马一鸣道。

"能拖时间吗？咱们的人就快到了。"潘渊明道。

"机场到市区二十公里，到这里还有二十多公里，你觉得呢？"马一鸣道。

"那就让车走慢点，我们跟得上。"潘渊明道。

"我想没那么简单，让家里跟踪这个新手机号。"马一鸣道。

"你哪儿来的手机？"潘渊明纳闷了，这货动手也太快了，根本毫无征兆。

"偷了下棋的大爷一部老年机，信号好，电池耐用……来接我的应该是送货的其中一个。对了，我嵌入跟踪器的那只表，应该在一个送货人身上，难道没有指示？"马一鸣问。

"人抓到了啊。"潘渊明道。

"哦……"马一鸣似乎有点失落，看来大傻落网了。

"还在审讯那个人，怎么了？"潘渊明道。

"没什么。那就这样吧，跟着这个信号走，车上应该有远程监控，我试试能不能控制送货人。我另一部手机保持静音开机，和家里连上。"马一鸣道。

"好的。"潘渊明道。

一通简单的操作后，音频传回来了，连上了，有一些布料摩擦的声音，看样子马一鸣是将保持静音开机的手机放到贴身的位置了。这时候，来了一辆车，是一辆已经变更车牌号码的老式雪铁龙，正是第一辆从长浪港走的车，这让监控的警员们挠破脑袋也想不明白，怎么就凭空出现在这里了。

现场，马一鸣戒备了，手里攥着一根铁钉——公园里找的——

想着马伽术的招式。不料那车大大方方一停,车里的人将脑袋伸出来了,欣喜若狂的王十六大声嚷着:"哟哟,兄弟兄弟,快上车……哎哟,是你呀,可想死我了。"

大傻那清澈而愚蠢的眼神一点都不掺假,马一鸣乐了,上了副驾,惊喜地问着:"是啊,你啥时候来的?"

"大清早就来了,都睡了个回笼觉了,这不让我接人才醒。"王十六开着车,马一鸣却是好奇地看看他的腕上,表不翼而飞了。他不动声色地问着:"咦?你的表呢?"

"一哥们儿戴走了,昨天跟咱们一起送货的,出海认识的,欠他钱朝我要呢。"王十六随口道。

这个货运气不错,马一鸣愕然问:"抵了多少钱?"

"两万。"王十六道。

马一鸣被气得直接扇了他一巴掌:"老子那么贵的表你只抵了两万!"王十六嘿笑着说:"反正是抢的,又没花钱,回头哥给你买个……不不,下回抢个给你。"

不知不觉间马一鸣还真有点喜欢这个毫无心机的傻大个了,他放下这事,故意神秘兮兮地问着:"你没遇上啥事吧?我在高速口差点被抓了,我以为你早被抓了。"

"都说了你就菜鸟一个,干这活你不行,哥的车是坐着车来的。你信不?"王十六得意道。马一鸣自然不信,那货得意地解释着,在离湘汉一百公里外的张铺镇,"船夫"安排好了运送车辆的挂车,车开到大车上,他在小车里睡了一觉就到地了,然后继续睡,就在湘汉市大街上呢。

哎呀,这把马一鸣给气得,敢情是最简单的方式,结结实实把专案组给紧张了一夜都没找着人。那问题就来了,马一鸣觉得十有八九这里头有猫儿腻,他眼瞟着头顶上,果然有微型探头,只是不知道有没有音频传输功能,不过此时顾不上了,他严肃道:"大傻,我跟你说个事。"

"说呗,啥事?"王十六毫无心机道。

"我送的那货是假的,不是毒品。"马一鸣道。

"不可能吧?那不脱裤放屁呢?"王十六不信了。

"确实是假的,正因为是假的,我现在判断,你肯定还没有送货。"马一鸣道。

"要么就是送货,要么就是接人,这很正常啊,我送什么货?'船夫'就是让我接人。"王十六道,看马一鸣表情不对劲,赶紧安慰着,"兄弟,习惯就好,没准老板是让你练练胆,多大个事啊?"

"不对不对,不可能这么简单,我也是临时起意,怎么恰好你就来接了……那有问题了……那……不对,你现在去哪儿?"马一鸣惊醒,又是灯下黑,把正事忘了。

"那不就到了,还有两公里……万家湾湖滨佳苑接上个人咱们就回呀。"王十六道,敢情根本没注意导航的声音。这时候马一鸣放眼望去,那是一片烂尾楼,大早上鲜有人迹,他急得赶紧让停车。马一鸣下车奔到车后,开了后备厢,一个小型的塑料提箱赫然在目,马一鸣打开,那里头的东西吓得王十六一哆嗦,眼睛都看直了。

整整摞着十五块。王十六再傻也知道这玩意儿有多厉害,他两腿发抖,结结巴巴说着:"娘咧,老子这是和阎王爷睡了一觉,'船夫'太不地道了,咋不告诉我呢?"

只有根本不知情，才会无所谓也无所惧，这手段让马一鸣心服口服了。马一鸣关上后备厢，和大傻回到车里，大傻尚在哆嗦，贩这么多毒，够再投胎好几回了。马一鸣却冷静下来了，提醒说："大傻，让你接的人肯定就是买家，只要完成，我们就没用了，应该会被抛弃，说不定他们再狠点，咱还得把小命扔这儿。"

"那咋办？"大傻愣了下，紧张地看了后面一眼，小声说着，"货不敢私吞啊，咱们要吞了，死得更惨。再说也没地儿卖啊，谁吃得下这么多啊？"

"你说得对，事得给人家办了，货得给人家送到，做事得靠谱，做人得仗义，你一直就这样，对不？"马一鸣迂回着解释道，对于这么高的褒奖，王十六自然是没意见。那咋办呢？马一鸣说了，"先小人后君子，我们防一手，你胆小，我给他们交货，咱们这样……"

在疾驰的房车里，能听到马一鸣和王十六清晰的对话音频，当两人发现真相时，粟丰盛着实吃了一惊，要真黑了这批货他倒不稀奇，但是接着形势急转，这两人居然既要靠谱，又要仗义，反倒把粟丰盛搞迷糊了。

"盛哥，我倒觉得这人确实挺靠谱。"胡明冬弱弱地说了句好话。

一旁的钟仙妹剜了他一眼，道："他们是害怕，怕龙叔让他们死得更惨。"

"呵呵，无所谓了，让他们自生自灭吧。"粟丰盛道，丝毫没有理会。

这时候,又听到马一鸣在教唆了,他在说:"先绕着烂尾楼区看一下地形,找个最佳位置,来的肯定都是亡命货色,硬干干不动,你躲起来,我对付他们。"

"嗯。"大傻直接应了。

"咦,我给你挡事,你一点都不感动?"马一鸣在说。

"正常事还感动一下呗,这要命的事,那你不是傻吗?咱们扔下就跑不就行了?"大傻一点不傻。

马一鸣在骂他:"要丢了呢?要不认账呢?回头两伙亡命徒不都得找咱们?"

"好吧,听你的,不能拉兄弟垫背啊。"大傻警惕道。

"就你这智商,挣个跑腿钱,干的是要命的活,要不都说你蠢呢……你等着,回头把咱们的卖命钱一分不少地要回来。"马一鸣道。

这两个活宝的争吵让粟丰盛三人听得津津有味,不知不觉都有点代入感了,好奇就这么俩货色,怎么可能扛得住毒娘子三招两式……

"前面……就在这儿。"

郭丽丽指着前方,司机找着围栏的缺口,把大越野直接开了进去,今天的事形势急转直下,在高速口她着实吓了一跳,回头和龙哥联系,怕断了这条上线,干脆和龙哥商量再次送货,可谁知道,人家的货早就送到了,那一趟居然是幌子。

"老板,这么急接货,太危险了。"司机道。

"危险个屁,越谨慎的计划才越容易有纰漏,从咱们接到消息

第八章 巧设局抓捕毒贩　395

到这儿不到二十分钟,警察能发现才见鬼,带上货马上离开,越随机越安全……装好家伙,把送货的灭了,干得麻利点。"郭丽丽道。

富贵险中求,干的都是掉脑袋的生意,偶尔干掉别人脑袋也不是为难的事。后座的兄弟检查了一下枪支,前座的司机把刀夹在了腋下,这时候,看到了前方的车,是雪铁龙轿车,车号对上了,司机和后座的兄弟跳下车,走在前面,在距离雪铁龙轿车几米远的地方停下了。车里的马一鸣慢吞吞地下来了,面前一高一矮两男子,一个长发,一个秃顶,面相都不恶。

人真不可貌相,那个秃子直接问:"货呢?"

"你们是货主?怎么证明?"马一鸣刁难了句。

秃子一拔后腰的枪,手里一开保险,问:"这个怎么样?"

"够了,别走火……后备厢,自己拿。"马一鸣道。

这时候,长发那个人的手伸向了腋下,然后打开后备厢,麻利一数,回头气汹汹地上前,枪往马一鸣脑袋上一顶问:"少一块,你想死是不是?"

早就举手投降的马一鸣弱弱地问着:"要没少一块,是不是马上就得死?我说这位大哥,你手揣怀里干吗?用啥家伙灭口?"

这就尴尬了,顶着枪都吓唬不住的人,那绝对不是一般人,看来龙哥手下也是见过大场面的。马一鸣继续道:"二位,抬头……楼顶还有我个兄弟,我们没有武器。如果您二位有把握一枪崩了他,或者抓住他,才有可能安全带走货,否则咱哥儿几个得一起做伴啊。"

两人愣了,头顶楼上,有个人正拿着手机不知道在拍照还是录像,这俩蓄势的可就傻眼了。马一鸣慢慢地压下了对方的枪口,回头看着下车的女人，淡定地道："我们挣个跑腿钱的而已，您几位不至于想和我这样的一命换一命吧？"

"呵呵……"郭丽丽笑着上前来了，挡在拿枪的保镖面前，饶有兴致地打量着马一鸣，然后客气地说，"这货我可是付了全款的，少一块，赔上脑袋可不够啊。"

"不少的话，是不是脑袋早赔了？"马一鸣问。

"聪明，不过不是我要你的脑袋。"郭丽丽虎着脸道。

"那看来有的谈了，我这脑袋不值钱，换这块货绰绰有余吧？您是要货呢，还是要脑袋？"马一鸣问。

郭丽丽为难了，面前这个手无寸铁的倒好对付，可楼顶上这个她实在不明情况，不管是跑了，还是把事捅出去，都不是她愿意看到的。

"美女，很难选择吗？我们送这么多货，也是掉脑袋的活，我们敢吭声吗？没必要逼人到绝路上吧？"马一鸣道。

郭丽丽看向他，这时间是不敢耽误，她出声问："你想怎么办？"

"枪。"马一鸣伸手，朝向秃头，秃头不给，郭丽丽把枪抽出来，退了弹夹，递给马一鸣空枪。

马一鸣告诉郭丽丽规则："两个保镖往楼上跑，上楼顶，露着面不许下来，货给你搬车上，我们驾车离开时，把最后一块给你。"

郭丽丽思忖了一下，看这俩胆子不算大，就是怕自己动手，便不耐烦地应了。那俩保镖不情不愿地奔着上楼，这头上，那头下，大傻下来时，马一鸣已经把塑料箱子搬到了对方的车后备厢里，两人呼哨一声上了车。到了围栏缺口，车一停，马一鸣连枪带一块防水包装的毒品全扔出窗外，回头看看气急败坏的郭丽丽，朝她做了

第八章　巧设局抓捕毒贩　397

个鬼脸。

"这两个王八蛋。"郭丽丽气得大骂,上前数数货的数量,两个气喘吁吁跑下楼的保镖捡回枪和最后一块货,郭丽丽要了刀划了一下,确认无误,扔进了箱子里,气得狠狠跺了几下脚,骂不绝口,不过还是不敢耽搁,上车叫着快走。

等出了门,那两个家伙早跑远了,她拿起手机,输着信息,不过久久未接到回信,对方让干掉两个送货人,她有点不舒服,但奇怪的是没干掉感觉更不舒服了。

总觉得哪里怪怪的,说胆大吧,他们也不胆大,黑了这箱货,或者根本不来,或者来了把货扔下人跑了都行,怎么还和自己绕这么大弯……不对啊,贩毒的就够不要命的了,敢和贩毒的兜圈子,这是胆大包天了。

她想到这一层,猛地往后看看,那些货没问题呀。

"停车,快检查一下。"郭丽丽极度警惕,一下想到问题了,但一下子又说不上来是什么问题。

"老板,检查什么?"保镖愣了下,郭丽丽张口结舌,也说不出下文来。

这时候,一辆正常行驶的轿车毫无征兆地一拐方向,斜挡在前面,郭丽丽所坐的越野车一个不防重重撞在对方车上,猛打方向盘的司机没有刹住失控的车辆,一只轮陷到下水沟里。跟着几辆车前后刹停,结结实实地把这辆车包围在路一侧,七八位便衣冲出来叫着"不许动""下车",齐齐围上来。

"砰——"鸣枪示警了。

"砰——"那个持枪反抗的保镖刚开一枪,便被火力覆盖,毫无还手之力了。

　　七八支枪口对准了，司机、郭丽丽几乎是被拖着出了车子，死死地被压在地上搜身，打上反铐。很快，更多的警车来了，封路、封锁现场。车里的毒品被搜检出来，齐齐摆了一地。带队的缉毒警在车后座的夹缝里搜到一台老人机，这老人机此时还在一闪一闪地闪着信号，他又是惊讶，又是可笑，狡诈无比的毒贩居然栽在这台没有什么技术含量的老人机上……

马一鸣从警记 3

作者_常书欣

特约编辑_杨嘉鱼　　装帧设计_邵飞　　主管_程峰　　技术编辑_谢彬
责任印制_刘世乐　　出品人_程峰

果麦
www.goldmye.com

以 微 小 的 力 量 推 动 文 明

图书在版编目（CIP）数据

马一鸣从警记.3/常书欣著.--成都：四川文艺出版社,2025.6.--ISBN 978-7-5411-7234-2

I.I247.5

中国国家版本馆CIP数据核字第2025J88T70号

MAYIMING CONGJING JI.3

马一鸣从警记.3

常书欣 著

出 品 人	冯 静
特约编辑	杨嘉鱼
责任编辑	王思鈜
装帧设计	邵 飞
责任校对	段 敏
出版发行	四川文艺出版社 （成都市锦江区三色路238号）
网　　址	www.scwys.com
电　　话	021-64386496（发行部）　028-86361781（编辑部）
印　　刷	嘉业印刷（天津）有限公司
成品尺寸	145mm×210mm
开　　本	32开
印　　张	12.75
字　　数	282千
印　　数	1—6,000
版　　次	2025年6月第一版
印　　次	2025年6月第一次印刷
书　　号	ISBN 978-7-5411-7234-2
定　　价	59.80元

版权所有　侵权必究。如发现印装质量问题影响阅读，请联系021-64386496调换。